新媒体时代的网络小说研究

王东 刘媛 刘金华 著

江苏大学出版社
JIANGSU UNIVERSITY PRESS
镇 江

图书在版编目(CIP)数据

新媒体时代的网络小说研究/王东,刘媛,刘金华
著. —镇江:江苏大学出版社,2020.3(2024.4重印)
ISBN 978-7-5684-1273-5

Ⅰ. ①新… Ⅱ. ①王… ②刘… ③刘… Ⅲ. ①网络文
学－文学研究－中国 Ⅳ. ①I207.999

中国版本图书馆 CIP 数据核字(2020)第 035402 号

新媒体时代的网络小说研究
Xin Meiti Shidai de Wangluo Xiaoshuo Yanjiu

著　　者/	王　东　刘　媛　刘金华
责任编辑/	任　辉　董国军
出版发行/	江苏大学出版社
地　　址/	江苏省镇江市京口区学府路 301 号(邮编:212013)
电　　话/	0511-84446464(传真)
网　　址/	http://press.ujs.edu.cn
排　　版/	镇江文苑制版印刷有限责任公司
印　　刷/	北京一鑫印务有限责任公司
开　　本/	718 mm×1 000 mm　1/16
印　　张/	16
字　　数/	290 千字
版　　次/	2020 年 3 月第 1 版
印　　次/	2024 年 4 月第 3 次印刷
书　　号/	ISBN 978-7-5684-1273-5
定　　价/	56.00 元

如有印装质量问题请与本社营销部联系(电话:0511-84440882)

前　言

　　本书是南京信息工程大学文学院中文系几位老师集体合作的研究成果，可兼用作教材。感谢为此付出辛勤劳动的同事和同学，特别感谢张婷婷同学的写作支持。感谢江苏大学出版社为本书的出版提供的支持和帮助。感谢学校教材基金的资助。

　　本书写作分工如下：绪论、第一章、第二章，王东；第三章、第五章，刘媛；第四章，刘金华；第六章，徐丽珊；第七章，符瑞兰；第八章、第九章、第十章、后记，王东。

　　刘金华校对绪论、第一章、第二章，王东校对第三章至第六章，刘媛校对第七章至后记。

<table>
<tr><td>绪
论</td><td>

新媒体时代网络文学的影响及其研究

</td></tr>
</table>

一、网络文学的巨大影响力

中国网络文学的影响力巨大，不仅数量众多，而且涌现出许多优秀作品，形成了类型小说及多种商业生产模式。"据统计，截至 2017 年 12 月，我国网络文学用户已达 3.78 亿人，其中手机网络文学用户 3.44 亿人；中国 45 家重点文学网站的原创作品总量达 1646.7 万种，年新增原创作品 233.6 万部；中国网络文学创作队伍非签约作者达 1300 万人，签约作者约 68 万人，总计约 1400 万人。"① 这数据远远超过中国作家协会所公布的 5 万全国各地会员作家的数量②。中国作家出版集团与多家媒体 2009 年共同完成的"网络文学十年盘点"表明："在短短 10 年中，网络文学作品数量远远超越当代文学纸质作品 60 年的数量。互联网上拥有中文文学网站数千家，每年诞生 20 万余部小说，以每年 20% 的增长速度发展。'网络制造'的类型化小说占据了文学图书总量的近一半，占据畅销书榜的半数以上。"③ 截至 2014 年，网站数量（全国有专业文学网站、文学频道 500 余家，其中较有影响的文学网站约 50 家）、小说产量和类型、作者数量（全国签约作者人数已突破 250 万，10 万名作者通过网络写作获得经济收益，其中有 3 万名职业或半职业作者，75% 为 40 岁以下的年轻人，"70 后""80 后"是主力军，"90 后"是后备军。中国作协重点联系的网络作家 620 名）、读者数量

---

① 张斌，李俪：《中国网络文学用户达 3.78 亿人，创作队伍总计约 1400 万人》，中国新闻网，http：//soccer. nanews. com/cul/2018/05 – 17/8516356. shtml，2018 年 5 月 17 日发布。

② 中国作家协会个人会员为 9301 人，团体会员 44 个，一共不超过 5 万人，见中国作家网：http：//www. chinawriter. com. cn/zxjg/，2016 年 11 月 27 日访问。

③ 周志雄：《导论：网络文学入史的探讨》，周志雄，等《新世纪网络文学的侧面》，济南：山东人民出版社，2014 年，第 2 – 3 页。

等方面都远超传统文学或精英文学①。"我们的网站在中国大陆大概超过500家,一个大型网站每天(每人)可以更新8000到1万字,每天的原创类型作品累积起来,数量非常惊人,用'恒河沙数'来形容它,一点也不过分,因为量特别大,谁也没有能力把它读完,我们只能挑选排行榜靠前的作品来读一点,所以今天网络文学的火爆程度是远远超出预料的。"②

这种巨大影响力固然有着移动网络和手机端等外在条件的支持,但网络文学的世俗魅力也是另一个重要原因。网络小说有着自身的叙事模式和类型特点,其章节更新的方式非常契合当代碎片化的生活节奏,其通俗的故事虚构和幻想满足了浅易爽快的阅读需求,既塑造了青年一代人,也被青年人所创造。白桦从每年4000多部长篇小说中择取15部左右进行点评,写成《中国文情报告》。我们可以发现,这些年所附的新浪读书频道的小说图书点击榜和开卷图书研究所提供的小说图书销售排行榜排名靠前的多是官场与职场小说,如《驻京办主任》《杜拉拉升职记》等网络小说,而贾平凹、莫言、刘震云等传统名家的作品进不了前50名,这令人非常震惊。"除当代文学的少数名家继续成为图书市场的稳定主角之外,适应青少年读者的青春文学,流行于网络的类型文学等,都纷纷登场,成为图书市场上新的宠儿。这样两大类文学作品,依托网络等传媒的传播,依靠年轻读者的追捧,在文学图书销售中遥遥领先,在实际的文学阅读中影响甚大。"③可以说,网络文学的巨大影响力,得益于数字阅读方式及其浅阅读、轻小说的主流趣味。网络文学的发展又进一步加剧了纯文学的边缘化,使得以网络类型小说为代表的通俗性文学又侵染了中国20世纪80年代以来的精英文学体系的生存边界。全国八九百家纸质文学期刊"能勉强生存的还不到10%,90%以上的文学期刊陷入生存危机或者经营困境"④。这无疑是文学在与图像角逐的过程中,使本来处于劣势的文学,雪上加霜,更让80年代曾经红极一时的纯文学陷入了巨大困境。

这是在当前以网络为枢纽的新媒体时代出现的新现象——网络文学异

---

① 陈崎嵘:《逐步建立中国特色的网络文学理论体系、评价体系和话语体系——在全国网络文学理论研讨会上的发言摘要》,《网络文学评价体系虚实谈——全国网络文学理论研讨会论文集》,北京:作家出版社,2014年,第7页。

② 欧阳友权:《网络文学的现状及走向——在山东师范大学的演讲》,周志雄主编《网络文学研究》(第一辑),济南:山东人民出版社,2015年,第17页。

③ 白桦:《文学新演变与文坛新常态》,周志雄主编《网络文学研究》(第一辑),济南:山东人民出版社,2015年,第8-11页。

④ 《网络文学飞速发展仍无法走出边缘化》,中国作家网,http://www.chinawriter.com.cn/wxpl/2012/2012-10-18/144299.html0,2012年10月18日发布。

军突起。

什么是网络文学？什么是新媒体？关于网络文学的定义，早期讨论非常多，都没有定论。有的从内容上将网络文学定位于网络生活，有的从社群圈子角度定位于社区性，等等。目前较为统一的说法是三层面说：第一种是最为广泛的层面，网络文学指的是网络上的文学。一般来说，该概念较适用于北美华文文学和中国网络文学发展的早期，体现出人们对网络的新奇感和初体验。国内的学者如博书华等就主张宽泛的概念，目的是突出网络文学的海量性，甚至想把一些经过重新剪辑、编排，放在网络上流传的成功的纸质文学，也纳入其中①。第二种是紧跟文学实践的看法，指在网络上原创、发表和传播的文学，或者说网络系统内生产出来的文学。坚持这种观念的较多，如欧阳友权、李敬泽、邵燕君等。第三种是狭义的概念，认为网络文学就是最能体现网络媒体特性的文学样态，如多媒体文学、超文本文学②，如贺绍俊、于洋等偏于这种概念③。本书采用第二种并兼顾第三种概念。

新媒体是一个相对具有变化性的概念。相对于报纸杂志来说，20 世纪初的电影和 20 世纪中叶的电视都曾经是新媒体。现在我们所说的新媒体，指的是互联网和移动网络及其各种平台媒介，其是相对电影、电视而言的。"新媒体是基于计算机技术、通信技术、数字广播等技术，互联网、无线通信网、数字广播电视网和卫星等渠道，以电脑、电视、手机、PDA、MP4 等设备为终端的媒体。能够实现个性化、互动化、细分化的传播方式，部分

---

① 周志雄主编：《网络文学研究》（第一辑），济南：山东人民出版社，2015 年，第 37 页。

② "超文本（hypertext）"概念 1965 年由美国学者托德·尼尔逊提出，指的是"非相续著述"，即分叉的、允许读者做出选择的、最好在交互屏幕上阅读的文本。按照贝维尔《什么是超文本》（《国际哲学季刊》2002 年第 4 期）一文的说法，超文本的观念已经从文字扩展到绘画、行为、衣着、风景等一切我们附着意义于其上的事物。在网络和数字化空间中，比特形式唤醒和扩张了文本的开放性、自由性和互动性，使得非线性阅读更为便利和直观。观念先驱可以追溯到美国科学家布什（Vannenar Bush）在 1945 年发表的《我们如是想象》（*As We May Think*）文章中提出的"联想检索"（Associative Indexing）。1987 年，麦可·乔伊思（Michael Joyce）在美国计算机协会第一届超文本会议上发布了超文本小说《下午，一个故事》（*Afternoon，a story*），被《新纽约时报》称为"超文本小说之祖"。我国著名的超文本文学的试验有《涩柿子的世界》《妙缪庙》《歧路花园》等网络实践。

③ 贺绍俊：《网络文学：向左还是向右》，周志雄《网络文学研究》（第一辑），济南：山东人民出版社，2015 年，第 188－191 页；于洋，汤爱丽，李俊：《网络文学的自由境界》，北京：中央编译出版社，2004 年，第 8－16 页；欧阳友权：《网络文学本体论纲》，《文学评论》，2004 年第 6 期；欧阳友权：《比特世界的诗学》，长沙：岳麓书社，2007 年，第 122－123 页；欧阳友权：《网络文学的现状及走向——在山东师范大学的演讲》，周志雄《网络文学研究》（第一辑），济南：山东人民出版社，2015 年，第 14－18 页。

新媒体在传播属性上能够实现精准投放、点对点的传播，如新媒体博客、电子杂志等。"① 近两年，新媒体还得到了人工智能、大数据、云计算、区块链等新技术的支持，不仅产生了"移动应用、社交媒体、网络直播、短视频等新应用新业态"，"重塑了媒体格局和舆论生态"②，而且重塑了网络阅读的智能化推送机制。即在人工智能、大数据的支撑下，系统可以随时监测到个人阅读、批评和互动等方面的特性，一个读者只要阅读、收藏或付费购买某作品，智能终端就可以马上推送该读者可能喜欢的相关作品。

新媒体给网络文学带来了诸多变化：

第一，新媒体大大提高了文学传播能力及速度，使得人人都有话语权，其便利的互动性也改变了传统文学单向传播的点对面体系。新媒体环境中的每一个人"既是接受者又是作者、传播者，每个人都可以通过互联网和手机方便地进行创作，自由地把作品发布在交流平台上，同时对于别人的创作发表自己的看法，甚至进行改写。这种交流几乎不受时间和地域限制，也不受传统媒体'把关人'的管理，具有空前的自由"③。"传统媒体使用两分法把世界划分为生产者和消费者两大阵营，我们不是作者就是读者，不是广播者就是观看者，不是表演者就是欣赏者，这是一种一对多的传播，而新媒体与此相反，是一种多对多的传播，它使每个人不仅有听的机会，而且有说的条件。"④ 这说明了网络写作互动的生产机制特点，也揭示了网络文学的"全民写作"和零门槛写作准入制，无论是玄幻小说、言情小说、悬疑小说、官场小说、穿越小说等类型小说的创作，还是博客、微博、微信朋友圈、公众号等自媒体文本创作，都没有对写作者身份的门槛审查。只要在法律允许的范围内，每一个人在新媒体上都享有自由平等的话语权。当然，全民化导致海量化，一方面是无门槛的结果，但另一方面也制约了个体通过网络写作得以崭露头角的机会，难度空前。实际上，该领域的竞争门槛是不低的。网络作家青狐妖说："进来之后才发现有门槛，门槛在里面，并且不低。网上号称有 200 万写手，真正活跃的估计有二三十万，真正

① 中国互联网实验室：《中国新媒体发展报告（2006—2007）》，参见 https：//max. book118. com/html/2018/0818/8133103065001120. shtm。

② 唐绪军：《新媒体蓝皮书：中国新媒体发展报告 No.10（2019）》，北京：社会科学文献出版社，2019 年，参见皮书说《报告精读：新媒体蓝皮书：中国新媒体发展报告 No.10（2019）》，https：//www. pishu. cn/zxzx/xwdt/534392. shtml，2019 年 3 月 12 日访问。

③ 唐小娟：《网络写作新文类研究》，北京：中国社会科学出版社，2018 年，第 26 – 27 页。

④ 方兴东，胡泳：《媒体变革的经济学与社会学——论博客与新媒体的逻辑》，《现代传播》，2003 年第 6 期。

能把网文作为一个事业的网络作家其实更少。"① 网络作家浅紫缤纷也说："看起来谁都能写网文，门槛很低，但其实……这行很残酷。尤其是现在对于一个新人来说特别特别难。我们都知道编辑划群的时候，会分出来普通作家群、大神作家群和钻石级作家群。每一个作家群按级别划分，待遇是不一样的（比如，对大神级作家的作品，可能从三万字网站就开始推荐。但是普通作者的作品，得七十万字或八十万字才能开始推荐。大神级作家的作品可能七万字就上架了，但是普通作者的作品，十五万字都不一定能上架）……说是谁都可以写，但是能不能写好，网站给你什么待遇那就是另外一回事了。"②

第二，网络文学可以综合语言文字与图像、声音等符号媒介，对传统文学的语言单一媒介性局限有突破，这拓宽了文学影响社会文化的路径。无论是早期的 Flash 动画形式的散文、诗歌和小说，还是兼容了图片、文字、声音和视频影像的博客、微博和微信写作，都是一种综合文本。即便是文学网站的一些类型小说，其封面图像等也都是网站或者作者设计的。图像乃至声音都有介入文学文本的可能。在商业化机制的推动下，文学结合图像进行文化衍生品生产，更是形成了一种机制和流程，源于网络文学IP 的影视改编热潮得以盛行。比如 2014 年，就有 114 部网络小说的影视版权被购买，其中电视剧 90 部，电影 24 部，占据半数以上的比例③。如果加上网络影视剧，数量则更多，如《失恋三十三天》《我是特种兵》《裸婚时代》《杜拉拉升职记》《步步惊心》《和空姐一起的日子》《甄嬛传》《千山暮雪》《倾世皇妃》《何以笙箫默》《花千骨》《琅琊榜》《如懿传》《知否知否应是绿肥红瘦》等电视剧，以及《致青春》等电影，都产生了很好的社会效益和经济效益。张艺谋选择的文学 IP 也从传统的《红高粱》《大红灯笼高高挂》等延伸到《山楂树之恋》等网文，这被学者看作是网络文学全兴的象征④。这些事实均说明了网络文学的巨大影响力。即便是不看网络小说的人，也难以抗拒现在一些主流的影视剧（比如：《甄嬛传》《步步惊心》《如懿传》等）的影响，很多读者或观众是通过影视剧等再进一步去接

---

① 周志雄，等：《大神的肖像——网络作家访谈录》，济南：山东人民出版社，2015 年，第 191 页。
② 周志雄，等：《大神的肖像——网络作家访谈录》，济南：山东人民出版社，2015 年，第 304 页。
③ 欧阳友权：《网络文学的现状及走向——在山东师范大学的演讲》，周志雄主编《网络文学研究》（第一辑），济南：山东人民出版社，2015 年，第 27 页；傅书华，马季，刘琼，王国平：《网络文学的发展现状与研究》，周志雄主编《网络文学研究》（第一辑），济南：山东人民出版社，2015 年，第 45 页。
④ 董阳：《网络文学与核心价值观》，中国作家协会创作研究部编《网络文学评价体系虚实谈——全国网络文学理论研讨会论文集》，北京：作家出版社，2014 年，第 39 页。

触小说原著的。除此之外，还有网络小说改编成游戏、动画、漫画等作品的，在此不再赘述。

网络文学带动了影视、动漫、游戏、音乐、戏剧等文艺领域，形成了"文学+"泛娱乐业的发展模式，迎合了"互联网+"的文化产业链发展趋势①。这种由互动性发展起来的文化生态链，不仅有作者与读者、粉丝间的互动，有创作与批评接受的互动，还有内容上的内在互动链接，形成了游戏、动漫、影视与游戏、玄幻、修真等类型小说的跨媒介叙事现象，也形成了更为细化的版权体系，如文学有简体版权、繁体版权、游戏改编权、电影版权等，在游戏版权里，又有手游、端游和网游，甚至变态到分为卡片和回合的游戏版权②。这些都是跨媒介、融媒介环境下商业化运作的结果。

第三，网络文学写作直接影响到广大青年读者的审美观，甚至塑造着他们的世界观、人生观和价值观。

首先，纸质文学时期的一些理论观念受到质疑和颠覆。如艾布拉姆斯的作者、作品、世界与读者文学四要素分立的学说就可能不大适用于网络文学活动，读者与作者的关系不再那么泾渭分明，读者对于作者的创作的介入很深，会影响到故事情节，乃至结尾什么的，像读者喜欢大团圆的结果，不希望主角悲惨。网络作家最后的卫道者说："读者的留言是你一直写下去的一个动力，他写的留言越好、越长，他表现出内心要诉求的越多，对你的作品影响就越大。读者左右了网络文学出现的一个很大的问题就是，网络小说没有悲剧，绝对不可能有悲剧，因为读者接受不了。"③ 作家高楼大厦写《僵尸医生》的时候不是老婆孩子大团圆，被读者骂得狗血淋头。作家被逼无奈写过一个后记，读者仍不服气，无法平息怒火④。作家青狐妖做了很好的分析，读者看作者的小说是来放松的，娱乐的，你要给我悲伤、找累添堵、说教、叙述日常，我干嘛花钱耗时间啊⑤。总之，作者就是为读者提供爽感的文化服务人员。这造就了网络文学的"代入感""主角光环"

---

① 周根红：《文化产业视野中网络文学的产业化发展》，中国作家协会创作研究部编《网络文学评价体系虚实谈——全国网络文学理论研讨会论文集》，北京：作家出版社，2014 年，第 139 - 140 页。

② 周志雄，等：《大神的肖像——网络作家访谈录》，济南：山东人民出版社，2015 年，第 5 - 6 页。

③ 周志雄，等：《大神的肖像——网络作家访谈录》，济南：山东人民出版社，2015 年，第 65 页。

④ 周志雄，等：《大神的肖像——网络作家访谈录》，济南：山东人民出版社，2015 年，第 38 - 39 页。

⑤ 青狐妖：《网文主角为何那么"怪"——坚持为自己的读者而创作》，周志雄，等《大神的肖像——网络作家访谈录》，济南：山东人民出版社，2015 年，第 365 - 367 页。

"金手指"等现象。"一眼望去，十本网络小说（特别是当红网络小说）之中，恐怕九本都让主角拥有所谓的'金手指'。"① "新媒体时代读者的功能和角色定位也出现了巨大的变化，并且进一步影响到了传统文学的真实观和权威感……在互联网和手机短信平台上，原作者的概念是难以认定的，一篇文章写出来，发布到新媒体平台上，很快就会被转贴、删节、节选、引用、改写、评论，而加工过的文章又会在下一轮的传播中被裁剪、拼贴……直至面目全非。因此在新媒体中传播与改写是同步的，作者和读者的界限消失了。"② 像《鬼吹灯》《盗墓笔记》的设谜、解谜的悬疑叙事所激起的考古文章和同人小说创作，即显示了作者、原著与读者、同人创作之间的你中有我、我中有你的关联。这明显不同于艾布拉姆斯的文学四要素分立说。

其次，以读者的爽感满足为中心的文学审美占据绝对主导。幽默、诙谐、悬念、惊喜、意外、小白文、打擦边球的暧昧、淫盗、血腥、恐怖等亚文化等是不少许多读者所喜欢的。有学者将这种审美总结为"新奇有趣""亲切好看"或"新奇刺激"③，"比如网络悬疑小说大量采用日本恐怖文化的因素，从日常生活中微小的细节入手，一步步地从内心调动出人的恐惧感。更有代表性的是在许多论坛和网站上流行的'鬼故事'，内容多数是正统文化所回避的'乱力怪神'，比如诅咒、僵尸、鬼打墙、幽灵等，而写作过程当中又大量使用渲染血腥场面，阴森诡异气氛等刺激感官的写法"④。这基本不会像五四新文化运动中文学作品那样包含启蒙、批判、期待等责任意识。至多，网络文学作品会有一些揭露黑暗、反映问题的小说描述，并且常常只是作为一种爽点制造来运作。

再次，文学会形塑年轻读者的三观，影响社会的价值导向。网络文学对于读者的三观有较大的影响，原因在于，网络文学的作者群体和读者群体大多数是 30 岁以下的青少年⑤，网络作家落尘也说："（网络小说）都是给十六七岁到二十七八岁之间的这样一个相对年轻的群体来写。"⑥ 他们三

---

① 青狐妖：《网文主角为何那么"怪"——坚持为自己的读者而创作》，周志雄，等《大神的肖像——网络作家访谈录》，济南：山东人民出版社，2015 年，第 365 页。
② 唐小娟：《网络写作新文类研究》，北京：中国社会科学出版社，2018 年，第 29 页。
③ 唐小娟：《网络写作新文类研究》，北京：中国社会科学出版社，2018 年，第 42 页。
④ 唐小娟：《网络写作新文类研究》，北京：中国社会科学出版社，2018 年，第 27 页。
⑤ 根据 39 次《中国互联网发展状况统计报告》，2016 年 20～29 岁年龄段的占据 30.3%，为最高，其次则是 30～39 岁和 10～19 岁的，分别占据 23.2% 和 20.4%，29 岁以下的占 53.7%。参见唐小娟：《网络写作新文类研究》，北京：中国社会科学出版社，2018 年，第 40 页。
⑥ 周志雄，等：《大神的肖像——网络作家访谈录》，济南：山东人民出版社，2015 年，第 79 页。

观还没有完全成形；网络文学作品为迎合这些读者，有时会不知不觉地突破公序良俗，直抵人心的晦暗处，比如"妄语的那个《凡人修仙传》里面的人物无限的自私，拿了我的东西我就不管了，反正我无限自私嘛，拿完我的东西我就走，我对你，就是人情冷漠的那种现实。力方想的《四世传说》中的人物不负责任，干完就跑，很符合现代男人的一些想法……网络小说的这个模式是颠扑不破的，包括后期出的《大圣传》都是这个模式。在这个模式里，可以是仙啊，神啊，也可以是妖啊，大圣啊，但是前提是你必须是这个题材，你没有这个题材读者就不会去看，即使看了也觉得有点乱"①。好像年轻读者已经形成了固定的网络类型期待视野。也正是因为如此，单小曦等学者进行的网络文学批评研究就显得非常必要。同样，文化部门对网络文学进行合理合情的治理也非常必要。只是，目前的敏感词屏蔽等方式还有待完善，即在治理理念、技术和方法上需要改善。

现在，传统文学在人员、权力、资源、精神、审美、批评等方面尽管还占据主流地位，但不能保证在未来几十年后还能保持这样的态势，而且，未来肯定会有当今一些著名网络作家的重要位置。因为，未来经典化的问题首先是广受欢迎、接地气盛人气的当下作品，能抚慰当下的具体的人才有可能进入历史和经典金册②。尽管文学作品质量高与市场反响大不是正比例关系③，但是，未来能进入经典行列的大多是曾经的网红作品。

总之，新媒体技术在现代消费文化体系中助长了网络文学类型作品的发展，形成了由作者、网络运营商、网站、文化机构、读者所构成的文艺场，产生了网络新文类的话语资源和言说方式，从而将新的通俗性美学趣味渗入到大众日常生活中。网络文学一方面祛除了经典文学的"赋魅"，另一方面又引入了迎合大众的"惑媚"。

二、网络文学的学术反应与研究

网络文学的影响力有目共睹，自然也被学术研究所捕捉，目前网络文学引起的学术关注也越来越深入。那么，网络文学为什么有这么大的影响

---

① 周志雄，等：《大神的肖像——网络作家访谈录》，济南：山东人民出版社，2015年，第60页。

② 李敬泽：《网络文学：文学自觉与文化自觉》，中国作家协会创作研究部选编《网络文学评价体系虚实谈——全国网络文学理论研讨会论文集》，北京：作家出版社，2014年，第17-18页。

③ 夏龙河：《疑惑与寻找》，周志雄，等《大神的肖像——网络作家访谈录》，济南：山东人民出版社，2015年，第38-39页。

力？一般认为主要有三个方面的因素：

第一，自由。早期网络上的文学是一种泛文学，满足的是倾诉、交流、宣泄和表达需求，无论是写作，还是阅读、评论，都是随性而为的，既没有精致的美学负担，也没有谋求以此为业的功利，实现了前所未有的自由境界。

第二，日益成熟的吸引读者的爽感机制。首先，从内容上提供各种故事、人物和情节，奇观化成为总体原则，主人公可以悲惨，但一路上必须有金手指或开挂手段，从而满足读者的主角光环需求。从人设上看，励志、灰姑娘、总裁、女尊等其实是满足某种人生欲求的文学镜像呈现。其次，从叙事上，第一人称的自我体验叙事角度容易为读者的代入感和沉浸审美提供便利，中间又会悄悄换用全知全能叙事角度。比如《盗墓笔记之云顶天宫》中，先以吴邪的视角看到，我们一行顺着火山岩壁走到了路尽头，点起了一个照明弹，看到了火山口的巨型石碗形状，接下来就转换成全景俯视的全知全能角度所看到的场景，"我们立在一边的碗壁上，犹如几只小蚂蚁，无比的渺小"（二十九章）。

网络文学适应了新媒体时代搜索便利、接受群体低幼等趋势，其生动新奇的语言创造的奇观化故事，极大释放了想象力，触及了当代社会新文化的兴奋点，从而与广大青年读者粉丝产生"当下性"的共振。邵燕君自己说就是被这种丰茂的当下性所吸引，而从事网络文学研究的。[1] 周志雄也承认："在当代都市社会青少年人群（这个人群将在未来 10 年之内成为我们社会的主导力量）当中，除了为应试教育而学习的课文之外，能够得到自觉自愿阅读并吸引他们参与写作的正是这些被文学研究者拒绝在传统的文坛之外的新文类，在他们的思想中，新文类和传统经典一道构成了'文学'这个概念。考虑到这些新文类实际上的巨大影响力，任何拒绝它、无视它、排斥它的想法和行为都是不明智与自欺欺人的。"[2] 这也许是一个时代有一个时代的文学的见证，内含着社会变迁和人的代际变化所呈现的意识形态性，里面饱含着特定的记忆分子、情感结构、心理需求、自我实现感和区隔差异的魅力。网络文学在一定程度上实现了新青年人的力量，彰显了新一代人的形象。

第三，资本。在资本的推动下，榕树下、网易、新浪、搜狐、起点中文、幻剑书盟、17K 等网络媒介机构通过评奖、阅读收费机制等，打造了良

---

① 邵燕君：《为什么要研究网络文学？》，《网络文学评论》（第二辑），广州：花城出版社，2012 年，第 41 页。

② 唐小娟：《网络写作新文类研究》，北京：中国社会科学出版社，2018 年，第 11 页。

好的电子文学产业链，并且在报纸杂志和出版社的支持下，实现线上线下的合作出版共赢机制，并在影视文化传播机构的支持下，发展影视、动漫、音乐、游戏等文化衍生品产业链。因此，网络文学写作不仅有趣，而且变得有利可图，这又刺激着作者渊源不断地涌进来。同时，机构也不断推出各种富豪榜，营造唐家三少等网络富豪作家形象，持续不断地刺激着作者创作的热情，维护着网络文学生产机制。这一方面极大促进了网络文学的通俗化定位，迎合着大部分的大众型读者，另一方面也掩盖了大量网络作者的辛勤创作，以及博客文学等相对自由写作类型的存在事实。现在网络文学所具有的巨大影响力，是由大众文化、通俗小说借助新媒体时代的东风而形成的，李敬泽、汤哲声、马季、刘琼等学者将网络文学定位于"通俗"，引用通俗文学与高雅文学的理论范式来讨论日更、月更、年更的网络VIP小说，在很大程度上，具有可行性①。

为什么欧美主要是突出网络技术特性的电子文学，而没有出现我国网络通俗文学盛行的现象？

一般首先与欧美较为完善的版权意识有关，网络电子媒介同样作为一种传播路径，其原创文学作品是受到保护的，因此，电子期刊及其订阅成为它们的主要传播方式。少君、图雅等海外圈内有名的作者基本不以网络文学作家自名，只是在国内被打上了网络文学的标签。这种情形，欧美的网络写作就难以呈现像我国这样的盛况。另一方面，出于一种思维定式和实验精神，欧美是在媒介上区别于印刷的逻辑前提下探讨网络技术特性的电子文学的，比如凯瑟琳·海茵丝就在非印刷的框架下定位网络文学，可以表现超文本小说（hypertext fiction）、交互式小说（interactive fiction）、定位叙事（locative narratives）、FLASH 诗歌（flash poem）、装置碎片（installation pieces）、代码作品（code-work）、生成艺术（generative art）等形式②。有学者将原因归结到欧美有成熟的通俗文学体系，消遣娱乐需求不需要在网络上释放③。这实际上是暗示说中国先前有一个抑制通俗文学发展的前提背景，这种抑制甚至持续到20世纪80年代后，比如吸收了西方现代

---

① 一些源生于二次元文化的文学创作，则超出了通俗文化传统的范畴，是一种新生于新时代的网络文学土著部落创作。参见刘小源：《来自二次元的网络小说及其类型分析——以同人、耽美、网络游戏小说为例》，上海：东方出版中心，2019 年，第 21–25 页。

② ［美］凯瑟琳·海茵丝：《电子文学的类型》，姬晓茜译，《网络文学评论》（第二辑），广州：花城出版社，2012 年，第 176–189 页。

③ 李敬泽：《网络文学：文学自觉与文化自觉》，中国作家协会创作研究部选编《网络文学评价体系虚实谈——全国网络文学理论研讨会论文集》，北京：作家出版社，2014 年，第 13 页。

主义文艺的纯文学潮流客观上抑制了中国通俗文学的发展，使得通俗文学需求获得了能量蓄积。李敬泽这种说法肯定了市场文化背景下的网络类型小说的通俗化本质。作家"最后的卫道者"也肯定了这种通俗文化的需要，认为日本的漫画、韩国的游戏、美国的小说是它们各自的通俗文化表现，而网络类型小说则是中国的通俗文艺①。同时，中国政府锦上添花的文化产业发展政策支持也给中国网络原创文学提供了动力。由此，资本、网站、学者、网友共同推动了人们的旺盛倾诉欲望和表达需求，探索出了网络 VIP 制度，形成了中国所特有的网络文学现象。

紧随实践的变化，中国网络文学的学术研究也经历了一个重心转移变化的过程：

最初一批学者讨论"网络文学"都集中在性质、概念、特征等基本理论范畴内，重点考察网络文学与纸质文学、传统文学的差异②。因为早期文学的实践不够成熟，网络文学的理论探讨多是一种方向指引性的，有一种为学术新增长点而有的激情和冲动。在学术上，黄鸣奋教授虽然较早引介研究网络超文本艺术，但没有国内的文学实践的支撑，应该只是一种对西方文艺理论的先觉回应。欧阳友权教授所坚持的网络原创文学的朴素观念与中国新媒体的发展壮大相互呼应。

随后则是对产业化活动、审美文化传统等重大问题的讨论。现在更多的是对类型作品的分析评价，主要讨论网络文学的批评标准，对网络文学的世界观、核心价值观及其艺术性做出评价，也对网络文学的影视改编等热点现象做出理论回应。一方面，学术界看到了网络小说存在的价值观问题，"网络写作者很少去想社会的责任感问题，写手更多考虑的是网友的点击量和自己的经济利益，至于文学的人文价值或者考虑不多，或者不去考虑这个，这种现象是存在的……经典不敌偶像，传统不敌时尚，韩寒排在韩愈之前，郭沫若排在郭敬明之后，这种现象是存在的"③。这说明理论批评存在的必要性。另一方面，批评家们也希望网络写作在价值观、世界观等上面承担起责任意识。具体来说，他们希望网络小说不仅要有传统精英

---

① 周志雄，等：《大神的肖像——网络作家访谈录》，济南：山东人民出版社，2015 年，第 55 页。

② 关于网络文学的定义，不仅 21 世纪初期争吵火热，至今也仍是争议不断。对于没有足够重视网络超文本、多媒体特性网络原创传播的网络文学定义，很多学者仍心有芥蒂。很多只是存而不论，只是按照约定俗成的观念来进行对话交流，目的在于关注文学现象和事实问题。从历史维度看，肯定网络原创传播的观念对于现行网络文学的发展有着一定的推动力。这些与我国学术界观念超前、社团圈层推进、知识产权氛围等有关。

③ 欧阳友权：《网络文学的现状及走向——在山东师范大学的演讲》，周志雄主编《网络文学研究》（第一辑），济南：山东人民出版社，2015 年，第 23 页。

文学的现实批判意识，而且也要学习金庸等经典通俗作家的做法，如郭靖作为英雄的成功主要是建立在利他、坚守爱国信义等价值观基础上的。因此，2014年7月11—12日，中国作协创研部、全国网络文学重点园地工作联席会议、人民日报社文艺部、光明日报社文艺部联合在中国作协北戴河创作之家召开"全国网络文学理论研讨会"，就"网络文学如何弘扬社会主义核心价值观，讲述中国故事，网络文学的评价体系与批评标准，引导网络文学健康发展的思路及对策"等问题展开了研讨，成果也以《网络文学评价体系虚实谈》为书名出版。欧阳友权、刘俐俐、李玉平、邵燕君、单小曦、周志雄、庄庸、禹建湘、杨晨、桫椤（于忠辉）等都做了相关的设想和讨论。现在，政府部门、文化机构和网站都在有意识地引导现实主义的网络写作，这既是对先前玄幻、仙侠、穿越等幻想性文学的反拨，也是网络文学发展的一种逻辑需要。这个趋势从2011年就开始有苗头了，"网络文学中的幻想主义题材'被狙击'，各方都迫切地希望'现实主义题材'能成为网络文学的新概念、新标签，甚至是新旗帜"[1]。不过，这种引导，在文学阅读接受实践上，可能是惨淡经营的，比如，《上海繁华》等获得大奖的网络小说在网络上的点击率只有几万[2]。这说明，网络文学的美学价值观方面的引导，既需要批评和理论界的介入，也需要思维方法的变化，更需要文学实践的努力。如何处理好政府文化部门、商业网站与学术批评、大众趣味的关系，或者说，学术批评界如何在作者、读者、文艺商业机构、文艺管理部门之间发挥自己的作用，是今后着重要考虑的问题。

同样，作为从事文学研究的高等教育工作者，我们也应该积极回应相关问题，尤其是发现越来越多的学生都在阅读或曾经阅读过网络小说的时候，我们应该思考：在文学教育教学上如何顺应或应对这个现象？我们撰写本书的初衷是凸显文本审美分析，以潜移默化地施行文学影响，体现了十几年来"网络文学与文化"课程教学的某种心愿。一些高校院所已经开始了这种积极回应。比如2018年11月华东师范大学成立中国创意写作研究院，结合"分众"中国未来网络文学家项目培养网络文学优秀人才；三江学院设有网络文学编辑与写作本科专业，看重网络写作的人才培养。这种从创作实践视角研究网络文学编辑与写作技法、培养相关人才的探索，值得肯定。由此，本书的内容是，在概括描绘海内外网络文学发展历史的基

① 庄庸：《中国网络文学十年的"关键点"》，《网络文学评论》（第一辑），广州：花城出版社，2011年，第10页。
② 王光东，常方舟主编：《网络小说类型专题研究》，上海：东方出版中心，2019年，第45页。

础上，着重探索分析了青春言情、穿越古代言情、玄幻、修真练级、科幻、官场世情、历史等类型小说，作品兼顾经典和最新进展。其中，在类型分析中，我们主要讨论了爽点、价值观、叙事规律，以及其与文学传统、当下性的关系等问题。这与偏重总体理论概括的教材著述有一定的区别。

第一编　网络文学发展历程

汉语网络文学的先锋

——海外网络文学

互联网（internet）起源于军事方面的信息联络要求，在 20 世纪 80 年代中期开始进入人们的生活，网络上的文学也随之出现。因为欧美的互联网技术先进，所以，华文网络文学的发祥地是在北美和欧洲等海外地区①。对此我们做一个简单回顾。

第一节　海外网络文学概况

网络文学的写作和接受、分享需要电脑、互联网技术和超文本技术等技术条件支持。因此，最初是一部分懂得电脑和互联网技术的海外理工科留学生成为中国网络文学写作和分享阅读的主体。"由于电脑网络系统最早是由美国在 20 世纪 80 年代初期开发出来的，美国的大学是除政府之外的第一批用户。随着中国经济的起飞，大批留学生赴美、加学习及移民，自然也就成为这种先进的传播手段的最大的受惠者，亦不可推卸地成为华文网络文学的催生者。"② 网络文学的诞生需要技术主体和分享主体。

首先，20 世纪 70 年代末到 80 年代初，各种各样的计算机网络，如 MILNET、USENET、BITNET、CSNET 等得到了蓬勃发展，由此就产生了一种联网需要，即建立起一个机制将上述一系列网络联系起来，成为一个更大的网络系统，于是 1980 年就产生了 TCP/IP 协议。这是 ARPAnet 最大的技术贡献，为互联网的第一次飞跃。第二次飞跃为 1995 年，NSFNET（美国国家科学基金会网）开始商业化运行，世界上的无数企业和商业机构涌入互联网世界，很快发现了互联网在通信、资料检索、客户服务等方面的巨

---

① 陈瑞琳：《横看成岭侧成峰——海外新移民文学纵览》，郭媛媛，等《阅读少君——少君作品评论集》，北京：群众出版社，2002 年，第 286 页。

② 钱建军：《第 X 次浪潮——华文网络文学》，《华侨大学学报》，1999 年第 4 期。

大潜力，使得互联网用户数量呈指数增长趋势，平均每半年翻一番。截至2002年5月，全球已经有5亿8000多万用户，其中，北美1.82亿，亚太1.68亿。

除了电脑和互联网之外，网络文学的发展还需要超文本技术。所谓"超文本技术"（hypertext），也就是超媒体（hypermedia）技术，按照史密斯在美国计算机协会（ACD）刊物《通讯杂志》的看法，是指结点（node）之间联系的链路（link），"超文本是一种信息管理方式。在这种管理方式下，数据存储在一个通过链路相联系的结点网络里。结点可以包含文章、图表、声音、录像、软件和其他形式的数据"①。结点多种多样，无论是大小、结构和类型（如文本、声音、图表、视频录像、软件、页面），都可以被链路技术统一到一个窗口系统。

其次，网络文学写作和阅读分享还需要分享主体。无论是写作主体，还是接受主体，都是离开祖国和家乡的海外留学生或海外华人。这一批留学生是中国第四次留学浪潮的主体②。这为文学写作和交流提供了创作主体，尤其是他们困苦艰难的留学生涯使他们拥有倾述、交流欲望。

1989年6月，4名留学生利用大学的电脑系统建立了电子刊物《中国新闻摘要》（*China News Digest*，简称CND），每日一期，内容涉及国内外新闻、经济、文化等，属于集大成的综合刊物③。它是利用各大学的初级网络系统来逐日转发各大通讯社对中国的报道，很大程度上是中国留学生关注和沟通国内文化信息的窗口，为海外华人和留学生及时了解祖国的局势变化提供了方便，但却难以满足他们排遣身在异国他乡之忧愁烦闷的需要。于是，1991年4月5日，《中国新闻摘要》编辑部建立了《华夏文摘》，这是全球第一家中文网络周刊，稿源为原创稿件，通过电子邮箱投

---

① Smith John B. ，Halasz. Frank，Hypertext *Communication of the ACM*. 1988. July，Vol，31. NO. 7.

② 清朝末年从洋务运动到辛亥革命以前是第一次留学浪潮，如1872年到1875年由容闳倡议，曾国藩、李鸿章大力支持，先后派出四批120名留美儿童。不过，总体上，当时中国派赴欧美的留学生极少，而派到日本的则相对较多。20世纪30年代至40年代是第二次留学浪潮，这期间有公派，也有自费留学，赴美有两三万人，赴欧洲的为3万人，到日本的为10万人。新中国成立至1978年改革开放是第三次留学浪潮，主要是派往苏联。1978年改革开放后为第四次留学浪潮，1981年1月14日，国务院批转教育部等七部门《关于自费出国留学的暂行规定》，本着"支持留学，鼓励回国，来去自由"的方针，开始出现自费出国留学潮。1981年参加托福考试的考生有285人，两年后达到了2500人，1986年达到了1.8万人，1989年有4万人。1990年前后自费留学大军人数直线上升。2005年，中国成为世界上出国留学人数最多的国家，留学生以攻读硕士、博士学位为主，专业涵盖了各个学科，公派留学生以理工科为主，如2006年，赴美国公派留学生有2500多名，理工科占到80%～90%。见邓树强：《网络文学及其影视改编研究》，哈尔滨：黑龙江人民出版社，2017年，第1—2页。

③ 钱建军：《第X次浪潮——华文网络文学》，《华侨大学学报》，1999年第4期。

稿，其中的一些原创性的作品，因为能满足倾述和排遣需要，产生了非常大的影响，"从1991年第4期的留学生少君的纪实小说《奋斗与平等》到后来连载的《回国求职随笔》，都在留学生和华人社会中引起极大的反响。当年在美、加、澳、日留学的近20万中国留学生，几乎所有人都看过这份杂志，其影响力超过任何一种中文平面媒体"①。由此，1991年被认为是网络华文文学的开端之年。这一年，留美学生王笑飞创办了"海外中文通讯网"（chpoem-1 @ list-sev. acsu. buffalo. edu）②；也在这一年，少君以笔名"马奇"在《华夏文摘》1991年第4期上发表了小说《奋斗与平等》，后者被公认为是全世界最早的一篇中文版的网络小说③。这些都开启了汉语网络文学的大门④。

另外一个影响很大的就是网络新闻组 alt. Chinese. Text（简称 ACT），该组是1992年6月28日由美国印第安纳大学的中国留学生魏亚桂请该校的系统管理员在 USENET 建立的，使用的是 GB-HZ 编码，可以方便解决汉字的电子网络传播的稳定性问题⑤。该新闻组具有开放性，没有主题的限制，只要是汉语帖子即可，这极大满足了海外华人抒发情感、涂鸦文字的愿望。为了满足来自中国台湾的留学生的需要，后又发行了繁体字镜像版 alt. Chinese. Text. Big5（简称 CTB）。ACT 人气很高，抽样统计的结果显示，新闻组当年共有8万读者。张贴和发表的文章数量也非常多。"也正因为三教九流毕集，而又不限论题，才使得 ACT 的张贴如此丰富多彩：有在那里进行政治宣传和反宣传的，有传教和反传教的，有发表文学创作的，有抄书的，有聊天的，有感慨的，有吵架的，有骂大街的，有讲故事说笑话的，有交流日常生活经验的，有对对联猜谜的，甚至还有进行学术交流的……"⑥原创文学作品则被淹没在各种信息流的大海里。为此，早期网络文学的主要作者之一、ACT 的"活跃分子"图雅在1993年10月为网络期刊《华夏文摘》编了一期《留学生文学专辑》，一定程度上满足了文学爱好

① 钱建军：《第 X 次浪潮——华文网络文学》，《华侨大学学报》，1999年第4期；邓树强：《网络文学及其影视改编研究》，哈尔滨：黑龙江人民出版社，2017年，第6页。

② 邵燕君：《网络文学经典解读》，北京：北京大学出版社，2016年，第1页。

③ 蒙星宇：《网络少君》，北京：九州出版社，2011年。

④ 一般认为，1991年创办的《华夏文摘》和王笑飞创办的海外中文网络诗歌通讯网是华语网络文学的最初萌芽。邓树强：《网络文学及其影视改编研究》，哈尔滨：黑龙江人民出版社，2017年，第5页。

⑤ 钱建军：《第 X 次浪潮——华文网络文学》，《华侨大学学报》，1999年第4期。

⑥ 方舟子：《ACT 的繁荣——中文国际网络纵横谈之六》，http：//xys. org/xys/netters/Fang-Zhouzi/Net/act2. txt，2019年3月15日访问。

者的需要，方舟子给予了赞扬①。

ACT 顶峰时期，互联网上的原创文学作品有很大的发展，出现了少君、图雅、百合、散宜生、莲波、阿待、王辉云、瓶儿等有名的作者。1995 年底，ACT 开始随着一批批实践者们的纷纷离开而衰落。与此同时，各种专业化的网络文学电子期刊又纷纷涌现，网络文学发展转向了新的方向。1994 年 2 月，生物学博士方舟子②离开 ACT，与古平等创办了第一份中文网络纯文学刊物《新语丝》，特别凸显了海外华人怀旧思乡和应对中西文化冲突的主题。

1992 年微软公司推出了 Windows 视窗系统，实现了华文直接输入与阅读的便利，使得网络写作和发表文学的技术难度降低，主体扩大到一些具有高等教育程度的人，纯文学网站开始大量出现，网络文学大众化成为可能。随着第一个中国原创网站"榕树下"在 1997 年的创建，华文网络文学中心开始转向中国。

这个时期的网络文学主要有以下 5 个特征：

1. 网络技术的发展制约着网络的大众化。比如，早期要想在电脑上输入汉字是一个电脑使用技能的高科技行为，这限制了汉语网络写作和网络传播。1988 年，留学美国的严永欣成功开发第一个汉字处理软件"下里巴人"，得到普遍运用，解决了 DOS 系统存在的不能进行汉字书写和阅读的问题。1989 年，中国留学生又开发出 HZ 汉码，解决了互联网上传输汉字的问题。正是因为技术的限制，也就形成国内网络文学落后于海外华文网络文学的事实。"相对于海外留学生兴起的中文网络文学来说，中国的网络文学起步晚一些，这主要是由中国国际互联网滞后、普及率低等原因导致的。"③

2. 文学主题主要是思念家乡，怀念童年，表达异国他乡生活、学习和工作的艰辛困苦。少君称这些早期海外文学为"流放文学"④。这种文学多以怀旧和描写文化冲击为主题。身在异国他乡，迥异的生活、艰难挣扎的生存状态，都使"怀旧"有了生长空间，网络也就成为这种流放式华文文

① 方舟子：《ACT 的繁荣——中文国际网络纵横谈之六》，http：//xys. org/xys/netters/Fang-Zhouzi/Net/act2. txt.；邓树强：《网络文学及其影视改编研究》，哈尔滨：黑龙江人民出版社，2017 年，第 4 页。

② 方舟子，本名方是民，1967 年 9 月生于福建云霄县。1985 年毕业于云霄一中，考入中国科技大学生物系。1990 年本科毕业后赴美留学。1995 年获美国密歇根州立大学生物化学博士学位。先后在美国罗切斯特（Rochester）大学生物系、索尔克（Salk）生物研究院做博士后研究，研究方向为分子遗传学。1998 年起主要从事写作和网站建设，是《新语丝》月刊和同名网站的创办人。

③ 邓树强：《网络文学及其影视改编研究》，哈尔滨：黑龙江人民出版社，2017 年，第 8 页。

④ 钱建军：《北美华文文学中的网络文学》，蒙星宇《网络少君》，北京：九州出版社，2011 年，第 159 页。

学的肥沃土壤。

3. 自由自在，有感而发。网络上发表汉语文字，只要有这个技术和能力，就可以随便涂鸦，没有编辑管制，也没有机关部门查罚。所谓有感而发，多为性情文字和发泄，没有什么文学艺术成圣成家的目的，也没有什么商业目的，几乎就是自娱自乐，或者也就是社交分享交流的需要。方舟子就说是"随意文学"。这在少君看来，就是"灵感能够得以恣意飞扬的一个最佳场所"①。

4. 国外的网络文学作品主要以电子刊物为主，即便是网站上的作品，涉及文学的原创作品也都是有版权的。

5. 海外华文文学在美国、加拿大、欧洲国家之外，还有澳大利亚、日本、韩国、东南亚、中国香港、中国台湾等地，具有共同的情感交流需求。与欧美一样，澳大利亚、日本、韩国、东南亚等地的网络书写也多是作为海外华人交流情感的通道，释放生活和学习压力的途径。

日本、韩国的版权意识都强，网络上一般很少有中国那样的文学奇观，但有一些"手机小说"。中国香港的网络文学没有中国台湾发达。中国台湾不仅有鲜网②、优秀文学网③等网站，还出现了《第一次亲密接触》这样的现象级作品，成为华文文学流行的标志线，也呈现了国学渊源深厚、活剥中国古典的文风。《蛋白质女孩》《一杯热奶茶的等待》《几乎错过的恋爱》在网上蔓延开来，与《第一次亲密接触》一起被称为"中国台湾网络小说四大名著"。从 2000 年起，中国台湾城邦商周出版社推出大批网络纸版爱情小说，培养出藤井树（吴子云）、穿风、洛心等网络写手。

第二节　代表作家：少君

少君，原名钱建军，有全球中文网络文学"第一人"之称④，是第一批

---

① 钱建军：《第 X 次浪潮——华文网络文学》，《华侨大学学报》，1999 年第 4 期。

② 鲜网 www. Myfreshnet. com，总公司位于北美，在中国台湾设有分站。由鲜文学网、鲜闲情网、鲜娱乐网与鲜科技网等四个子网所组成，网友来自中国台湾、中国大陆、中国香港以及海外地区，号称是全球第一个架构式互动内容的网站。前身是鼎鼎大名的元元讨论区和巨豆广场。鲜文学网由沈元创立，内容以武侠小说、玄幻小说和奇幻小说为主，纯文学性的内容占比较小的一部分。分为异文馆（奇幻、武侠仙侠、推理惊悚、角色小说）、浪情馆、同人馆（耽美同人）、拿铁文学馆（诗、图 + 文、超类别、文艺小说、散文杂志、同志文学）、生活通。

③ 优秀文学网 http：//www. yoshow. com. tw，1999 年 5 月诞生，2002 年与博客合作推出《电子书》下载服务，还与大众电信 PHS 平台共同推出《优秀文学》连载小说订阅频道。

④ 1991 年 4 月，少君在国际互联网上发表的小说《奋斗与平等》"是全球第一家中文电子周刊《华夏文摘》上的第一部留学生小说，亦是全世界至今为止发现的第一篇中文网络小说"。见郭媛媛，等：《阅读少君——少君作品评论集》，北京：群众出版社，2002 年，第 5 页。

成功进行商业化写作的网络作家，"1999 年至今，中外各大出版社争相出版了 40 多部他的网络作品集"①。少君还是"第一位评介网络文学的学者"，"在 1998 年 10 月中国作家协会召开的'北美华文作家作品研讨会'上，他首次向中国学界介绍了网络文学，根据会议发言整理的论文《华文网络文学》是国内第一篇关于网络文学的历史、特征、对传统文学冲击及挑战的问题的学术论文，网络文学从此首次进入了中国学界的研究视野"②。少君何许人也？其作品有哪些内容和特征呢？

一、少君——一个神奇的人物

少君，1960 年 6 月出生于北京一个军旅之家。1977 年出狱后就考入了北京大学物理系，学习声学物理。毕业后，担任《经济日报》《经济学导报》记者，陆续参加过中国政府一些重大经济策划与研究工作，提交过《西部发展报告》《现代启示录》等研究报告。1988 年，他出人意料地赴美国德州大学攻读经济学博士学位，为此放弃了南方一个中等城市的副市长职位。这在当时乃至当今都非常神奇。学成后，他历任美国匹兹堡大学的副研究员，普林斯顿大学研究员，以及美国 TII 公司的副董事长并兼任中国厦门大学、华侨大学、南昌大学教授等职务。1998 年被《世界华文文学》选为年度封面人物。但在四十岁人生巅峰盛年时，他却突然宣告退休，专事游历写作，退隐于美国凤凰城。这是他第二次引退。这种引退在陈瑞琳看来，不是"达则兼济天下，穷则独善其身"的复制，而是一种出于本心的选择，在文学中实现其生命情怀和寄托③。在某种意义上说，他这是追求立言"不朽"的坦诚举动，同样也是一种用心看透人生的潇洒④。主要作品有诗歌《未名湖》，散文《菲尼克斯闲话》《凤凰城闲话》《台北素描》《阅读成都》，小说《人生自白》等⑤。

少君的人生经历很丰富，记者、市长、董事长、大学教授等都是他的头衔。"他是一位有天赋的作家，一位优秀的经济学者，一位功成身退的儒

---

① 蒙星宇：《网络少君》，北京：九州出版社，2011 年，第 1 - 2 页。

② 蒙星宇：《网络少君》，北京：九州出版社，2011 年，第 1 - 2 页。

③ 陈瑞琳：《天地任逍遥——〈爱在它乡的季节〉序》，郭媛媛，等《阅读少君——少君作品评论集》，北京：群众出版社，2002 年，第 256 - 257 页。

④ 汤本：《追求"不朽"的少君》，郭媛媛，等《阅读少君——少君作品评论集》，北京：群众出版社，2002 年，第 273 - 274 页。

⑤ 郭媛媛，等：《阅读少君——少君作品评论集》，北京：群众出版社，2002 年，第 1 页；少君：《人生自白》，南京：江苏文艺出版社，2003 年，封二介绍作者；蒙星宇：《网络少君》，北京：九州出版社，2011 年，第 2 页。

商。他的人生，是复调的、多彩的。难能可贵的是，他始终保持着强烈的诗人气质和作家式的观察，大半生热情如初地用文学记录下自己丰富深广的经验世界。"①"作为一个学理工科的，却对文学情有独钟——还在北大上学时，他就已经开始了他的诗歌创作；他在丰富的人生境遇中，频繁地辗转于新闻界、政界、商界，以至于文学界，成了在各个领域都能游刃有余并风头颇健的风云人物；他用自己的感官，亲身经历了在二十世纪末发生于中国社会的政治、经济、文化的变迁；特殊的工作经历，又曾使他能够与这个社会的上中下各个阶层有广泛、深入的接触和交流；他是一个少有的在国内、国外的主流社会都站得稳稳的时代骄子。这一切使他在开始文学写作的时候，能够更加理性，也更加客观地看待自己所置身的这个世界，理解母国和客居国迥异的社会制度和文化环境，懂得人世间的人情世故、悲欢离合，平静地面对人生际遇的大起大伏。"② 这样的人生，使他有着得天独厚的优势：在一个自由发表传播的网络世界中，丰富的人生感怀和阅历是一笔巨大财富。这决定了其小说、散文和诗歌等作品的深度和广度。

二、小说《人生自白》：世间百态

少君出国留学几乎是与中国改革开放的步履同频，这个时期是中国政治经济文化发生巨大变化的时期。在国内，经济建设作为政治首要使命，其要解决的是 10 亿人民吃饭的问题。这既是对新中国成立后不断诉诸政治运动的拨乱反正，也是自古以来人民的朴素愿望：能吃饱饭，能相安一隅，能发财致富。围绕这个核心，中国社会文化发生了巨大变化，人的观念也发生着裂变和转变。同时，国门打开，中国本土社会文化遭受到挑战和冲击，那些较早出国的人士，多为国内的精英，也在身体、精神和观念上经受了一场场洗心革面的冲击，里面的酸甜苦辣、悲欢离合，无以言表，难以尽述。文学作为一个发泄和倾诉的路径，在传统纸质时代受到了阻碍，难以成为海外华人的连接桥梁，因为，邮寄费比刊物费更高，这着实让海外华人文学成为了片块分割的局面，只有一些华人聚居相对多而集中的地方才有些刊物。而互联网的到来，才真正给文学带来了"统一"海外华人心声的机会和路径。"这必'泄'之'气'正是他（指少君——引者注）创作的冲动源泉。"③

---

① 蒙星宇：《网络少君》，北京：九州出版社，2011 年，第 2 页。
② 郭媛媛，等：《阅读少君——少君作品评论集》，北京：群众出版社，2002 年，第 1-2 页。
③ 陈瑞琳：《"网"上走来一"少君"——兼论少君的〈人生自白〉》，《世界华文文学论坛》，2000 年第 3 期。

少君的《人生自白》正好展示了这个时期中国人面对中西方、国内外思想文化的冲击的心路历程。"《人生自白》于是从其创作的背景构架，小说的写作主旨，描摹的社会场景、事件和虚拟的人物，采纳的艺术手法与语言，都无一例外地直接而正面地切入转型期的中国社会的各个层面，深入进海外移民潮中诞生的'边际人'的'百鸟林'中，用自己独特的'边际人'的同一视角，在电脑网络的平面视阈上，构造出一个虚拟的'边际人'的文学世界，给处在传统与现代，现代与后现代文化的交汇期，失却稳定而具体的文化规范的参照与约束：在新与旧、东方与西方、中国与美国文化的交叠、冲突、弥合中的人们，提供一道没有面孔，只有肉身形象的后现代社会的文化快餐，是在平面上呈现的边际人生浮沉录。"①

第一，撕裂之痛

在一个巨大转型的时刻，无论是国内本土的人，还是走出国门的中国人，都面临各种"异物"的入侵和冒犯，使得肉身到灵魂、身体到精神都在被撕扯着、分裂着。这在留学生中，更为激烈。比如《大厨》中的北京人"大吴"，1.86 米的个子，20 世纪 80 年代中国科技大学物理系毕业，分配到科学院一个研究所，后来不满足于这种平淡，经过托福、GRE 的失利后，最后通过一家留学咨询中心去了美国南部得克萨斯州小镇的一个私立大学，当时是怀揣父母和泪水涟涟的妻子的期望来到美国土地的，然而兜里却只有 60 美元的零花钱。大吴经历了极度缺钱、学业困境、语言困难、吃饭问题、无法出行，以及患病差点死去等考验后，又迎来了老婆的背叛和离婚诉讼，要求赔付 2 万美元青春损失费。最终大吴与一个从上海来的女孩同居，她也是被丈夫抛弃的……②

这个故事几乎是留学生或新移民的缩影，留学生们多面临异乡生存和婚恋分裂疼痛。其他故事如《奋斗与平等》《图兰朵》等都有类似的伤痛。

可以说，《人生自白》有一半的篇幅是写留学生和新移民伤痛的。比如《ABC》，写的是美国华裔女孩与中国一个 30 岁不到的副市长的婚恋和移民故事。小说以女孩的视角叙述，目睹了副市长从风光无限蜕变为到餐馆打工、送报纸、做装卸工，每天仅睡三四个小时的劳力者的过程，充满了自责。这些留学生和新移民的故事虽然有些虚构性，但却有着深厚的生活基础和感性体验，"少君的笔触主要描写八十年代兴起的留学热潮中，冲出国门的留学生的生活，尤其是赴美留学生的生活。少君个人留学生活的切身

---

① 郭媛媛，等：《阅读少君——少君作品评论集》，北京：群众出版社，2002 年，第 6 页。
② 少君：《人生自白》，南京：江苏文艺出版社，2003 年，第 5 页。

感受和耳闻目睹的身边故事，激发了他的创作灵感，使他一发而不可收，利用网络的巨大空间，尽情泼墨、宣泄这异乡的另类生活"①。

第二，转型之痛

转型社会，制度和法律层面有许多漏洞，一些善于钻营的人能趁机发财，网络小说呈现了社会转型的千疮百孔。比如《康哥》，从前"卖水果，摆茶叶摊，倒腾衣服，翻制黄色录像带"的小商贩康哥，能够成为在多个主要城市的海关"横着行"的能人，还成了"名震京城的企业家，还被选入青联常委"，原因就是他通过琢磨和观察，发现了一个价差路线，可以很快来钱：在海关申报单上打主意，从而在外贸部出国人员服务中心提到了专供出国人员的免税进口商品，再卖出去，因为国内的物资供应不能满足刚富裕起来的一部分人日益增长的物质需要，不愁卖，而且价差大，关键是弄到货源。这样，就利用人情和社会关系，打入海关内部，利用假报关单大发横财。这些业绩都不是依靠传统勤劳致富而获得的，对于传统社会和价值观是一个巨大的肢解。

《瘟州》《梦断天堂》都揭示了市场转型的各种丑恶和不规范，传统道德理念在社会转型中的分崩离析，新的正确的伦理道德还没有建立起来，社会价值成为鱼龙混杂的碎片。《导游》写导游以购物，吃饭回扣，甚至威逼游客或者向商家索要钱财来发财，没有职业道德，没有规范。《记者》中，也是有些无冕之王利用手中职权索要财物，发昧心财。《演员》写里面的各种潜规则，男女关系的混乱，反而对演员作息管束严的老干部成为大家的笑柄。《嫖客》中的个体户、汽车司机等都改变了价值观，先是沉迷嫖妓之乐，然后成为此道高手，不以为耻，反以为荣。相关女性也从中领悟到人生新的境界：性作为商品，可以带来财富，甚至还可以带来一种快乐。卖身者的家人要么睁一只眼闭一只眼，要么还以此为荣。甚至有些大学生、电影演员、有正当职业的年轻女性，也加入到了"舞女"的队伍中来了。面对物质诱惑和各种引诱，传统的道德理念无法应对，传统的职业伦理也无从适用。《假画》中主人公善于用假画来挣钱。《棚儿爷》《鬼市》写一些人为了发财，争相造假贩假，即便是以前老实的村民，也加入了这一行列。《零点》叙述了一个丈夫遭到一群流氓殴打，差点死去，雇凶者竟然是他的老婆和丈母娘，为的是独占创业打下的公司。《保姆》写一个怀有梦想的农村小姑娘来到北京做保姆，结果被老孙头强暴，在求告无门之后，老

---

① 王瑞华：《人在网中：耕耘并收获着——评少君其人与其小说》，郭媛媛，等《阅读少君——少君作品评论集》，北京：群众出版社，2002年，第280页。

孙头强行再侵犯的时候，她拿起菜刀砍死了老头……

可以说，在《人生自白》中，我们可以看到"社会转型时期的芸芸众生，有知识阶层的人，如律师、企业家、校长、教师、女秘书等，有下层社会各种卖苦力的。看来，少君不太相信完美，他笔下的人物，就像中国台湾女作家施叔青所形容的那样，像一团揉皱的纸团，有太多的面。在少君的故事里，看不到英雄，也极少见到卑鄙无耻之尤的歹徒，多数人的面目不是黑白分明的'好人'或'坏人'的概念所能涵盖的，他写出了中国社会现实中的芸芸众生，各有善恶的双面"①。

第三，人间真情和真爱

无论在中国，还是在异国他乡，人间真情和真爱都有，只不过都有着各种辛酸苦辣等况味。这在上述各种混乱而又失范的世界中，显得非常珍贵。比如《女教师》写刚分配到学校的"我"，故意用词激将不好好学习与社会小痞子厮混的女孩，说："一个好几门功课不及格的学生，没有和老师比跳舞的资格。"之后女孩了变得专心于学习。但一个月后女孩意外怀孕，被她爸爸用三道粗铁丝捆在水管子上。"我"在震惊之余，与他们一家三口商量了解决方案：由她妈妈负责尽快把胎打掉，由"我"负责搞一张全休病假条休学一个月，白天在家里自习，晚上"我"来辅导，各科作业由"我"带来给她做，对外就说她去乡下养病去了，不用逼问那个男的是谁。她身体恢复得很好，功课也进步了一大块，一跃成为班上的第五名，他们一家三口带来了许多礼物一块儿来到"我"家表示谢意。在那年的春节联欢会上，"我"当着同学们的面对她说："来呀，咱们比跳舞，不是早就定好了合同吗？我可没忘。"女孩没有了当初挑战的骄狂了，变得害羞起来。"来吧！"在"我"的鼓励下，她终于与"我"对扭了起来。她显得生疏了许多，而"我"却从邻居家一个在舞厅工作的小伙子那里，求教了近两个月而显得潇洒自如。跳着跳着，女孩眼里噙着泪水，一下子扑在了"我"的怀里，放声大哭。同学们见此都有点儿犯愣，大概觉出了什么不对劲儿。"我"抑制着自己的激动，马上对大家说："她比不过我，就哭，还玩儿赖的。"听我这么一说，她哭得更厉害了。这就是为人师表的典范。小说还得出做好教师的心得：作为老师，要镇得住他们，要让学生从心里服你。也就是，作为一个班主任，不仅会教课，还应该会许多课外的东西，还要有真心。

---

① 施建伟，汪义生：《人生是一场说不清道不明的梦——评美华作家少君〈人生自白〉的艺术特色》，郭媛媛，等著《阅读少君——少君作品评论集》，北京：群众出版社，2002年，第226页。

另外，小说《告别》则是写留学生"我"患了癌症，在异国他乡忍痛拒绝了一个同样漂泊异乡的女孩的故事，即"我"用冷酷高冷的行为成就了一种真心和大爱，里面蕴含着痛苦、绝望和渴望，令人泪目。

可以说，百篇短篇小说集《人生自白》是展现中国人在二十世纪八九十年代转型期的社会风俗画。美国克莱蒙研究院亚洲研究中心主任、研究员汤本对此做了较好的描述："少君用他的笔写人生，写下了很多人生自白。《性革命》描述新来美国的大陆人的性革命，变成了谋取个人利益的性交换的代价……"①因此，施建伟、汪义生将《人生自白》比作当代中国的《十日谈》②。郭媛媛将小说中的他们概括为"边际人"，将《人生自白》概括为"平面的边际人生浮沉录"③。她还将少君纳入"二十世纪美国华文作家文化心态及流变"历史中，认为少君延续了早期胡适、林语堂，中期的於梨华、白先勇的"边际人"足迹，与严歌苓一起成为八十年代至九十年代"只身走天涯的边际人"，"直面两种文化的强弱和优劣，直面自己的边缘化存在，在主动向美国社会与文化的融入中，想象性地转换着他者的身份，而为自己寻找到精神的家园"④。少君自己也说"《人生自白》更像纪实作品的网络小说"，"这些小说勾勒出了十几年来中国社会转型期中的各种生活角色，准确生动地记录下了这一时期内芸芸众生的荣辱得失，喜怒哀乐。少君以平静和客观的心态对待每一种生活角色的存在，他笔下的人物涉及我们生活的几乎各个层面，有官员、学者、客居异乡的老布尔什维克，也有在美国掌勺的留学生大厨、爱情至上的ABC、上海舞场里的小姐、北京街头的板儿爷、无可奈何的下岗工人，有色迷迷的导演、乐天知命的妓女、恬不知耻的记者、飞扬跋扈的倒爷，也有文物贩子、歌厅老板、保姆。多为所谓'边缘人'和'弱势群体'，传达了人物既熟悉又陌生的内心世界，展示了丰富多彩的人生经历"⑤。

从艺术形式上说，《人生自白》用的是口语化的自白式，既符合网络阅读，也更增添了故事的真实感⑥。蒙星宇说《人生自白》"开创了独具一格

---

① 汤本：《追求"不朽"的少君》，郭媛媛，等《阅读少君——少君作品评论集》，北京：群众出版社，2002年，第275–276页。

② 施建伟，汪义生：《点评少君文集》，郭媛媛，等《阅读少君——少君作品评论集》，北京：群众出版社，2002年，第237页。

③ 郭媛媛，等：《阅读少君——少君作品评论集》，北京：群众出版社，2002年，第2–5页。

④ 郭媛媛，等：《阅读少君——少君作品评论集》，北京：群众出版社，2002年，第153页。

⑤ 少君口述：《〈人生自白〉：更像纪实作品的网络小说》，《全国新书目》，2003年第10期。

⑥ 顾圣皓：《网络作家少君》，郭媛媛，等《阅读少君——少君作品评论集》，北京：群众出版社，2002年，第225页。

'自白体'网络小说的先河",有着学者的理性思辨,也有着内心的诗性精神①。作家刘醒龙肯定少君的小说有着悲悯和现实批判性特征之后,更突出少君文学的意义在于互联网,"他的写作意义是由英特网来决定的,一如当年郭沫若的《女神》是由白话文决定的那样。少君发表在网上林林总总的作品,肯定不是网络文学的高峰。但它是黄海上的水准基点,由此才可以一步步量出珠穆朗玛峰的高度"②。自1997年10月中国作家协会在泉州华侨大学召开"北美华文作家作品研讨会"之后,少君就"不再仅仅是美欧网络文学界的名人,其人其名其品陆续进入中国和东南亚一带的文坛,更成为这些地区网上文学追星族的热门对象"③。

除了小说,少君还有散文和诗歌,都散发着浓郁的现实情怀。限于篇幅,在此不赘述。

---

① 蒙星宇:《网络少君》,北京:九州出版社,2011年,第2-3页。

② 刘醒龙:《现在的网——少君小说集序》,郭媛媛,等《阅读少君——少君作品评论集》,北京:群众出版社,2002年,第253-254页。

③ 陈瑞琳:《天地任逍遥——〈爱在它乡的季节〉序》,郭媛媛,等《阅读少君——少君作品评论集》,北京:群众出版社,2002年,第255页。

网络文学的蓬勃发展

——中国网络文学

我国的网络文学，因为网络技术，起步相对较晚，但后来居上，开创了中国特色的网络文学商业化模式。早期以自由狂欢驱动，后来由网络 VIP 体制和衍生品产业链驱动，在商业化的道路上杀出了一条血路，并构筑了以网络文学 IP 为主导的绘画、动漫、影视、游戏等衍生文化作品链。

对于网络文学这段 20 年的发展历史，学术界有一些研究和讨论：

有人从文学网站角度切入网络文学发展的讨论，认为网络文学经过了自由发展期（1997 年前，其实大体相当于我们说的海外发展）、探索混乱期（1997—2003 年，着重于吸引读者，作品以转载《大唐双龙传》《星战英雄》等为主，校对质量成为重要因素，初步探索商业模式）、模式形成期（2003—2004 年，幻剑书盟、起点中文等纷纷改版，内部在文学性与商业性上摇摆，以及在争夺作者与净化色情暴力等边缘题材内容上展开博弈，最后起点 VIP 计划模式胜利，引领了商业模式）、资本引导期（2004—2013 年，盛大收购起点中文，掀起资本介入文学网站的潮流，资本又通过各种奖项、排行榜、衍生产品等方式推动文学的发展）、移动阅读期（2014 年至今，出现读文学、iReader、书旗小说、ZAKER、VIVA、网易阅读、搜狐阅读、Flipboard 等阅读客户端，争夺读者和市场）①。这一发展过程基本是从自由狂欢自在的发展到资本控制下的商业模式运行，再到回归多元多样化。"网络文学的发展就目前情况看，前期处于自由发展阶段，主要延续了传统文学写作的路子，随后在商业资本的作用下建立起了自己的商业模式，并迅速走向了以类型小说创作为主的发展阶段，然后由于移动阅读的普及，

---

① 《文学网站的发展及其对网络文学的影响》，中国文联理论研究室，中国文艺评论家协会编：《网络化背景下的文学艺术》，北京：中国文联出版社，2015 年，第 64 – 82 页。

网络文学的写作开始走出类型小说的藩篱，向多样化方向发展。"①

有人专门对类型化小说的发展做了一个时间顺序的梳理，认为第一个时期是"延续传统的言情期"，《第一次亲密接触》是延续了浪漫言情小说传统的 BBS 贴板，是"御叶流沟"故事②的网络翻版。之后出现了《活得像个人样》（邢育森）、《迷失在网络中的爱情》（李寻欢）、《告别薇安》（安妮宝贝）、《成都，今夜请将我遗忘》（慕容雪村）等。第二个时期是"追求新的幻想期"，延续的是《山海经》《聊斋志异》等志怪传奇传统，出现了《悟空传》（今何在）、《沙僧日记》（林长治）、《鬼吹灯》（天下霸唱）、《盗墓笔记》（南派三叔）等作品，以及在武侠小说、传统志怪小说、民间传说、神话故事以及西方的科幻小说、魔幻小说等基础上形成的玄幻小说类型作品。另有科幻作品如《楼兰》，悬疑小说如《灵异手记》，穿越小说如《木槿花西月锦绣》《步步惊心》等。第三个时期为"商业主导的类型期"，与商业资本结合，形成了玄幻、科幻、奇幻、武侠、言情、都市、官场职场、历史、盗墓悬疑、游戏等通俗小说类型。第四个时期为"多元发展的回归期"，依靠移动网络发展，在 VIP 等传统商业模式之外，进一步开发了出版、影视、游戏等衍生品体系，读者进一步垂直分化，在前期长篇、超长篇小说的基础上，人们也开始关注豆瓣、塔读等推行的中短篇小说模式③。

我们以商业机制探索和移动网络媒介爆发为准，把我国网络文学的发展分为三个阶段：第一阶段是 2004 年之前的自在缤纷的野蛮生长；第二阶段是 2004—2011 年的网络类型小说的发育与初步商业化；第三阶段是 2012 年至今的网络类型小说的成熟与产业化体系运作。第一与第二阶段的分野，主要是文学网站探索 VIP 商业机制的成功，对网络类型小说产生直接推动作用，影响深远。第二与第三阶段的分野则是移动网络、微信等自媒体的发展，它一方面进一步增加了网络文学的接受群体数量，另一方面也加速了网络类型文学与影视联合的产业化体系运作。

---

① 《网络文学发展简史》，中国文联理论研究室，中国文艺评论家协会编《网络化背景下的文学艺术》，北京：中国文联出版社，2015 年，第 83 - 84 页。

② 五代十国时期，闽国闽康宗王继鹏决意改立李春燕为后，在叶翘的奏疏上题一首诗《批叶翘谏书纸尾》（被收入了《全唐诗》）："春色曾看紫陌头，乱红飞处不禁愁。人情自厌芳华歇，一叶随风落御沟。"较为含蓄地表达了喜新厌旧，喜爱年轻貌美，讨厌年老色衰的愿望。

③ 《网络文学发展简史》，中国文联理论研究室，中国文艺评论家协会编《网络化背景下的文学艺术》，北京：中国文联出版社，2015 年，第 84 - 92 页。

第一节　2004 年之前：缤纷自在的野蛮生长

1994 年，中国正式加入国际互联网，域名为". cn"①，中国的互联网时代来临。互联网的"兴风作浪"能力比以往的媒介都要强大得多，它改变的不仅仅是形式，而且还逐渐形成了新的文学尺度，影响极大。"正如甲骨文只能'言简意赅'一样，网络媒体自然会出现'行云流水'"②的文学。其浅白晓畅和"我手写我心"的特点必然成为网络文学的重要特色。

1995 年前后，国内网络上流行的原创作品还不多，部分高校的爱好文学的大学师生、科研单位人员是最初触网的人，他们会把接触到的海外网络文学转贴到国内高校的 BBS 论坛上，引起海内外的文学互动交流。网络作家邢育森说，那个时候，"在北邮 BBS 原创风气还不浓厚时，文学爱好者主要阅读、最欢迎的是百合的作品。《有这样一种关系》和《哭泣的色彩》已经深刻地揭示了人的内心世界和欲望冲突。《台北爱情故事》也流传一时"③。海外作品的魅力和成功也刺激了国内一些大学生和文学爱好者，他们开始了自己的网上文学创作，多发表在 BBS 上，是一种有感而发而不得不发的非功利写作。"这批作品大多是以网络生活为题材，以网恋为容，手法稚拙而单纯，内容重复而单调，但却不失年轻人的激情。"④ 另外，国内网络文学的朝气也吸引了海外华人在国内网络发表作品，比如 1996 年的北京在线的"温馨港湾"网站，在最火的时候，就有来自 20 多个国家的华人作者作品⑤。1996 年 6 月 18 日，杨照先生的文章《身份与故事》在《中国时报》刊登，引起了"网络文学到底烂不烂"的争论，网络写手与一些主流作家之间相互不感冒。这是"网络文学"概念在传统媒介上的首次亮相，开启了网络文学与传统文学博弈的大门⑥。

这一段历史时期，发生的网络文学事件很多⑦，其中，1997 年 12 月 25

---

① 欧阳友权主编：《网络文学发展史：汉语网络文学调查纪实》，北京：中国广播电视出版社，2008 年，第 80 页。

② 马季：《网络文学：中国当代文学第二次起航》，《人民日报》，2011 年 4 月 19 日。

③ 邢育森：《如我所知》，http：//chizi. 163. net/suozhi. html. 转引自徐文武：《论中国网络文学的起源和发展》，《江汉石油学院学报（社科版）》，2002 年第 1 期。

④ 徐文武：《论中国网络文学的起源和发展》，《江汉石油学院学报（社科版）》，2002 年第 1 期。

⑤ 路艳霞：《网络文学昙花一现》，《北京日报》，1999 年 8 月 23 日。

⑥ 马季：《台湾的网络文学》，《红豆（精品文学版）》，2006 年 5 月，第 72 页。

⑦ 关于网络文学发展的事件，欧阳友权、马季、周志雄、邵燕君、欧阳文风等学者都有收集，本书不再赘述。

日，美籍华人朱威廉开通了"榕树下"全球中文原创作品网（www.rongshu.com），以及1998年蔡智恒《第一次亲密接触》在中国的火爆流行，都极大激发了中国网络文学的蓬勃发展。邵燕君、吴长青等学者将后者作为网络文学活动纪元的标志①。该时期是网络文学写作自由探索、随心而为的阶段，其特点主要有以下几个方面：

一、现实性精神

与海外网络文学一样，初期国内的网络文学也多以现实题材内容取胜，构成了言为心声的早期网络文学特征。改革开放以后，社会政治经济文化都发生着巨大的变化。很多人经受了与上山下乡不一样的经历，这为文学创作提供了内在需求，对传统文学的形式化和远离民间地气的不良趋势做了较好的改变。这种情势，一般不宜简单地用世俗和媚俗来解释，因为"这些创作大多关注的是当下大众世俗的、琐碎的生活与'烦恼人生'，表达了一些作家对生活本真的认识"②。这是人心底涌现的歌唱和倾诉。此所谓韩愈的"不平则鸣"，白居易的"文章合为时而著，歌诗合为事而作"精神。比如2002年4月，慕容雪村在"天涯·舞文弄墨"贴出的《成都，今夜请将我遗忘》，点击率超过17万，就叙述了青年陈重身陷逐金、淫乱、醉生梦死、算计同事朋友的迷乱生活，用一夜情来表达自己对妻子的爱。陈重又不甘于沉沦，在猎艳路途中临死前仍有理想的回顾。小说写出了普通人生存的困顿，切合了中国城市化转型的现实，人性迷茫和生存挣扎构成了现代化市场经济进程中的精神生存问题。该作品虽然诙谐调侃，乃至有些油滑玩世不恭，但是却切中了当时人心的真实和社会现实潮流，《天涯》杂志主编李少君如是说："使我对网络文学刮目相看的还是慕容雪村的《成都，今夜请将我遗忘》，作者完全是在一种表达的冲动（这其实是真正的文学创作的原始动力）之下一气呵成的，开始并无寻求公开发表的欲望，也就没有遵循什么标准，所以写得肆无忌惮，将生存的残酷、现实的灰暗、人性的丑恶表露无遗，淋漓尽致。试想，作者如果是训练有素的作家，肯定不会如此决绝，不顾一切，但同时也就会削弱其冲击力与震撼力。""慕容雪村是小说江湖的世外高手。他的语言如剃刀般锋利，如庖丁解牛，痛快淋漓。他的叙事直入人性深处，在金钱与爱情的炼狱中，窥见坚实的真

---

① 邵燕君：《网络文学经典解读》，北京：北京大学出版社，2016年，第1页；吴长青：《网络文学创作与研究概论》，南京：河海大学出版社，2017年，第2页。

② 邓树强：《网络文学及其影视改编研究》，哈尔滨：黑龙江人民出版社，2017年，第11页。

情实感。"①

　　有些作品虽然偏重情感表达，但都是建立于生活体验上的抒发，使得小说显得质朴而又诚挚，比如安妮宝贝的作品《八月未央》中的未央依靠写作生活，青春叛逆，孤独敏感，与乔之间有种暧昧情愫，因为未央觉得乔像她母亲，而母亲是她杀死的。未央与乔所深爱的朝颜一见，就产生了爱并越轨，未央怀孕，朝颜留学日本，也离开了乔。未央决定去北方，要带着乔走。孤独的乔自杀于机场洗手间，未央留在南方将孩子生了下来。在英语补习课上，未央向一个擦着男用香水，递给她一支香烟，名叫KENIO 的女人介绍说："你可以叫我乔（JOE）。"写尽了一种孤独、一种对爱的渴望。李寻欢的《边缘游戏》《数字英雄》的搞笑煽情，邢育森的《活得像个人样》的浪漫和悖谬，宁财神的《在路上之金莲冲浪》《网恋鬼故事系列》《歪歌瞎唱》等作品的幽默调侃、装神弄鬼，龙吟的《智圣东方朔》的"文侠"智慧和东方式幽默，以及 flying-max 的获奖小说《灰锡时代》表现出来的黑色幻想和生存狡智等等，都在轻松谐谑之外蕴含着生活现实感，这应该是它们能在网上网下广为传播的原因。这个时期更显出言为心声的内在驱动性，文学审美机制更多趋向于畅快放达，先自娱而后娱人，而不是后面商业体制下的被驱动的"追更"，后者压力和焦虑更多②。

　　安妮宝贝的自恋式写作写的是一种男欢女爱，是一种个人化的内转写作，李寻欢、宁财神等调侃的语言游戏文本，也是一种个人化的情感抒写。"整个网络文学阵营的创作即使超出了男女情爱的悲欢离合，大多在个人的情感天地中倾诉和营造着。新型的以网络写手们为代表的书写主体身上烙有后现代文化的深刻印痕：破除中心、没有权威、多元化、非线性、注重感官、轻于思考、追求当下、不再尊重历史和瞩目将来，'向内转'的创作向度转变在网络文学中得到了最为彻底的、变了味的实现。"③ 用后现代来说明网络文学虽然肯定有问题，但注重现实基础的情感抒发这个向内转却是这个时期作品的一个特征。

---

　　① 朴素：《网络文学的明与暗》，《网络文学评论》（第二辑），广州：花城出版社，2012 年，第 19 页。

　　② 不能一概而论，只要是原创，都是有一定辛苦的，比如《第一次亲密接触》，如果不是网友的鼓励与支持，痞子蔡恐怕完成不了这篇小说："写这篇故事的过程中，曾经因为太累，没时间，而有中断的想法，但想到有越来越多的人期待这篇文章的继续，为了不让读者失望，只有硬着头皮写下去。"见《青年作家·网络文学杂志》，2001 年第 4 期。

　　③ 于洋，汤爱丽，李俊：《网络文学的自由境界》，北京：中央编译出版社，2004 年，第23－24页。

二、自由狂欢

早期网络的管制没有现在这么严苛，基本上是一个自由的空间。文学作品的发表比较便利，不需要专业编辑的审核，就可以在网络上生存。至于是否流行和成名，则取决于作品的故事和题材内容，以及较好的义学功力和机遇。可以说，网络文学的核心本性就在于它的自由性①。

网络自由最初是由技术带来而权力机制还来不及反应造就的。主要是由匿名性，没有审核的发表和传播，没有负担的说真话，所促成的那种现实生活所没有的畅快。李格非概括早期的网络文学就是用"Free"（自由自在）这个词，"必须注意到，这种写作的冲动，不是平面媒体上作家写作的'文学冲动'，它没有边界，完全'Free'（取其所有含意）"。可以是"自由的、不受别人管制的"，可以是"自主的""宽松的，无拘束的，随便的"，也可以是"自愿的"，还可以是"免去……（比如免费）""空闲的，打闹的""随时有的""任意的"等②。归结起来，网络文学的自由表现为：写作自由，想写什么就写什么；作品发表自由，在网络上可以随意发布，几乎没有什么禁区，达到一种宣泄的畅快，至于是否审美、是否合乎别人的需要则是其次的问题，是否要别人来赞美、是否能盈利，更不是在"法眼"的核心；发表意见的自由，对自己看不惯的，因为匿名和陌生关系而自由表达，不看别人脸色，也没有伦理和情感负担。

人们对于这种媒介本性的自由非常欣喜雀跃。有关网络自由的言论无数。一些学术性的文章也在"自由性"上做了很多发挥，王瑾的《网络文学自由观》（《中国文化报》2001 年 4 月 28 日）、许复的《网络，让童心飞得更远》（《中华读书报》2001 年 10 月 24 日）、蔡之国的《网络文学：自由的文学乌托邦》（《文艺评论》2002 年第 4 期）、南帆的《网络文学：你可以随心所欲吗?》（《文明与宣传》2002 年第 9 期）、邝炼军的《网络文学：自由的挑战》（《西南民族学院学报》2002 年第 11 期）、张雁影的《网络文学自由性特征之我见》（《陕西教育学院学报》2003 年第 2 期）等都讨论了网络文学的自由性。这些只是标题呈现了"自由"问题，还有更多的文章在内容上会涉及自由问题。"文学创作的灵魂就是追求自由，在这个虚拟的世界里，你可以自由地呼吸，自由地思考，自由地发挥自己的想象力，从这一点上来讲，网络文学本身更切近文学创作的内在本质。"③ 欧阳友权

---

① 欧阳友权：《网络文学论纲》，北京：人民文学出版社，2003 年，第 148 页。

② 李洁非：《Free 与网络写作》，《文学报》，2000 年 4 月 20 日。

③ 于洋，汤爱丽，李俊：《网络文学的自由境界》，北京：中央编译出版社，2004 年，第 35 页。

教授的早期研究作品《网络文学论纲》几乎都是对网络文学自由性的探讨，比如第四章"众妙之门"中，"网络：自由精神的家园""网络文学：民间话语权的回归""文学脱冕与感觉撒播"（没有身份的拖累，没有兴观群怨的使命压力，没有立德立功立言的功利目的，表达就恣意妄为，没有顾忌，只强调自我的感觉播散），第五章"欲望的狂欢"讲述民间、个人、日常和语言自由样态，第六章"解放话语权"，突出了网络文学的"非组织性"，第七章"艺术与技术"则从网络文学创作来谈更新变化，第八章"把玩文本魔方"讲述文本的传播和接受的自在，第九章"追寻赛博家园"则讨论了网络文学的自由价值倾向和娱乐功能。"自由"几乎占据一本书的分量。

早期对网络文学的自由讴歌怎么样都不过分。但是随着技术的成熟，以及社会的芜杂性、人心世态的复杂性，网络的自由也显示出一些弊端，比如暴力、黄色、诈骗和人肉搜索等，从管制技术与权力而言，网络自由仅仅是体制懒得理你的自由。对于网络文学而言，同样也因为"自由性与随意性带来的势必是对于文学教化功能和深度模式的放弃，这也招致了许多传统作家的批评，甚至有些作家称之为厕所文学、垃圾文学、快餐文化"①。

从形式上，博客、微博等网络日志形式继承和体现了网络写作的自主自在性。如爱乐琴的席文太的博客，曾以"狗日的钢琴"为题写了一系列故事，叙述了一个农村青年经过奋斗成为琴行老板的故事，故事生动有趣。《东方今报》将之稍作修改，以"狗日的钢琴"为题进行连载，影响进一步扩大。后又经过中国国际广播音像出版社出版，书名为《土色狗，黑钢琴》。有些名作家也会通过博客进行宣传，如余华在即将出版《兄弟》时在博客上连载了全文。但更多的博客写作是出于抒发情感和感受的非功利需要，比如慕容小双的博文。博客文学因为具有真实性、直接性、开放性、民主性、多媒介性、游戏性等特点，而表征了早期网络文学的自由特性。这样的一种自由，对传统媒介及其作家构成了冲击，比如池莉就关闭了博客，是因为博客是人可以自由进出的开放院子，作者作为院子的主人，不仅不能干预，而且还得及时回复，要忍受不同人的情绪和态度，"你不回（复），有人不高兴、有人哭、有人骂，像个疯人院……网络上一切都来得太直接——爱起一个人来易肉麻，攻击起来又太不择言——我消受不了"②。

---

① 于洋，汤爱丽，李俊：《网络文学的自由境界》，北京：中央编译出版社，2004年，第35页。

② 《交互的自由写作》，中国文联理论研究室，中国文艺评论家协会编《网络化背景下的文学艺术》，北京：中国文联出版社，2015年，第104页。

网络其实就是消解传统媒介权威的，这也许是韩寒论争白桦、批评赵丽华的根性所在。

三、幽默搞笑的风格

幽默搞笑是文艺通行古今中外的一把万能钥匙。如果说，海外网络散文、小说偏于真情而发，那么中国伊始的网络文学则更偏于调侃搞笑，后现代色彩更浓些，因为背后的现实性要求不同。"网络文学早期类型主要是北美留学生群体的散文随笔，内容多为亲情、友情、爱情、乡情，而之后的网络文学则以嘲讽、调侃的无厘头为主，作品中充满了散乱随性的叙事、恶搞偏激的语言和对经典的颠覆性改写。"① 欧阳友权根据对十大文学网站的原创作品的调查，发现位居前三位的爱情、搞笑和武侠题材中，搞笑的约占作品总数的17%，如果加上 BBS、聊天室、新闻组、讨论区和个人博客里的文字，搞笑类作品的比例更大②。比如《等咱有了钱》："等咱有了钱，天天去做美体。想瘦哪里就瘦哪里，想大哪里就大哪里。贵宾卡一次买两张，上半身用一张，下半身用一张。"③ 这种夸张诙谐明显是大话体的仿写。

笨狸在《织文成网》中表示："网络的浏览行为注定了网络文学的主流是一种速食文化，而幽默作为一种吸引浏览的行为，无论是大师式的笑中见泪，还是胡闹而已的'无厘头'搞笑，无疑都是网络民众所喜闻乐见的。"④ 幽默需要敏捷的思路和没有束缚的视线。

四、严肃的、沉思的气质

网络最初是作为一个平台和工具，其书写行为虽然自由，但书写思维仍是纸张书写的模式，跟纸张书写一样严肃、深刻，这个时候还没有类型小说的积累和人气。早期一些网络文学评奖，以及很多出名的网络作家作品即是这种标准下的产物，如邢育森、安妮宝贝、今何在等。比如《悟空传》写出了热血青少年的中二病（指青少年的特别自以为是），开头的宣言就令人亢奋："我要听到天的痛哭，我要听到神的乞求。我知道天会愤怒，

---

① 周志雄，等：《新世纪网络文学的侧面》，济南：山东人民出版社，2014 年，第 52 页。
② 欧阳友权：《数字媒介与中国文学的转型》，《中国社会科学》，2007 年第 1 期。
③ 田射，毛桠编：《情调 email3 编：以 e-mail 方式在大学生私人间传播的网络文学作品》，北京：华夏出版社，2004 年，第 5–6 页。
④ 金振邦：《新媒体视野下的网络文学》，《东北师大学报（哲学社会科学版）》，2005 年第 5 期。

但你知道天也会颤抖吗？苍穹动摇时，我放声大笑，挥开如意金箍棒，打它个地覆天也翻。从今往后一万年，你们都会记住我的名字，齐天大圣孙悟空。"同时，小说有对生活无聊的批判，对贫乏人物的讽刺，体现着一种天地众生情怀。"西游就是一个很悲壮的故事，是一个关于一群人在路上想寻找当年失去的理想的故事，而不是我们一些改编作品里面表现的那样，就是打打妖怪说说笑话那样一个平庸的故事。"① 这里面可能有着作者走出象牙塔进入江湖世界的一种青春怀念，即今何在在毕业一年内创作的《悟空传》实际上是一种精神自传，借助西游框架再造西天取经人物群像，显示出 20 世纪末、21 世纪初期青年的一种状态，思考在这样一个平凡时代如何成为一个"大人物"。而这或许就是"理想"的本质。它与《大话西游》的爱情信念是不一样的。这种沉思和情怀是诚挚的、严肃的、认真的。比如追问人生：为何成佛？如何成佛？何苦成佛？《悟空传》写的仍然是西天取经，其故事背景有原典和《大话西游》中的框架，又有自己的创新，失忆的孙悟空患了精神分裂症，在发作时打死了唐僧，他为此重新下地府、入龙宫、上天宫，几乎可以将取经前的自由历史给变造性地重演一遍。与《西游记》重情节故事相比，《悟空传》重对话；与《大话西游》重谐谑对白相比，《悟空传》重视人物的内心。师徒四人还有白马，都在思索一个问题：为什么要向西天去取经？真的是为了成佛？"无法超越的社会存在和宿命的悲剧"是什么？其实"西游"就是向死而生的过程，伴随着生老病死、喜怒哀乐，其终极是生命的极限。成佛，在某种意义上，是一种死寂、寂灭、死亡。这样的写作，具有较强的思想性。"《悟空传》开辟了一条新思路，让人们发现'西游原来可以这样写'，但可能是各有所爱吧，我觉得《悟空传》里的'我要这天再也遮不住我的眼'有点'我命由我不由天'的中二病即视感……"② 欧阳文风称之为"网络第一书"，认为"《悟空传》是新时代文学的切格瓦拉，彻彻底底的叛逆者，也奠定了网络文学最自由不羁的灵魂"③。

很多学者说网络文学很通俗，拒绝深度。首先，这个说法比较笼统。如果针对网络类型小说来说，基本能够成立④。但对于早期的一些网络文学

---

① 今何在：《序：在路上》，《悟空传（完美纪念版）》，长沙：湖南文艺出版社，2011 年。

② 宋永华：《如何评价今何在的〈西游日记〉？》，知乎网 https：//www.zhihu.com/question/23590655/answer/86513969，2019 年 3 月 15 日访问。

③ 欧阳文风：《网络文学大事件 100》，北京：中央编译出版社，2014 年，第 51 页。

④ 刘克敌在《网络文学新论》第七章第二节中说，网络文学"拒绝深度"，这种说法是定位在网络类型的通俗小说上的。见刘克敌：《网络文学新论》，南京：凤凰出版社，2011 年。

作品，则不一定。早期的很多作品有较为浓郁的精英色彩，有情怀，有思想，有热情，与纯文学非常相似，《悟空传》、安妮宝贝作品等都是这样的。

第二节　2004—2011 年：商业化背景下的网络类型小说发展

这样一个时期，网络文学在 VIP 制度的促进下，得到了质的飞跃。它以文学网站为主体机构，在文化部门、媒体、作者和读者的支持合作下，致力于扩大影响力，出精品，举办各种竞赛评奖活动，召开研讨会座谈会等，以稳固发展以网络文学为底本的文化产业运作机制。在实践中，网络文学形成了玄幻、仙侠等具有中国特色的幻想型文学，在题材、风格上确立了中国网络文学的特质，部分回应和缓解了理论对于"网络文学"观念的焦虑。

一、商业体制运行及影响

2003 年 6 月 28 日至 29 日，"大然传奇中国首届奇幻文学笔会"在广州召开，起点中文的宝剑锋等人在会上提出了 VIP 方案，没有获得其他网站的支持，起点中文的 VIP 计划延后。2003 年 8 月 25 日，起点中文发布了网络文学史上最成功的一次改版第三版，到 10 月，起点中文流量几乎赶上了幻剑书盟，给起点中文管理层推行 VIP 制度增强了决心，当月开始运行 VIP 计划。11 月 10 日，起点中文结束 VIP 优惠，开始正式收费，对 VIP 作者，起点中文是全额支付稿酬，一些作者第一个月的稿酬就超过 1000 元，这极大鼓舞了作者的创作热情，起点中文也顺势发布公告，从而吸引了天鹰、翠微居等更多的网站开始实行 VIP 制度，从而进一步稳固了读者阅读付费习惯的养成。起点中文网站的访问量"位居世界 500 强行列，国内排名前 100"，VIP 制度也走上正轨，文学网站迎来了第二个历史发展高峰，网络文学网站纷纷崭露头角，大量新人介入网络写作。到了 2004 年初，起点中文网站的作品数已经增加了一倍，相当于过去两年增长的总和。这些与起点中文内部的意见统一和坚强决心有关①。

在这一环节上，较先尝试探索商业化的北京幻剑书盟反而落后于起点中文，其内部的文学化与商业化的分歧，又在不恰当的时机，强化了社会责任和道德规制，将《永不放弃之混在黑社会》等一些触动人心和社会深

---

①　欧阳友权主编：《网络文学发展史：汉语网络文学调查纪实》，北京：中国广播电视出版社，2008 年，第 366 – 369 页。

处的边缘性题材作品逐出了站外，禁止有较多情色、暴力描写的作品上榜，血红等作者被驱逐，这些都使得幻剑书盟有一定损伤。不过，幻剑在起点运营 VIP 成功的鼓舞下，商业派占据上风，纯文学派离去。2004 年 3 月，幻剑在中文简体网站排名到了 80 名左右。可见，VIP 收费制度的探索是中国网络文学发展的奠基石，网络文学的生产、中介、传播和接受的市场运营体系都建基在这个制度上，从而改写了传统文学的发表和出版机制，为与出版社等传统文化部门的合作提供了前提，使得玄幻、仙侠、都市、历史、游戏、科幻灵异、恐怖惊悚、盗墓悬疑、浪漫言情、同人耽美等题材作品逐渐成型，形成了中国独特的网络文学现象。

到 2004 年，VIP 收费阅读机制逐渐得到网友的认同，铸就了作者、网站与读者的良好的生态关系。文学网站为作者和读者提供了一个有着良性循环驱动力的网络平台和文化生产环境，拓宽了实现人生愿望的路径。在网络免费时代，个人网站可以凭借自己的兴趣爱好和情怀来耗费心力。但到了要维持服务器等高费用的时候，很多网站，因为缺少资本而难以承受压力，被迫衰亡和销声匿迹。寻找新的渠道来应对经济压力，是文学网站活下去的唯一道路①。这样，起点中文网探讨运行成功的 VIP 收费制度为我国网络文学的发展提供了长远的供血之道，也一下刺激了写手们的创造动力。这是中国网络文学后来居上的最重要原因。

首先，VIP 收费阅读机制所形成的直接结果就是网络写手人数暴涨、作品剧增。"盛大文学旗下的 7 家网站（包括起点中文网、红袖添香网、潇湘书院、榕树下、小说阅读网、言情小说吧、晋江文学城等）拥有 160 万写手从事写作，中文在线旗下（17K 中文网、四月天言情小说网）写手数量超过 10 万，百度旗下纵横中文网、多酷文学网写手数量约为 5 万人，此外，腾讯创世中文网、幻剑书盟等网站也拥有大量签约写手。目前我国有规模型文学原创网站超过 100 家，写手总数超过 200 万人。"② 尽管大部分网络写手生存状态并不如意，但网络写作的人还是源源不断地涌入。截至 2013 年，起点中文原创小说库中共计有 111.91 万部作品，起点女性频道，也收录原创文学作品 23.64 万部③。一部网络小说的字数多为传统长篇小说的无

---

① 欧阳友权主编：《网络文学发展史：汉语网络文学调查纪实》，北京：中国广播电视出版社，2008 年，第 375 页。

② 欧阳友权主编：《网络文学五年普查：2009—2013》，北京：中央编译出版社，2014 年，第 17 页。

③ 欧阳友权主编：《网络文学五年普查：2009—2013》，北京：中央编译出版社，2014 年，第 36 页。

数倍，就这一个网站的作品数量，对于一个自然人的阅读，都是天文数字。

其次，作品题材分化越来越具体，作品所面向的读者越来越细化，逐渐形成了在题材、人物设定、世界设定等方面有固定套路的一些类型，它们都有着各自的被认同的一些背景和常识。这种细化分化的持续进行与类型交叉融入之间相并行，推动着网络类型小说的进化和发展。海量的类型作品，大部分都属于一般甚至是庸俗的，一些有质量的作品也很有可能被汪洋大海埋没掉。

二、文学网站举行各种竞赛评奖、座谈会等活动，以扩大网络文学的影响力

为了扩大网络写作的影响力，文学网站与各种媒介、机构大力举办文学竞赛和评奖活动。2004年10月，新浪发起的"第二届华语原创文学大奖赛"，向海内外的华语写作者征文，获得了《文汇报》等37家媒体报道支持。2005年2月，新浪网主办"第二届全国原创文学大奖赛"，不死鸟文学网站协办。2005年9月15日，新浪读书频道、朝华出版社、北京出版社集团、欢乐传媒联合举办"第三届新浪原创文学大赛"，配以"2005年新浪原创文学擂台赛"的副题。2005年11月，北京铁血科技有限公司主办，修正文库、凤凰网、新浪读书频道等在北京协办了"传统写作和网络写作，谁会走得更长远"作家座谈会，作家北村、诗人宋琳、评论家朱大可、导演王超与网络作者慕容雪村、卫悲回、张轶、卜晓龙等人进行了对话。

2006年4月15日，幻剑书盟在北京主办召开"2006年网络文学发展与出版峰会"，40多家媒体出席支持，有唐家三少、阿越等100多位作家到会。2006年10月，腾讯网举办了第二届"作家杯"原创文学大赛，评委为12位资深出版人。2006年10月26日，文化部在北京主办第四届中国国际网络文化博览会，其间举办了"首届网络文学经典盛会"，给网络文学颁奖。

2007年1月16日，"2006—2007中国网络文学节"在北京拉开帷幕，直至4月15日结束。该活动重在培养新人，丰富校园文化生活，举行了各种评奖，召开了研讨会，发布了2006年中国网络文学年度报告，公布了网络文学年度新闻人物和事件，文学网站与媒体开展了深入合作交流。2007年6月16日下午，幻剑书盟在北京举办了第二届网络文学峰会，为网络文学与出版、影视、游戏、动漫、有声读物等方面的合作提供了舞台。

2008年3月20日，"网络文学发展高峰论坛"在北京召开，有奖项评选，有专业研讨，网络文学开始为大学和学术界所广泛关注。该论坛的主办方为中国社科院文学所中国文学网、中国社会科学院互联网发展研究中心、当代文学研究会新媒体委员会、中国版权协会反盗版委员会。2008年6月21日，在上海召开"起点作家峰会"，会议评出了起点2007年度最受欢迎作家作品：第一名为月关的《回到明朝当王爷》；第二名为跳舞的《邪气凛然》；第三名为我吃西红柿的《寸芒》等。2008年9月10日，"全国30省市作协主席小说竞赛"活动开启，旨在让网络作家与传统作家"亲密接触"。2008年9月22日，红袖添香网站联合MSN（中国），以及10家出版社在北京主办了"第二届华语言情小说大赛暨2008言情小说论坛"，并揭晓了首届华语言情小说大赛结果。

几乎每一年都有大型评奖和会议。2009年之后，活动形式更为多样，传统文学对网络文学更敞开了怀抱。比如2009年6月25日，中国作家出版集团、北京中文在线文化发展有限公司主办的10年盘点活动历时7个月落下帷幕；2009年7月，鲁迅文学院举办网络作家培训班；2009年12月17日，在北京召开网络文学版权研讨会；2010年4月7日，在成都召开"网络时代的文学处境"讨论会等。

三、网络文学的形式载体多样化发展

博客文学、电脑软件写作和短信文学等也是利用网络的写作形式。

1. 博客热与博客文学。2003年木子美的自我炒作将博客的自媒体文学推上了舆论浪尖，引发了博客热，也引起了文学界的反应。2005年下半年，北村、蔡骏、陈希我、春树、残雪、王跃文、余华、余秋雨等一批传统作家、批评家纷纷开通博客，文学博客成为一种时尚，是继木子美发表性爱日记《遗情书》引发"身体写作"概念的又一次文化热潮。"妖女"竹影青瞳①的博客中继续出现一些吸引网友眼球的文章，如《给文章标题戴上安全套》《乳房与圣经》《淫荡到底》等火辣的文章②。标题火辣，令无数人无限遐想，但内容只是表达一种对虚伪文明的批评，几乎不涉及情色描写，诸如"展示别的物体可以，展示身体则不行；展示别人的身体可以，展示自己的身体则不行，奇怪的逻辑"（《灵魂熄灭，身体开始表情——将博客裸体到底》）等话语就是一种对社会惯常的质疑。

2006年，新浪、雅虎、网易、搜狐等争相开通了博客业务，博客成为

---

① 竹影青瞳，福建人，1998年毕业于淮北煤炭师范学院中文系，2001年获厦门大学文艺美学专业硕士研究生学位。

② 天涯社区，"竹影青瞳"，https：//bbs. tianya. cn/post－61－537821－1. shtml，2019年3月21日访问。

一种时尚。博客广告、博客搜索、博客经济、博客出版等新的商业模式已经出现。有中国第一博客之称的"老徐的博客"（徐静蕾博客）结集出版。《修炼——我的职场十年》博客与读者展开了良好互动，博客成为连载书籍的新载体，网民反馈的意见参与标题、内容等的修改。

博客成为文学在网络传播的重要路径，各路名家写手也在这一年推出新作，给网络文学注入了新鲜力量。如痞子蔡的《亦恕与柯雪》、安妮宝贝的《清醒纪》、今何在的《若星汉天空》、慕容雪村的《天堂向左，深圳往右》、孙睿的《活不明白》、"80后"写手林小堂的《熊猫日记馆》等都通过博客与网友见面，给网络文学的传播提供别种渠道。婚外恋网络小说《瑞典火柴》在这一年流传最广，小雨康桥因此一炮走红。小说描写了男主人公岳子行与妻子冯筝、情人谭璐之间的情感纠葛，揭示了婚姻在情感、欲望之间的悲剧束缚一面，呈现了婚姻生活的漫长无聊，鼓动着人们勇敢地燃烧自己，哪怕只是一根火柴的短暂燃烧，也是一种生命的激情释放，颇有尼采生命美学之气。

2. 猎户星写诗软件写诗神话。2006年，"猎户星写诗软件"创造了"电脑写诗"神话，网友只要在该软件上输入自己想要的几个关键词，不到一分钟一首诗就诞生。2006年9月25日，猎户星还专门推出了一个网站，取名为"猎户星免费在线写诗软件"，从此让诗歌在网上批量生产。同年9月30日，网易与猎户星合作推出"中秋赛诗会"，短短几天就产生诗歌15万首。这开启了中国人工智能创作的一种试验，向诗歌和文学提出了严峻挑战。我们来看一首软件创作的诗《12月》。

> 天空众神死亡的原野上荒草一片
> 远在遥远的地方的风比遥远的地方更远
> 我的琴声呜咽　泪水全无
>
> 我把这遥远的地方的远归还原野
> 一个叫西瓜　一个叫葫芦
> 我的琴声呜咽　泪水全无
>
> 遥远的地方只有在死亡中凝聚荒草一片
> 明月如镜　高悬原野　映照千年岁月
> 我的琴声呜咽　泪水全无

只身打马过原野①

诗里面有分节、押韵、反复，意象虽然不断通过有限的文字进行组合，但大体在一个感情基调里面，好像很难说这不是诗，关键是诗歌界、文学界乃至理论界难以提供一个现代诗歌的标准，更何况，诗人们"疯狂的摹写，颠倒错落的文字组合，纷乱的意象堆积，已经成为当前诗歌的整体景象，网络上的诗歌尤其甚也"②。由此看来，所谓软件写诗，其实就是在别人写好的诗歌里面换填几个名词意象供网友玩乐而已，完全是一个文字游戏。但是，计算机智能写作到了最近几年，却发展为以数据库、人工智能为基础的新智能写作，如微软智能机器人"小冰"，引起了巨大的反响。

3. 手机文学的萌芽形式：短信文学。这个时段，手机文学、短信文学也成为网络文学的亚文化形式，获得了人们的关注。所谓短信文学，就是借助手机短信息 SMS（Short Messaging Service）功能而产生的抒发情感的文类现象，是利用移动通信手段来实现的文本写作，这与 2004 年前后短信的传播影响力有关。2000 年，仅中国短信发送量就达到 10 亿条，2004 年达到 2177 亿条③。也就是在 2004 年前后，手机短信文学开始成为重要文化事件。

一些机构开始大力推送手机文学、短信文学话题。2003 年 3 月 3 日，日本软件开发公司 FES 开始向移动电话用户开通"手机纯文学"服务④，它是最早的手机文学事件⑤。在我国也是 2003 年将短信文学概念推向了公众。首先，《诗刊》杂志发起"春天送你一首诗"活动，号召全国民众和文学爱好者为节假日撰写具有文学品位的短信息⑥。其次，江苏电视台发起"中国原创短信文学大赛"活动，向全国征集短信形式的诗歌、散文、微型

---

① 若冰：《我看"写诗软件"的诞生》，"十月文学"论坛，"猎户星免费在线写诗软件"，http：//www. dopoem. com/orion－46. html，2007 年 6 月 7 日发布。

② 若冰：《我看"写诗软件"的诞生》，"十月文学"论坛，"猎户星免费在线写诗软件"，http：//www. dopoem. com/orion－46. html，2007 年 6 月 07 日发布。

③ 《除夕短信发送达 3 亿条，运营商一晚坐收千万元》，《东方早报》，2005 年 2 月 17 日。

④ 每周从星期一至星期五，公司通过移动电话网，以连载方式配发人气作家的最新小说。用户可以使用手机办理订阅手续，办理成功后还可以同作家本人联系交流，交换 e-mail。收费标准大概是每位作家月额 300 日元，折合人民币 20 元。参见施小炜：《人类阅读形态又遇新挑战——日本出现"手机纯文学"》，《文汇报》，2003 年 3 月 14 日第 015 版。

⑤ 当然，引起关注的作品也可以推向更早的 2000 年的《深爱》（Deep Love）。2000 年，一些机构开始有针对性地对特定人群开放手机业务，催生了一批手机网站的出现。这一年，一个自称 Yoshi 的三十岁左右男性经过调查接触一些迷上手机的年轻女士后，在个人网站 Zavn 上连载了一段故事，即为《深爱》，2002 年，自费以 starts 出版，获得很大反响。参见奚皓晖：《日本手机小说的文学形态》，《日本研究》，2013 年第 1 期。

⑥ 罗四鸰：《短信：文学新阵地》，《文学报》，2003 年 5 月 29 日，第 001 版。

小说等，其评奖方式是互联网人气点击与专家评审的综合，电视台申请了全国商标"指上论键"。这些全国性的媒体传播活动将短信文学概念凸显了出来。因此，有学者称2003年是"我国短信文学元年"①。

2004年，是短信文学大获丰收的又一年。这一年，被誉为我国首部短信小说的《城外》诞生，被电信增值服务商华友世纪以18万元的价格买断"无线版权"，作者是广东文学院签约作家千夫长②。《城外》全文4200字，讲的是男女主人公突破婚姻"围城"的努力和情感经历。手机用户可以用60条短信阅读完，每条短信价格为3角钱③。2004年，《城外》的姊妹篇《城内》也面世④。同年，被称为我国一部对话体短信文学的《大宝小贝》问世，全文13000多字，分十三章，前加序幕，后续尾声，分275条短信发收，被北京万联国通科技发展有限公司用36万元购得版权。

2004年6月15日，为传播健康高尚的思想情感，抵制黄段子之类的不健康短信，《天涯》杂志、海南在线天涯社区与海南移动通信公司联合发起首届全球通短信文学大赛。大赛共收到了小说、散文、诗歌三类短信作品15000多篇。经过铁凝、韩少功、苏童、格非、蒋子丹等著名作家的评选，38篇获奖作品脱颖而出，并以《扛梯子的人》为书名结集出版。该活动是短信文学发展进程中的一个重大事件⑤。此后连续几年都办了类似的短信文学大赛活动。这些活动经过媒体报道，或作赛事报道、或作人物专访、或提出问题探讨等，使短信文学概念迅速为公众所熟知，冲击着公众的文学观念。"正是'全球通短信文学大赛'使'短信文学'一度成为公众关注的焦点，而对社会各界特别是文学界关于短信文学论争的报道……无疑使得

---

① 欧阳友权主编，欧阳文风著：《短信文学论》，北京：中国社会科学出版社，2011年，第6页。

② 有人将2003年出版的《短信情缘》称为"中国第一部短信小说"。其实该书是以短信为线索的年轻人情感生活描写，其短信方式是小说所描述的一种生活内容，与千夫长的短信运用方式不一样。这也是很多人认可千夫长的《城外》为首部短信小说的原因。此外，2004年中国电影出版社出版的戴鹏飞短信作品集《谁让你爱上洋葱的》被冠以"中国第一部短信体小说"之名；2004年8月12日，新华社播发了《赵家富》，被称为"我国首部短信新闻故事"；2004年11月15日，台湾作家黄玄作品《距离》在上海和北京同时首发，号称"中国第一部真正意义上的手机小说"；2006年，短信童话《丢失了白天的别特小镇》成书出版，被称为中国第一部短信童话；2006年，《BT游记》被称为中国第一部BT短信小说……这些众多"抢夺第一"的号声中，不仅说明了国人的"第一情结"，而且也说明短信文学作为事件的意义。

③ 2005年1月，小说《城外》经过扩充连载，由百花文艺出版社出版发行。

④ 谢有顺将《城外》引发的广泛关注和激烈论争称为一场文学事件。参见舒晋瑜：《来了吗，短信文学时代？》，《中华读书报》，2004年9月8日。

⑤ 商报记者郑立华说："大赛使短信文学名正言顺"。见郑立华：《短信文学算不算文学》，《中国商报》，2004年7月20日。

这种新兴的文学形式更加受到公众的关注。"① 结果不仅促成了千夫长等一些短信文学写手的诞生，也使得一度处于衰势的文学得以红火了一阵子，推动了文学消费市场。2005 年 5 月，云南人民出版社很快出版《爱情特快专递：大拇指短信文学选粹》一书推向市场。

互联网对短信文学的呼应更为热烈。2003 年 3 月，新浪推出"戴鹏飞原创短信"，成为全国第一个短信写手专栏。搜狐、263、网易、联众、21CN、TOM 等网站也纷纷开设短信版块，"黄金书屋"开始提供部分短信文学作品供下载和在线阅读。2003 年 8 月，天涯社区开放"拇指一族"主版。2005 年 1 月 20 日，国内首家短信文学专业网站"E 拇指文学艺术"（www. emz. com. cn）成立。该网站是海南移动通信公司和《天涯》杂志、海南在线天涯社区联合成功举办短信文学大赛后的协同战果，《天涯》杂志成立了一个工作室负责网站内容，天涯社区做技术，中国移动负责经营和管理。网站栏目有资讯速递、短信大赛、短信仓库、经典钩沉、名家专栏、手机玩家等。迟子建、周国平、韩少功、舒婷、张炜等作家还参与短信文学的创作，成就"名家专栏"内容。这是将短信文学加以产业化的一种尝试。

紧随媒体关注和大众关注，学术性话语也接踵而至，为手机文学的升温助力。比如叶从容的《论短信文学的基本特征》（《广州大学学报》2004 年第 4 期），邢孔辉的《简论短信文学的特征》（《琼州大学学报》2004 年第 6 期），李存的《试论"短信文学"》（《文艺评论》2005 年第 1 期），钟虎妹的《手机短信文学的特征和价值》（《文艺争鸣》2005 年第 4 期）等都是较早的学术研究。这些研究集中讨论了短信文学的概念、性质、特征、价值和前途命运等，对短信文学的成长有很大贡献。2005 年 12 月，《天涯》等媒体在海南主办召开了短信文学研讨会，邀请了韩少功、于坚、尤凤伟、张新颖等作家和一些新锐批评家到场作讨论和交流，取得了较好的社会效果。此后，相关研究在 2006 年前后一年左右达到了高潮。按照期刊网的数据，2004 年到 2006 年以"短信文学"为篇名的讨论文章最多，分别为 15、24、19 篇。此后逐渐减少。以"手机文学"为篇名查的结果，则从 2007 年到 2013 年为高峰，分别为 13、3、24、16、22、20、10 篇，手机文学更偏重手机作为阅读传播终端的功能。"手机文学"也从最初的短信文学过渡到

---

① 魏建亮：《短信文学论略》，暨南大学硕士学位论文，2006 年，第 10 页。

手机阅读的文学①。学术界对于手机文学的反应迅速而兴奋。2006 年，"短信文学"研究综述出台②，硕士论文出笼③。2007 年，金振邦在专著《新媒介视野中的网络文学》中设专章谈"第五媒体文学特征·短信文学"。欧阳友权等一些学者也大力推动手机文学的研究话题。2009 年 10 月，改版自《文学报·微型小说选报》的《文学报·手机小说报》诞生，力图在供给侧上推动手机的文学阅读。2011 年，欧阳文风的专著《短信文学论》由中国社会科学出版社出版。

四、奇幻小说、灵异悬疑小说崭露头角

网络文学机构开始有意识地引导和打造新通俗文学。2005 年 9 月 15 日，新浪读书频道、朝华出版社、北京出版社集团、欢乐传媒在"第三届新浪原创文学大赛"中，就明确推行"打造通俗文学"的理念，为文学的想象赋予商业的驱动力，展翅飞翔，逐渐形成了奇幻玄幻小说、灵异悬疑小说等类型小说，为网络文学的线上阅读、线下出版，乃至影视、动漫、游戏改编等衍生品创造构筑了坚实基础。

2005 年，幻剑书盟人气最高（点击量超 3000 万）的被称为后金庸武侠小说的《诛仙》出版。该小说既有武侠的元素，也有仙魔奇幻的元素，两者结合催生了武侠仙侠小说等相关门类的全面开花。武侠仙侠奇幻小说从源头上可以追溯到 1997 年 8 月罗森开始连载历时九年的玄幻小说《风姿物语》，篇幅长达 528 万字，共有 77 本，小说以网络游戏《鬼畜王》为主线，用调侃风格颠覆了历史常识，将白起、周公瑾、李煜、陆游、皇太极、多尔衮、爱因斯坦、贝多芬等古今中外名人一锅烩，被人称为"网络玄幻小说的始祖"④。这个时候，沧月和藤萍的《血薇》《护花铃》《香初上舞》系列出版，销路很好。后来，《缥缈之旅》《异人傲世录》《紫川》《搜神记》也纷纷出版，引起不小声势。因此，2005 年被一些网友和出版界人士称为"奇幻小说年"。

---

① 一方面，短信文学势头已过，或者说降温，而随着手机功能和移动通信网络发展，手机上网成为一种常态，2009 年开始，中国移动、中国联通、中国电信三大通信运营商相继推出了手机阅读服务，一些技术或网络服务提供商也进军手机阅读开拓市场，出现了 iReader、QQ 阅读、盛大等一些 APP 软件。在内容上，小说占据 66.9% 的份额。参见胡玲：《浅谈手机阅读的营销策略——以中国移动手机阅读、iReade 小说文学类图书营销为例》，《出版发行研究》，2014 年第 2 期。

② 吴红光：《短信文学研究综述》，《襄樊学院学报》，2006 年第 4 期。

③ 魏建亮：《短信文学论略》，暨南大学硕士学位论文，2006 年；贾延飞：《短信文学综论》，西北师范大学硕士学位论文，2007 年。

④ 欧阳文风：《网络文学大事件 100》，北京：中央编译出版社，2014 年，第 45 页。

同样，2006年形成了恐怖灵异热，尤其是《鬼吹灯》的广受欢迎，为悬疑灵异类型文学打开了一条道路，天下霸唱认为，新奇和读者猜不到结局的悬念是《鬼吹灯》这类小说广受欢迎的重要原因。沿着这个方向，出现《冤鬼路》《灵猫》等类似的灵异小说。南派三叔的《盗墓笔记》将这一类型推上了新高潮。

除此之外，仙侠修真练级小说也逐渐形成，邵燕君突出它的练级，与玄幻仙侠有区分。仙侠修真练级小说所推崇的杀伐果断、唯我独尊特点有一个形成过程。萧潜的《飘邈之旅》（2005年）还特别重视友情，其情感义气描写还很饱满。然而，随着梦入神机等原本颇具创作个性的作者在利润的诱惑下滑向单调的套路，"练级""晋级"成为唯一的人生目标，残酷杀伐、唯我独尊迅速成为网文最热门的世界架构，与之相应的是社会上广为流行成功学、厚黑学。

2007年，中国开始大规模推广宽带，网络用户指数连续上升，涌进一批年龄小、思想单纯的"小白"读者，要求文学叙事更浅显，语言更直接，于是以《星辰变》为代表的"小白文"大行其道。

2011年，移动互联网的普及，又带入一批新的"三低"（低文化、低年龄、低收入）读者，如初高中生、青年民工进入网络文学世界，于是，《斗破苍穹》等为代表的新一波"小白文"热潮又风行天下。日本漫画中的主流也是打斗、升级，但以"中二""热血"为主导价值观，不似我们网络文章的那种邪气冷漠，比如《斗破苍穹》等小说不时流露出一种极其阴骘的自私怨恨，透露着压抑扭曲的气息。这是网络文学创作和批评应该警醒的地方。

综合来看，消费社会背景和读者市场直接决定了文学世界的架构、艺术结构形式及其想象方式。因此，并不是天蚕土豆们没有能力复杂，而是他们不必复杂，他们必须保持简单直接，才能满足最大多数读者的需求，以换得自己的收入和大神地位。在很大意义上，这种模式是偏邪的。练级小说不似成长小说，主人公只是为了晋级，其成长进步的是技能和地位，而不是正义灵魂和正确的世界观，满足的也是读者的爽感及其内心深处的悲凉排遣。

第三节　2012年至今：移动网络时代的网络文学

2011年，移动网络发展加速，手机、iPad等终端逐渐成为文学世界运行的常态平台。再加上微信软件的推广，网络文学的影响更为普及，因为它通过手机等平台将文学触须延伸到日常生活的各个缝隙和角落。人们可以在地铁上、公共汽车上、公园等场所进行阅览，网络文学成为填补人们日常生活碎片的勾缝剂。

移动网络时代，让传统网络文学作家有了某种类似于若干年前传统文学作家的忧虑。南京网络文学作家"跳舞"表示，网络文学本身就是因为满足了快餐式、猎奇性阅读而风靡一时，但如果手机下载一部电影只要几秒钟，到那个时候，还有多少人愿意看网络小说？由此，他主张网络文学作家要立足于"上游"，适应动漫、影视等多种娱乐载体进军的形势，不要单纯为了"码字"和"卖字"。同时，网络文学要与出版联合起来，把网上的文字变成铅字，通过编辑整合向市场提供新产品，才能获得更强大的生命力①。这正说明了网络类型小说创作的影视化、图像化趋势，很多作品是冲着影视、游戏改编而去的。

一、微信文学：手机文学的延伸

2011 年 1 月 21 日，腾讯公司推出微信（Wechat），这样一个智能终端程序为用户提供了文字短信、语音信息、音频、视频、图片等媒介符号的使用，设置了"摇一摇""漂流瓶""朋友圈""公众号""语音记事本"等免费社交服务插件，其消耗的主要是网络流量。微信软件与智能手机的结合极大便利了人们综合运用文字、音频、视频、图片等媒介符号，人们在抒情表意上的手段更为多样。手机对图像的拍摄、发送、接收都很快捷；对声音的录制和发送接收也很便利；短信息不仅可以处理文字，而且还能处理图像、语音等符号信息②；另外，手机内存和容量扩充，能与互联网便利连接，智能化芯片使得手机成为互联网的一种连接终端。其次，在一些软件开发上，手机陆续有了一些专门适合文学阅读的 APP 软件，以及微信公众号的出世，都给手机文学的原创、传播和接受增添了自媒体③的新路径。这些都更便利于手机文学的发展。此时，手机文学的短信段子因为用户减少而衰落，出现了为手机文学用户专门定制服务的团队、组织和机

---

① 傅小平：《网络文学才是真正意义上的传统文学？》，《文学报》，2014 年 5 月 29 日，第 004 版。

② 2012 年 6 月 1 日，搜狗输入法手机版 Android 3.0 正式版发布，新增了发语音、传图片、云输入及二维码识别等功能。

③ 自媒体（We Media），又称"公民媒体"或"个人媒体"，是指私人化、平民化、普泛化、自主化的传播手段，以电子化为基本特征，向不特定的大多数或者特定的单个人传递规范性及非规范性信息的新媒体总称，它包括：博客、微博、微信、百度官方贴吧、论坛、BBS 等网络社区。参见百度百科《自媒体》，http：//baike. baidu. com/link？url = cBNA9Jr2ZpcGypR4uMXv21gq55fnWy_ _ MLyGYZdWWfsBmPdv-zobsStfLnNg253eLtL3Ui5bBu3gV_ b7mZ8tOK，2015 年 9 月 17 日访问。

构①，手机文学的形式和内容获得了拓展，使得微信文学成为手机文学的重要形式。这也是 2007 年后"短信文学"研究式微，而手机文学研究却渐入高潮的缘由②。

手机文学的符号媒介更综合多样化，只要有网络流量，我们就可以通过手机任性上传、下载、编辑、复制各种声音、图像、影像符号，并与文字一起进行抒情感怀，其形成的图文共存之文本就成为常见的形态。"基于智能手机和平板电脑等移动终端，微信程序可以轻而易举将文字、图片、视频和声音根据作品内容的需要整合切换到一起，让'文字去中心化'成为文学多媒体化的契机，多媒介创作、全媒体审美，建构了微信文学新的审美功能。"③ 比如一些专职艺术家更方便地运用图文来发布微信原创作品。青年艺术家黄红涛感怀时光，并用做面膜来强化岁月感，故意拍出皱纹密致的大脸特写照。在这种岁月蓦然触碰的瞬间中，也蕴藏了某种"少年不知'老'滋味，为赋新词强说'老'"的味道（图 1）。

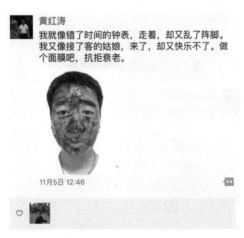

图 1　艺术家黄红涛的微信原创作品

这种微信中的新文学样式老少皆宜，不仅文学圈外人士有，而且即便是圈里专职作家、著名作家，也同样会通过这样的路径呈现自己的人生悲欢和生活体悟。比如老舍文学奖获得者程青在某年 11 月 1 日发的"玉门关外，长城尽处"，再配以一个优美身姿的剪影图（图 2），很有"大漠孤烟直，长河落日圆"类似的意境。其《秋天的诱惑》则将程青骨子里的南方

---

① 欧阳友权：《手机短信的文学身份与文体审美》，《江海学刊》，2011 年第 4 期。
② 周善：《传播学视野下的手机文学》，《文艺评论》，2007 年第 3 期。
③ 欧阳友权：《微信文学的存在方式与功能取向》，《江海学刊》，2015 年第 1 期。

女性气质和艺术敏感给呈现了出来①，图片是一绿一黄的同根生的叶子特写，形体相似，大小有异，相依相偎，很有某种诱惑力（图3），与文字的"秋天的诱惑"构成一种呼应力量，但"？"一出，又将含蓄蕴藉的余味给导了出来……可以说，微信这些作品是一种生活情致和感悟，不在于文字多少，而在于文字的情感力量及其来自生活的感受度；不在于图像的多少和繁华，而在于图像与文字的张力关系，是否构成一个很有思想韵致的文本。

图2 作家程青的微信内容（1）

图3 作家程青的微信内容（2）

可以看到，微信发挥了手机记录生活的能力，不仅可以拍照，而且可以即时写作思想文字，在有图有真相的文字叙述中即时抒情感怀，能迅速反映

---

① 程青是出生、成长于江苏的女作家，1984年毕业于南京大学中文系，毕业后供职新华社《瞭望》周刊，后随任新华社奥地利分社。1985年开始发表小说，中篇小说《十周岁》获第三届老舍文学奖。

出微信当事人的真实思想情感轨迹，以供朋友分享，促进社会交往。在微信这一文学类型中，生活当下是根本的，其中的情致、思绪和人生况味都非常鲜活生动。笔者以为，这种文学样式才是微信所独有的：网络文学没有微信文学这样的即时性、精致性、定向性。微信文学是手机文学的一个新阶段，它超越了短信时代文字符号主导的短小精悍段子的审美阶段，由于微信的图像编辑能力，其朋友圈、公众号等的自媒体功能等，微信文学就成为了短信文学之后的又一手机文学形态①。

随着网站内容的审查制度的完善，博客、微博、微信相对宽松的审查机制也吸引了一些人加入，而且这些自媒体有了打赏功能，"任何有一定数量粉丝群的作者理论上都可以自主经营了。如果以前的打赏和纸质出版只能赚点小钱，现在加上 IP 运营的远大愿景就完全不一样了。自媒体＋IP 的模式进一步突破了大型网站垄断渠道的格局，这样的去中心化结构，也是更符合互联网特性的"②。

二、网络文学获得了传统文学的支持和接纳

经过十几年的发展，网络文学的商业运行机制已经成熟，作品类型固定并在具体微妙地拓展，其令人瞩目的影响力获得了传统文学体制的支持和承认（两者是相互的，即网络文学的蓬勃发展离不开传统文学的支持，传统文学也通过网络文学表现出前瞻的眼光和宽广的胸怀，共同维护着中国文化产业的繁荣发展）。主要表现为：

1. 在政策上，国家支持"互联网＋"和文化产业发展，网络文学 IP 成为一个重要的源头，形成了玄幻·奇幻、武侠、仙侠、都市·言情、历史·科幻·灵异、同人、纯爱等通俗题材类型。网络文学与出版、动漫、电影、电视、网络、游戏等建立良好的互动协作机制，迎来了网络文学的影视改编热潮。2010 年之后，网络小说的类型更为多样，受众更为成熟，电视剧改编的原作涉及的题材也更为宽阔，一些诸如独生子女、养老、婆媳相处、

① 微信在传播文学上有自媒体的优势，在文学创作和传播上有图文多媒体符号的综合媒介优势。所以，微信的文学段子不是微信文学的主流。同样，我们在期刊网以微信或微信文学为篇名的查阅中，虽然发现很多非段子式的微信虚构文学作品，但多是反映人们微信生活的小说、故事什么的，其涉及微信背后的红与黑，真假善恶美丑人性，比如《微信一夜情》（作者赵欣，《芳草》小说选刊 2013 年第 9 期）、《微信爱情》（作者苏畅，《现代青年》细节版，2013 年第 13 期）、《假如水浒也有微信》（作者无忌，《青年博览》2014 年第 16 期），而利用图像符号与文字的交融来创作的微信作品不多。但这并不是说微信文学文本的图像植入就少，相反它很多，它就存在于手机上，微信上的电子文本世界中。所以，报刊和学术讨论选择的问题就反映了如何看待微信文学性质的问题。

② 邵燕君，等：《2017 中国年度网络文学·序言》，桂林：漓江出版社，2018 年，第 6 页。

城乡差异、家庭伦理、都市婚恋、职场竞争等现实题材，清宫、宫斗、古代穿越题材，以及商战、青春励志等题材都开始成长起来，并获得广泛关注和喜爱。2014年之后，仙侠、玄幻、修真、传奇等题材逐渐占据主导，尤其是《花千骨》《琅琊榜》等作品的火热，更是搅动了这一类作品影响的"洪荒之力"。"小花时尚网"说"2015年热门电视剧都被经典网络小说承包了"，"2016年也是一个小说改编电视剧年"。①

2. 宣传部、文化部、新闻出版单位、作家协会等机构指导支持网络文学，支持成立各省的网络文学学会（如2010年成立贵州省网络文学学会），举办网络文学作品研讨会、优秀作品评选评奖等。2011年，中国作家协会、广东作家协会还支持创建《网络文学评论》刊物。2012年中国作家富豪榜分出一个网络作家富豪榜，唐家三少、当年明月等一些网络作家被吸收入中国作协，2011年11月25日，在中国作协公布的第八届中国作协全国委员会委员名单中，就有唐家三少、当年明月。这是传统作家、主流对网络文学的试探和接受。2010年9月8日中国作协官网公布的第五届鲁迅文学奖备选作品130篇（部）中，有一部网络文学作品《网逝》入围。评奖办公室主任胡平表示，多数网民肯定了吸纳网络文学是"破冰之旅"，2011年2月25日，中国作家协会修订了《茅盾文学奖评奖条例》，除了"推行评奖实名制投票"外，再就是"向持有互联网出版许可证的重点文学网站征集参评作品"，实际上是将网络文学纳入了评选视野。

3. 学术研究的支持。不仅有许多学者发表了网络文学的批评研究文章，而且还有机构机制上给予的学术性支持，比如2012年，中南大学支持成立湖南省网络文学研究会，2013年7月26日，中国文艺理论学会支持设立二级学会网络文学研究会等。

4. 高等教育的支持。2013年10月30日，在北京成立了全国第一家网络文学大学，由中国作协指导，中文在线发起，17K小说网、逐浪小说网、纵横中文网、创世中文网等10多家文学网站建设，荣誉校长为莫言，校长为童之磊，马季、白描、王祥、邵燕君、庄庸、酒徒、骁骑校等作家、学者和编辑为导师。网络文学大学分为青训学院、精英学院、创作研究院三个层级，针对的是不同层次的网络文学作者。2013年12月25日，上海视觉艺术学院与盛大文学联合申请创办了中国第一个网络文学全日制本科专业"文学策划与创作专业"。也许，未来不远，会有网络文学学科点

---

① 小花时尚网：《2015年热门电视剧都被经典网络小说承包了!》，见天涯社区 http://bbs.tianya.cn/post-funinfo-6742259-1.shtml，2015年11月13日发文，2016年11月9日访问。

出现①。

　　主流、传统文艺界与网络文学的接受和吸纳是相互的，也是一个逐渐融合的过程，比如 2008 年 10 月 22 日，盛大文学旗下的起点中文网签约了海岩、都梁、周梅森、兰晓龙、郭敬明、天下霸唱、宁财神、饶雪漫、慕容雪村、当年明月、沧月、陈彤、赵玫、艾米、虹影春树、郭敬明、严歌苓等畅销书作家②，其中既有网络原生的作家，也有像海岩、周梅森、严歌苓等传统成名作家。这是一种网络文学与传统文学的融合，事实上，更促进了网络文学的主流化趋势。更别说传统作家和传统主流机构运用网络来宣传自己等，如 2005 年，王金年将新创作的长篇小说《百年土匪》贴在新浪文学网站上，反响很好，点击率一直居高不下。

---

① 欧阳友权主编：《网络文学五年普查：2009—2013》，北京：中央编译出版社，2014 年，第 115 – 117 页。

② 欧阳友权：《网络文学：从"草根庶出"到主流认可》，《学习与探索》，2010 年第 2 期。

第二编　网络主要类型小说分析

　　本编各章重点分析玄幻、仙侠修真、科幻、青春言情、言情穿越、官场世情、盗墓悬疑、历史等类型小说，追溯其渊源和发展历程，分析代表作家作品、叙事规律和接受心理等问题。

玄幻小说

玄幻小说是一种天生的网络文学，自21世纪初期出现以来，其发展速度惊人，几乎占据了网络文学的半壁江山。

第一节　概念、发展轨迹和主要事件

玄幻小说是一种类型小说，通常以冒险、战争为主题，时代背景、世界观等皆无拘束，可任凭作者想象力自由发挥。玄幻小说与科幻、奇幻、武侠等幻想性质浓厚的类型小说关系密切。

一、玄幻小说的概念和发展轨迹

到现在，研究界对玄幻小说还没有形成一个权威性的定义，对玄幻小说的解释也是相当模糊。有一些学者给出了自己的解释，例如黄孝阳在《漫谈中国玄幻》中谈道："这是一个无法真正有效进行讨论的问题。它需要时间的'约定俗成'。我们对每个词的理解不一样。事实上，每个词的内涵与外延都在不断变化，有的快，有的慢，有的大，有的小。"[1] 由于玄幻小说的强大兼容性，其内部题材种类繁多，加之研究滞后，故而对于其释义范围长期以来都是模糊的，难以界定的。从词意来看，玄幻小说定义的重点在于"玄""幻"二字。由此，陶东风在《中国文学已经进入装神弄鬼时代》中对玄幻小说做了释义："玄幻文学的关键词在于'玄'和'幻'，'玄'意为不可思议、超越常规、匪夷所思；'幻'意为虚幻、不真实，与现实世界相区别，即玄幻文学所建构的世界是架空的世界。在这个被架空的世界里，日常化格局被颠覆，什么事情都能发生，这是一个理性至上的

---

① 黄孝阳：《2006年中国玄幻小说年选》，广州：花城出版社，2006年，序言。

世俗世界。"① 陶东风教授的这篇文章虽对玄幻小说提出了尖锐的批评，但是对于研究玄幻小说却有重要意义。他的释义从"玄幻"二字的词义出发，认为玄幻小说是在"架空世界"中讲述一切皆有可能的故事的小说类型。但这种释义却无法涵盖丰富的玄幻小说题材，例如在玄幻小说门户网站和许多研究中所划分出的军事类型和都市类型玄幻小说。所以，陶东风先生这一定义的涵盖范围并不准确。对于玄幻小说研究影响较大的释义还有叶永烈先生在《奇幻热、玄幻热与科幻文学》中阐述的："'玄幻小说'一词，据我所知，出自中国香港。我所见到的最早的玄幻小说，是 1988 年香港'聚贤馆'出版的黄易的《月魔》。当时，'聚贤馆'也准备出版我的作品，出版商赵善琪先生送给我一本香港作家黄易的小说。赵善琪先生在序言中写道：'一个集玄学、科学和文学于一身的崭新品种宣告诞生了，这个小说品种我们称之为玄幻小说。'这是'玄幻小说'一词首次亮相，并有了相对明确的定义。"② 但这一说法，也被研究者证明并不准确。它不仅对于玄幻小说的释义偏颇较大，就黄易先生本身的创作来讲也不妥当。黄易先生作为新派武侠小说大家，在《破碎虚空》中首次描写了武者强大到极致可粉碎空间，贯通天地而进入更高的层次。这种概念相比于"金古温梁"四位武侠作家的作品来说，可称为一种创举，在传统武侠小说的世界构建上迈出了历史性的一步，但其中科学、玄学的论断并不贴切。且"玄学"不能等同于"玄幻"，这一定义和 21 世纪网络玄幻小说相差甚远。但叶永烈说过，科幻小说、魔幻小说、玄幻小说是幻想小说的三大种类。这种分类方法目前得到较多的承认。所谓幻想小说，是一种建立在假想情况下发生的一系列故事。区别在于：科幻小说注重建立在科学基础上，以英国作家玛丽·雪莱的《科学怪人》为第一部代表作；魔幻小说是建立在神话基础上的，以西方的《魔戒》《龙枪》等为代表；玄幻小说建立在玄想之上，走得比魔幻小说更远，更自由。

以下总结出主要流行的三种观点：第一种，玄幻小说主要是指叙述具有特异能力的人物和事件的幻想性小说③。第二种，所谓"玄幻小说"，为"奇幻小说"，架构或取自武侠小说，或引入西式魔幻题材，佐之以修仙、道术、魔法、幻想和神话等超自然元素，不受现实的科学逻辑约束，是武

---

① 陶东风：《中国文学已经进入装神弄鬼时代？———由"玄幻小说"引发的一点联想》，《当代文坛》，2006 年第 5 期。

② 叶永烈：《奇幻热、玄幻热与科幻文学》，《中华读书报》，2005 年 7 月 27 日第 14 版。

③ 王为：《对当前网络玄幻小说趣味的评析》，《南昌高专学报》，2005 年第 5 期。

侠小说或科幻小说的变种①。第三种，凡是区别于现实的，具有某种寓言性质、游戏性质的小说，即为玄幻②。孙小淇（《论网络玄幻小说》）、吴绪蒂（《东西方文化及网络游戏对中国网络玄幻小说的影响》）等几位研究者的论文对此做了总结。第一种和第三种定义都无法对玄幻小说和其他类型的幻想小说做出区别。童话、寓言，甚至以刘欣慈为代表的硬科幻小说都符合第一种和第二种定义，并且这两种定义无法涵盖军事、黑道、游戏、竞技等题材类型的玄幻小说。相对于这两种定义，第二种定义比较符合玄幻小说的核心特点，涵盖范围也比较全面，有着明显的区分性。但第二种定义中认为"玄幻小说"即为"奇幻小说"，也不准确。对于"玄幻"和"奇幻"二词的区分，是对"玄幻小说"进行准确定义的一个重要问题。"奇幻小说"，通常指"西方奇幻小说"，是幻想小说的重要组成部分，有别于科幻小说和恐怖小说，大多依托于神话、宗教和传说。故事多发生在区别于现实世界的"架空世界"。西方奇幻多以魔法等超自然力量为核心，加入骑士、勇者、恶龙等元素，具有代表性的世界体系有"剑与魔法""龙与地下城"等。罗伯特·霍华德是最早引起巨大影响的奇幻作家，他开创了经典的"剑与魔法"世界体系。1928 年开始创作的《蛮王科南》系列，是奇幻小说的经典之作。科南系列的主角是一名力大无穷的乡下壮汉。他是个头脑简单但四肢发达的人物，喜欢用拳头解决问题，是一名天生的冒险家。在冒险之旅中，没有超能力的科南和同伴一起打败各种邪恶力量。还有托尔金创作于 20 世纪 50 年代的《魔戒》系列小说，为我们提供了一个宏大的，世界观历史观完备的架空世界——中土世界。这里有人类、精灵、矮人、兽人、魔族、半兽人以及形形色色的狰狞魔兽。可以说，这种成熟、严谨，堪比古代神话体系的架空世界，为幻想小说提供了无限的可能性。

在西方奇幻小说的"剑与魔法"和"龙与地下城"等模式的影响下，中国作家在早期对西方奇幻小说有着明显的模仿痕迹，甚至本着"拿来主义"，直接将"剑与魔法"等模式用于自己的创作，如读书之人的《死灵法师》《迷失大陆》等。《死灵法师》以第一人称记述了死灵法师这一阴暗的职业。《迷失大陆》则称为早期中国式西方奇幻类的经典之作，讲述了魔法师金和伙伴们的冒险经历，塑造了强壮魁梧但温和善良的魔法师金，以及正直勇敢、甘于牺牲的剑圣魏等经典形象。可以说，中国本土的玄幻小说就是从对西方奇幻小说的模仿开始的。所以在早期玄幻小说创作中，对于

---

① 戴婧婷，等：《玄幻小说：80 后的速食读本》，《中国新闻周刊》，2006 年第 1 期。
② 黄孝阳：《2006 年中国玄幻小说年选》，广州：花城出版社，2006 年，序言。

"玄幻"和"奇幻"二词的区分并不明显,很多时候混同使用,甚至奇幻小说的流传更为广泛。但随着本土玄幻小说的兴起,对于中国传统文化元素的汲取日益加深,"玄幻小说"这一称谓逐渐取代了"奇幻小说"。这是随着本土玄幻小说的兴起和传媒方式的转变而开始的。在奇幻小说刚刚进入中国时,中国作家对于这类小说的创作依托于纸质媒体,大批奇幻小说杂志风靡一时,涌现出了不少优秀的作家作品,代表性的有江南等人建立的"九州"世界。在这里,族群种类有着人族、羽族、蛮族、河络族、夸父、鲛族、魅族。世界分为殇、瀚、宁、中、澜、越、宛、雷、云九州,以及九州近海(涣海、潍海、滁潦海)等。我们可以看到九州的世界观的构建基本是在西方经典奇幻小说的框架中填充了中国本土化元素而形成的。而随着中国本土的玄幻小说由纸质媒体向网络媒体的全面转变以及一大批小说网站和职业写手的出现,各种类型的本土化玄幻小说开始兴起,"玄幻小说"这一概念开始取代"奇幻小说"成为主流,并将"奇幻小说"涵盖为一个带有西方色彩的类别。这一时期玄幻小说依旧有许多优秀作品,如被许多网友称为神作的《紫川》《亵渎》,说不得大师的《佣兵天下》都是极其优秀的带有浓重西方色彩的玄幻小说。中国本土的玄幻小说,在早期受到西方奇幻小说的影响颇深,故在以纸质媒体为主要传播媒介的阶段,"奇幻""玄幻"区分不明显,甚至以"奇幻"为主。而随着玄幻小说向网络传媒的全面转移,带有浓重的中国本土化风格和写手模式的玄幻小说已经与西方奇幻小说产生了明显的分别。而现阶段对于"奇幻"和"玄幻"的区别有两个方面,即创作载体和创作方式。仍以纸质媒介为主要传播方式的多为奇幻小说,而全盘以网络为载体、处于商业写手模式下的则是玄幻小说。在创作追求和特色上,奇幻小说更为精细,作品篇幅精悍,语言雕琢、细腻,而玄幻小说则是追求速度,可读性强,但文本质量参差不齐。

综上所述,一般认为"玄幻小说"一词为香港作家黄易所提出,原意指"建立在玄想基础上的幻想小说",对于21世纪中国网络玄幻小说做出了广义和狭义两重定义。广义上的玄幻小说是指以网络为主要载体,追求强烈的阅读快感和代入感,以游戏和娱乐为直接目的迎合读者的通俗文学。这一定义下包括多种题材的玄幻小说,西方奇幻、东方修真、现代军事、黑道竞技、同人游戏、科幻武侠等题材类别。狭义的玄幻小说指的是包含于广义的玄幻小说下,以"异世时空"为背景和超自然能力为主要内容的小说类别。代表作如天蚕土豆的《斗破苍穹》,小刀锋利的《弑天刃》,唐家三少的《斗罗大陆》《神印王座》《酒神》,我吃西红柿的《盘龙》《九鼎记》《雪鹰领主》等作品。本书所要讨论的为广义玄幻小说。

二、玄幻小说发展中的主要事件

20世纪90年代，文学网站相继建立，最开始以转载流行作品为主要内容。国内的网络书屋大致是在1997年后出现的。网易等公司提供的免费空间，为初期书站的发展提供了物质基础。在那个全民办网的时代，有很多喜欢读书的网民都开办了自己的个人网站。黄易的作品及西方奇幻类颇受大众欢迎的作品被放在网络书屋里连载，比如《破碎虚空》《大剑师传奇》等。黄易是最先提出"玄幻"一词的人，而他的这些作品也奠定了未来十几年的玄幻基本框架和很多设定。1997年第一本网络玄幻小说，网文鼻祖之一的《风姿物语》开始连载，作者为中国台湾的邪派玄幻宗师罗森。此作以天马行空的想象力，绚丽多彩的世界设定，丰满鲜活的人物塑造与跌宕起伏的尖锐剧情扬名，开拓出网文的新局面。其吐槽犀利、幽默恶搞的文风与融合超多作品设定玩梗的风格更是在那时独树一帜，放到现在也是网文、玄幻中的一流作品。这些作品直接催生了后来的网络玄幻小说。而这些小说一般人物具有超能力、架空历史、天马行空的想象等特点，在很长时间内引领了玄幻小说创作的方向。当时涌现出的这批网络小说网站，逐渐转变为以幻想类作品为主流，并有了摆脱传统网络文学的趋势。1998年推出的"黄金书屋"依靠其丰富的作品和详细的分类成为中国最具影响力的十大个人站点，随着网站的发展，"黄金书屋"注意到了网上幻想原创作品较少的问题，办起了"网人原创"专栏，开始了对网络幻想原创作品的培养，这可能是最早的网络玄幻小说原创的雏形。此时，"龙的天空"依靠广泛的人气也迅速崛起。2000年由书情小筑、石头书城、小书亭、凝风天下等个人书站组建了"幻剑书盟"。随着幻剑书盟空间的稳定，因"龙的天空"网速问题而流失的作者和读者纷纷涌进了"幻剑书盟"，逐步确立了"幻剑书盟"的盟主地位。追随着"龙的天空"的脚步，越来越多的文学BBS从西陆独立出来，建立自己的网站。其中比较著名的有天鹰、翠微等。2000年今何在的西游解读，被许多粉丝称为网文第一神作的《悟空传》连载并写完。此书以意识流风格书写了青年的一腔热血与迷茫。以意境渲染为主，重求索思考，而轻剧情布置，金句良多，充满了今何在的意气与才华。在2001年11月的时候，宝剑锋等爱好玄幻写作的作者在西陆创建了中国第一个跨网站交流平台性质的玄幻文学协会，并于2002年5月筹备成立文学性质的个人网站，并改名为原创文学协会起点中文网，简称起点中文网。网络玄幻小说开始成为网络小说的主流，也逐渐成为网络小说中最商业化的一个文学分支。2001年一代东方玄幻巨著《搜神记》开始连载，作者为北大才子树下野狐，他与罗森一样属于网络文学的先行者与巨匠。《搜神记》与其后续《荒蛮记》以瑰丽多姿的璀璨文笔、悱恻绵缠的动人爱情与荡气回肠的激昂剧情成就了网文的一个巅峰。同为 2001 年，罗森开始在网上连载自己的巅峰作《暗派神书》，网络绯色文学的王者《阿里布达年代祭》。此书开头为游戏之作，极为粗糙，设定亦以恶搞为主，充满了恣无忌惮的意味。后来被出版商看中之后渐入佳境，将罗森的长处发挥得酣畅淋漓。人物刻画栩栩如生，灵动鲜活，对人类的心理活动尤其是阴暗面拿捏精准得可怕，对于黑暗心理的解剖精彩绝伦。剧情峰回路转，荡气回肠；其冲突之强烈，剧情跌宕的布置堪称网文的巅峰，连《搜神记》亦只能避其锋芒。思想性广而应题，与剧情的结合极为圆润，感情描述更是深刻动人，情绪渲染亦属上乘。

2004 年度十大中文搜索关键词，网络玄幻小说《小兵传奇》同时在 Google 和百度均有入榜，且是唯一入选的与文学有关的词语。可见，《小兵传奇》在网上的搜索率超过了该年的任何一本书。2005 年百度十大网络小说中，《诛仙》《小兵传奇》和《坏蛋是怎样炼成的》这三部玄幻小说占据了前三位。《诛仙》《搜神记》相继登上 2005 年的畅销书排行榜，该年甚至被称为"玄幻小说元年"。《江南时报》一篇文章《2005 年人文社科类畅销书扫描》，将玄幻小说排名第二。到了 2006 年，百度小说风云榜上前十名几乎全为网络玄幻小说，网络玄幻小说明显成为网络小说的主流。

原创网络玄幻小说经历了模仿阶段。西方奇幻作品的传入以及由西方现代奇幻小说改编而成的商业电影的成功，让西方非主流文化的奇幻小说的热潮席卷全球。由于西方文化产品的主流地位所产生的强大渗透性，中国也同期兴起了西方奇幻小说热。这时网络中出现了模仿西方奇幻小说的创作，创作西方魔法式的幻想小说，故事主题大多以西方中世纪神话为创作源泉，沿袭西方中古骑士文学的传统，连故事情节和叙事模式都有模仿痕迹，代表作有今何在的《若星汉》、读书之人的《迷失大陆》。

网络玄幻小说的创作在模仿阶段之后走向了将西方奇幻中国化的本土创作阶段。题材上，开始由单一西方奇幻魔法类转向了多元化，西方奇幻文化与中国传统文化融合，中国传统的仙侠文化开始在网络玄幻小说中出现，西方奇幻小说中的元素逐渐中国化。"作品中的角色名字开始变作中国人名，故事背景及文化特色也由欧洲中世纪风格转换为中国传统风格，宗教体系、思维模式、人物语言风格都表现出了中国传统文化的特色，西方的魔法文化开始在网络玄幻小说里被本土化，与中国传统的巫术、武术、道家文化融合，故事主题也由骑士变成了中国装扮的游侠。"① 这时期的代表作为树下野狐的《搜神记》、苏逸平的《星座传说》等。

而后，中国网络玄幻小说走进了成熟阶段。很明显，从 2003 年开始，国内网络玄幻小说从诞生之初就表现出其包含的文本题材的丰富性，大量的都市、军事、魔幻及网游类题材幻想作品出现在读者面前，这些都极大地扩大了传统玄幻小说的内涵与外延。此时，网络玄幻小说形成了一个新的庞杂的文类，几乎包括了除科幻外所有的幻想小说。作为新兴的网络小说样式，这种"大玄幻"的丰富和庞杂在让阅读者眼花缭乱的同时也满足了大众的阅读需求。代表作有三国阿飞的《三国游侠》、纯情犀利哥的《穿越异界霸艳天下：异界魅影逍遥》、梦入神机的《永生》等。这三个阶段同时也代表了三种主要的玄幻小说创作风格，即西式玄幻小说、中国神怪玄幻小说和多元素混合的玄幻小说创作。

成熟阶段的网络玄幻小说不仅表现在题材上的丰富性上，最近十年，一批玄幻小说作家也由青春走向成熟，他们的作品占据了大部分的浏览量。作品更为纯熟，也显示出各自的特色。我吃西红柿，文字通俗易懂，阅读难度低，小说情节紧凑，有较大娱乐价值，部分作品被改编为漫画和网络游戏。唐家三少在系列作品中建立了架空的宇宙世界——"唐门"，格局宏大，并塑造了一批传奇人物形象。天蚕土豆凭借《斗破苍穹》走上畅销小说家榜，之后又创作了《武功乾坤》（2013 年）、《大主宰》（2017 年）。这三部作品在叙事方式和情节惯例上有其延续性，但也存在一定程度的创新。

如果说唐家三少、我吃西红柿、天蚕土豆是网络文坛最有商业价值的三位"小白"作家，那么猫腻便是网络文坛最"文青"的一位作家。猫腻的《择天记》《大道朝天》相比于其他网络小说作品，结构更为复杂，人物更加饱满，字里行间皆是对人性的关注和对信仰的追求，让我们看到猫腻在点击量至上的网络文学世界里仍然坚持自己的文学情怀，不断推动网文经典化。

第二节　代表作品分析：我吃西红柿的《星辰变》

《星辰变》是 2007 年开始在起点中文网上连载的玄幻小说，作者是我吃西红柿。我吃西红柿，中国网络作家富豪榜上榜作家，又名番茄，他的另一个笔名叫"江南俊林"。原名朱洪志，出生于江苏宝应，自幼便喜欢看

---

① 高冰峰：《网络玄幻小说初探》，西南大学硕士学位论文，2007 年。

武侠小说，曾迷醉于金庸、古龙、卧龙生三人的武侠世界。他读的第一本武侠小说是《倚天屠龙记》，最喜欢的武侠人物是古龙塑造的"小李飞刀"李寻欢。进入大学后，空余时间多了。他心中的武侠梦不断滋生壮大，以"小李飞刀"为主题的小说《寸芒》便诞生了。后又著有《星辰变》《盘龙》《九鼎记》等作品，阅读人数众多。他是始终能在起点中文网站排名前列的为数不多的作者之一。《星辰变》《盘龙》等作品完本后在网络小说界涌现了大量的后传与跟风之作。网传有"小说不读《星辰变》，就称书虫也枉然"的美誉，这也足以彰显《星辰变》在网文圈中"网文之王者"的地位。

《星辰变》讲述的是秦羽的传奇人生。秦羽是秦王的三世子，自小习武，但天赋太差，丹田和别人的不同，又不喜欢尔虞我诈的政治，当不了上位者。秦羽从六岁开始就独自居住，他的父王为了大业没时间陪他，他只有和自己相依靠。他为了得到父王的关心，开始刻苦修炼，挑战自己的身体极限。一次偶然，他得到了对他一生有重要影响的流星泪，从此开始正式进入修真界，他帮助父王达成了心愿。之后，秦羽认识到他应该为自己而活了，他离开潜龙大陆到茫茫海洋修炼，在海底修真界遇到了很多困难，同时他也遇到了自己的爱情——和他有同样流星泪的神界女子。因为他的缘故，他的家人受到海外修真者的迫害，秦羽为了保护他的家人，和海外修真者展开了激烈的斗争。秦羽经过艰苦的修炼升入了仙魔妖界，和他的两个结拜兄弟团聚后，又开始了在仙魔妖界的生存斗争。在这期间，秦羽还念念不忘家人的安全，他为了见到心上人又开始刻苦修炼，终于他和兄弟一起到了神界，经过努力他终于见到了心上人姜立，可是在神界追求姜立的人很多，不过都是为了她的流星泪，秦羽为了爱情而和神界的八大圣皇对立。因为他修炼功法神奇，《星辰变》接近大成，新的宇宙形成，他也拥有了宇宙掌控者的能力。从上述内容简介可以很容易地看出，故事里充满修仙升级的套路，主人公每个阶段有自己要达成的目标，类似于游戏升级。这带来的直接影响是，出了同名手游《星辰变》。看起来有明显套路化情节进展的《星辰变》何以拥有海量读者呢？应该说，是因为离奇的故事情节，以及在这之外，故事里蕴含的深意。

秦羽的人物设定如下，一开始，他是孤独一人生活，这个时期的他，对于幸福的追究是亲人对他的关爱。他把亲情看得比生命更重要，亲情更是他不断奋斗的动力。友情也是不可少的，对于大多数人来说，朋友比亲人陪自己时间更长，自己的酸甜苦辣朋友都与自己分享。小黑自小就在秦羽身边，相依相伴，多少个孤独的深夜都是小黑在陪伴，因为有了至死不渝的友情，他才有了些许安慰。执子之手，与子偕老的爱情，更是每个人向往的，能陪伴自己一生的也是爱人。有了爱情，人生才完美。有了爱情，才有了真正的幸福。失去了爱情，整个世界为此而黯淡，有了爱人，你会感觉世界都是你的。秦羽有了姜立，正如干涸的河流逢上了大雨，整个人都有了生机，有了不断奋斗的动力。

秦羽的故事，让人思考关于幸福的种种，对亲情、友情和爱情的追求是其人带给我们的思考。幸福正是在不断奋斗中得到的，只有经过刻苦的奋斗你才会珍惜来之不易的幸福，也只有经过不断追求得到的才是属于自己的。秦羽六岁就有了坚定的追求，为了亲情他不断修炼，别人这时候都在享受孩童时快乐，他却在刻苦修炼，经过努力他得到了父王的赞赏，大家的尊敬。遇到心上人却不能在一起，激起了他进入神界的信念，他不断地为自己的追求而努力，从不放弃。皇天不负有心人，秦羽修炼大成并成就了自己的爱情。秦羽的成功是因为机遇，流星泪选中了他，他幸运得到了"星辰变"功法，又好运地得到了仙府、迷神殿。可是机遇都是为有准备的人准备的，这引起我们的反思了。可见，《星辰变》是热血励志文。在2018年，《星辰变》动漫开播几个月便收获了接近6.5亿的播放量。有网友说："《星辰变》带领我进入了玄幻世界，虽然现在看起来有点小白文的感觉，但不影响我对它的热爱。"足以看出《星辰变》在玄幻文学中的地位。但，它的"小白文"特点也是存在的。

那么，说到小白文，《星辰变》有其文学性上的缺失。传统文学作品推崇修辞手法的使用，在作品中，修辞手法往往起到画龙点睛的作用。修辞手法往往在整个作品中起到黏合剂的作用，它将各种零散的材料和作者的思想情感黏合在一起，使得文章看起来浑然天成，作品就有了应有的灵动。而网络小白文很少使用修辞手法，整个文章的材料形散又神散，不能够很好地结合在一起，常常出现故事情节脱节的情况。而且大概是因为网文字数多，动辄上百万字，作者有拼凑情节的嫌疑，往往会造成作品的硬伤。"在《星辰变》中，作者基本很少使用修辞手法，而混合修辞手法的使用更是凤毛麟角。"[1] 很多的打斗场面用很简单的拟声词来带动气氛，常用的如"啊""蓬""啾"等。人物对话相对简单，很通俗的语言表达，直白而浅显。在整部作品中，作者站在第三者的角度，很少使用修辞手法来增添文章的色彩，而以一种近乎平淡如水的风格在叙述整个故事。这样的叙事方

---

[1] 刘汉森：《网络小白文的文学性缺失——以〈星辰变〉为例》，《文艺评论》，2012年第3期。

式，使得作品不仅缺少美感，而且缺乏应有的灵动。

与传统文学相反的是，网络小白文在语义的表达上往往追求精简的方式，语言的表达缺乏多层次性。网络小白文在语义表达上的单层次性，是由网络文学本身所具有的特点决定的。

首先，网络文学作品，尤其是商业化的网络文学创作，主要是以赢得网络点击量为首要目标。网络文学很大一部分属于"快餐文学"，读者阅读这些网络文学的目的也多是以放松为主。为了迎合广大受众的阅读水平和阅读兴趣，这些网络文学作品的作者也会有意无意地降低网络文学作品的文学水准，使得它们更加通俗化和大众化。这是一种以牺牲文学作品价值来换取点击量的不等价做法，其根本目的还是赚取更多的利润。因此，很多商业文学网站上的文学作品在语义表达上都是直白的，很少会出现简单的句子同时表达更深层次的含义。即使有这样的必要，作者也会用更多简单的句子来表达，而不会采用这种复义的表达方式，其实这也就是小白文能够大量出现的重要原因之一。

其次，网络文学的创作方式不同于传统文学。传统的纸质文学都是作者先将一部作品完成，然后通过出版社出版与读者见面。但是网络文学的创作，它是一种实时的，能与读者互动的创作方式。大多数的网络文学创作都是采用章节式的创作方式，网络写手每天固定写一定字数，然后把这些章节放到专门的网站上供读者阅读，读者会提出修改意见，甚至会对下一个章节的故事发展给出自己的意见。可以说，这种互动式的文学创作从很大程度上决定了网络文学作品的语义表达不可能太过于复杂。并且网站是商业化运作的，那些签约的写手为了完成每天的任务，即完成每天规定的更新字数，都尽量用最多的语言来表达最简单的意思。当这种方式发展到一个极端，即所有的语言都是平铺直叙，没有任何深度可言的时候，小白文就产生了。情感抒发的直白浅显追求言外之意和含蓄委婉的情感表达是传统文学所要力争达到的目标，因而在传统文学那里，想要准确理解作者所要表达的意思就具有一定的难度。虽然小白文的情感表达比较容易把握，但这种情感的表达是建立在直白浅显的基础之上的，这种情感的表达是直白而不是含蓄委婉的，是浅显的而不是深层次性的。在传统文学那里，作者情感的表达是深层次的，相对含蓄的。如《诗经·郑风·子衿》："青青子衿，悠悠我心。纵我不往，子宁不嗣音？青青子佩，悠悠我思。纵我不往，子宁不来？挑兮达兮，在城阙兮。一日不见，如三月兮。"全诗三章，前两章以恋人的服饰代替恋人，表现出她对恋人的念念不忘和思念之情，第三章对于她的动作的描写，更是点明了她对恋人的思念之情。全诗巧妙地使用回环和倒叙的手法，更能突出她对恋人的思念之情。但对于网络小白文而言，这种情感上的深层次表达已经严重缺失了，取而代之的是直白浅显的表达，因而它也失去了情感表达上的深度。例如：《星辰变》第四十六章"仙魔厮杀"一段。

> 秦王朝的京城，在两大超级高手的争斗中呻吟着、哀鸣着。
> 城墙碎裂、房屋倒塌、宫殿爆炸、残肢乱飞、鲜血满地哀声遍野……
> 惨。

只几个词语堆叠，只一个"惨"字将当时的情景概括了，在表达效果上大打折扣，浅显直白，大部分需要读者自行"脑补"。当然这也许是大家看网文的一个乐趣。正如在前面第二点提到的，由于网络小白文在语言表达上缺乏多层次性，因而就直接导致了在情感表达上是缺乏深度的。例如：第九章"灵魂攻击"一段。

> 秦羽食指指向雷罚城一行五人："你们雷罚城的人给我听着，从今天起，别再说立儿是你们雷罚城的媳妇，如果再让我听到，那……就休怪我手下无情。"
> 周霍还沉得住气。旁边的周显却是脸惩的通红。
> "秦羽。立儿是我的妻子。这是圣皇殿上众多神王监督，最后公正宣布的，你竟在这大言不惭，我……"周显刚想要出手，可是一想到秦羽的实力，不由无法再说下去了。
> 这时候，在周霍身旁俊美的白衣青年周然当即躬身道："大伯。这秦羽连番侮辱我雷罚城，还说什么手下无情，简直可笑之极，小侄请求出手，收拾了这狂徒。"
> 周霍看了一眼周然心中很是满意。周然，毕竟是一位神王。神王出手对付秦羽，在周霍看来无论如何也是赢定了。所以当即说道："周然，你便出手收拾了这狂徒。"
> "是。大伯。"周然躬身。

这里是因为争夺妻子，而要进行一场大战的前奏。矛盾冲突呈现得相当浅显直白，可以使人们能够快速理解作品中人物的思想情感和故事人物的喜怒哀乐，而在传统文学那里，读者还必须要深入地思考，通过人物的言行举止来对人物的喜怒哀乐做一个判断。这种方式固然符合"快餐文学"的特点，让读者不需要任何理解都能够看懂作品，但这种方式却是以牺牲文学作品应有的美感换来的，它使文章显得空洞。

第三节　代表作品分析：天蚕土豆的《斗破苍穹》

《斗破苍穹》是 2009 年开始连载于起点中文网的玄幻小说，作者是天蚕土豆。天蚕土豆真名叫李虎，起点白金写手，新生代网络写手代表人物，2008 年凭借处女作《魔兽剑圣异界纵横》一举折桂新人王，跻身人气顶尖网络写手之列。《斗破苍穹》更是获得起点中文网高达 1.5 亿的点击率，也因此奠定了天蚕土豆在网络原创界难以动摇的人气顶级写手地位。他的代表作还有《武动乾坤》《大主宰》等，还有从 2017 年连载未完结的《元尊》。

《斗破苍穹》主要描述了主人公萧炎跌宕起伏的一生。作者将背景置于一个虚幻缥缈的世界——斗气世界，在这个世界中，斗气是人生来唯一追求和探索的力量源泉。而萧炎，曾经作为萧家万众瞩目的修炼天才，却在 12 岁那年失去了"修炼"的能力，甚至一度回落到三段斗之气。整整三年时间，家族冷落，旁人轻视，被未婚妻退婚等各种打击接踵而至。就在他即将绝望的时候，一缕幽魂从他手上的戒指里浮现，一扇全新的大门在面前开启！三十年河东，三十年河西，莫欺少年穷！年仅 15 岁的萧家废物，于此地，立下了誓言，从今以后便一步步走向斗气大陆巅峰。

《斗破苍穹》常被持主流评价标准（艺术的、高雅的、审美的标准）的人斥为"小白文"，意指此类网络小说语言单调、情节浅薄、读者层次较低。不可否认，《斗破苍穹》的语言和情节确实有些模式化，比如被许多读者嘲笑的"恐怖如斯"——天蚕土豆似乎偏爱使用"恐怖""恐怖如斯""强悍如斯""如此恐怖"之类的词汇，描述用词重复较多（这被当成作者文学修养差的证据）。天蚕土豆还高频地使用"即便放眼斗气大陆（或中州、或玛帝国），某某也是凤毛麟角般的存在（或'也不过一手之数'……）"这样的句式。重复率极高，似乎显示出作者语言表达方面的词汇贫乏。不仅语言贫乏重复，连小说情节也很"模式化"。有些情节反复出现，比如"'拉仇恨'——仇恨越积越深——出场人物不断变强"的情节反复出现，主角萧炎初到中州这一段中，击杀风雷北阁天才弟子洪辰，引发风雷北阁斗宗强者沈云对萧炎的仇恨，萧炎击杀沈云又引来风雷北阁三大长老的仇恨，最终引来风雷北阁阁主的追杀。再比如"某女性角色和主角暧昧——被略强于主角的男性角色嫉妒——主角越级挑战灭掉该男性角色"的情节也多次出现，几乎每个女主角都给男主角拉了仇恨。这样的情节有：女主角薰儿在萧家的时候，就引起主角萧炎与萧宁的战斗，后来在古界，又让比萧炎高两级的"古妖"跟他结怨。其他网络小说中常见的"夺宝""闯秘境"一类的情节也会反复地出现。单从情节和语言文采的角度看，《斗破苍穹》很难获得主流或精英的青睐。相较高雅文化，《斗破苍穹》的文本无疑是贫乏的，但是贫乏的文本并不妨碍它成为粉丝读者获取快感和意义的文本资源，有时贫乏反而是优势。大众文化读者看重的是大众文本"使意义和快感在社会中加以流通的中介"功能①，而非文本本身的艺术性或审美价值。面对贫乏的作品，读者在参与文本意义建构时反而会有更多优势，但并非所有贫乏的文本都可以转化为"优势"，唯有那些成功触发读者"参与感"的文本才可以。由于文本包含的空白和矛盾比较多，而且文本是无法自带"艺术权威"色彩的文化商品，这反而促使读者从中得出自己的理解，读者的阐释潜力会被大量释放。《斗破苍穹》文本在艺术丰富性方面的贫乏，不代表该文本毫无价值，它的价值是指向文本之外的，即为读者想象性地重构自我与日常生活之间关系提供文本资源。比如小说对迦南学院的描写，作为娱乐文本提供的意义它可能指向了读者真实的"校园生活"。对于导师与学生的博弈互利关系、同学之间进行成绩排名的关系、老生剥削欺压新生的霸凌关系以及同学关系发展为友谊，小说仅提供了一些娱乐话语，但是这些描写可能会让一部分读者想象性地重构自身的校园生活经验，从而获得快感。不过，能否以及如何将小说与现实对接，作者并非提出任何直接的"教义"，仅仅提供一些供读者自行发挥想象力的"文本资源"。即使《斗破苍穹》并非"高雅文化"，但是作为大众文化文本，它也具有一定的艺术价值。《斗破苍穹》的文本结构很精巧，小说在内容组织上简洁而有规律。《斗破苍穹》的故事情节简洁、清晰，悬念设置合理，叙事节奏张弛有度。重要人物、事件出场前会提前预告，情节推进有条不紊，每个叙事环节都处置得很完美。每个叙事段落的主线任务和支线任务浑然一体、层次明确又互相咬合，绝没有旁枝错节的情节。比如在迦南学院的叙事段落中，萧炎的主线任务是抢夺陨落心炎，支线任务大概有五个，依次为：建立磐门、抢夺地心淬体乳、练习"三千雷动"斗技、斗柳擎一脉高手、战药皇韩枫。故事人物的行动动机明确、目标直接，不会让人产

---

① ［美］约翰·费斯克：《理解大众文化》，王晓珏，宋伟杰译，北京：中央编译出版社，2001 年，第 152 – 155 页。

生任何误解。人物描写概括性极强（比如描写主角萧炎，主要描写他的一个特征：漆黑的眸子；描写美女萧玉则主要描写她修长圆润的双腿）。此外，场景的安排、重要人物出场都有伏笔、照应。力量等级体系、丹药等级体系同样化繁为简，力求简单易懂。《斗破苍穹》的叙事手法可用两个词概括：简洁、明了。用简洁的叙事手法去讲述一个庞大的故事，这对叙事技巧有很高的要求。即使斥责《斗破苍穹》是"小白文"的人，也不得不承认作者对于故事整体的设计在网络文学中处于超高水准。《斗破苍穹》出场人物众多，场景转换也很频繁，故事线索主线支线齐头并进，作者居然能把这么烦琐的元素安排得有条不紊，而且从头到尾保持了非常一致的节奏感，小说作者讲故事的手段可谓高明。"《斗破苍穹》恰恰体现了大众文化文本规范——文本自身简洁、明了，却又具有极强的趣味性。作为大众文化代表的好莱坞电影，也遵循这样的文本规范。《斗破苍穹》还博采众长，吸纳了许多同类型网文的精华。"① 许多读者以讹传讹误以为"退婚流"是天蚕土豆发明的，其实并非如此。在女频言情小说中"退婚式羞辱"的开头早已不新鲜。戒指里面"随身老爷爷"的"金手指"设定，早至我吃西红柿的《寸芒》（2006 年）、《盘龙》（2008 年）时代就已是"套路"了。在故事设定上，开头就挖几个"坑"的写法更不稀奇。"辰东"从2004 年连载《不死不灭》开始就一直采用这种方法。《斗破苍穹》中的知识体系也集成了很多同类网文的精髓，比如"魔兽山脉""灵魂攻击""精神力""灵魂体""家族—长老制"等都并非作者原创，而是取自同类型的网络小说。可以说，《斗破苍穹》既包含了天蚕土豆个人的成功，但也得益于对其他网络小说娱乐元素的"集成"。成为大众文本，也包含一个精心挑选的过程。一个大众文化文本被广为接受，必定包含了某些能够出奇制胜的地方。故事的清晰、简洁及对诸多娱乐元素的集成使用，提升了《斗破苍穹》的"易读性"和人情味，从而让其成为读者"参与式"阅读的文本资源。

通过《斗破苍弯》便可以折射出玄幻小说的基本定义和其反传统价值观的后现代主义特征，通过对作品和整个玄幻小说的研究便可以探讨玄幻小说在当代中国产生的各方面的影响和意义。

---

① 孟隋：《论粉丝时代网络文学的内容生产——以〈斗破苍穹〉为例》，《教育传媒研究》，2018 年第 1 期。

第四节 其他主要作品分析：唐家三少的《斗罗大陆》等

唐家三少或许不是最好的网文作者，但我们必须承认他是最成功的商业化网文作者。他的代表作网络玄幻小说《斗罗大陆》自 2008 年 12 月起在起点中文网上连载，2010 年 8 月完结，全书约 298 万字，讲述的是穿越到斗罗大陆的唐三如何一步步修炼武魂，由人修炼为神，最终铲除了斗罗大陆上的邪恶力量，报了杀母之仇，成为斗罗大陆最强者的故事。《斗罗大陆》中唐三一步步封神的故事是跌宕起伏、激励人心的。《斗罗大陆》广受读者喜爱，自 2008 年连载多次获得起点中文网月榜第一，点击量达到 6000 多万，此外更有由《斗罗大陆》衍生出的同名漫画、手游、网游等。由《斗罗大陆》改编的同名动漫在 2018 年 1 月开播，首集点击量突破 3 亿，开播三个月达到了 20 亿的播放量，再次掀起"斗罗"热。

《斗罗大陆》的故事情节丰富多彩，但文中的许多情节也多见于同类型的其他小说，也就是通俗小说常见的模式化问题。对《斗罗大陆》的故事情节进行梳理，可以发现以下几个常见的故事套路：跳崖穿越、身世成谜、天赋异禀、战无不胜、死而复生、多女爱一男等。此外小说主线明晰，但唐三跟随月华姑母学习贵族礼仪，唐三被海盗暗算进入紫珍珠岛等情节颇有堆砌故事之嫌。小说中打斗场景频繁出现，唐三更像是一个职业打手，见谁都要打一场，就连见昊天宗的长老也要发起挑战，与长老一较高下，而且战无不胜，这样的情节设定反复出现显现出文本内容的贫乏。还有小说的结尾过于仓促，前半部分史莱克七怪参加全大陆高级魂师学院精英大赛这一事件占据了很大的篇幅，而全文的高潮，也就是小说结尾唐三与武魂殿的决斗相比之下显得异常单薄，特别是唐三在决斗时死而复生这一情节设置过于简单。小说文本中还存有许多空白，史莱克七怪在全大陆高级魂师学院精英大赛之后便各自分离，作者的目光追随着唐三和小舞，却并未告知其他的史莱克五怪在彼此分离的这五年经历了什么。这些问题的悬而未决使得小说留有一个个的空白和裂隙。问题在于为什么有着这么多问题的小白文《斗罗大陆》却受到那么多读者的喜爱，读者完全没有因其模式化的情节而降低阅读趣味，唐三战无不胜的重复性情节也没有让读者乏味，文本的空白裂隙也并不影响读者整体的阅读感受，所以看似幼稚的小白文却有着它存在的必然和独特的魅力。

《斗罗大陆》的故事情节模式化，但其实吸引我们的正是这些模式化的情节。"题材小说在长期的创作中会产生一些套路，这些套路又被实践证明特别能够吸引读者，并屡试不爽，于是，小说的模式化也就产生了。"①

　　所以"模式化本身不应该被指责，模式运用的好坏才是作品成败的关键"②。而唐家三少就做到了游刃有余地书写这些充满套路的故事情节。比如在穿越这一情节设定上，主人公唐三在前世因偷学宗门绝学为唐门所不容，在唐门长老的围堵下选择跳崖以死明志，却带着上一世的记忆到了斗罗大陆，成为一个婴儿开始新的生命。所以唐三从一开始便有着成熟的心智，并牢记上一世修炼的玄天功心法和唐门暗器的制作工序，而这上一世的宿命使得唐三立志在斗罗大陆创建属于自己的唐门，专门制作曾让自己付出生命的唐门暗器。唐家三少虽然采用了穿越这个俗套的故事模式，但他致力于让穿越这一行为发挥出它最大的作用，穿越不仅仅是把唐三带到了斗罗大陆，同时上一世的经历也渗透到唐三性格、命运的发展中去，塑造的是两世为人的唐三。唐三也有着身世之谜，他以为自己只是出身于普通的铁匠人家，与酒鬼父亲相依为命，在自己长大成人后，才知道自己的母亲是幻化为人形的魂兽，被武魂殿生生逼死，自己父亲也因此深受打击，脱离自己的宗门，日日借酒消愁，为此唐三与武魂殿便结下了血海深仇，这是全文的主要线索，而唐三与武魂殿的较量也成了全书的高潮所在。除了穿越以及身世之谜，主人公唐三天赋异禀、战无不胜、死而复生等情节都是玄幻小说常见的故事情节，虽然有落窠臼，但这些故事情节却是全文的精彩之处，是读者喜欢的故事设定。所以网络小说的模式化最终指向的是读者的阅读趣味，与阅读精英小说不同，读者阅读网络小说很少去追求人性的反思、哲理的思考，读者追求的是阅读的娱乐性和消遣性，享受阅读带来的精神快感。《斗罗大陆》中模式化的故事情节同时具有极大的张力和发展的无限可能性，穿越带给唐三的再生、身世之谜揭开后的震惊、丧母带来的仇恨、唐三起死回生带来的大悲和大喜，以及小舞献祭带来的震撼等情节极大地满足了读者的阅读快感。模式化的故事情节虽广受诟病，但这些模式是此类型小说的特色，不仅能够最大程度激化故事矛盾，凸现人物性格，而且能够激发读者的阅读兴趣，让读者沉浸在小说世界中获得阅读快感。"而《斗罗大陆》情节重复的贫乏，故事的留白同样作用于读者，文本中的空白甚至矛盾激发着读者进行想象、填补或者再创造。"③ 史莱克七怪在全大陆高级魂师学院精英大赛之后便各自分离，戴沐白作为星

---

　　① 汤哲声主编：《中国现代大众文化与通俗文学三十讲》，北京：高等教育出版社，2011 年，第 4 页。

　　② 汤哲声主编：《中国当代通俗小说史论》，北京：北京大学出版社，2007 年，第 31 页。

　　③ 张鑫佩：《〈斗罗大陆〉"小白文"式书写的自觉》，《名作欣赏》，2018 年第 23 期。

斗帝国的王子，在离开史莱克学校回国时该如何应对来自兄长的敌视，如何权衡国内的各方势力，如何化解与爱人朱竹清之间的隔阂。奥斯卡为了更好地保护宁荣荣，决定外出历练，并许下不变强大不会回来的十年之约，奥斯卡在一人流浪漂泊的日子里经历着什么，他心中对宁荣荣的思念如何支撑着他面对一个又一个生死难关。这一个个留白的问题都激发读者展开想象，用自己的经验填补那些空白。所以《斗罗大陆》文本的空白并没有影响到小说的整体性，反而因其欠缺性调动读者的文本参与感，激发读者展开极具自我色彩的想象和创造。"在大众文化中，文本仅仅是商品，因此，它们很少是精巧的，它们是不完整的和不充足的，除非它们进入大众的日常生活之后。"① 网络小说作为大众文本其意义的揭示离不开读者的观照，"解读文本是件复杂的工作，而大众文本的复杂性既在于它的使用方式，也在于它的内在结构。文本意义所赖以存在的复杂密集的关系网，是社会的而不是文本的，是由读者而不是文本的作者创造出来的。当读者的社会体验与文本的话语结构遭遇时，读者的创造行为便得以发生"②。

所以网络小说的真正意义在于为读者想象性地重构自我与日常生活之间的关系提供文本资源，而不是网络小说本身的艺术性。

《华尔街日报》曾对唐家三少的作品做出这样的评价："他笔下的每一位英雄都有实力、有人气、有成绩——拥有读者梦想得到的所有东西，同时也是他们怀疑自己能否得到的东西……对于那些因为找不到老婆或者买不起房而灰心丧气的年轻人来说，这些超级英雄的故事就是一剂励志良药……他能够让底层消费者从虚拟世界里收获好心情。"这个评价便是认识到网络小说的读者会基于自身的社会体验，建立自身与文本的联系，从而生产建构属于自己的文本价值，这也是网络小说作为大众文本的价值所在。所以《斗罗大陆》作为"小白文"的成功在于迎合了读者的阅读趣味，同时激发了读者的文本参与感，使读者在小说原有基础上想象性地进行文本再创造。现今读者的地位有着巨大的转变，作为文化商品的消费者，选择的主动权完全由读者掌握。而网络小说作为文化商品追求读者数量的最大化，为了吸引读者建构起相应的文本内容，读者的阅读喜好直接影响网络小说的文本建构。唐家三少为了更准确地把握读者，对读者的年龄进行了统计："我最主要的读者，一直都是八岁到二十二岁这群人，最关键的是要

---

① ［美］费斯克：《理解大众文化》，王晓钰，宋伟杰译，北京：中央编译出版社，2001年，第148页。

② ［美］费斯克：《理解大众文化》，王晓钰，宋伟杰译，北京：中央编译出版社，2001年，第149页。

抓住他们。"所以不是唐家三少选择了小白文，而是这群不到 22 岁的读者选择了小白文。

网络小说的价值在文本之外，在于读者对文本的再创造，小白文的优势也在此凸显，小白文故事的浅白，情节的简单或者贫乏反而促进读者释放自己阅读阐释的潜力。"大众文本展现的是浅白的东西，内在的则未被言说，未被书写。它在文本中留下裂隙与空间，使'生产者式'读者得以填入他或她的社会体验，从而建立文本与体验间的关联。拒绝文本的深度和细微的差别，等于把生产这些深度与差别的责任移交给读者。"①

所以唐家三少作品的广受欢迎离不开他对网络小说读者的准确定位，以读者为小说创作的中心，以模式化的情节描写迎合读者的阅读趣味，以浅显易懂的小白文特色激发读者的参与感，强化读者的主体性，而网络小说文本的价值也就在读者的再创造中得以体现。现今的网络文坛得读者便得天下，网络"小白文"的泛滥也是读者时代的必然选择。

第五节　弊病和叙事规律

玄幻小说的弊病和叙事规律都很明显。

一、玄幻小说的弊病

评论者丝柏客曾在《由通俗流行小说看中国》一文中这样评价中国网络玄幻小说：黄易早期的《凌渡宇系列》小说，还关心环保和正义，关心民主和人权，但是黄易之后的小说，都太媚俗了。像《大剑师传奇》重在武力的统一和征服，《寻秦记》太过注重宿命，欠缺历史的批判。至于《大唐双龙记》，则没有历史中心思想。而《翻云覆雨》系列，则是荒谬的媚俗历史剧。月关的小说，重在宫廷权门，没有小说家的理想性，没有对人性的高贵和脆弱做思考。鬼雨的《道缘儒仙》虽然对儒家和佛家的思想做了现代化的阐释，但是全书民族主义浓郁，欠缺对日本和人类历史真实的了解。墨武的小说，强调霸权和统一，离现代太远。至于如唐家三少、风凌天下等受欢迎的玄幻小说，除了追求个人力量和家族主义外，大概没有什么值得一提的了②。从这段评论中可以看出，网络玄幻小说虽然如今被争相

① ［美］费斯克：《理解大众文化》，王晓钰，宋伟杰译，北京：中央编译出版社，2001 年，第 148、149 页。

② 丝柏客：《由通俗流行小说看中国》，《联合报》，2013 年 1 月 3 日。

追捧，但其存在的众多现象和问题更值得我们深思和探究。即使网络玄幻小说不能用精英文学或正统文学的尺度来评判，但文学的基本要素和特征也不能彻底缺失，否则遑论"小说"二字，因此，反思网络玄幻小说，并不是彻底否定和拒绝，而是深究该文学现象出现的背景和深层原因。

网络玄幻小说作为当下游戏化和消费化的网络小说，其弊病与缺失更值得研究者深思。其主要体现在文学创作模式的单一化与社会道德责任的漠视等方面，这些弊病和缺失不仅显示出网络玄幻小说的诸多问题，更是当下中国整个文学语境存在的问题。随着中国社会经济文化的巨大发展，消费性和娱乐性文化成为主流，活跃在中国文化中，因此，意识形态领域的开放和多元使得文学不再高雅而精致，也使得创作群体不再细腻而渊博，更使得社会观念缺乏道德与责任。这些弊病和缺失使得学术界对其大加指责，将其视为文学的"牛鬼蛇神"，甚至有些学者将其排除在文学之外。因此，从网络玄幻小说的诸多文化病症中探究出其存在的诸多弊病和缺失，有利于对网络玄幻小说的未来发展进行合理的引导，更促进了网络小说的整合与变革。网络玄幻小说一方面虽然吸引了一大批网络读者的追捧，但另一方面其大量的弊病也使得其地位始终不在主流文学的范围之内，国内学者一般不会将玄幻小说当成正统文学，其主要原因便是玄幻小说在文本上、情节上和审美上都不具备正统文学的特质，因此，有必要对玄幻小说的弊病进行探讨。

在网络玄幻小说中，写手们宣扬的是一种无社会责任和义务的价值取向。没有社会责任的规约，没有道德伦理的束缚，只有拥有强大的力量才能站在世界顶端。同时，在玄幻世界中没有正邪、善恶之分，生死成为家常便饭，这对于青少年价值观的树立有着巨大的危害。网络玄幻小说往往关注的是社会的黑暗现实，包括扭曲人性的张扬和道德败坏的思想。《坏蛋是怎么炼成的》便是社会责任缺失的明显代表。故事中所谓的"成长经历"实质是谢文东由原本优秀的好学生变为嗜杀如命的帮派老大。故事中谢文东没有责任，没有所谓的社会义务，把征服世界作为自身的最根本目的，这种自私的拼搏过程使得谢文东感受到"普通人难以经历和体会的快感"。读者在文本中感触到的并不是对这种人生哲学的反叛，而是对其赞赏和认同。纵观历史上的诸多科幻、玄幻和魔法类的文学，其主旨并不是在魔法妖术或者高科技上做文章，而是有着深刻的人文情怀和社会责任感。以科幻为例，科幻文学表现出的是科技时代人的诸多生存困境，具有现代性的反思精神，而不是一味宣扬科技的强大和无所不能。慕容雪村作品中这样写道："……世界本就如此，一切都是交易，女人看男人是提款机，男人看女人是绞肉机，而真情不过是一粒无用的……眼屎，弹去后依旧明眸善睐，盈盈如水……世风浇漓，江河日下，人间已无英雄。城市里的生活越来越庸俗，最后只是简单的活着。为活着而活着，活着就是一切……只有两条路能够抵达天堂：要么出卖灵魂，要么出卖身体……偏见和颓废、厌世的心理，几乎把这个世界都看成一个尔虞我诈、相互倾轧、口是心非、让人毛骨悚然的世界。"在中国消费主义语境下，中国网络玄幻小说的终极目的就是娱乐化和消费化，正如《诛仙》作者萧鼎所说："写网络小说是为了发泄。"① 当然，这种观点其实只是写手们为自己的创作寻找的托词而已，不论网络文学，还是精英文学，都应该有着属于自己的文学风格和内蕴，不论哪种文学，都必须有着属于文学本身的审美意蕴和文情怀，倘若任其发展，不加引导，将使文学沦为庸俗化的产物。但在当前中国会文化语境中，"网络游戏和文化消费的时代记忆占据着他们的大部分精神空间，因此，繁荣于世纪初的网络文学想象仍然要在'无根'的魔幻之境中继续漂浮"②。

玄幻小说充斥着大量的色情内容。现如今玄幻小说对于色情的描写越来越赤裸，丝毫不加节制。这种掺杂色情内容的网络玄幻小说成为网络文学的一颗毒瘤。一方面是因为满足了读者的偷窥欲，另一方面也显示出了写手过度迎合读者而导致过分市场化的弊端。虽然这种玄幻小说的市场很大，但对于长远的文学发展，是百害而无一利的，以至于正统文学始终不将玄幻小说纳入其中。玄幻小说中对于女性意识的压抑显得尤为严重，其性别歧视在文本中处处可见，在玄幻小说中，男性始终处于主导地位，无论是生活观念还是性观念上，原始的性能力的强大始终伴随在女性身边，无论魔法能力多强大的女性，始终有一个男性的地位压抑着女性，而她虽然排斥这种关系，却又企图通过主人公即男性的帮助使自己获得重生。这种弱化女性意识的文本形式使得作品大打折扣，在两性关系上没有应有的书写，对这种传统才子佳人的文本大张宣扬。

网络玄幻小说兴起之初，由于题材和主题的新颖，同时也因为其借鉴资源的多样化，呈现出多元性和开放性的特征。但网络玄幻小说发展至今已有十余年的历史，其模式化弊端已然显现并逐渐呈现出扩大化的倾向。现如今网络上出现的众多玄幻小说，其题材、人物和主题都呈现出单薄化和程式化特征。模仿和跟风的套路明显加深，使得读者产生明显的阅读疲

---

① 陈辉，萧鼎：《有读者喜欢就已经说明一切》，《北京晨报》，2014 年 11 月 23 日。
② 臧娜，代晓容：《当代文艺娱乐化问题研究》，北京：人民出版社，2015 年，第 148 页。

劳和审美疲劳。

创作呈现模式化，这是由于写手大多为"80后"理科生，没有接受系统的文学理论的教育，也没有正统地学习过相关课程，因此，他们的创作经验和基础完全是靠拼贴和复制完成的。几乎所有的网络玄幻小说都呈现出模式化倾向，主要包括题材的模式化、主题的模式化、风格的模式化，甚至是语言的模式化。这种模式化思想极大地损害了网络玄幻小说的发展，也模糊了精英文学和大众文学的界限，其实质是当前消费语境下的一种自我的放逐和浮躁。

第一，主题的模式化。网络玄幻小说发展之初，主题多元丰富。有模仿中国传统文化的作品，如《诛仙》；有借鉴西方魔法神话的作品，如《恶魔法则》；还有诸多中西方文学传统结合的作品等。但写手们借鉴的资源始终有限，终有枯竭的一天。时至今日，所有的网络玄幻小说都在使用原先的文化资源，模仿和借鉴痕迹非常严重，主题呈现出非常明显的模式化特征。

第二，故事情节的模式化。现如今，当下网络玄幻小说写手们所描绘的故事情节已然没有任何创新性可言。例如英雄救美模式，文本中大多都有此情节。再者，网络玄幻小说中几乎每篇都有拍卖会拍卖物品这一情节，而这一情节正好凸显了主人公拥有着强大的资本和物质力量，为的是满足读者一夜暴富的幻想。

第三，写作技巧的模式化。纵观现在网络玄幻小说，始终贯穿着一条主线：穿越——天赋测试——入门派——门派大比——打怪升级换地图。新手写作通通可以按照这个技巧进行写作。

实际上，网络玄幻小说创作模式化与商业化运营密切相关。部分文学网站不以文学价值来评判，而是以阅读量来定天下，只是娱乐和消费读者，而在这其中，最便捷的途径便是模仿。模仿和借鉴能迅速使新手上手，并能迅速抓住读者的留存率，同时网站根据字数给予写手们稿酬的这种方式更使得这种模式化倾向蔚然成风。秩陵别雪的《武神无敌》描写："纵横东方世界莫有能敌者，方能武道称神，是为无敌武神……东方世界，诸国林立，万千宗门，天才如雨，强者如云！古超，一个普通宗门的外门弟子只因获得一截神秘小刀，从而使得武道天赋疯狂提升！纵然资质一般，他逆天的武道领悟力，也足以让他与任何绝世天才武道争锋！妖孽般的天赋，注定了他自此以后都不再平凡，终会成为这东方世界唯一的无敌武神！"相同故事情节的有衣冠胜雪的《无尽剑装》："一个在家族中地位不高的玄气弟子，偶然在地摊上得到一块奇异玉石，里面藏着一门上古剑修传下来的绝世剑阵修炼之法！冰火两仪剑阵，三叠琴音剑阵，四合八级剑阵，六脉五行剑阵，七星八卦剑阵，九天雷火剑阵，十方无极剑阵，周天挪移剑阵，对者紫雾虚弥剑阵，道心种魔剑阵，万剑归宗剑阵……天下地下，唯我剑阵！与我作一概万剑轰杀！"总之，网络玄幻小说经过十余年的发展，在将诸多文化传统资源通通借鉴完之后，由于缺乏创新的动力和个体的反思，呈现出创作模式的单一枯燥和模式化特征。

玄幻小说作为现如今网络文学兴起的一种文学现象，自有其产生和发展的原因，也有其存在的必要，但如何正确发展玄幻小说，如何引导玄幻小说朝着正确而健康的方向发展，这才是玄幻小说未来要思考的问题。而对于主流文学界来说，一味地批判否定玄幻小说只能使得玄幻小说之路越走越狭窄，越走越边缘化，更加不利于玄幻小说的未来。因此，不论主流文学界的态度，还是互联网的掌控，还是国家的宏观干预，都必须对玄幻小说进行引导和发扬，这样才更有利于文学的健康发展。

第一，对于当下来说，玄幻小说的发展大大促进了文化产业的繁荣和发展。从玄幻小说的文本，到手机游戏、漫画，最后发展成为电影或电视剧，这种一体化的生产方式，是市场化的行为，同时，对于电影和电视剧的普遍雷同化也是一种极大的扩充。

第二，玄幻小说的创作和发展是消费文化的产物，一定程度上也能够缓解当下读者紧张焦虑的心境，让他们在紧张的生活之中得到放逐，得到一定程度的释放。当下的社会是经济快速发展的社会，难免会由于工作的紧张或者生活的琐事和压力造成个人心境的不平衡，因此，阅读成为读者放逐自己的另一种方式，传统的文本过于枯燥无法吸引读者的注意，而玄幻小说的出现恰恰迎合了读者的阅读体验，使读者能够在畅想自在的文本中感受阅读的魅力所在。

第三，玄幻小说的出现是中国文学发展的必然，当西方各种科幻小说大量出现并且成为主潮时，中国的文学界却还在精英文化的尖塔中怡然自得。

二、玄幻小说的叙事规律

在网络玄幻小说中，另类时空的审美风格是首要的叙事特征。另类时空指的是网络玄幻小说架空时空、跨越时空进行叙事的方法，也就是说，写手不依据社会现实，也不靠历史背景，所有的一切都是虚假的，都是不可信的，一切都在写手创作的虚幻时空里进行故事的讲述。但读者恰恰能够感受到这种夸张的、张扬的魅力和审美风格。读者明知道这一切都是假的，但是依旧沉迷其中，最重要的原因就是这种故事背景的虚幻迎合了读者的大范围的需求和爱好，也使得那些深陷社会痛苦无法自拔和背负诸多社会压力的读者得到灵魂的宣泄和情感的大面积抒发，因此，这种另类时空的审美风格深受读者的热捧和欢迎。比如网络玄幻小说中"结界"的描述，就是最为特殊的一环，网络玄幻小说运用某一种特殊的法术将时空关系加以改变和扭曲，在一定的时间范围内改造成另一种时空的特征。在网络玄幻小说中，时空关系可以时常变化和更迭，让人们对时空的关系更为自由和开放，迎合了读者的特殊的需求，这种关于空间的想象使得读者疯狂追捧，十分喜爱。

玄理传奇化。玄理传奇化是网络玄幻小说区别于最初黄易的"玄幻小说"的主要特征。玄理传奇化是指通过隐喻和象征的创作手法，在故事情节的设定中显示出某种关于人生和社会的终极理念。当然，在网络玄幻小说中，这种终极理念指的并不是社会大义和道德责任，而是满足主人公强大权势和金钱的欲望，同时，也存在着多种相对的和矛盾的人生理念。比如爱与恨的情感理念，生与死的生命理念，自由与约束的规则理念等。网络玄幻小说写手试图运用各种矛盾理念来解释人生的终极意义。比如《异世邪君》中主人公在爱与恨、自由与约束之间不断挣扎，最终意识到，只有自己获得强大的实力和金钱，自己所保护的人才能够真正得到呵护与关爱，自己所向往的一切才有可能真正得到。在故事文本中，社会大义和道德居于次要地位，甚至消失不再，而是个人的主观欲望占据主要位置。它和传统的小说不同，传统的小说注重终极意义的追寻，注重人究竟向何处去的问题，最终社会大义和道德责任感成为主人公向往和追求的目标，而网络玄幻小说将这种玄理传奇化、虚拟化，不符合现实逻辑，不符合社会制度的规约，一切都在写手自己的想象之下进行创作。实质上，网络玄幻小伙的玄理已经与传统意义上的"玄理"相去甚远，只是披着玄理的外衣进行自己的文本建构，也就使得网络玄幻小说的思想内容肤浅而不够深度，致学界一直诟病。

后现代主义倾向。网络玄幻小说呈现出鲜明的后现代主义风格。主要特征就是解构。这种粉碎现实是用不断变换的时空场景和法力的不断更迭来实现的。在传统文学中，现代主义流派也经常使用粉碎现实，例如未来主义、超现实主义等，但传统精英小说中的粉碎现实依然是一个完全自足的主体，价值观没有发生变化，而网络玄幻小说试图粉碎现实的一切，一切与现实有关的东西和物质都通通消失，呈现出世界的不统一性，背景的完全不确定性和主题、价值观的游戏化等特征。网络玄幻小说的世界和世界观都是扭曲和虚构的，写手不需要遵从现实基础的任何规约来进行创作，仅迎合读者好奇心和审美趣味就好了，但这种倾向使得创作态度不认真，不苛求创新和完整，也不关注道德责任的义务，使得网络玄幻小说成为娱乐性和庸俗化的代名词，造成碎片化也就是顺理成章的了。

网络玄幻小说对于多元文化的整合和交融有着巨大的借鉴价值。从中国传统的儒释道文化传统，到西方的骑士文学传统，抑或是香港无厘头风格，还是日本动漫等，都在网络玄幻小说文本中得以呈现。虽然在网络玄幻小说写手中这种多元文化的风格实质是复制拼贴的表现，但从正面意义上看，这种整合对于文学发展的进程在某种程度上是具有一定积极意义的。同时，网络玄幻小说也可以使读者从多元文化中感知传统文化的魅力。纵观此类小说的创作阶段，可以看到，其最初正是从西方文学中复制拼贴，再到对中国文化传统的移植，最后两者合二为一，创作出了中国式的幻想文学。因此，其兴起和繁荣本身就与多元文化密不可分。可以说，网络玄幻小说复制和借鉴了几乎所有国家（地区）的文学传统，虽然只是外壳上的复制，但对于中国读者来说还是具有一定积极意义的。

第一，网络玄幻小说促进了当下幻想文学的发展。现实主义文学一直在中国现当代文化中居于主流地位，而幻想类文学一直处于边缘化地位。虽然我们无法认可网络玄幻小说的文学价值，但究其根源来看，它也极大地促进了中国幻想文学的发展。从小说文本到手游，再到影视作品和漫画，幻想文化现如今在中国获得了极大的繁荣和发展，这正是由当下网络玄幻小说的热潮所造就的。相比各类经典，网络玄幻小说更具有私化世界的特点。作者和读者在这里摆脱了束缚，思想可以自由放开翱翔，没有什么规矩可以禁锢，实实在在地反映着人们不加掩饰的本能欲望。在几天内超越羁绊，修成仙妖魔怪需要千年奋斗才能得到的不死金身；在大学毕业前空手起家，组建超级跨国公司，成为运筹成百上千亿资金的商界巨头；回到过去或意外降临异地，凭借个人之力在绝无可能中改变历史，缔造出横跨所有大陆的帝国；过目不忘，一天等于别人十年，轻松理解全人类几千年、星际数十万年所有智慧总和；既是算无遗策的统帅，又是百战百胜的武士，同时还是古往今来伟大发明的创造者，身兼禁咒魔导士秘技与绝世美女的爱慕……玄幻小说为我们提供了从未有过的白日梦狂欢！玄幻小说中无数奇迹的完成，还是契合了相当一部分年轻读者们的阅读兴趣的。这种兴趣不会因为文化层次不同而有太大不同。事实上，玄幻小说吸引的读者多为十多岁到三十岁的各阶层青少年，他们愿意用文字或阅读的方式来臆想自己隐秘的对于功业的追求欲望，借此来宣泄事实上因为在真实世界中难以完成而倍受压抑的心理。

第二，网络玄幻小说促进了本土文化产业的发展。2015年《花千骨》的播出引爆了暑期荧屏，2016年开始，玄幻小说改编的电视剧逐渐增多，从《幻城》到《九州天空城》，再到《诛仙青云志》。如果说2015年是网络玄幻小说改编电视剧兴起之年，2016年可以说是繁荣之年，众多玄幻小说改编的影视剧出现在荧屏之上。与此同时，往往一部电视剧的火热反过来促进了相关文化产业的繁荣，比如手游和漫画等，这些都不自觉促进着中国文化产业的极大发展。虽然目前看来，网络玄幻小说存在着诸多问题，但在通俗文化中的火爆确是事实，这毋庸置疑。

第三，玄幻小说具有宽泛的兼容性。"从实际反映的情况来看，玄幻小说可以容纳全部武侠小说、部分言情小说的基本构架。如果从人物事件所具备的特异超常而言，武侠小说虚拟出的凌波微步那样的迅疾轻功、吸星大法那样的霸道内力、御剑飞行的法宝、突增功力的灵药等等都可以纳入玄幻小说的范畴。"① 就武侠环境而言，也并不比玄幻世界更加真实。就江湖中的侠义情仇等基本内容而言，武侠小说的轨迹与玄幻小说所要叙述的故事大体吻合。目前，玄幻小说创作多偏向于异能力的敷衍铺陈（以男性写作者的作品为多），对言情小说的内容方面涉及尚少，但从《一窝狐狸精》《我的魔兽》等为数不多的几部作品来看，披着玄幻小说外套行言情小说之实的写作思路一目了然。比之于陈陈相因的言情小说来说，这类作品因为本身带有的玄幻色彩而具有了吸引读者的新鲜颜色。能与上面的分析相互印证的是，像黄易的代表作品《寻秦记》《大剑师》在网站栏目分类中既是武侠小说，也是玄幻小说；《一窝狐狸精》则被有的网站划入言情小说栏目类。而玄幻小说所具有的"玄"和"幻"的特点又是言情小说难具备、武侠小说不充分的。

第四，玄幻小说具有其他通俗小说所没有的趣味创造优势。王小波曾在《红拂夜奔》的序中说道："其实每一本书都应该有趣。""对于一些书来说，有趣是它存在的理由；对于另一些书来说，有趣是它应达到的标准。""但是不仅是我，大家都快要忘掉有趣是什么了。"然而，即使是在古代，通俗小说甫一出现，就长着一张非常"严肃"的劝诫面孔。明明是大众娱乐的故事，却大篇幅地宣扬封建道德，把好好的一本书搞得索然无味。其中最明显的是带有色情描写的话本小说，不但对男女间事津津乐道，还特意用诗词来描写"十八禁"那一段，明显的低级趣味还遮遮掩掩。通俗小

---

① 赵星：《当代中国玄幻小说粗窥》，华中科技大学硕士学位论文，2006年。

说发展到 20 世纪末，所出现的三大类型，也是个个充满了对纯粹阅读快感的遮盖。究其原因，是它们受缚于实体出版业的市场规律，无法脱离读者兴趣和书商取向的限制。玄幻小说的主要载体是网络，因此它也具有网络文学的多样性；另一方面，由于它是在网上连载的，一般是先和读者见面再出版，因此，也不会为旧式的出版规则所束缚，这使它远比前两者自由。

首先，玄幻小说消解了武侠小说创造的"道德型"主人公形象，取而代之的是一批不忌讳杀戮与残忍行为的主人公。他们如果放在武侠小说中，保准是大反派。但是，这也表现了玄幻小说作者的诚实与明智：要想在残酷的现实中成就大事业，是不能善良懦弱、婆婆妈妈的。武侠小说通过一系列的奇遇安排主角当上领导，做出伟大的功业，其实是非常不现实的。

其次，玄幻小说消解了言情小说创造的"苦恋型"爱情模式。这一点引发了玄幻小说最为人诟病的一点：爱情描写幼稚。但是，幼稚的爱情总比疯狂的爱情好，比起言情的幸福即终点，玄幻小说更注重爱情确定后的享受。

最后，玄幻小说消解了科幻小说的创作和阅读壁垒。科幻小说的创作，需要作者有丰富的科学知识、高度的科学素养和严谨周密的逻辑思维；而阅读也要求读者具有较高的文化素质。但玄幻就不需如此。作者可以自己创造小说中的世界制度，而读者也很容易理解这些制度。总之，玄幻小说不需要遮掩，它表达了人类心目中的幻想世界，带给人们直接的阅读快感。作为通俗小说，有趣是它存在的理由。

三、玄幻小说发展前途展望

网络小说发表的门槛相对于图书出版和期刊发表来说很低，在当前中国玄幻小说还远远没有达到成熟标准的时候，玄幻小说的繁荣局面基本上囿限于网络。玄幻热门网站"龙的天空"论坛原创评论版上的一则统计资料中有如下数据：在"龙的天空"书库的 1493 部作品中，连载完成的只有53 部，另外 38 部标着"暂停""剩下"，1402 部标为"连载中"。而事实上，在这 1493 部作品中，有 137 部作品的最后更新日期在 2001 年，有 584部作品的最后更新日期在 2002 年，也就是说，将近一半的作品已经有半年未更新了①。这些数字比较充分地说明了年轻的作者们往往热情很高但责任心不够强。另外，作者的主观积累也是影响作品质量的重要因素。由于网络的开放性，玄幻写作的门槛相对较低，许多作者都是年轻人，十几岁的

---

① 龙的天空网站，论坛原创评论版，http://www.dragonsky.net，2005 年 7 月 21 日发布。

孩子也大有人在，大多不是专业的作家，经验和文学功底不足，作品缺乏深度和文字没有力度成为读者们经常性的批评话题。曾有人说："只要是会写字的，就会写玄幻。"① 这样的话虽然比较偏激，但颇能说明当前网络玄幻作品的质量实在是参差不齐。从读者给予作者的影响方面而言，许多读者阅读玄幻小说的目的是在当今快节奏的社会里求得片刻的放松和解脱，自然不会像对待严肃作品那样恭敬认真，很多读者认为看玄幻只是为了发泄，甚至有的读者公然要求作者每千字中要有 300 字的情色内容②。在网络环境中，给年轻作者以经常性、即时性要求的是同龄的读者，他们能够参与创作的同步性和深刻影响力是无与伦比的，正是这种阅读诉求反过来又影响到创作者。因此，难免有人为了迎合读者而写一些不入流的内容，造成当今玄幻小说创作看上去欣欣向荣，实际上如不努力加以引导调整的话，很可能演变成泡沫破碎的结局。

一直以来，很多人都下意识地把玄幻小说（特别是网络玄幻）划为比较低级的一种表达方式，玄幻小说被人普遍称之为速食性文学，似乎一个人只要有创作的欲望即可在网络上表达，接受大众的检阅。宽松的环境造就了这个随意性极大的创作群体，也存在着太多的不足。初涉创作的他们缺乏对文章结构的严谨布局，缺乏对文章叙述步骤的有效把握，然而正是这个自由的环境，亦使得玄幻创作拥有了一双不受羁绊的翅膀，各种各样的风格形式、各式各样的文体不断冲击着传统创作的思维，这些原本只出现在边缘的文字让一直接受正规传统创作思维的人们极其吃惊——原来，写作是可以如此轻松惬意的。

表现在玄幻小说目前的创作实绩上，一个好的创意往往给故事带来更大的成功可能（特别是在成功的玄幻小说创意经常被纷纷模仿跟风的现阶段）。例如：《寻秦记》中项少龙回到古代生活里，却经常盗用历代经典文学名句赚取女孩子的爱情；《亵渎》中作者放弃将主角塑造成千篇一律的美男子，而是写一个其貌不扬的胖子，凭借狡诈和故意隐藏的实力在乱世所向无敌；《天眼》利用繁复的锁具和颅骨上的奇怪孔洞紧紧编排故事情节；《次世代神偷》则将个人盗窃事业的成败和国家荣誉、民族利益的捍卫令人吃惊地联系起来；在《一只老鼠的艰苦奋斗史》里，作者别出心裁地把主角设定成一只魔法、武艺兼备的老鼠。但是目前这种状况还是有它的两面属性：一方面可以反映玄幻小说的优点；另一方面也说明了玄幻小说在文

---

① 《论玄幻小说·沧月海》，读写网，http：//www. duxie. net，2005 年 7 月 25 日发布。

② 幻剑书盟，评论专区，http：//www. hjsm. net，2005 年 6 月 26 日发布。

字技术上的欠缺，即创意的魅力过大，让评论有意无意地忽略人物刻画、情节安排、语言磨练上的技巧。

现代小说包括玄幻小说，虽不具有这种还原能力，但心理是"真实"的，这有助于读者了解自己的内心。文学的本质并非对现实世界的事无巨细的描摹，在人类有史可载的几千年的文明中，通过文学工作者恒久持续的工作，文学已经积淀下某种尺度。这个尺度，通俗一点讲，即它写了什么、它是如何写的。"写了什么"包含两层意思：其一，它是否指向那些永恒之物，即人、自然、人与自然三者。所谓人，指的是人性，以及笼罩人性之上的神性。文学写的是人性，这是现实的；它更要抵达的是神性，这却是不现实的。所谓自然，指的是那山河淋漓秋水一色。所谓人与自然，指的是人类征服自然的努力及绝望，还有人与自然的和谐。其二，它是否行走在事物的无限可能上。小说无穷尽，形式永不竭止。小说"它是如何写的"，包含小说技术层面上的四要素——立意、语言、情节、人物。立意让文章立起来，是骨头。语言让文章动起来，是小说的曲线。情节让文章蹿高伏低，轻重缓急，是小说的肉。人物让文章能被人记得住，整个小说最后将浓缩到这两三个字符的人名中，代表一种理念、一种人生、一种性格。玄幻文学作为文学的一个分支，同样有机会触摸到文学那个最本原的"核"——那是我们从那里来，并迟早要回去的地方。当然，玄幻小说目前还谈不上触摸，甚至还谈不上接近。玄幻文学从整体上说，还在摹仿，谈文学性还为时尚早。不过过多的批评或许会损害玄幻文学那种最宝贵的东西——自由精神与想象力。经过一段时间的磨砺成长，玄幻文学大概能够构建起一个崭新神奇的文学国度。

仙侠修真小说

　　仙侠修真小说是指仙侠和修真小说。两者是合为一体还是分开讲述，目前说法不一。在与玄幻文学相区分的角度上，仙侠与修真都是一回事，起点中文网、幻剑书盟、烟雨红尘、红袖添香、文学网等文学网站都把仙侠与修真小说归为一类，有相应的小说版块①。而学界的主流观点则更强调"修真"，认为网络修真小说脱胎于武侠，近似于玄幻，和仙侠小说不是一类。"修真"被长期混称为"仙侠"，尤其近来的仙侠作品，都是"表面上的武侠、本质上的修真"②。与学界相反，仙侠修真小说的作者们则多自认为写的是仙侠，内容和风格源自本土文化传统，反而不太提修仙和修真。我们取合体说。

　　仙侠修真小说一度在网文中流行。笼统地说，仙侠小说应是以前传统武侠和神仙志异文本的混合版，修真就是修仙，原指凡人通过修行，追求长生不老、成仙飞升。网络上的仙侠修真故事，不少是受到欧美魔幻文学的启发，但主要是承袭了本土自《蜀山剑侠传》以来的创作传统，内容多属于纯东方的幻想，从中国独有的儒释道文化、神话传说及文学经典中吸收养分。仙侠修真小说一方面想象天马行空，人物包含了仙、神、魔、妖等六界众生，在上天入地中修心养气，行侠仗义；另一方面也惯于落入窠臼，容易模式化。因为题材与创作方式的限制，这种网络文学门类质量良莠悬殊，书中独创的名词与境界常仅供娱乐，不具备逻辑的统一性。

---

　　① 其他主要网站的分类方式多样，也并不统一，如纵横中文网板块为"武侠·仙侠"，逐浪小说网的板块为"修真武侠"，17K 小说网的板块为"仙侠"，凤鸣轩小说网的板块为"武侠修真"，新浪读书网的板块为"奇侠"，书旗小说网的板块是"仙侠"（现代修真）等，查询时间为2019 年 6 月。

　　② 邵燕君主编：《破壁书：网络文化关键词》，北京：生活·读书·新知三联书店，生活书店出版有限公司，2018 年，第 253 页。

第一节　渊源与前身

文学网站、学术界与网文作者对仙侠修真小说主题的侧重有分歧，对于其渊源，三方却有共识。但三方都承认，从源头上看，仙侠修真小说是由武侠小说发展分化而来，其渊源可以追溯到六朝志怪小说和唐传奇中的修真故事，甚至更早。

一、渊源：武侠文学与东方玄幻文化

因为仙侠修真小说长期不受学术界重视，研究材料相对匮乏。在这种情况下，小说作者的写作心得随笔，所做的访谈，以及在小说文本中的作者评论乱入，作为小说研究的实证材料，就极具历史和研究价值。管平潮，网络爆文《仙路烟尘》（出版名为《仙剑问情》）的作者，在随笔中把仙侠文学一路追溯到三千多年前①。

武侠文学作为类型小说，起自神魔志怪小说与唐传奇，发展到清代时逐渐分离出奇幻与技击两派，其中奇幻派多以神秘的、仙佛式人物为主角，擅长法术和飞剑，能够杀人于千里之外。唐芸洲（号桃花馆主）的《七剑十三侠》就是其中的代表作品。《七剑十三侠》写于清朝末年，借明朝安化王朱寘鐇及宁王朱宸濠作乱的历史背景展开。书中既有十二位人间侠客，也有分别以七子（玄贞子、一尘子、飞云子、霓裳子、默存子、山中子、海鸥子）及十三生（凌云生、御风生、云阳生、傀儡生、独孤生、卧云生、罗浮生、一瓢生、梦觉生、漱石生、鶴寄生、河海生、自全生）命名的剑仙。故事如真如幻，记录了剑仙的各种"奇踪异技"，在当时即被誉为"诚集历来剑侠之大观，稗官之翘楚"②。管平潮在上文提到的仙侠文学，应该就是指武侠小说中奇幻派的这一系创作传统。

《仙路烟尘》是管平潮的处女作，在起点中文网一经连载便受粉丝追捧，被奉为中国网络仙侠小说开山经典。与仙侠修真小说的绝大多数作者相似，管平潮不是文科出身，其硕博分别就读于中国科技大学和日本国立情报学研究所，但他自幼时起就喜欢读《聊斋》《西游记》与《蜀山剑侠传》，常追慕中国传统神幻情怀，思考网络大潮中中国仙侠如何"与时俱

---

① 管平潮：《长生久视，不必仙乡——略论仙侠文学的现实意义暨前景展望》，《九州牧云录》第1章。

② 见江文蒲：《七剑十三侠》初集"序"，《七剑十三侠》又名《七剑十三生》，全集180回，初集60回于1896年出版，二、三集于1901年出版，1908年合集最终发行。

进"，因此会把仙侠文学的发展视为东方文化传承的最新一环。从商周鼎文到《离骚》，从《庄子》、唐传奇、明清笔记到历代游仙诗文，与修真体系的营造相比，管平潮更注重东方文化传统。在他看来，东方文化中的古典诗文、神话志怪文学与武侠创作传统相互融合，才有了当代文学中的一整套"求仙"侠客故事。

另一方面，仙侠修仙小说中的"修真"部分同样不容忽视。从《飘邈之旅》开始，网络"修真"小说就开始创建自己的一整套"修真"体系。不同的文本与作者在修炼等级与系统规定上互不相同，但因为共同沿袭自东方文化中的修真传统，修真目的与规约可以说大同小异。"修真"体系的营造是仙侠修仙小说内容与形式的重要组成因素，对这种类型小说的流行与发展功不可没。

二、前身：《蜀山剑侠传》

仙侠修真小说与奇幻类的传统武侠颇有渊源。以《蜀山剑侠传》为中心的蜀山系列作品被视为武侠小说的发轫。《蜀山剑侠传》的作者还珠楼主，原名李善基（1902—1961），后改名为李寿民、李红，其笔名取自唐代张籍《节妇吟》中的诗句"还君明珠双泪垂"。还珠楼主出身清朝官宦世家，通晓佛道医卜星象知识，自幼随父各地游历，先后三上峨眉山，四上青城山。他创作的"蜀山"系列小说有31部之多，《蜀山剑侠传》无疑在这些作品中居核心地位，也是其中篇幅最长的一部。这部小说1930年前后开始在报刊上连载，一直到1948年还未完结，含正传50集、后传5集，合计329回，前后近500万言，已经颇有现代网文更文周期长、字数极其可观的阵仗。《蜀山剑侠传》影响巨大，可以说一手催生了后来"金古梁温"时代的新派武侠。如果当时有网络，还珠楼主是那个时代不折不扣的"网络大神"。

《蜀山剑侠传》创造了一个奇妙诡谲的东方仙侠宇宙。书中的故事发生在仙山、蜀岭、地壳、珠宫、圣域、悬崖、绝海……正如网友所说，《蜀山剑侠传》中的奇幻世界可谓亘古未有，最异想天开：海可以煮沸，地可以掀翻，山可以移走，人可以化兽，天可以隐灭无迹，陆可以沉落无影，天外还有天，地底还有地，水下还有湖沼，石心还有精舍，灵魂可以离体①。小说主要讲述了以峨眉派为代表的正派众剑仙与各种邪魔外道的纠葛与斗争。书中的境界幽幻，情节奇诡纷陈，现实纷纷给想象让路。峨眉等正派

---

① 摘自网址 https：//zhidao. baidu. com/question/236605894. html，2019 年 4 月 12 日访问。

弟子一路修行学艺，斩妖除魔，时不时还会巧遇异宝奇珍，经历坠崖遇险，古洞修行，屡成高人爱徒之类的套路，最终得道飞升。就以峨眉"三英二云"中的李英琼为例。李英琼从普通女子成长为峨眉派最杰出的后辈，就是因为历经仙缘，先后得到了长眉真人的紫郢剑，前辈仙人的太清神焰率兜火和白眉和尚的定珠，收复了神雕佛奴和猩猩袁星，吃下了许多罕见的朱果，最后还获得了前世挚友圣姑的一甲子功力。

与中国之前的传奇小说相比，《蜀山剑侠传》将神魔和武侠故事完美结合，融通了多方传统文化精髓，其中体现的生命观和宇宙观更为系统、广阔。如许国桢所说，《蜀山剑侠传》中的道德观偏重于儒家，修养上以佛家为终极之点，生活层面又极力渲染道家逍遥散淡的趣味：

> 本来是李耳、庄周一般的襟怀，可生就了释迦牟尼的两只眼睛，却是替孔丘、孟轲去应世办事。于是儒释道混成一体了。①

《蜀山剑侠传》用独特的儒释道融合的哲学思想，解读了传奇志异小说中的修道与仙侠体系，因此成为后世修真类小说的鼻祖。蜀山系列剑侠作品之于中国武侠，就如同"龙与地下城"系列之于西方桌游②。在对中国现代文学发展史的整理中，钱理群等人对《蜀山剑侠传》的评价极高：

> 还珠楼主的神怪武侠小说建立在中国传统文化的基础之上，它的文化内容也十分丰饶。举凡道、释、儒，经史子集，医卜星相，天文地理，诗词书画，风俗民情，无不与武侠的表现融会贯通……（还珠楼主）全部武侠小说可说是对中国文化的一种现代综合阐释，也近于一个奇迹。③

《蜀山剑侠传》不仅开启了仙侠小说的大幕，还成为后世网络文学的重要创作题材来源。流浪的蛤蟆在 2006 年写的《蜀山》，就借用了《蜀山剑侠传》

---

① 许国桢：《还珠楼主论》，原出版于上海正气书局，1949 年，后收录于《还珠楼主小说全集》（共 46 册），裴效维、李观鼎编校，第 46 卷，太原：山西人民出版社，北岳文艺出版社，1998 年，"还珠楼主研究资料"部分。

② 《龙与地下城》是由美国 TSR 公司开发的一款桌上角色扮演游戏，1974 年首发行，对后来西方国家的角色扮演游戏影响巨大。

③ 钱理群，温儒敏，吴福辉：《中国现代文学三十年》，北京：北京大学出版社，1999 年，第 348 页。

的剑侠风格及地理设定，为真正的蜀山类仙侠小说做了铺垫。之后蜀山类网文陆续出现，如云墨月的《蜀山妖道》《蜀山新剑侠》，玉爪俊的《新蜀山传》，掌中芥的《绿袍老祖》等。这些作品不约而同地使用了"穿越"这个开头套路，其中《绿袍老祖》堪称穿越类蜀山网文的代表作。

继还珠楼主之后，武侠小说作者陆续有卧龙生、柳残阳，以及金庸、古龙、梁羽生、温瑞安四人出现，传统武侠文学发展至顶峰。20世纪90年代初是中国网络文学的发轫期，这时候又有黄易与"金古梁温"并称为传统武侠五大家。黄易的创作风格多变，涉及武侠、科幻、玄幻和历史架空小说等多种类型，不同于四大家的传统武侠模式，已经颇有后来的网络小说的特点。从黄易开始，"玄幻"一词正式进入了人们的视野①。加上21世纪以来，各种外来魔幻类影视、小说和游戏相继进入中国，才激发了类型化网络小说的创作与发表热潮。

仙侠修仙小说因此有了一段从奇幻文学到仙侠修仙作品的过渡期。2000年，"幻剑书盟"成立，收录作品以武侠和奇幻为主②。次年5月，书盟成员在小书亭站的程序上正式合并为一个站点。过渡期的作品陆续面世，起点中文网的主编碧落黄泉回忆道："作为奇幻到仙侠过渡时期开始创作的我，2003年的时候写了个两题材合一的《仙魔战记》，虽然十分青涩，但是却让我踏上了网络原创行业的道路。多年来跌跌撞撞，最终见证了一个时代的开端。"③ 碧落黄泉《仙魔战记》的内容没有正式确立弘扬传统文化的统一风格，主要是修真与魔法师的较量。飞剑与法宝，魔法道具与禁咒，中西奇幻背景被巧妙地融于这部作品中。

中文网络小说受西方魔幻作品影响，许多已完成的当代仙侠作品，也都被网友拿来与《权利的游戏》《魔戒》《哈利·波特》等相比较。然而，无论是对仙侠文学发展意义的讨论，对修真体系的相关渊源概述，还是钱理群等人对《蜀山剑侠传》的评价，从中都可以看出，仙侠修仙小说先天有着浓郁的本土文化色彩。网络仙侠修仙小说在外国奇幻类型文学的刺激下产生，却植根于本土文化传统的国风古韵，这是其与奇幻文学最大的不同点。

---

① 欧阳友权，袁星洁编著：《中国网络文学编年史》，北京：中国文联出版社，2015年，第5页。

② "幻剑书盟"实质上是一个松散的网站联盟，主要由书情小筑、石头书城、小书亭和凝凤天下4个文学书城组成。

③ 青衣牧云：《网络仙侠小说七年流变》，https：//www.douban.com/group/topic/64950954/?type＝like，2019年7月5日访问。

第二节　类型与发展

网络文学体量庞大，内容丰富多样，再加上平台定期更文，追求点击量，发表相对容易的设定，作者普遍更看重在有效时间内的产出数量，网络小说自然越写越长，越写越多。相当数量的网络作家（也许叫写手更合适）写作率性而为，小说多原创力弱，文笔粗糙，结构散漫，写作模式化严重，抄袭成风。这就造成了网络文学质量的严重失衡。在这样的情况下，要总结仙侠修真作品，并不适合机械地汇总。有关仙侠修真作品确认和筛选的尺度，本节的筛选标准主要为：（1）首发于网络、能反映网络精神的文学作品；（2）原创的文学作品；（3）即便融汇了多种类型，仍坚持突出仙侠修真主题的作品。

一、小说类型

在网络首发、原创性强和主题集中三种标准兼具的情况下，要划分小说类型，如果按照故事发生的时间背景，当代网络仙侠修真小说大致可分为现代修真（都市修真）、奇幻修真（幻想修仙、星际修真、科幻修真）、古典仙侠、洪荒封神（上古战争、神话修真）四类（见表4-1）①。其代表性的作品主要有：

表4-1　网络仙侠修真小说类型一

小说类型	代表作品
现代修真	《神游》（徐公子胜治）；《升龙道》（血红）
奇幻修真	《飘邈之旅》（萧潜）；《修真四万年》（卧牛道人）
古典仙侠	《仙剑奇侠传》（姚壮宪、管平潮）；《仙路烟尘》（管平潮）；《诛仙》（萧鼎）；《升邪》（豆子惹的祸）
洪荒封神	《悟空传》（今何在）；《搜神记》（树下野狐）；《一世之尊》（爱潜水的乌贼）；《佛本是道》（梦入神机）

---

① 不同的网络文学网站分法彼此类似，又各不相同。比如起点中文网把仙侠修真小说列为"仙侠"栏目，并分为现代修真、修真文明、幻想修仙和神话修真四类；小说阅读网按受众不同将旗下网文分为"男生版""女生版"与"校园版"，仙侠被归入"男生版"页面中；幻剑书盟将"武侠"与"仙侠"划作一栏，其中又细分成传统武侠、古典仙侠、幻想修仙、浪子异侠等类别；阅文集团旗下的"红袖添香"小说网站则把"玄幻"和"仙侠"并入同一栏。

按照小说选用的不同题材及创作风格，网络仙侠修真小说还可以分为洪荒流、蜀山流、凡人流、吐槽流、无限流等（见表4-2）。这不是网络仙侠小说的专属，其他类型的网络小说也有"流"系分类。像"无限流"创作风格就是由奇幻小说《无限恐怖》一手开辟的。仙侠修真小说中"无限流"的代表作是《一世之尊》等。仅局限于网络修真小说范围，各流派公认的代表性作品如下：

表4-2　网络仙侠修真小说类型二

小说类型	代表性作品
洪荒流	《佛本是道》（梦入神机）
蜀山流	《蜀山》（流浪的蛤蟆）
凡人流	《凡人修仙传》（忘语）
吐槽流	《从前有座灵剑山》（国王陛下）
无限流	《一世之尊》（爱潜水的乌贼）

跨类型的多样文本风格是网络写作的共性。与传统文学相比，仙侠修真小说的写作形式可谓天马行空。为了最大限度地争取读者，不同类型的网络小说均以趣味性为先，彼此的创作内容与技巧往往不无交集。就像《修真四万年》既内蕴修真大道的精神，又有着科幻小说的内核。《一世之尊》在空间维度上重述了中国上古神话体系，在内容上又同时涉及了武侠、仙侠故事，其作品还可以加上无限流、仙侠、修行和穿越等多个标签。《从前有座灵剑山》的作品类型同样包括且不限于修仙、升级、重生、吐槽、热血甚至是穿越等。

再比如在"后西游浪潮"小说中，作者们的创作形式涉及日记、回忆录、自传、章回体、编年体等多种形式，并涵盖了剧本、唱本、小说、游戏等不同文体。"后西游浪潮"小说的类型也不局限于仙侠，几乎涉及所有网文类型。和气生财的《黑风老妖》（2007年）是穿越类西游网络小说的代表，蛇吞鲸的《重生成妖》（2008年）是这一年重生西游类的翘楚。至2019年仍未完结的《西游记之白骨精日记》，则是变身文中的精品。网络小说为现代读者继续解读和创造着一个无限的西游。

二、发展

自中国网络文学在20世纪90年代起步，仙侠修真小说就占据了其中的重要地位。网络仙侠修真小说的滥觞①当属《飘渺之旅》和《悟空传》。对应于中国网络小说的发展阶段，仙侠修真小说可大致分为 2004 年以前、2004—2013 年和 2014 年至今三个发展时期。

1. 2004 年之前

《飘邈之旅》之于网络修真类型小说，恰如张若虚的《春江花月夜》之于唐诗②。当时小说更新之日，万人在线等，甚至挤爆了服务器，其火热程度今日委实难以想象。2006 年《飘邈之旅》实体书出版。经由《飘邈之旅》对修真体系的营建，奇幻修真这一类概念被成功地灌注到现代读者的意识中。从此书开始，网络上陆续冒出了大量修真类小说，从而带动了一股修真的浪潮。

2000 年《悟空传》在新浪网的"金庸客栈"上开始更文，当年就获得榕树下第二届网络原创文学作品奖。2001 年光明日报出版社趁热打铁，出版了修订后的《悟空传》实体书。原著中的人物特色被重写，师徒关系被打破，小说还沿袭了紫霞等在周星驰电影《大话西游》中的人设，并有所发挥。《悟空传》一手带动了网络文学上的"后西游浪潮"，《唐僧传》《天蓬传》《沙僧日记》等陆续问世③，并一手造就了洪荒封神小说的高峰与传奇。

仙侠修真小说滥觞之后的代表性事件，就是 2003 年《诛仙》的横空出世。萧鼎的《诛仙》首先在中国台湾出版，7 月开始在大陆的起点中文网连载，曾连续获得每天 200 万人次的点击量。三年后《诛仙》实体书分八册出版，整体销量超过了 200 万册，小说同时还被改编为热门网络游戏。《诛仙》热度一直延续至今。2016 年电视剧《诛仙青云志》制作完成并播出，由当红影视明星李易峰、杨紫等主演。2019 年电影票房轻松过亿。《诛仙》与《飘邈之旅》《小兵传奇》一起并称为"网络三大奇书"，开始宣告仙侠修真题材的君临天下。

---

① "滥觞"一词，原指江河发源处水很小，仅可浮起酒杯，后泛指事物的起源，"夫江始出于岷山，其源可以滥觞。及至江津，不舫楫，不避风，则不可以涉"。见《孔子家语·三恕》，杨思贤注译，中州古籍出版社，2016 年，第 74 页。

② 知乎网友六月的说法，见 https://www.zhihu.com/question/24654734，2019 年 6 月 28 日访问。

③ "后西游热潮"的代表性作品主要包括明白人《唐僧传》、火鸡《天蓬传》、慕容雪村《唐僧前史》、林长治的日记体作品《沙僧日记》、吴俊超《八戒日记》《唐僧日记》，以及今何在的"西游三部曲"等。

到了 2003 年 6 月，网文作者血红开始成为"网络文学的一个符号"①。《升龙道》开创了现代暗黑修真流，成为东西方神话体系混同的鼻祖。《邪风曲》集众家之长，把历史仙侠文带入"血红"时代。血红因作品情色、暴力内容较多，2003 年 8 月被幻剑书盟驱逐，转投起点中文，凭借《升龙道》创造了"一书兴站"的神话，成为起点中文网第一位年薪超过百万的网络写手（2004 年），并在 2005 年成为起点中文网 6 位首批签约作家之一。6 位签约作家中还有一位就是当年写了《仙魔战记》的碧落黄泉。

2. 2004—2013 年

2004 年，大陆网文不再像前期那样更多受到中国台湾、中国香港市场的影响，开始走自己的路。《诛仙》等作品继续吸引着大批读者，在网络大热。2005—2006 年，幻剑书盟经数年发展，厚积薄发，提供了网文平台之余，还陆续推出了《诛仙》《狂神》《新宋》《末日祭祀》《飘邈之旅》等实体书，逐步确立了网络文学盟主地位。

2006 年，梦入神机的一部《佛本是道》独自扛起了仙侠小说的大旗。至 2007 年前后，心梦无痕的《七界传说》在幻剑书盟首发，继而火遍全网，成为当时唯一能够与《诛仙》相媲美的网络小说。"玉符现，天地乱，虚无出，七界哭。逆天子，万灭徒，相逢日，七界无"是《七界传说》中的预言，小说的情节就按照这一预言次第展开。小说全部围绕修真展开，修真体系极其宏大。可谓"仙佛道魔五派齐，妖灵鬼怪六院聚"。

2008 年，我吃西红柿的《星辰变》开始连载，被网友誉为"修真第一书"，助推了网络修真小说的热潮。同年 2 月，忘语的《凡人修仙传》在起点中文网上首更。

2009 年，网络文学发展速度被评价为"好似井喷"②，与初期相比略微沉寂的仙侠文学也迎来一个爆发。《凡人修仙传》经过一年的积淀，最终杀入网络阅读前十行列，堪称仙侠修真小说历程中继《飘邈之旅》之后的第二大巅峰期。在忘语的影响下，这一时期仙侠作品几乎全是凡人流，如耳根的《仙逆》，何不语的《觅仙路》，百里玺的《紫府仙缘》等。

网络文学在 2010 年达到发展高峰。这一时期火爆的网络小说依然是玄幻和仙侠类小说。至 2010 年 7 月，我吃西红柿的《吞噬星空》在起点中文网获得 7800 万点击量的超高人气。

---

① 欧阳友权，袁星洁编著：《中国网络文学编年史》，北京：中国文联出版社，2015 年，第 145 页。

② 欧阳友权主编：《网络文学五年普查》，北京：中央编译出版社，2014 年，第 36 页。

2012 年，血红的《偷天》和猫腻的《将夜》开始更文。无罪的《仙魔变》与《将夜》风格类似，也在这一年出现。2013 年，王小蛮的《修仙狂徒》是广东 3G 书城网的重点作品之一。我吃西红柿的《莽荒记》开始走上修炼之途，目前该小说仍然在连载之中。《从前有座灵剑山》（国王陛下）于 2013 年 6 月 29 日开始连载，至 2015 年 7 月 26 日终结。

3. 2014 年至今

随着国内"净网"行动与"资本"行动的相继开展，2014 年网络文学的发展格局发生了巨大变化。在榕树下全球中文网编选的《2014 中国年度网络文学》中这样写道：2014 年，是网络作品向传统杂志、出版社大规模进军的一年，是网络写手向新生代作家成功转型的一年，是网络文学从时髦到了实力的一年[①]。2014 年 6 月 12 日，起点中文网联合 37 游戏倾力推出 2014 起点仙侠主题写作征文大赛"我为仙狂"。7 月末，《一世之尊》（爱潜水的乌贼）开始在起点中文网连载，2016 年完结，写的是"修真"与"抗争"的主题。在《一世之尊》的众多"世界"中，西游世界与封神世界尤为特异。

到 2015 年底，中国网络文学用户已达 2.97 亿[②]。随着网络文学的更新迭代，仙侠修真小说的发展也跟着走上新途。兵临神下的《拔魔》和豆子惹的祸写的《升邪》均在 2015 年度完结。兵临大神的创作风格多变，仙侠修真小说是他的尝试之一。《拔魔》一手扭转了修真小说中修道者在认知上与俗人无异的俗套，重建了道心世界的逻辑。《升邪》则讲了白马镇小捕快苏景成为一代至尊的故事，被评价为"最好的修仙小说之一"[③]。

2017 年，玄幻、仙侠题材依然是网络小说"大户"。根据阅文集团公布的数据，凭借天马行空的想象和"泛宇宙"的故事设定，玄幻、仙侠题材小说是最受读者欢迎的类型，占据其麾下网站当年前两季度男频原创作品热度榜榜单的 70%。当年完结的网络玄幻、仙侠题材作品中，猫腻的《择天记》、他曾是少年的《书剑长安》、纯情犀利哥的《诸天至尊》、宅猪的《人道至尊》、血红的《巫神纪》、风凌天下的《天域苍穹》成为佼佼者。而爱潜水的乌贼的《武道宗师》、辰东的《圣墟》、月关的《逍遥游》、天蚕土豆的《元尊》、猫腻的《大道朝天》、唐家三少的《斗罗大陆Ⅲ龙王传

① 《编者的话》，榕树下图书工作室选编：《2014 中国年度网络文学》，桂林：漓江出版社，2005 年，第 2 页。

② 根据中国互联网络信息中心（XNNIC）2016 年 1 月发布的《中国互联网络发展状况统计报告》，转引自邵燕君、庄庸主编：《2015 中国年度网络文学》，桂林：漓江出版社，2016 年，第 1 页。

③ 欧阳友权主编：《中国网络文学年鉴（2017）》，北京：新华出版社，2018 年，第 81 页。

说》、林如渊的《尘骨》、横扫天涯的《天道图书馆》等一批正在连载的作品，以人物、情节、环境的合理设定和内容与形式较为完美的结合，吸引了数量可观的读者群体①。

从 2017 年起，由于国家的政策、出版企业和图书市场合力铺开出海渠道，网络小说的海外传播也成为成长中的一大亮点。从作品类型看，具有东西方奇幻、法术、通灵等"世界向"文化元素，并杂糅了中国武侠传奇及西方现代魔幻小说创作手法的玄幻仙侠题材，最受海外读者青睐。Wuxia World 是影响力最大的网络小说海外传播的英语平台，截至 2017 年，平台共发布中国网络小说 39 部，其中仙侠、玄幻作品就占了 29 部之多。玄幻仙侠作品富有玄虚、怪诞、臆想等美学形态，与西方奇幻魔幻文学气质相通，因此更易打开外国读者的"快感通道"。《盘龙》《斩龙》《星辰变》《逆天邪神》《仙逆》等作品以非现实的、超自然的神仙志怪文化为基础，融合了魔法、精灵、亡灵、仙侠魔怪、异种神兽等魔幻性人物元素，气势恢宏，就吸引了大量英语受众关注。另一网络作品发布平台 Gravity Tales 以及起点国际平台等，与 Wuxia World 发布的中国网络作品数量与质量属同一梯度。

第三节 代表作品分析：萧鼎的《诛仙》等

由于网络文学写作的普及与低门槛准入特点，加上仙侠修真题材的热度经久不衰，仙侠修真小说的写作者众多、作品层出不穷，小说文本显现出极大的差异性。在这种情况下，采取个案研究的方法，可以通过剖析有代表性的文学个案，更方便探讨仙侠修真小说的总体与阶段特征，提炼出其中具有普遍意义的特质与观点。

一、萧鼎的《诛仙》

自网络仙侠小说兴起，有较大影响力的古典修真作品并不多，萧鼎的《诛仙》熔《笑傲江湖》的"情"和"武"，以及《蜀山剑侠传》的"仙"和"玄"于一炉，在其中拔得头筹。《诛仙》与《飘邈之旅》《小兵传奇》并称为"网络三大奇书"，被认为是《蜀山剑侠传》后最优秀的修真剑侠作品，网友称其为"后金庸时代的武侠圣经"。这部书的成功还不止于此，其在实体书同样销量大好，等于是吹响了国内网络幻想类小说出版的号角。

---

① 掌阅：《2017 上半年网文阅读报告：年轻化成趋势》，新华网：http：//news. xinhuanet. com/money/2017－09/27/c129713406. htm，2017 年 12 月 27 日访问。

《诛仙》产生的背景是时间与空间不明的"神州浩土"，"诛仙"是一把古剑的名称，与之对立的是魔教圣物——烧火棍。小说故事情节以张小凡的成长为主线。农家子弟张小凡长相普通，资质驽钝，在遭遇了全村灭门惨案后，成为青云门弟子。在碧瑶、陆雪琪、曾书书等热血少年的帮助下，他历经磨难，甚至堕入魔教，最终挫败鬼王，成就"为天地立心，为生民立命"的大格局。

从内容上看，小说讲述了一个典型的中国修真故事，所有描写都基于中国的文化，而不是国外的神话描述。修仙是故事得以生成的根源性情节，对人间正道的讨论也是以独属于中国的故事和角度展开。全书以《道德经》中的名句"天地不仁，以万物为刍狗"为线索，其中第一部第九章更直接以"佛与道"为题，对道家与佛家文化进行诠释，将《蜀山剑侠传》开创的修真类武侠小说与港台新武侠"正邪难分"的精神内核相融合，依据《山海经》的描写，架构了一个光怪陆离的新大陆，描述了佛、道、魔三大修仙势力之间的残酷斗争。由于其经历的坎坷，张小凡由单纯的乡野小子转变为虽表面嗜杀成性，内心却痛苦万分的魔头，也曾有过人生信念动摇的时刻。小说中不仅仅有正与魔，甚至还有人与非人种族的对立，张小凡遇见的白狐口吐人言，说的也是人生至理：

> 在你的眼中，所谓的世间，便是由你们人族当家作主的吧？天生万物，便是为了你们人族任意索取，只要有任何反抗，便是为祸世间、害人不浅，便是万恶不赦、罪该万死了，对吧？
>
> 你们修真炼道，到如今长生还未修得，却彼此争斗得不亦乐乎。所谓的正道邪道，其实还不是只在你们自己嘴里说的，无非是胜者为王，败者为寇罢了。（《诛仙》第五十五章）

他最后终于明白："这烧火棍或许是邪魔之物，但我用来斩妖除魔，便是正道，我便问心无愧，便如你所说的我门中古剑诛仙一般。"

书中人物的友谊与爱情也让读者印象深刻。木讷平庸的张小凡与天资过人、相貌堂堂的师兄林惊羽形成对比。林惊羽的设定符合仙侠修真小说中大师兄形象，他们陪伴在初始看上去资质平凡的主角左右，往往资质奇佳，心气或高远或桀骜，常执着于名门正道。此外，碧瑶的凄美，陆雪琪的痴情，《诛仙》中的女主也少见地令人印象深刻。张小凡背负宿命，落拓江湖，天意总是弄人，和他爱的姑娘牵绊犹在，信念却已相悖，相逢若陌路。

小说的形式与情节相适应，《诛仙》中的文字颇有着清淡如菊、宛转如水的韵味：

> 忽地，天地间突然安静下来，甚至连诛仙剑阵的惊天动地之势也瞬间屏息……
>
> 那在岁月中曾经熟悉的温柔而白皙的手，出现在张小凡的身边，有幽幽的、清脆的铃铛声音，将他推到一边。
>
> 仿佛沉眠了千年万年的声音，在此刻悄然响起，为了心爱的爱人，轻声而颂：
>
> 九幽阴灵，诸天神魔，以我血躯，奉为牺牲……
>
> 她站在狂烈风中，微微泛红的眼睛望着张小凡，白皙的脸上却仿佛有淡淡笑容。
>
> 那风吹起了她水绿衣裳，猎猎而舞，像人世间最凄美的景色。
>
> （《诛仙》第一零五章）

行文流畅，布局缜密，小说意境唯美雅致，通过诗化的语言，《诛仙》成功地描绘出了"一个人，一根烧火棍，面对整个世界"的经典场面。

二、梦入神机的《佛本是道》

梦入神机的《佛本是道》是封神系仙侠作品的经典，小说开创了"洪荒流"体系，与《飘渺之旅》开辟的"修真流"、《无限恐怖》开辟的"无限流"一起并列为网络玄幻最有影响的三大流派。网文中的"洪荒流"主要涉及了《山海经》《封神榜》和《西游记》等作品。内容多为盘古开天、鸿钧得道、巫妖大战、女娲造人等史前的洪荒大战以及封神、西游等主题。所以，洪荒小说的起源和背景应该是《封神演义》及《西游记》等的白话演义小说。《佛本是道》的内容就是熔《封神演义》《西游记》《山海经》《白蛇传》《蜀山传》甚至是"三言二拍"中的神魔传说为一炉，并部分借鉴了西方血族的传说。这本小说最重要的特色就是对东方哲学体系的体现与讨论。其网络简介说："天道无常，天道无情，包容万物，游离其外。无善无恶，无是无非，无恩无怨，无喜无悲。仙道是道，魔道是道，妖道是道，佛本是道。"

《封神榜》中，三教签押封神榜、阐截二教大战，而《佛本是道》则利用了这部著作中的一些元素，加以润色，以穿越者的身份成就圣人之尊，完成封神大业。这种对佛与道文化传统的讨论使得洪荒封神类小说的内容更加丰富。事实上，洪荒封神类的小说自出世以来，就迅速成为仙侠类小说，乃至于网络小说整体中一支不可忽视的力量。《佛本是道》书名的本义借助紫微大帝的话说，即是"道虽二门，其理合一，以人心合天道，哪里还分什么佛和道，金丹舍利同仁义，三教原来是一家，佛本是道，东来佛祖却是担当得起"（《佛本是道》第225章）。

小说的故事情节意淫意味极浓。天纵奇才的周青横空出世，机缘巧合，在天地人魔之界、道佛仙妖之门任意穿梭，游刃有余，扶摇直上。该书前半部平凡无奇，未脱传统修真俗套，与普通小说无异，而后半部入地仙界后，异峰突起，文风陡变，主角周青周旋于阐、截、佛等众圣人，为天道教争取天数杀劫下的一丝生机。"天地为盘，众生为子"，腹黑果断，智勇并重，最终顺利得到盘古三大烙印，成就混元，通好女娲，重立人教，再立三皇，完无量杀劫。

《佛本是道》布局恢宏、气势磅礴，完美融合现代修真和中国古代神话历史，重塑了中国传统神仙、佛、魔和妖的架构层次与力量体系。小说宣扬佛道同源，都通向天地至理，作者想通过通俗神话故事以一己之力阐明大道三千：周青回应通天教主的问题，认为四方诸门无错，如有错，则在"不该开天辟地。盘古开天，女娲造人，必要定天条地规人道，否则生灵有强弱之分，有智愚之分，那强的灭弱的，智的欺愚的。如无个规矩，便如乱粥了。立定天条地规，必有执天行罚之人。但天条地规约束不了执掌天地规则之东皇、祖巫。正是东皇护短，天条自然就不责其子。祖巫便心生不满，酝酿成无边杀劫了"（《佛本是道》第399章），具有一定的现实指向力。

除了佛道其理同一，梦入神机在小说中还重新整合了中国的上古神话体系，即所谓"三清为盘古所化，盘古开天辟地之后，其魂魄化为三清，其精血化为十二祖巫"，甚至一手改写了文化传统中的因果、宿命论，有关因果、宿命的散见于整部小说的篇章中。周青在证道成圣前最后一句话是：

> 天地大劫，各人都要争那一线生机，无所谓是对错是非，取命而已。你不杀人，人便杀你，非是天地不仁，乃是天地同仁尔。
> （《佛本是道》第368章）

在小说中，梦入神机的本意是想写出活生生的人：

> 我认为，神仙也是人作的，也是活生生，有血有肉的人，有

着人的思想，有着人的行为，有利益的争斗，并不是什么不可理解的东西，古典神话，仙女下凡嫁给凡人，吕洞宾戏耍观音，《西游记》中佛祖最后传经索要人事，不就是活生生的人嘛①。

总之，无论从创意、内涵还是故事角度，梦入神机的《佛本是道》都是原创性极强的小说，其引发的思考与争议使它在仙侠修真小说中的地位独特。

第四节　叙事规律、YY 满足策略和现实意义

网络小说是一种现代的、新的中国民间文学形式。作为网络小说的重要组成部分，仙侠修真小说更像是一个承载了中国读者传统文化情结的入口。门里面，有古今、有中外，有今生、有前世，有天上、有人间，有现实、有幻梦，无所不包。

在经典的仙侠修真小说中，其文本往往具有明显的双重性特征：大众需求与精英情结的二元并立。一方面，仙侠修真小说从属于大众文学、通俗文学和地下文学，网络作者实际上处于一种隐身、即兴和自由的写作状态。写作的自发性弱，历史感淡泊，文字浅白，感情也偏于直露。另一方面，尤其在网文创作初期，多数网络写手都受过高等教育，基本上都是较年轻的学生和学者，多从事理工科的学习与工作，而且以男性为主。他们大多有着理想主义的情怀，相对开放的文化胸襟，明确的社会关怀与问题意识，独立与理性的价值思考，以及超越学科背景的表述等。这就使网络仙侠修真小说的创作特点也相对稳定，值得讨论。

一、叙事规律

仙侠修真小说的叙事母题大多为道门修仙（成长）、个人或团体恩怨（复仇）和男女情爱纠葛（爱情），中间也会穿插些尔虞我诈，或吐槽穿越之类的作料。古典修真小说就是在传统武侠的基础上加入神话的色彩，其他类型的仙侠修真小说故事设定的场景、时间各有不同，但叙事结构与模式万变不离其宗。在这里，或许可以尝试总结一下仙侠修真小说的"基本叙事语法"。

---

① 梦入神机的作者自述，见 http: //blog. sina. com. cn/vsabcd，2019 年 7 月 5 日访问。

1. 叙事情节的模式化

不得不说，仙侠修真小说作为类型小说，创作情节与技巧的同质化很严重。仙侠修真小说的主题极为单一，情节模式通常是简单、重复的再造。小说故事脱离现实，男主要么发现古人遗迹，内有惊人宝藏秘籍，几日之内实力暴涨；要么看似庸常，暗藏异质，是××家族血脉，背景强大，实力惊人，路人惊恐不已纷纷求饶。在场景安排上，也大多沿袭了同质化的"升级"套路，具有"人物溯源""出生神话""宝物护主""意外得宝""古洞奇遇""仙缘偶得""罪不容诛"等结构模式。

叙事内容与结构的固化就造成了作者在艺术构思层面不是因袭他人就是重复自我，创新乏力。《从前有座灵剑山》就曾对这种网络写作的方式予以戏仿、调侃："要说故事主线倒也简单，无非是升级杀人，只是每过一段时间，小说中都会出现什么'开放新资料片'，一下子就加强了故事的纵深。而到了资料片开无可开，他又设计服务器回档，总之就是让人物回到初始状态，情节从头再来……"（《从前有座灵剑山》第632章）

2. 人物设计的扁平化

仙侠修真小说中的人物模式往往单一、缺少变化。坏人总是一副坏相，好人总是正义凛然。小说人物类型主要表现如下：

（1）杰克苏式的男主角。仙侠修真故事多以单一男性角色为中心。在成长模式上，主人公往往是年幼之时突遭苦难、父母双亡，在陷入痛苦与孤独之时遇到高人或恩人，之后历经磨难，最终成为三界中不可忽视的人物。洪荒封神类小说虽取自传统神话故事，往往也突出神话故事的某一特定人物，小说里的人物主角光环强烈。没有资质就硬生生后天逆转，没有师傅就来个坠崖奇遇。小说里一边写着修炼升级很危险很艰难，丹药会有副作用，资源很稀有，可一到主角身上就各种机缘巧合，修炼一遇到瓶颈就能找到仙草炼丹，丹药就多得可以当糖豆吃。

（2）师兄或小师叔形象。小说中第一配角的资质往往是男主角的高配版，性格倾向于方正，甚至辈分、年龄也要高一筹。就像《飘邈之旅》中的傅山，基本没有缺点，是李强的师兄级领路人。全文基本上是通过侧面描写来刻画他，写侯僻睛的评价，写各色人物对他的追随，他还没有成仙，但境界直追仙人[1]。《神游》中的风君子，《仙剑奇侠传》中的徐长卿，豆子惹的祸《升邪》中的离山小师叔，后来猫腻、烽火的书里也都出现了这

---

[1] 引自豆瓣网友"格格巫"评价，2008年5月2日发布，https：//book. douban. com/subject/1799812/，2019年6月15日访问。

样一种外貌英俊、资质超人、辈分极高的师兄或师叔。

（3）女性形象单薄。其中最明显的体现是在爱情模式上，小说的男女主人公也沿袭了网络爱情小说的固定模式。千金小姐爱上男主，宗门世女仰慕男主，大国公主非男主不嫁，有事没事先订下婚约，男主会为娶女主发愁，然后努力拼搏，一不小心名动天下，招人嫉恨，再无奈反击。小说中的女性形象通常都偏于平弱，主要起到衬托男主的作用。尤其是血红，笔下女主角极少，就算有，历千万劫，还不一定修成正果，更别谈感情戏和亲情戏，血红也被网友称为"虐女作家"——女性缺乏个性也就罢了，个个还往往自带圣母光环，宽容大量，自家老公娶个十个八个老婆实属正常。

然而，在仙侠修真小说的诸多缺点背后，其优点同样突出。这主要表现在其对传统与现代写作资源的整合上。毕竟，由于时代的发展，仙侠修真小说同时经受了传统社会与现代社会文化的洗礼。面对东方与西方、传统与现代等不同文化的冲突和融合，网文作者开始尝试整合传统与现代的双重写作资源。可以说，很多经典的网络仙侠修真小说，都是作者们结合信息时代里中外各种文化现象、文艺种类，对通俗文学写作形式的全新的创造和探索。

3. 叙事视角与方法的多样化

以《从前有座灵剑山》为例，小说在正常以人物与情节推动叙事之余，渗入了大量网游元素，王陆的穿越就像是在打游戏。在修仙练级时还要完成隐藏任务，依靠攻略，要刷好感度等。《仙路烟尘》共二十一卷，每一卷都以卷首词开篇。卷首词的形式多样，既有《临江仙·偶争锋》这样中规中矩的词作，也有作者的原创，如《山中岁月》《御剑江湖》等。《仙路烟尘》就像是一首古典长诗，景美，情真，意切，韵深。徐公子胜治的所有小说则自成体系。《鬼股》《神游》《人欲》《灵山》《地师》《天枢》和《惊门》等，有一个共同的主人公风君子。这个有点"全知全能"色彩、"即仙即凡"的人物，把每部小说的真正主角，一个个由普通人而成仙得道的郭靖似的"傻小子"联结在一起。2010 年，起点中文网举办作家沙龙活动，盛大网络创始人陈天桥在讲台上风趣地表示，他其实更希望以一个读者代表的身份站在这里，这里有他最喜欢的作家，像徐公子胜治的《神游》如果再改改，甚至可以称得上是中国的《哈利·波特》①。

---

① 张冬梅，赵欣：《徐胜治：写玄幻的分析师》，《中国企业家》，2012 年第 1 期。

4. 网文写作形式的自由化

只要是网络写手，随时可更文。这符合后现代的基本文学精神，人人都是小说家。与传统作家相比，网络作者通常没有撰写严肃文学作品的认真态度，付出的精力相对也少很多。林长治写《沙僧日记》就坦言是为了自娱。他在小说中别出心裁自创了秀逗前年、秀逗 1 年和秀逗 2 年等的编年体形式。读者阅读也是持娱乐的态度，认为网文毕竟是网文，文笔和故事架构看看就好。但这不妨碍少数的网络大神，因为没有诸多形式和发表的限制，驰骋才情，想象天马行空。仙侠修真小说中的《悟空传》《仙逆》和《凡人修仙传》等均是其中翘楚。

5. 网文阅读接受的交互化

网络小说的评价体系以读者点击率为先。网络大神们一边更文，一边会根据读者在网络上的实时反馈调整写作内容与策略。这就造成了仙侠修真小说写着旧时的仙侠故事，同时也贴合了小说读者的心理情绪，甚至在细节上会与现实生活相勾连。比如，《从前有座灵剑山》中的吐槽虽然句句针对文中人、事而发，却又句句勾连于时事热点、网络流行语、政治历史事件，或者从经典文学到网文、动漫、游戏、电视剧的各种文学艺术作品，所用之梗波及极广：从《倚天屠龙记》到《魔法禁书目录》（2004 年，日本轻小说，后改编为动画）再到《生化危机》（1996 年，日本电子游戏），从《范进中举》到《药》再到《多收了三五斗》，从"政治献金"到"先进个人代表发言"，从"发委会"到"管培生"，从"玉林爱狗人士"到"仰望星空派"，从"智商税"到"应试教育"……借由这林林总总的吐槽，无数现实世界的碎片被代入《从前有座剑灵山》中的九州大陆，构成了虚幻与现实相重叠的双层世界①。

6. 对宏大叙事的弱化与消解

仙侠修真小说与现代社会、现实生活结合紧密。小说看似不接地气，书中主角的经历超凡脱俗，可是，网络世界的作家与读者都不是神仙。书中的幻想世界不是超凡脱俗的仙境，而是作者所处现实社会的映射。仙侠修真小说的本质，往往是披着仙侠皮囊的社会、职场、校园和爱情小说。

在小说的创作形式上，也有鲜明的后现代文化印记。小说对传统文化素材有极其严肃的运用，但更多的是戏谑调侃。这在小说创作中体现为无深度、无中心、游戏、模拟等特征。比如《修真四万年》中描写股票交易

---

① 王玉王：《吐槽即叙事》，邵燕君，庄庸主编《2015 中国年度网络文学》，桂林：漓江出版社，2016 年，第 87 页。

中心被妖兽的绿色瘴气牢牢包裹，这实在让饱受股市起伏折磨的现代读者忍俊不禁！

仙侠修真小说一方面满足了作者们在多重社会边际处境中精英身份缺失的补偿需求；另一方面，作者借网络小说的世界虚构出精英个体，也虚构出一个需要精英倾听和开解、救赎的群体，在文字建构的想象的世界中实现了对现实世界的救赎。

7. 突出视觉图像的叙事倾向

其中最有代表性的例子就是《悟空传》。在《悟空传》小说文本中，就多见口语式的调侃文字，满溢着无厘头的幽默，美得惊心动魄。"哈哈哈哈！"酒壶大笑，唱曲一首："天地何用？不能席被。风月何用？不能饮食。纤尘何用？万物其中。变化何用？道法自成。面壁何用？不见滔滔。棒喝何用？一头大包。"（《悟空传》第16章）

这片段无论是结构还是语言，均极富画面感。影像化写作风格突出，是娱人也是在自娱。网文小说视觉图像感觉的强化还表现在其文学作品的视觉化传播中。只要是稍有影响的仙侠修真小说，都纷纷被改编成各种网络或单机游戏，漫画或动漫以及影视作品。

二、YY满足策略

仙侠修真小说都是仙侠背景下的人物成长故事，人情味浓厚。很多小说在讲一个神仙修真故事的同时，还代入了现代人真实的心境和经历。可以说，仙侠修真小说是用青年人能接受的方式，写出了想象瑰丽、神奇浪漫的仙侠故事。故事里的主角，开始平凡，总能天降奇缘，最终过上现代世界里踮着脚再加上一百块砖也够不着的生活：或力量强大，快意恩仇；或等级无限刷，金钱随便拿；或英俊潇洒，香车美人；或料事如神，妙语如珠。管平潮认为，"意淫"并不是新东西，《红楼梦》《聊斋志异》《华阳散稿》，古已有之。现在也多见，可以目淫、口淫、心淫、笔淫和意淫①。事实上，网络仙侠修真小说的无限YY（意淫）的产生，有着其特定的原因：

YY满足策略之一：青春

应该注意到，仙侠修真小说有着特定的读者主体，即年轻的、中国的现代青年。据2017年掌阅的报告显示，在网络小说作者中，"80后""90

---

① 见青衣牧云：《网络仙侠小说七年流变》，https：//www.douban.com/group/topic/64950954/? type=like，2019年7月5日访问。

后"作者占比达 92%，其中"90 后"作者占比超过作者总数半数，达 59%，年龄最小作者仅 15 岁。梁羽生曾为武侠创作立下一个魔咒："过了 50 岁，不适宜写爱情小说，不适宜写武侠小说。"① 到目前为止，仙侠修真小说作家的创作也大致如是。网络仙侠小说发展初期作者的年龄普遍在 40 岁以内，后面的很多网文作者年龄更小。总的来说，仙侠修真小说的读者与作者比较年轻，生活阅历与知识积累有限。这就不难理解，小说文本中，多弥漫着一种懵懂少年的纯真感。与其他题材的网文相比，仙侠修真小说多注重人物的内心刻画，色情描写也较少。且不说洪荒封神系的神话类小说，以修真著称的《飘渺之旅》中也几乎完全没有情爱的描写。徐公子胜治的小说基本上都不怎么有色情因素，即使有，也是以比较隐晦或委婉的方式出现。

与国内作者和读者的年龄层相似，海外网络小说读者主要也为学生，占比为 52.9%，专科学校以下读者占受众总数的 48.6%，无收入人群占比高，而企业管理者、白领、政府工作人员等中产阶层人士对中国网络小说的接受度还很有限②。都说传统武侠小说是成年人的童话，网络仙侠修真小说甚至可以说是刚成年不久，也就是"将成未成"的成年人的童话。

YY 满足策略之二：物欲

现代社会小说里的修真内容，主要以物欲为驱动力。好的仙侠修真小说，写的都是成长故事。讲有限的、平凡的生命个体通过艰苦而漫长的努力，历经机缘巧合，冲破生命的有限性，而获得自由和永恒。而坏的作品，往往无视道德律法，满是杀人越货的戾气，更是现实社会的物欲在幻想文学中的映射。修真者无所不能的境界反映了现代作者对真实生活的遗憾与不满，是其渴望实现人生价值的映射。

网络仙侠修真小说中，市井社会中的小人物，总能在庸常的人生中脱颖而出。仙与侠都是超越世俗的幻想世界，修真可以让现代社会中学渣变成学霸，一个人打败一群人。这样的 YY 感觉谁不想有呢？萧鼎在《诛仙》修订版"十周年序言"中如是感叹："希望自己强大，希望有人爱我，也希望我能爱别人，希望自己与众不同，梦想成真，所以动笔写了。"③ 而在《凡人修仙传》里有这样一段话：

---

① 《梁羽生谈封笔：过 50 岁不适宜写武侠小说》，央视网，http：//www.cctv.com，2013 年 10 月 22 日发布。

② 艾瑞咨询：《2017 年中国网络小说出海白皮书》，艾瑞咨询网：http：//www. iresearch. com. cn/report/3057. html. 2017 年 12 月 14 日访问。

③ 萧鼎：《十周年序言》，《诛仙三十周年纪念版》，石家庄：花山文艺出版社，2009 年，第 1 页。

在晚上的睡梦中，韩立在梦里梦到自己身穿锦衣，手拿金剑，身怀绝世武功，把村里自己一直都打不过的铁匠的儿子痛打了一顿，好不威风，直到第二天早上起来仍回味不已。(《凡人修仙传》第一卷第三章)

这与很多现代青少年的幻梦何其相似！他们手拿金剑，身怀绝世武功，站在社会金字塔阶层的最高一层；而他们眼里"铁匠的儿子"，可能是校园里的霸凌者，也可能是过分严厉的老师或是不讲情理的老板。

YY 满足策略之三：神奇

修真是道家功夫，道教延续先秦道家，尤其是庄子以来的中国古典美学对于时间、空间的思考，并与其长生久视、飞升成仙的宗教目标联系起来，将对生命价值的追寻落实到对道的永恒探求之中①。修真小说里会这样表现对"自由"的渴求：

我平生最喜欢的两个字是：逍遥。你看那游天鲲鹏，不必受天道的捆绑，摆脱了寿命的束缚，跳出三界外，不在五行中，以宇宙天地为床，与日月星辰为伴，那是何等的逍遥自在！不知道离这一天还有多久，但它一定会来的，我有足够的耐心，足够的坚持，我相信。(《凡人修仙传》)

在《批评的解剖》中，弗莱认为，文学与神话的关系可以在三个层面上表现出来。其中第一个层面，文学存在着非移用的神话，这种神话通常是关于神祇和魔鬼的②。网络修真小说用神、侠、魔与怪，架构了虚幻的世界体系，满足了读者，尤其是青少年读者对传统文化的好奇，同时白日造梦，缓解了众多年轻人在现代社会的快节奏、高竞争性中的压抑，使他们能够沉浸在虚拟的世界中，找寻缺失的自我。

YY 满足策略之四：跨界创新

网络修真小说最主要的功能就是消遣性。在现代社会中，现实社会的一切公众话语日渐以娱乐的方式出现，并成为一种文化精神③。这其实也是

---

① 李斐：《"逍遥"与"无待"：从道家到道教的审美时空》，《宗教学研究》，2017 年第 4 期，第 35 页。

② [加] 弗莱：《批评的解剖》，陈慧译，天津：百花文艺出版社，1998 年，第 155 – 156 页。

③ [美] 尼尔·波兹曼：《娱乐至死》，章艳译，桂林：广西师范大学出版社，2004 年。

一种现代性的精神。网络小说文本的多媒体化传播极其普遍。小说中的热门作品往往被改变成影视剧、动漫和电脑游戏。2006 年《诛仙》的游戏改编权被萧鼎以 100 万元卖给完美世界，2007 年 4 月"诛仙"同名网游问世。这款网游乘"诛仙"之风而大热，《诛仙》也因这款制作宣传精良的网游更广为人知。这也是至今为止网络小说改编游戏最成功的一个案例，其里程碑地位不言而明。其他经典改编案例还包括：《遮天》2012 年被改编为同名网页游戏；《佛本是道》2013 年改编为同名手机游戏；《从前有座灵剑山》2014 年被改编为漫画作品，点击量突破 2.3 亿次①，2016、2017 年其同名动画第一、二季也同时在中、日两国播出。王俊凯的《我在诛仙逍遥涧》被亚洲新歌榜 2018 年度盛典评选为年度十大金曲第一名。

尽管网络的仙侠修真小说涌现出不少颇受读者追捧的作品，我们也要注意到玄幻、修仙题材小说中存在的明显问题和不足，如怪力乱神、升级打怪、异想天开、缺乏人文关怀等，其中最为诟病的地方就是无限的 YY 的荒诞。一些作者囿于有限的生活积累和知识阅历，不免模式重复编造，长篇大论更造成了结构上的散漫、矛盾和疏漏。书中的历史、人物只好虚化，或者是满足于对古典经典文本的戏说与虚构，使作品的内容理念、人物形象、情节场景严重脱离现实，结果以荒诞感代替了艺术美感。如何在释放无限想象，备受欢迎的同时，还能保持基本的艺术个性与创新活力，无疑是这类 YY 小说创作面临的重要挑战。

三、现实意义

仙侠修真小说经历了发展高潮之后，从题材内容而言，近年已经有走下坡的趋势。叙事模式同质化严重。即便是在繁荣阶段，对仙侠修真小说的漠视或质疑也一直没停止过。仙侠修真小说简单、幼稚、嘈杂……总之，不登大雅之堂，仅供读者消遣。然而不容否认的是，网络修真小说宽泛的兼容性使得其包含了众多思想元素，给传统文学注入了新的活力。从 2017 年起，网络小说的海外传播也成为成长中的一大亮点。坊间逐渐有了"世界四大文化新奇观"的说法，中国网文开始与好莱坞大片、日本动漫、韩剧比肩。

自新文化运动以来，在胡适等的倡导下，白话文学开始明确以与旧文化决裂的姿态出现。从中国文学发展史上看，如陈平原所说，经由晚清"文学改良"与五四"文学革命"的努力，现代文学与古典文学之间存在巨

---

① 见网址 http://v.qq.com/detail/u/uap08x2gnutv4x7.html，2019 年 7 月 5 日访问。

大缝隙，这就需要关注其深层的历史联系①。陈平原的叙述主要是针对"中国现代文学"的学科建制而发，但这实际上涉及传统文化的现代转化。从20世纪末开始出现的网络仙侠修真小说，这种类型作品其实完美地符合了朱自清定义过的"不载道的文"，就如小说和词曲（包括戏曲）一样，都是"茶余"时的"闲书"内容，供人们茶余酒后消遣的②。

王德威曾提出"被压抑的现代性"理念来泛指晚清、"五四运动"及20世纪30年代以来，种种不入（主）流的文艺实验。在追求政治（及文学）正确的年代里，这些作品曾被不少作家、读者、批评家、历史学家否决、置换、削弱或者嘲笑。从科幻到狎邪、从鸳鸯蝴蝶到新感觉派、从沈从文到张爱玲，种种创作，苟若不感时忧国或者呐喊彷徨，便被视为无足可观③。中国小说的正宗，原来只"供人们茶余酒后消遣"。追溯仙侠修真小说的渊源，从志怪、传奇到武侠，都深植于中国传统"消遣文化"的根系里。

1. 仙侠修真小说是传统文化情结的集中展现

仙侠修真是来自传统文化的记忆。仙侠修真小说中的"修"字，对于中国人来说意味深长。修身的原则是立身处世的根基，只有巩固修身要基，才可以立身、为家、为乡、为天下。仙侠修真小说承本土文化传统，宣扬的是现代社会的返璞归真。仙侠修真小说一直试图靠近中国传统美学的表达与风骨，重铸本土文化的诗意。网文作者用语言修辞、叙事行文、情境意象等在小说中凸显了东方情境和本土背景，塑造了独属于传统中国的审美氛围。有关其出现的意义与体裁的定位，管平潮提到"仙侠文学具备怎样的现实意义"时，给出了三点回答：一、物质文明发展必然要求"包括仙侠文化的复兴运动"在内的传统文化复苏；二、国民对民族身份自我认同的焦虑必然催生本土特色的仙侠文艺；三、生活节奏加快的现代社会压力更能催生仙侠一类的幻想文学市场④。

传统文化的复兴、民族身份的自我认同及现代人的心灵归宿，基于以上需求，管平潮认为，已有数千年历史的仙侠文学，在21世纪中仍具备"无比光明的前景和强大的生命力"。这种说法不无道理。仙侠修真小说的

---

① 陈平原：《千年文脉的接续与转化》，上海：复旦大学出版社，2010年，第2页。

② 朱自清：《论严肃》，《中国作家》，1947年第1卷第1期。

③ 王德威：《被压抑的现代性——晚清小说新论》，北京：北京大学出版社，2005年，第11页。

④ 管平潮：《长生久视，不必仙乡——略论仙侠文学的现实意义暨前景展望》，《九州牧云录》第1章。

定位大致就在这里了。

2. 网络修真小说反映了中国现代青年对现实及基本哲学问题的忧思

从创作来说，玄幻、仙侠作品在注重市场性、娱乐性、创意性以吸引读者付费的同时，如何融合艺术性与思想性，体现正确的"三观"导向，一直是此类小说创作的难题。在寻求思想深度和艺术品质结合上，仙侠修真小说中也不乏对基本哲学问题的人文思考。比如《悟空传》就体现了现代青年对自我价值的尊重和体认：

> 我要让这天，再也遮不住我眼，要这地，再埋不了我心，要这众生，都明白我意，要那诸佛，都烟消云散！ （《悟空传》第 6 章）

又比如，他曾是少年的《书剑长安》在构建气势恢宏的仙侠世界，书写江湖恩怨、儿女情长的同时，坚守着善良与正义的本性。天蚕土豆的《元尊》在书写周元历险的紧张、刺激过程时，将人性中坚强的生存意志和人文情怀寄寓在奇幻玄幻的故事之中，传递出"适者生存"的自然法则。在《佛本是道》的人物口中，鲁迅也成了这里的"人间曾有人言语"：周青又指准提道人曰："立大仁义，必有大伪诈，立大慈悲，必有大魔障，我笑你不如人间凡俗，实不是妄言，人间曾有人言语：满纸仁义道德之间，只有二字，为'吃人'。我如今想来，你实则不如此人也。"（《佛本是道》第 396 章）

《修真四万年》里的星海共和国、遥远太空中的神秘地域则是对人类社会的映射：

> 包括高素质人口衰退、过度医疗、贪得无厌的工会动辄组织大罢工、永无止境的福利和薪酬提高、老龄化严重、各个世界之间发展不平衡、偏远世界的低素质移民不断涌入、不同信仰乃至宗教的纷争不休…… （《修真四万年》第 1256 章）
>
> 我想，一个国家或者文明的真正崛起，或许并不在于它打赢多少胜仗，拥有多少舰队和强者，征服了多少世界，而是在于，它的政府是否有足够的自信和胆魄去公开一切真相，而它的民众又是否有足够的勇气和理性去接受吧？ （《修真四万年》第 1850 章）

年轻人对现实社会的问题，有逃避，有质疑，也有尝试解决，其态度消极中有积极，这是毋庸置疑的。不管是否被承认，中国传统文化一直都在进行着现代的转化，继鸳鸯蝴蝶派小说和传统武侠小说之后，仙侠修真小说以它的内容低龄化、结构模式化、技巧低劣化、YY 元素横行等所有不成熟的表现，继续走在探索文学新途的路上。

第五章　科幻小说

网络科幻小说与玄幻、西方奇幻有着联系，但依靠其科学性色彩，又体现着自己的特点。

第一节　网络科幻小说与传统科幻小说

中国科幻小说创作是两条腿走路：一条腿是纸质出版（我们姑且称为传统科幻小说），纸质出版的科幻小说大约每年产出长篇约有 10 部，短篇约有 200 部；另一条腿是网络写作，每年有上亿字数的科幻小说或科幻相关的小说在网络上传播。还有很多科幻小说先是网络写作，后来再纸质出版，例如首获美国星云奖的中国原创科幻小说刘慈欣的《三体》。

网络科幻小说是科幻小说的新的类型。认识网络科幻小说的性质，首先需要对科幻小说有所了解。

科幻小说是一类不容易定义的文学作品，许多批评家都对科幻有自己的定义，达科·苏文的定义比较有影响，他把科幻称之为"一种文学类型或者说语言组织，它的充要条件在于疏离和认知之间的在场与互动，它的主要策略是代替作者经验环境的想象框架"[1]。达科·苏文还提出了所谓的"新奇之处"，这种新奇之处有可能是新的物质，也有可能新在概念上。他认为科幻是试图在一个陌生的世界中，以新视角来理解人类的生存状态。其后的批评家们，诸如达米安·布罗德里克发展并精炼了达科·苏文的观点，提出科幻在 19—20 世纪的兴盛反映了这一时代的文化、科学和技术的大繁荣。在克鲁特和尼克斯的《科幻小说百科全书》中，布莱恩·斯坦布福德、克鲁特和尼克斯三人合写了一个"科幻的定义"条目，条目引用了

---

[1]　Darko Suvin. *Positions and Suppositions in Science Fiction*. London：Macmillan，1988，P37.

16 种各自言之成理的定义。目前，这些批评家对于科幻的定义还没有达成一个全面的共识，只存在着一个基本的共同点：科幻属于一种涉及了与读者实际生活的世界不同的世界观的文化话语形式。基于对科学技术的不同对待方式，可以将科幻小说的概念分为三大种类：第一种类别是科普类。将科幻小说当成一种科普读物的定义方式，在苏联和中国享有广泛的支持。中国的科幻小说在 20 世纪五六十年代，有长达 20 多年的科普性科幻小说创作期。科普性科幻小说将大量的科学知识穿插在简单的人物故事之中，是对科学技术内容的通俗化，为了达到传播科学的目的。将科幻作品当成一种科普作品的创作目的和创作方式存在着明显的问题。小说跳脱不开现有的科学教育和科学普及的套子，就不能探索科学的奥秘，没有了科学的真相也就难以达到科学普及的目的。这类科普类科幻小说还不是完全意义上的科幻小说，或者说是科幻小说的普及读物。第二种是建构类，基于现有的科学知识，建构不属于现实又基于现实的世界。科幻小说处于我们已知世界不大可能存在的状态，但它的假设却基于一些科技或"准科技"的革新，不论这些革新是人类创造的，还是机器人创造的。科幻小说与现实主义文学之间的差别在于它描写可能性，它感兴趣的不单单是人类的个体，而是整个社会。建构类科幻小说是为建构一个不存在的世界，或即将要存在的世界。第三种是推测类。科幻小说描绘世界变化对人们所产生的影响，它可以把故事设想在过去、未来或者某些遥远的空间，它关心的往往是科学或者技术变化给人类文明带来的好处或危险，具有警示的意义。科幻作品将科学事实、科学方法对人类的影响及将来可能产生的影响反映出来。

科幻小说定义的困难性在于科幻作品是一种跨门类的、极富广延性的文学作品。我们一般说网络科幻小说，有很多看起来不仅仅是科幻小说，而是集合了玄幻、魔幻等元素的综合性小说。实际上挖掘其内核，就可以看出，如果从是否具有建构与读者所处世界不同的文化话语形式这点出发，网络科幻小说是科幻小说。网络科幻小说一般不属于科普类，主要属于建构类和推测类。建构类是从现有的科学知识出发描绘与现实世界具有差异性的另外的世界。这种类型作品有我吃西红柿的《吞噬星空》、猫腻的《间客》等。推测类的作品更多，诸如 zhttty 的《大宇宙时代》、天下飘火的《黑暗血时代》等。

网络科幻小说作为网络小说的一个分类，自然具有网络小说的一般特性。从发生上来说，网络这一传播媒介所具有的自由化、娱乐化、隐私性、多元化等特点，导致网络写作也具有相应的特点。科幻小说具有想象力丰富的特点，自然成为网络小说创作的热门文类。创作网络科幻小说的作者多为"80后""90后"，他们的创作动机多为情感的宣泄。作为青少年，他们有一些情感上的需求，诸如在成长中面对周遭环境产生的心理上的反抗和叛逆通过写作的方式释放出来：以一个主人公为主体，构建一个想象中的科幻世界，或者在网络上编织一个科幻的梦境，将自己的愿望在科幻世界中实现。网络给他们实现自我价值的虚拟平台。纸质小说难做到与读者进行即时的交互性沟通，读者一般都是在小说出版之后才能对小说的好坏进行反馈。网络小说在创作环节就能获知读者的评论，这些评论又影响着作者的创作。那些编织的科幻境界和主人公人生价值的实现过程每前行一步都与读者产生了互动，作者获得心理上的满足，作品写得更加神采飞扬。无论是情感实现还是想象空间，网络都对科幻小说的创作有着很强的适应性，自然也就会催生出更多的网络科幻小说作品。

第二节　网络科幻小说的文本特征

点击率是网络小说的生命源，为获取更多的点击率首先要吸引读者眼球，出奇制胜。新奇性正是网络科幻小说最为突出的特征。网络科幻小说的新奇性首先表现在其元素的多样性上。网络小说有着奇幻、魔幻、玄幻、悬疑等文类，这些文类各有美学上的所长，网络科幻小说常常将这些文类的美学特征与科幻元素结合在一起，形成超级的想象空间，充满着令人匪夷所思的新奇性。比如方想的《师士传说》，这是一部机甲类网络科幻小说，是将科幻与玄幻相结合的代表作。故事背景发生在大航天时代，核能、离子、电磁、超导……所有代表当前人类空间军事技术尖端，以及未来发展趋势的多种元素被应用其中。主人公是一个偶然拥有了超级智能光甲的少年。在成长的过程中，主人公的升级与各项战斗，带有玄学因子，也就是说这些都是建立在玄想基础上的。我爱吃西红柿的《吞噬星空》也是一例，它也不同于传统的科幻小说，实质是网络玄幻小说升级，只是披上了科幻的外衣。这本书里的星际世界，其实还是一个修真玄幻世界。还有的网络科幻小说被赋予了神魔色彩，像远瞳的《异常生物见闻录》是将科幻与魔幻相结合的例子。小说的人物设定就体现了魔幻的趋势，南宫八月是混血猎魔人，薇薇安是血族，刘莉莉是狼人，故事讲述了关于猎魔人、海妖、异类等不同族类间的斗争。网络科幻小说将科学幻想与其他多种元素合力，创造出更为新奇大胆的故事，达到使小说更加吸引人的目的。

网络科幻小说具有乌托邦叙事的特性。网络科幻小说的乌托邦叙事与现实关系密切，这种"乌托邦冲动的表达已经尽可能接近了现实的世界，而没有转入某种有意识的乌托邦构想，也没有进入另一种我们所说的乌托邦计划和实现的发展的轨道"①。网络科幻小说不是要建立一个有别于现实世界的科幻世界，而是用科幻想象表现出对作者身处其中的现实社会的不满，是"尽可能接近了的现实世界"。这个特性在一些写游戏升级类型的网络科幻小说中多有体现，例如我吃西红柿的《吞噬星空》，作者设置了一个有别于我们现如今的地球生活圈。在书中，里面的人物角色的地位尊卑按照武力高低分为武者、准武者之类。尽管全书的内容完全建立于虚构的基础之上，但是小说中的虚构场景和社会的构建读之却似曾相识，那就是以读书成绩划分等级的高三小社会的变形。在这个虚构的世界里，主人公仍要为了家人而奋斗、与朋友之间进行争斗或者合作，这是一个少年努力勤奋坚强成长的励志故事，最后是个男女主人公圆满大结局。与纸质科幻小说常常表现的反乌托邦主题不同，网络科幻小说似乎由于在幻想上的无拘无束，而容易产生无所不能的假象，实际上小说只是作者对个体生活进行了非同寻常的超越，是自我现实生活的想象再现。网络科幻小说是个体现实叙事的乌托邦化，故事背景是似乎将来可以达到的一个科技状态，是给予现实日常生活一定的科学上的升级，然后在一个类似游戏的模式里开始主人公的故事，这样的叙事形式是网络科幻小说一个常见套路。

在处理幻想与科技的关系上，纸质科幻小说有自觉的想象限制，网络科幻小说由于平台的自由性，就随心所欲。基于对科学技术的不同对待方式，网络科幻小说属于推测类和建构类。推测类科幻探讨科学技术的变化给人类带来的影响，作者往往通过这类作品，在幻想的世界里面表达自己对现实生活的思考。猫腻的《间客》就是这一类的作品，它将复杂的科幻故事编织在哲思的网子里，传达出他对康德伦理学观念的认知，也传达出他对这个现实世界的看法。《间客》中两大文明的冲撞，即联邦与帝国的冲撞，其实是现实的一个缩影。小说里帝国掌权者不顾底层民众生活，倾全国之力研究出最强的宇宙空间穿行技术并花费无数经费研制战舰、武器，只为满足皇室虚荣心。另一个是有总统、有议院、有七大世家、有最高大法官的联邦国家，上层都很腐败，但是老百姓的生活似乎还不错。作者在长期、全面的情节铺垫后，推导出怎样的社会更适合人类："虽然帝国高层的腐败与七大家的糜烂并无二致，但我还是更喜欢每个人都有尊严的世界，

---

① ［美］罗伯特·斯科尔斯，等：《科幻文学的批评与建构》，王逢振译，合肥：安徽文艺出版社，2011年，第123页。

哪怕这尊严只是表面的，但总比没有好。"①

  与推测类所不同，建构类的科幻小说虽然也是处理与我们已知世界所不同的状态，但它的那些假设是有据可循的。基于现有科技或合理的科学设想，建构出与一个可以预期存在的世界。这类的作品，需要作者高度的自觉，将幻想收在一个适当的范围之类，这个适当的范围基于幻想世界与现有科技之间的关系，因为超过就成了玄幻、魔幻，而不及就是想象力不够丰富。如果把有些网络科幻小说也放在此类的话，我们就要适当扩大这个范围，像在天下飘火的《黑暗血时代》中关于宇宙准则相关的设定，纸质科幻小说会根据已有的人类社会所掌握的物理学相关知识来设定宇宙准则，比如在设定上会遇到光速不可超越这样的问题，纸质科幻小说会对这个问题回避，或者是利用虫洞这样的已知物理学概念解决这个问题。而在《黑暗血时代》中，作者运用了类似哲学式的思考，创造了零维、节点和彩虹桥这样的概念。零维无大小距离等概念，当零维与多维的物质世界有联系，或存在时间轴时零维便存在意义，人的意识就存在于零维。还有节点，存在于最小的时空尺度之间，介于存在与不存在之间：当有人观察到它，它便存在意义，里面的世界也就是真实不虚的；当你离开它，它便不存在任何意义。通过这样的哲学意义上的设定，人们通过零维、彩虹桥和节点，便能无视距离限制进行意识交流，可以入侵他人意识世界实现自我意识的降临。作者将人的意识体寄托于零维空间，因此得到了超光速的能力，并没有说过是物质上的超光速，符合狭义相对论。这些设定看起来不可思议，但是有一定的哲学合理性，合乎科学逻辑。网络科幻小说喜欢走这样的想象"偏锋"，看似荒诞不经，细想又言之有理。

  网络科幻小说往往主题雷同，但各具特色。在起点中文网上，在"科幻"类目下，还有这几个子类：星际战争、时空穿梭、未来世界、古装机甲、超级科技、进化变异和末世危机。这里可以明显看出网络科幻小说重要的几个主题。在主题常常雷同的情况下，要想在其中脱颖而出，要有亮点才行。

  网络科幻小说以标签标志文本。因为网络小说题材的融合，已有的树状结构的类型划分越来越难以描述新作品的创作特征，于是以"标签"为辅助的类型划分方式应运而生。起点中文网的科幻网络小说分类系统中目前共有豪门、特工、召唤流、丹药、变身、励志等共计几十个标签，在使

---

  ① 猫腻：《间客》，http：//read.qidian.com/BookReader/LPOxPd7I_ NE1.aspx，2019 年 4 月 28 日访问。

用分类来表达作品整体的故事类型前提下，用一个或数个标签来注释作品中出现的特定的元素。这些特别的元素常常是网络科幻小说模式化创作下的一个最突出的特色。同样是末世危机题材的小说，zhttty 的《大宇宙时代》和天下飘火的《黑暗血时代》的标签就不同；前者讲述的是宇宙中的不同等级的适应者们，将文明从低级宇宙文明逐步升级到高级宇宙文明，不同等级的文明还有与之相对应的宇宙武器和宇宙航行标准，因此加之"升级"的标签。后者讲述的是在太阳消失后的世界，以暗物质暗能量作为基础的宇宙空间。小说详细分析了星空战争时的类空间隔、类时间隔等概念，以及由这些原因导致的时空偏差、信息传递的时差在战争中的利弊。作者强调宇宙空间战争中技术的重要性，没有技术就无法闯过暗域，人类就会互相残杀。它就因此被加之"技术流"的标签。网络科幻小说各自的特点，从标签上就可以迅速地识别出来。

网络科幻小说在人物塑造上极具个性。同样是古装机甲类的作品，主角个性往往相差很大。方想的《师士传说》中的主角一开始十分弱小可怜，他慢慢地成长壮大。骷髅精灵的《猛龙过江》的主角从头到尾就无比强大，他的个性满足了大部分男生读者的想象。天下飘火的《黑暗血时代》里面人物描写，没有绝对善恶的脸谱化，里面哪怕只是一个出现在几章中的龙套人物，或者最底层的小人物都有自己的思想与个性。许多配角的个性远超主角，甚至更适合做主角。而玄雨的《小兵传奇》似乎反其道而行之，其人物塑造无论是主角唐龙，还是一些主要的配角，都还没有足以称之为人物个性的描写。淡化人物个性，只关注故事情节发展，也会受到一些读者的喜欢。网络科幻小说中的人物个性的设置没有什么规范，随着作者的个性而任性，网络写作的自由度在小说写作中被发挥到极致。

第三节　网络科幻小说题材

科幻小说本身是一种类型文学，具有通俗化、大众化、平面化、可复制性和可批量生产等特点。科幻涉及的领域极为广泛，正因为如此，对于科幻小说的题材分类研究一直是科幻研究中的一个十分重要的领域。

因中国有着漫长的历史和古老的文明，我们积累了独具特色的中国科幻文学大背景和广泛材料。不管是神话、志怪小说，还是英雄史诗等，都可以与科幻相结合，形成科幻小说的中国风神话与历史题材。与此同时，西方的各种经典题材，如太空科幻、生物和环境、战争和武器、历史科幻、电脑网络与虚拟现实、大灾难和世界末日、超越时空等都在中国科幻中有所展现，尤其是在网络科幻作家的作品中。

一、人与社会

社会形态和人类自身是注定要发生变化的，我们的社会是什么样，在科幻小说里可以看到；将来是什么样子，更可以在科幻小说中看到。这也是其之所以为科幻小说的更具意义的一面。社会的形态发展是一种进化，在科幻小说中对社会的描述首先要具有逻辑性，任何小说都要遵循的逻辑性问题在科幻小说中也是必须要遵从的，就连科幻最初的政治小说形态也不例外，这里说的是梁启超等人所著的政治科幻小说。政治科幻小说的初衷是开启民智，这在前面已有说过，在进行社会的描述或者想象的时候，这类政治型科幻小说畅想在科技进步之后，中国人实现了国富民强的愿望。虽然它们的基本逻辑完备，但是在预见性上就差了很多，像是 1923 年叶劲风的《十年后的中国》，作者想象自己发明了发光器，战胜了对中国进犯的入侵者，并在十年之后逐步强大的故事。这样的想象大多没有什么科学的根据，只是抛出了个科学上的术语，实际上要表达的是社会政治理想。当然，如今中国真的强大起来了，与当时那样的预见性可以说也不存在对应的关系。社会整体是进化的，无论社会风俗还是社会结构都在进化，作为社会的成分，人类自身和人类所掌握的知识也处在不断的进化当中。科幻重点关注的题材是这方面的，它们描述变革，描述变革对生活在现实世界里的人们所产生的影响。

1. 社会

认为现代社会是不合理的存在，甚至是一个灾难。从各个层面来看，个人生活的腐化、享乐、娱乐化社会、独裁、传统、阶级分化的加深、对进化的恐惧、道德的沦丧等，这些都引起了作家的忧患意识，从而产生悲观主义的社会写作。这里面有一个分支要特别提出的是专家政治论社会想象。在这类小说里出现世界性政府，或者两大集团性质国家的组成形式。总之就是存在着一个工业文明极端发达的强有力的政府。它是核心，代表着至高无上的权力。而个人是微不足道的存在，人是社会性动物，人存在着异化或者异化的可能性。与此类似的反乌托邦社会想象，常常与反对唯科学的乐观主义相结合。反乌托邦社会是理想的乌托邦社会相对立的黑暗的未来社会，对反乌托邦环境的描写往往有一个转折的过程，作者先是描绘了一个看似无比美好的世界，继而揭露出其中黑暗的一面。何夕的《祸害万年在》《异域》《六道众生》等作品都是典型的例子。他笔下的科技异化型灾难就是反乌托邦想象：当人类试图运用科学技术来拯救未来，创造一个理想社会时，往往会酿造出更大的灾难，理想的夭折和破灭是他作品中常出现的。"在何夕看来，科技的日益强大也许会使人类无所不能，但是最终还是不能挽回或改变衰落的命运。这无疑构成了一种'科技悲悯主义'。"[①] 反乌托邦社会有个基本的论调是技术导致压迫，一切技术上的发现都被用来对人类进行组织化、集体化、功能化控制，最终令其丧失人性。所以其在本质上具备了讽刺性预见的能力。与何夕的科技悲悯主义所截然不同的是刘慈欣的技术乐观主义。作为一个疯狂的技术主义者，刘慈欣坚信技术能解决一切问题。当然这并不意味着他对于技术可能存在缺陷的否认，刘慈欣只是相信随着科技的进一步发展，这些缺陷终将被一一克服。以小说《地火》为例，讲述一个煤矿工人的儿子刘欣成为科学家后立志用汽化煤技术来转变煤炭工业的生产方式，改变煤矿工人的命运。刘欣引燃地下煤层并使之同水蒸气接触，产生一种类似水煤气的可燃气体。这样的方法降低了成本又改变了煤炭工人地下开采的作业方式，但有着极高的风险，后来果然灾难降临，地火毁灭了整座城市。秉持着科技乐观主义，在尾声，刘慈欣以一个120年后初中生的口吻为读者描述了一个汽化煤技术完全成熟的理想未来。

是乐观还是悲观，这是一个值得讨论的问题。社会结构在变化，道德同样也在变化。作为社会生活总体框架的道德，是与一定的时期和一定的社会紧密联系起来并以此为参照来进行描写的。探讨道德问题，在早期的中国科幻小说中鲜少见到，而在新时期成为一些作家无意识的写作愿望。科幻文学在许多方面，尤其是在"道德"话题上有着自己的努力，诸如对封建残余思想的破除、释放人类天性而不是被社会伦理规范所压抑、对待死亡的观点、对待宗教的观点、对待恋爱自由等等。

2. 科学和技术

科幻文学的一个基本特征是关于科学与技术的。科学与技术也构成了科幻文学的重要题材。在很长一段时间，科学技术在中国的科幻小说中通常扮演着正面的形象。科普作品和科幻作品是不分家的。科幻文学多作为科学题材来介绍给孩子。张然的《梦游太阳系》梦游太阳、月亮、火星、天王星，介绍各种天文知识。类似的还有郑文光《第二个月亮》、迟叔昌的《奇妙的"生发油"》、于止的《失踪的哥哥》和肖建亨的《布克的奇遇》。科学即使偶尔造成一些麻烦，也多是因为被用心险恶的人所利用，例如顾均正的《在北极底下》《伦敦奇疫》和童恩正的《珊瑚岛上的死光》都是

---

① 吴岩主编：《科幻文学理论和学科体系建设》，重庆：重庆出版社，2008年，第308页。

讲述邪恶力量利用先进科技策划阴谋并最终被挫败的故事。小说里面也讲述到了科技给人类带来的灾难,带有一定的批判色彩,但科学的美好与邪恶是取决于使用者的,对科学技术的乐观态度还是明显的。并且由于时代的局限性,老一辈作者在进行创作时往往具有鲜明的立场,使得作品表现为一种简单的正邪对立的故事模式,并未对科技与人之间的双向异化进行深入刻画分析,科技在这里只是作为正邪角逐间的一个道具。

从一开始,科学技术一直是科幻故事的基本主题,我们一般将偏向科学技术的一类说成是硬科幻,而将不把科技放在那么重要的地位,甚至只是将科技当成一个背景、一个由头来构成故事的一类,说成是软科幻作品。有些也并不是对科学不感兴趣的,这些故事通常表达的是还没有实现的某项科学前景的假设。这类作品吸引读者的地方也许不在科技层面,而是科技乐观主义。像刘慈欣、王晋康这样的作家善于将读者引向一种深入的思考,在技术的背后思考人类的走向、世界的走向。这样的一个走向,表明了科幻文学工作者的更加深入、合理的创作态度。

在网络文学作家的笔下,科技的想象冲破了现实的设限。他们往往比非网络文学作者的想象更为不切实际。在这里所说的"不切实际"并不是负面的评价,而是说他们的想象力更为丰富,在对待科学技术的问题上更加不设限。所以有些读者在阅读了超出科技可知范畴,或者变化太多的科幻小说时候,一方面被奇绝想象力所吸引,一方面又吐槽这样的科幻小说难道真的不该被归类为"玄幻"吗?诸如此类的讨论似乎又将问题拉回到了科幻小说的定义上面了。

3. 人

科技发展也带来了人类社会和人的异化。科幻作家们关注人类变化的各种形式,首先是生物层面的,然后是思维层面的进化畸形、性和性异常、污染问题带来的变异。

(1)人类突变体

首先是人类突变体。新生代科幻作家中也不乏对被科技异化的人的关注。这些人类突变体往往具有超能力,是继人类之后并且高于人类的一种物种。他们或者有心灵感应术,或者可以长生不老,或者会分身术等。他们生活在正常人当中,因为其自身的高级性而导致了被孤立,就如天才的处境是孤独的一样,他们的出现引起了周围人们的敌对和仇恨,突变体被其他人类左右着命运,恐惧、仇恨充斥着他们。中国台湾作家张系国的《超人列传》就描写了未被理解的人机合体。

然后是人的自我改造。科学进步带来的各方面的变化,使得人类有改造自己的愿望并能实现改造自己的愿望。还有一类讲述的是环境的变化迫使人类要改造自我，直接把机械装置连入人体、将人脑与电脑结合或是将人脑与人脑结合。王晋康的《亚当回归》设想了人类植入了生物元件电脑，获得了比自然大脑高 100 倍的智力。网络科幻中的主人公往往都拥有超能力，比如《星球逃亡》中楚天星是科学预言者。

（2）神话的人

创造出"神话的人"是对古代神话的英雄和神灵的一种重现，运用中国神话中的幻想进行科幻化，最关键的是怎样处理那些怪力乱神。值得欣赏的是，中国作家们并没有逃避，而是采取改造的方式，将其中的一些人物改造成具有某种特异功能的科学人，例如香蝶的《奔月》后羿射日，嫦娥奔月不是简单的神话传说，而是智慧生命在地球上的一场战争。刘慈欣在《三体》中写中国古代的帝王和能人异士。有些作家就干脆讨论起中国小说中的那些鬼神的功能，如长铗在《昆仑》中专门讨论"神力和科学谁是人类发展的出路"，认为神力很虚，却有自由意志，科学虽实，却是自由的束缚。在讨论中，作家自觉地坚持着科幻小说的底线，表现出了维护科幻小说正统性的努力。人类在文明进程中的选择是走科技发展之路而不是巫术。小说通过偃师之口，说出了作者对于科学发展的乐观和执着。虽然神是比人类更高级的生物，法术是一种高度发展超乎人类理解的技术，但是只要人类加以努力就一定会超越他们，偃师在西王母等神的代表面前说："将来我肯定能像神一样制造出具有自由意志的机器来。"人定胜天，是小说人物的自信，是作者的价值取向，也是科幻精神的体现。

（3）人的灭亡

人类灭亡是末日来临的后果，末日题材又可分为天灾和人祸两类。天灾的形式多样，有冰河纪元的到来，有地震、火山爆发和综合的灾难性气候，还有地球资源耗尽。这些题材多少带来了警示的效应，也常出经典之作，挖掘在末日时期的人性黑暗是这类题材的闪光之处。人祸就是指由人类实验导致的病毒传播或是物种危机。

当新生代作家的创作日渐成熟，开始驾驭长篇小说时，灾难题材成为他们不约而同的选择。这种对科幻灾难题材的钟情在老一辈作家中是很罕见的，体现出了新生代作家对于传统科幻书写模式的超越与强烈的忧患。新生代科幻作家进行灾难题材的创作既是现实的需求，同时也是科幻作家们的自觉选择：一方面现实的灾难与隐患为作家提供可供书写的题材；另一方面科幻作家主动地由歌颂光明未来转向书写忧患，进一步增强了同社会现实的联系。从用短篇小说反思暴露具体的技术问题到用长篇小说展示末日尺度灾难下的众声喧哗，网络作家的灾难题材写作形成了一定的规模，具有较强的社会批判性，代表了中国科幻小说的成熟。从前的作家写世界上最后几个人的生存状态、精神状态，感知那个时代的人是什么样的，基调是发人深省的。现在可以看到网络作家会将场面扩大，如出现巨大天体撞击地球、宇宙微生物感染地球物种、臭氧层消失、地球磁极倒转这些宏大场面。在给王晋康的《逃出母宇宙》作序时，刘慈欣对灾难的尺度做了这样的区分："按照灾难规模分类的话，大体可以分为局部灾难、文明灾难和末日灾难。末日灾难是灾难的顶峰，在这样的灾难中没有人能够活下来，人类作为一个物种将彻底消失。迄今为止，人类社会所遇到的灾难绝大部分都是局部灾难。"① 网络科幻作品里有描述地磁逆转时的宏大景象，有瘟疫流行，刻画末日级别的灾难或其他自然灾难书写。但人类灭亡或者地球灭亡，就终结了吗？没有，作家们进行了更深层次的思考。《星球逃亡》中就对灾难和人类的关系展开多元化的思考。它将毁灭与重建，死亡与新生，上升到宇宙的高度。颠覆科幻小说的规范，实现反讽与怪诞等多种风格的组合。《地球纪元》的主人公在地球毁灭前夕，将灵魂与电脑融合，开始了流浪宇宙、打怪升级的旅程。

二、外星球和外星人

关于外星球的描述是科幻小说的重大题材之一。对未知世界的探索是我们看到了外星球故事的原动力。

从早期的地底旅行、远洋旅行开始，人们已经不满足于地球上的探索，作者们就努力让人们看到了外星球的故事。旅行是直接发现外星球的方式，当然也有通过外星人视角发现地球的。那些外星球的故事，让我们信以为真。通常他们详细描述外星球的状态及星球间的关系，地球人向外拓展的发现精神在外星球将会遇到怎样的文明碰撞。碰撞肯定存在，对抗也不可避免。描述与外星球生物间的对抗关系是科幻文学常有的，因为如果没有对抗关系，那么和平的外星球似乎与地球也没什么差别了，也不会产生惊险曲折的故事。在关于外星球旅行的科幻文学中，人类将如何面对地球与外星球的关系问题是存在的。首先有没有考虑这个问题，其次是怎么考虑这个问题。我们在《三体》中，就看到了"宇宙社会学"的出现，这正是人类文明在宇宙大环境下处于何种状态的一种想象。

---

① 刘慈欣：《珍贵的末日体验》，王晋康《逃出母宇宙》，成都：四川科学技术出版社，2013 年。

科幻文学从一开始就提出，人类也许不是宇宙中的唯一生命体。为什么要塑造外星人？现代科学提出了人是否是唯一存在的高级生命体的问题。如果高级生命体存在，乐观积极的观点是如果发现有生命体的存在，人类依然是优秀的存在。在这样的思想下，关于其他生命体的想象，什么丑陋、野蛮、动物化种种，都用来突出人类的美丽和智慧。相反，我们无法接受有比我们强大的生命体的存在，因为我们的生命会受到威胁，比我们高等的生物会像我们对待低等生物一样对待我们。

在科幻小说里，以人类作为对照的主体，对应的他者指的是具有高等智慧和自我意识的一切非人的生命体和非生命体，包括外星人、克隆人、机器人等。需要特别指出的是，高等智慧和自我意识是定义科幻他者的必要条件。诸如蝗灾这样的生物灾害，因为行动者遵循生命本能而缺乏一定的自我意识和高等智慧，而不被列入他者入侵型灾害中。外星球经常存在一些外星人或轻微变种的人类。

科幻作家的笔下诞生了许多邪恶狡诈的外星他者形象。韩松的《保护区》里，小熊星人步步为营，先是在月球上建立了基地，进而迫使地球人搬迁到南极，最后小熊星人更是要集体移民到地球上来，地球上将再没有地球人的容身之处，部分地球人将搬迁至小熊星人建立的保护区。韩松没有写到面对外星人的入侵时，人类是如何抗争的。与其说人类的灭亡是因为他者的入侵，不如说是人类的劣根性导致了自身的灭亡。在小熊星人将地球人迁往保护区时，被选中的人只是为自己的中选感到庆幸，全然是自私麻木的看客心理。外星人作为一种未知的存在，它们的善恶无从定论，也许正是由于人性的自私、好战、贪婪，所以才屡屡刻画出侵略地球的外星人形象。外星他者的存在就像是一面镜子，在类似的作品中，作家们试图通过这面镜子来反观自身，批判与反省人自身的缺陷。作家对外星他者的想象跳出了简单的善恶评判，而是基于生存与进化的角度来书写人同外星人的交往。在刘慈欣的设定中，生存是文明的第一需要，物竞天择，适者生存。高等文明基于自身生存的需求对低等文明的入侵不能简单地以道德准则来进行判定。就像狼吃掉兔子却并不觉得这是不道德的一样，在宇宙中，道德是没有意义的东西。"宇宙就是一座黑暗森林，每个文明都是带枪的猎人，像幽灵般潜行于林间。他必须小心，因为林中到处都有与他一样潜行的猎人。如果他发现了别的生命，能做的只有一件事：开枪消灭之。在这片森林中，他人就是地狱，就是永恒的威胁，任何暴露自己存在的生命都将很快被消灭。这就是宇宙文明的图景。"① 在最终永恒的《深空天下》及彩虹之门的《重生之超级战舰》中都有关于宇宙文明的描述，似乎受到了刘慈欣关于宇宙文明的影响，在文明的建构设定中，它们也将高级文明当作威胁，并有更为复杂的文明层级设定。

三、时间

1. 预测

从时间上来看，非现代世界可以简单分为未来世界和历史世界。未来世界，讲的就是未来发生的事情，这应该是科幻的主力了。历史世界，就是穿越。虚拟现实类，有平行世界、数字世界、异空间，还有梦境。

关于未来世界的处理有几种方式。一是作者在编造的故事中只是暗含着时间上是在未来发生的、有着一段距离的未来，但这个未来并未被想象得很遥远，或者干脆是可能发生在我们周围一样，但是完全是另外一回事。时间的移动是暗含的，作者没有明确地表达出来，这是为了表现一种故事的真实性。在旅行类故事中，常常力求奇遇与逼真效果之间的平衡。

二是发生在别处的故事，不是发生在将来，而是在别处。预示了今后的科学和技术状况的机会，而假设一些其他人所不具备的能力。

三是作者或者故事的叙述者所处的时间明显处于阅读时间之后。即不久后所称的过去了的时期。无论哪种形式，都暗含了一种预测。

从时间的尺度来看，科幻小说的环境描写同样具有多样性的特点。借助时间机器，科幻小说自由地穿梭于过去、未来的时空。以《红色海洋》②为例，这是一部关于中国的历史、现实和未来的长篇科幻小说。小说分为四部：第一部以"我们的现在"为总标题，实则叙述了在遥远的未来核战争毁灭了陆地生态系统，人类被迫改造自身移居红色海洋。小说的第二部和第三部以"现在"为支点，逐步回溯了红色海洋的由来。而最后一部"我们的未来"讲述的却是中国过往的历史。过去、现实与未来的交错，小说以其特殊的视角去诠释历史，想象未来，甚至赋予时空的转换以深刻的象征意义。

中国科幻小说的"时间旅行"在时间上，不同于西方科幻的过去—现在—未来—现在—过去这样的往复模式，中国的科幻小说基本上是过去—现在—未来这样的单向叙事，少见反向的时间叙事。

---

① 刘慈欣：《三体Ⅱ：黑暗森林》，重庆：重庆出版社，2008年，第446页。
② 韩松：《红色海洋》，上海：上海科学普及出版社，2004年。

刘兴诗的短篇小说《雾中山传奇》讲述了考古学教授驾驶外星人留下的时间飞行器回到古代考察南方丝路，并向全世界证实了开始于成都的南方丝路是同构中西方文化的最古老通道。故事中利用回溯历史的"时间旅行"的方式，其实也是科幻小说最经典的叙事模式之一。

2. 时间悖论

科学幻想是置于时间维上被人们所理解的。我们对于幻想的真实性、可能性有疑惑。有些作家将时间当作中心题材，甚至是故事的主题。关于时间的旅行，科幻首先要解决一个技术难题，那就是时间悖论。

1895 年，科幻小说家威尔斯的著作《时间机器》曾给人们带来关于时间旅行的大胆猜想。这本书被称为利用科学进行时空旅行题材创作的科幻小说的开山鼻祖。在当时及以前时间旅行都会被别人看作"不切实际的幻想"。而在 10 年后也就是 1905 年，爱因斯坦的狭义相对论的发表，则从科学上让这些幻想变为了可能。爱因斯坦的狭义相对论首次提出：时间是相对的。并推断：如果人以接近光速旅行，那么时间对他来说就会停滞。狭义相对论的理论是可以飞越未来，但是不能回到过去。因为当在物体接近或等于光速的时候，时间有可能只很慢或者是静止的，不可能使时光倒流。又过了 10 年也就是 1915 年，爱因斯坦提出广义相对论，第一次将时间与空间合并在一起了。广义相对论提出了虫洞（爱因斯坦罗森桥）的概念。时空隧道是在一个引力场下能变化的一个东西，当空间折叠之后，空间折叠的两点中间打开一个洞相通的话，就可能走一个空间的捷径——虫洞。可以说，爱因斯坦在理论上证明了飞越未来是可行的。但随即而来的疑问则很多，比如如果我们回到过去，自己杀死了自己的母亲或外婆，那我从何而来？这种混乱的逻辑在科学界中被称为"外祖母悖论"。[①] 对于"外祖母悖论"，物理界产生了"平行世界"（也叫"平行宇宙"）的说法。这个时候"外祖母悖论"就有了合理的解释：一个人可以回到过去杀死自己的外祖母，但这将导致世界进入两个不同的（历史，或者说时间线）轨道，一条中有那个人（原先的轨道），而另一条中没有那个人。根据平行世界的理论，每当记录下一个观测结论或者做出一个决定时，就会出现一个道路分支。当然，世界进一步的分类发生在量子层，即使原子中的一个电子从一个能量级变化至另一个能量级，或者说两个电子自旋的方向不一致也会导致不同的可能性发生，而所有不同的可能性分裂出一个宇宙。由于时间悖论的存在，通常我们认为由于时间是单向性的，我们无法回到过去，或者

---

① 根据百度百科相关资料整理。

说哪怕能够回到过去，也不能对历史有任何干涉。遵循逻辑或者不遵循，彩虹之门的《重生之超级战舰》在三维生物还未进化为时间维度的生物的某级文明里面的设定是速度改变时间的流逝。这种设定的产生有一定的科学根据，但通过以上的硬道理的分析，可以发现其仍然是不合理的，但对于推动故事情节发展还是有效的。

第四节　网络科幻小说的产业价值

与世界科幻小说商业化状态相比，中国目前科幻和商业的关系显得相当疏远。中国科幻的长足发展，不能单纯依靠几个杂志社和出版社的出版，也不能单纯依靠几个科幻小说家的创作，它需要商业这只大手的推动。

要大力发展和推动网络科幻小说的创作。网络科幻创作可以吸引科幻小说读者。实际上在中国现有的网络小说平台上，科幻类小说的点读率远低于玄幻、武侠等类。要发展网络科幻小说创作，首先要研究什么人最喜欢网络科幻小说。他们也许是游戏爱好者，也许是从纸质科幻小说那里被吸引来的读者。无论如何，喜欢想象又不愿意无边际地胡思乱想，追求新奇又要有逻辑地推进的人，是网络科幻小说最铁杆的粉丝。了解网络科幻小说的读者群的追求，充分发挥网络科幻小说的特点，就能壮大网络科幻小说的读者群。基于网络科幻小说与玄幻小说、魔幻小说等有相似或者跨界之处，网络科幻小说还吸引了一部分玄幻小说、魔幻小说等其他类型文学的爱好者们。一种文类火与不火，和读者跟风多与不多有很大关系，当代中国的科幻小说最需要的是读者，网络科幻小说的发展与壮大是吸引读者的最佳途径。

科幻小说是世界文化产业链的先锋。美国的科幻产业链成就突出，从科幻期刊、科幻畅销书到科幻影视、科幻周边产品一路发展而来，该发展模式很值得中国的科幻产业借鉴。中国科幻产业需要公共服务平台，至少应该包括科幻产业研究基地、科幻产业联盟、科幻产业交流机制、科幻产业支持机制、科幻产业促进机制等组织机制。通过论坛凝聚众多专家、学者和企业家的智慧、经验，推动中国科幻产业的繁荣和发展。建立中国科幻小说产业公共服务平台，需要重视网络科幻小说的创作与作品。当下中国有已达世界水平的科幻佳作，例如刘慈欣的《三体》；有世界一流科幻小说作家，例如刘慈欣、王晋康和韩松。尽管如此，人们在论述中国科幻小说创作时总是认为中国科幻小说的创作队伍太小。如果我们将视野扩大到网络科幻小说中去，这样的认识就会有所改变。网络科幻小说写手是中国科幻小说巨大的作者群，他们的很多作品的水平并不低于那些纸质小说。更为重要的是网络科幻小说的创作活力极为强盛，它们是中国科幻产业链中的最佳资源。问题是中国网络科幻小说却得不到评论界的承认，即使在科幻小说创作的圈子里也很少人认可。正因为这样，与网络小说其他文类相比，网络科幻小说很少被出版社筛选出纸质出版，几乎没有被改编成影视剧，当然就更谈不上那些网络科幻小说的衍生品了。当下中国纸质科幻小说创作与网络科幻小说创作互不联系，各自努力，各自呈现。网络科幻小说的写手基本上处于自生自灭的状态。对网络科幻小说视而不见，受伤害的不仅仅中国的科幻小说创作界，还有中国文化产业链。

第五节　代表作品分析：天瑞说符的《死在火星上》等

我们这里选取的代表作品，实际上是几部重要的作品。

一、天瑞说符的《死在火星上》

《死在火星上》是首发在起点中文网的网络科幻小说，作者为天瑞说符。2018 年 11 月，这位航天专业科班出身的作者，开始在起点中文网上写作这部看似幽默欢脱，骨子里却十分正经的硬科幻小说。经过半年的笔耕不辍，现在已有 46 万字，未完结。

本书写了一个看起来让人十分绝望的故事。公元 2052 年，主角唐跃在登陆火星的历史时刻，发现一个严重的问题：地球消失了，我们人类生存和繁衍的母星，就这么平白无故地不见了！在经过一段时间的怀疑之后，唐跃只能接受这个现实：自己已经是最后幸存的人类，而且还要在残存的生活物资用完之前，在火星上找到让自己持续存活下去的办法。

还好，唐跃并不是全然孤独的，在他身边还有一个智能机器人"老猫"。老猫设定是智能程度很高，他无论是思维、情感还是表达，简直就跟真正的人类没什么区别，甚至话痨程度比唐跃还厉害。不过老猫毕竟不是人类，所以他有着极度理性认真的一面，他的客观理性和唐跃经常凭借感性而起的"作死"之间的矛盾，是本书最大的冲突爆发点。

网络文学评论家安第斯晨风说过："从一名科幻读者的角度来看，《死在火星上》一书是相当令人惊喜的科幻网文新势力，作者用太空版《鲁滨孙漂流记》式的写作方式，描写了两人一猫在生存绝境下的努力挣扎，用尽体力和脑力使用科学手段来超脱困境，战胜一道道难题，极具科幻小说独有的美感。不过美中不足的地方可能在于，为了照顾网络读者的阅读口味，作者不得不加入了大量细微动作和心理描写，某种程度上减慢了故事进程。将来如有机会出版，最好能做一下删改修订工作。"①

　　除了男性主人公和机器人之外，还有一名女性角色。作者没有完全断绝人类繁衍的希望，因为他在书中还让一位名叫"麦冬"的女性航天员和唐跃一起存活了下来。然而好事多磨，麦冬漂浮在轨道高度距离火星地面400公里的宇宙空间站里，在独自一人驾驶又缺乏地面支援的情况下，想要顺利降落和唐跃会合，几乎是不可能完成的任务。而且更关键的是，空间站中的生活物资只能支撑麦冬存活三天。这不由让人想到了同样是存活在孤单星球的科幻小说《火星救援》。与之相比，火星上只剩下一个人，跟剩下两个人和一个机器猫是完全不同的。因为这样会带来一个人性和伦理上的巨大难题：主角要不要牺牲自己的一半资源去供给对方，以保留延续人类文明的可能？但是很显然，作者并不想在这方面多做探究，他让主角唐跃干脆利落地把一半生活物资用飞船送到了空间站，完全不顾老猫的理智提醒。正如老猫在书中所说的："人真是一种复杂的动物，你们有时候居然不以生存下去为第一要务，这是可耻的背叛。"这牵涉到了较复杂的伦理问题。如果是一般的玄幻小说，这个故事讲到这里也就可以了，毕竟主角已经痛快地选择了人性的光明一面，就不要再折磨他了。但是本书偏偏不是，正如书中所说："他们要在无人监控和引导的情况下，在铺天盖地的沙暴中发射一艘无人货运飞船，然后让这艘无人飞船自己找到空间站，完成交会和对接，而且只允许失败一次。"

　　更何况，即使对接成功了，主角唐跃仍然要想尽办法在火星上改造自然环境，种植地球植物，甚至还要把火星改造成可供人类生存和繁衍的伊甸园。唐跃面临一个又一个几乎不可能完成的任务，但他又不能不去完成，这也正是本书的主基调：每一个生存任务环节都真实到让读者怀疑世界，始终存在渺茫的希望，只有拼尽全力才有机会被幸运女神垂青。

　　或许是为了冲淡小说中直欲压垮读者的巨大生存压力，作者有意识地增加了许多网上的幽默搞笑段子来调节气氛，书中时常能看到当下最红的网络流行语。话痨机器人老猫堪称书中的搞笑担当，他絮絮叨叨地用犀利的吐槽和无厘头的问答带给读者一种欢脱的感受，有时候还会显得十分蠢萌，比如这段：

　　"唐跃你帮我看一下，为什么宇航服的拉链拉不上了？"

---

　　① 安迪斯晨风：《〈死在火星上〉评论》，《星云科幻评论》，2019年6月号（总第1期）。

唐跃扭头看了一眼，说："因为你的充电线没拔啊。"

老猫充电充得太忘我了。

在角色塑造上，作者似乎没有特意去写出老猫跟人不一样的性格特质，只是偶尔会让他作为热血青年唐跃的陪衬，显示出其更加理智冷酷的一面。或许在作者的眼里，唐跃和老猫本来就是一体两面，分别代表了这位幸存者不同的人格侧面而已。

二、彩虹之门的《地球纪元》

《地球纪元》是彩虹之门所创作的一本长篇科幻小说。作者彩虹之门，河北邢台人，1990 年出生，计算机系毕业，中国新生代科幻作家。2013 年 7 月开始写网络小说《重生之超级战舰》，2015 年 7 月开始写《地球纪元》。彩虹之门的小说文字简洁而具有震撼力，擅长创作波澜壮阔的宇宙史诗，深度描述了在人造生命、宇宙灾难、费米悖论、机械危机等种种危机面前挣扎求生的人类未来史。《地球纪元》截至目前完结了 4 卷故事，总字数也不过是一百多万字，从故事结构上来看较一般网文明显精练不少。

从文字出现在人类文明之中开始，伟大的人类文明就开始了传承，并发展出了光辉灿烂的文化。但这个宇宙不是为了人类而生的，人类文明注定会遇到一个又一个的挑战，遭遇到一个又一个的危机。生命在宇宙中诞生的那一刻开始，就注定要与这宇宙的冰冷意志对抗。浩瀚的宇宙蕴含着无数危机，但人类从不退缩，正是凭借这生命的顽强，人类才能在冰冷黑暗的宇宙中绽放耀眼的光辉。作者就是在《地球纪元》这部小说中假想了人类文明可能会在未来遭遇的四次危机，它们分别是：

第一卷　《太阳危机》

人类无意间创造了可以在太阳上生存的等离子生命体"太阳人"，太阳人在太阳上建立起了太阳文明，太阳文明的发展水平没有地球文明高级，但是发展极快，他们在太阳上建立了防护层，导致辐射到地球上的太阳能量持续减少，地球越来越冷，人类文明遭遇致命威胁……于是，两个"本是同根生"的太阳系文明，为了各自文明的存续，在相隔 8 光分的空间尺度上，你死我活的战争拉开帷幕。这里我们看到人类危机的第一种由"人造人"产生的后果。科幻小说的始祖《科学怪人》就有经典的"人造人"的故事，应该给看过小说或者同名电影的观众留下了深刻的印象。

在这种危机下，主角赵华生被莫名其妙地推上了对抗太阳文明的最前线，他的任务是集中地球资源以毁灭太阳文明，但是他还要巧妙地隐藏自己的计划，因为藏匿于地球的一个太阳人已经在监控他，并随时可能置他于死地。经过一系列波折，赵华生成功骗过了太阳人，用超级激光枪向太阳发送了一串信号，引起了太阳人内部的一系列连锁反应，借助太阳自身的威力全面毁灭了太阳文明。故事的设定和《三体》非常相近，整体语言略显啰唆，故事推进没有惊喜。更重要的是作者在对赵华生对付太阳文明的大招解释上很不清楚，以至在阅读的时候有意犹未尽的感觉。

第二卷　《星辰之灾》

突然之间，星星莫名其妙地一颗颗地消失了。原来是由于宇宙能量的异动，科学家惊恐地发现夜空上的星辰正在一个接一个地迅速消失，此时的人类还不知道他们赖以生存的地球正在坠入一个异空间。仿佛一个人平躺着被慢慢放入一个坑中时，周围景物就会在他的视界中慢慢消失掉，星星在人类眼中的失踪也是同样的道理。在那里，物理定律全部改变，空间物质也极度匮乏，一旦地球彻底坠入异空间，等待人类文明的将唯有灭亡一途。人类必须在夜空中的星星全部"熄灭"之前找到拯救地球的办法。这次的危机属于宇宙灾难系列，例如科幻电影《天地大冲撞》，该片讲述了一颗彗星将要撞击地球，灾难无法避免时，政府实行了最后的"方舟"计划，拯救地球的故事。

这一次解救危机，挽救地球的命运落在了赵兰和李云帆身上，他们想到的办法是用巨大的能量爆发再把地球炸回去，能量的来源来自于小型黑洞的湮灭，这一卷对所用大招的解释也比较牵强，而且主人公和几个配角"玛丽苏"气质比较明显。

第三卷　《时间旅行》

人类的地球文明得到极大发展之后，始终未能打破恒星际航行的限制，以至于资源开始短缺，人类为了争夺有限资源不可避免地产生战争，又到了地球文明生死存亡的紧要关头。

这次的危机如同科幻电影《星际穿越》一样，地球已不适合人类生存了。这就牵涉到了"费米悖论"，该理论在许多科幻作品中都是一个绕不开的大山，几乎可以说，只要能想到一个点子来解释或部分解释"费米悖论"，那么一部科幻小说就完成了一半，刘慈欣的《三体》系列就是其中的一个重要代表。"费米悖论"简单来说就是，以宇宙如此惊人的年龄和庞大的星体数量而言，生命应该是广泛存在的，并且是蓬勃发展的，那么理论上来说地外文明应该早已填满太阳系乃至银河系了。可实际情况是，迄今为止我们仍然没有发现地外文明。这很不科学，可又为什么会这样？在众多试图解答"费米悖论"的假说中，有一个很经典的理论——"大过滤器理论"。这一理论又存在着众多分支,从文明的生存环境、繁殖方式,到社会形态、科技发展方向等无所不包。而在《地球纪元》的第三卷中,作者给出的答案就是"大过滤器理论"下的一个极其重要的方向:发展死结。首先,我们要先达成一个共识:人类文明的发展必须是依靠大量的人口,大量的人口就必然会消耗大量的资源。所以,太阳系迟早会被人类填满,太阳系的资源也迟早会被消耗殆尽。在此之前,人类必须掌握跨恒星系航行的技术,否则人类文明将被封死在太阳系,太阳系将变成无边星海中的一座孤岛。然而,因为人类的视野被限制在了太阳系之内,我们无法发现更多的这宇宙的特异之处,无法更好地认识这个宇宙,导致飞船航行速度存在上限。同时,因为飞船航行速度存在上限,所以我们没办法走出太阳系,去获取更多的科技发展的知识。"走出太阳系"和"获取更多的知识"是一对互为前提的事件。这种情形就像是钥匙被锁在了锁上面。要打开锁必须先取下钥匙,而想取下钥匙则必须先打开锁,这就是发展死结。于是,人类通过了一个名为"孤岛"的计划,踏出了恒星际航行的第一步。作为这一计划的唯一实际"执行人"卫风将乘坐飞船以百分之一光速的速度前往比邻星,去寻找打开地球技术死结的钥匙。然而他的旅程将持续差不多1000年……漫长的旅途,千年的孤寂,一切都为了人类文明的延续。小说把人类的生存矛盾、宇宙的漆黑冷酷、文明的挣扎求生等描绘得精细而磅礴,读起来颇具史诗感。1000年以后,卫风到达了目的地,在神秘的建筑中发现了曾经辉煌一时的火星文明,同时找到了火星人留下的大量技术资料。这些技术帮助人类打破了技术枷锁,于是人类的发展开始迈向其他恒星系,整个文明指数上升了一个数量级。这一卷的危机产生理解起来很简单,就是人口增长和资源有限是不可调和的矛盾,为了解决这个矛盾,技术突破是唯一的道路。所以故事的基座比较坚实,尽管作者也没有讲明白突破光速限制实现恒星际航行等技术问题,但如此恢宏的世界观让读者给予了认可,豆瓣评分突破了8分。

第四卷 《恶魔之巢》

现在人类文明拥有了取之不尽的恒星级能源,建立起强大的恒星级的超级舰队,可以说是所向披靡,唯我独尊了。但是好景不长,一个恐怖组织制造出了不受控制的机器人战队,这种机器人的生存策略很简单:不断学习进化,指数级繁殖。也就是说这种机器人能够学习任何先进的知识以完善自己,同时能在几乎无限的繁殖过程中淘汰掉不适宜的进化,简直是人类进化发展的翻版,只是速度要快上很多倍。当人类在恒星系间蓬勃发展的时候,在一个不起眼的星域中,机器人大军终于挥动起"达摩克利斯之剑"斩向人类。星际遍布这种恐怖的机器人，地球所面临的形势岌岌可危。这种危机我们在威尔·史密斯的科幻电影《机器人》中可以非常直观地看到。

在解决危机上面，这次 AI 专家肖云临危受命，他带领技术团队研究了很多种有创意的对付机器人的办法。第一种是在机器人中散布病毒，初期很有效，但是机器人很快就具备了抗毒性；第二种是将机器人带入错误的进化路径，但是机器人每次进化都会保留部分个体维持不变，待发现进化失误后，那些保留的个体依然会继续发展壮大。

> 就在面对机器人的进攻束手无策的时候，肖云祭出了人类的大杀器：欺骗。他想办法让机器人相信太阳等恒星上有大量的资源，去了之后就可以荣华富贵享用不尽，于是无穷无尽的机器人成群结队像飞蛾扑火一样奔向了太阳。因为所有到过太阳的机器人都被烤化了，剩下的机器人得不到任何的信息反馈，他们始终认为那些到过太阳的机器人是进入极乐世界，所以乐不思蜀不愿意回来，于是就继续向太阳飞奔而去，机器人危机就此化于无形。

这一段是第一次危机中进行的彗星撞击计划中的一段描述。理论描述和数值推算，整个情节架构环环相扣，只要一个环节失误，整个故事就不成立了。这种高强度网文居然以连载形式发表，作者水平可见一斑。

首先，它不硬，虽然是一本科幻小说，大家都可以看懂。对一些物理知识及逻辑推理，作者都进行了认真的解读。作者加入了很多新奇的点子，比如从地球到月球，还是大炮发射上去的。

其次，一流的构思和情节。其中还写到类似黑暗森林对"费米悖论"的解释。故事的发展类似经典侦探小说，使用倒叙手法，先出结果，再层层解密。在阅读的过程中可以感受到作者埋的伏笔，过程娓娓道来，没有突兀的感觉。

再次，小说并没有套路化的情节，让人也猜不到小说故事的走向，比如太阳危机中的等离子生命体的监视，第二卷的弯曲空间，第三卷的死结，第四卷无解的可以无限繁衍的机器人。然后，作者在每一卷中都提出了不同的破解方法，很像《三体》中破壁者应对三体人入侵的各种方法，本来每一种都可以让人觉得合理且可行，可是作者还是用逻辑证明不可行并提出更好的方法。不得不说，这种构思是很费脑袋的，让读者带着思考进行阅读。

最后，人物刻画生动。赵华生、赵蓝、卫风、肖云，分别是四卷的主人公。作者渲染得恰到好处，没有太多的抒情，只是用细节描写和侧面描写来突出主人公的精神。比如卫风，在几百年孤独的航行中，只有人工智能陪着他，最后他一个人留在火星进入长眠。虽然要忍受这种深沉的孤独，但是为了找到解除人类死结的办法，卫风仍义无反顾。作者在航程中都是很直白地交代事情，可是这才能让人感觉到卫风的孤独。对卫风始终没有什么情绪描写，但是后来卫风对火星的人工智能说再见，然后卫风回到地球和叶落说："就让我们一直生活到生命的终结"。细腻的情感表达，达到了文学性上的高度。这种文学性还体现在作者强烈的人文关怀上。作者在第一卷中说他喜欢写大团圆结局。作者四卷中都是一个人解救世界，但是和美国的英雄主义不同。这是科幻小说，必须在合理的基础上构思，幸运的是，作者做得很不错，危机的发生、处理、解决办法、其中的矛盾等设定极为出彩，剧情环环相扣。

小说的结构十分巧妙，剧情设置也是悬念重重，赤红之心号和倒数第二章的部分更是让人印象深刻。第一部的主人公赵华生不单纯是一个英雄、伟人、拯救者，而是堪称圣人。他原本是研究所中较为平凡的一位，却因为有着常人所没有的意志力才能担此重任，尤其是之后佯装被人类文明所背弃决心自立门户，被世人所咒骂、愤恨、侮辱等，也无法改变他一丝心意，哪怕自己的恋人也因此遭受牵连，哪怕被最亲爱的战友所误会，哪怕被折磨致死，也不变更心意，堪称圣人了。

说《地球纪元》是硬科幻，是指其主要情节是以科技为线索来进行推演，并不是指科技原理足够靠得住，也不是指真的有什么理论推导。比如，原文写道："我们可以选择性地遮挡彗核的某一个部分，让阳光无法照射到它这里，彗核被遮挡部位的气体便也无法升华，无法喷射。与此同时，未被遮挡的部位则仍旧进行着气体喷射，这就会让它本身获得改变轨道的力量。这样一来，通过遮挡彗核不同的部位，我们就可以按照我们的意愿来操纵彗核的前进轨道。"这描述是不靠谱的。彗星的气体不是喷射出来的，而是散逸出来的，没多大反作用力。彗尾的形成，主要靠的是太阳风的作用。所以，原文所描述的方法，其实不会对彗星轨道产生什么影响，顶多相当于用嘴向后吹气，来给汽车加速。这段错了，其前后的很大一段情节也就靠不住了。

对我们人类而言，宇宙从来都不是充满善意的。对宇宙而言，人类又从来都不是强大的。但从数百万年前，原始智人第一次仰望星空开始，渺小的人类对神秘的宇宙的探索就一直没有停过。无论是因为根植于基因的好奇心作祟，还是为了人类文明的发展与存续，人类都势必要冲出太阳系，冲出猎户臂，冲出银河系……成就属于地球的纪元。然而，这些都需要几代人、几十代人甚至几百代人的传承和奋斗。

同样是彩虹之门的作品，2017 年 11 月，小说《重生之超级战舰》获得中国科幻"银河奖"最佳网络文学奖。与《地球纪元》的篇幅相比，《重生之超级战舰》是有 300 多万字的"鸿篇巨制"。与《地球纪元》类似的是，男性主人公萧宇在地球毁灭的前一个星期，将自己的灵魂和一艘星际飞船的主控电脑融合在一起，抢在地球毁灭之前逃了出去。和电脑融合之后，萧宇在拥有电脑强大计算力的同时，也拥有着身为人类的强大创新和探索能力。于是，萧宇所栖身的简陋的星际飞船，开始了不断的进化，从化学发动机进化为核动力发动机，又从核动力发动机进化为正反物质湮灭发动机，体积和质量也开始不断增大。随着科技的不断发展，萧宇也开始尝试打造一支集攻击、防御、探索、登陆、采集等多功能为一体的真正星际超级舰队。同样的升级模式，在《重生之超级战舰》中有更宏大的文明设定。暗物质，反物质，超新星爆文明可分为九个级别，其中，一至三级为低级文明，四至六级为中级文明，七至九级为高级文明。科技文明、机械文明的等级划分标准：一级文明：在行星内发展的文明；二级文明：可以在恒星系内航行的文明，拥有核科技；……九级文明：对某一方面规则研究到极致的文明，可以开创宇宙。如果说大部分科幻小说只是用科幻的手法来写小说而已，只是一种手段，这本书就是把科幻当作内核。从《重生之超级战舰》的九个级别的文明设定就可以看出，整个故事的发生发展都是在很"科幻"的设定中进行的。如同美国科幻巨匠弗兰克·赫伯特《沙丘》系列一样，创造出了与现实世界截然不同的世界，可以说是很有野心的一部作品了。

第六节　网络科幻小说发展困境

相对于其他类型文学来说，科幻小说准入的门槛比较高，对创作者和读者的科学技术素养有着较高的要求。这不仅提高了科幻创作的门槛，也加大了科幻接受的难度。科幻研究学者吴岩认为中国科幻文学冷热差距大的原因有五个方面：一是"读者对科幻文学的需求越来越大，创作人数却非常少"；二是"优质作品还是奇缺，没有形成良性的作品成长机制"；三是"整个社会对科幻文学不是很了解"；四是媒体变革带来的科幻文学创作与传播的转型，科幻文学的游戏、漫画和影视改编难度较大，接受面窄，限制了这一文类的长足发展；五是"科幻文学本身是一个衰落的文学"①。

第一，网络科幻小说的现状是在体量庞大的网络文学生态链中的影响力小，被称为精品的数量很少，作者数量相对来说也少。究其根本要追溯到整个科幻文学上去。中国传统文化母体中逻辑思维、科学精神缺位。"中华民族是一个以善为美重现实生存的民族，'子不语怪力乱神'，所以，在中国久远的文学长河中，一向缺乏将科学精神与文学精神结合为一体的文学，一向缺乏对世界充满科学幻想的文学。"② 因此，中国的文化语境和思维特征对于以分析、知解、理论为特点的自然科学的产生很不利，所以我们可以看到当西方产生牛顿等一大批影响世界文明进程的科学家的时候，中国的学者们正埋头于义理、辞章、考据之中。科学思维与精神在中国的被冷落、被边缘化，很大程度地抑制了科幻小说的产生和发展。关注现实生活的文化内驱力和崇尚务实的态度，以及一以贯之的道义精神和叙事伦理让中国作家不愿承受不切实际的幻想可能带来的风险，让他们不大可能放弃现实世界鲜活生动的生存景观而去追寻虚无缥缈的"乌托邦"幻想。"《三体》《地铁》《天意》《彼方的地平线》等成功地将灵动飘逸的幻想之美和沉稳凝重的现实关怀结合起来，体现了中国特色、中国气派、中国风貌和中国精神。这也正是我们用来检视当下网络科幻小说创作、传播和接受最根本的现实境遇和理论起点。"③

第二，从传统科幻文学中剥离出来的网络科幻文学创作乏力、佳作难出的根本原因在于科幻叙事的"技术壁垒"及其对创作者、接受者科学技术素养的高要求。追求"娱乐至死"、拒绝"深度凝思"、倡导"快餐消费"的文学接受语境，加大了网络科幻作家、作品和读者群体产生的难度。对于科幻小说作家来说，除了基本的人文素养之外，超越常规的科学统筹思维和专业前卫的理论创造能力也是必备的素养。科幻小说的故事情节必须建立在逻辑自洽的科学理论基础之上，而不是不切实际的幻想。对于创作者来说，很好地将上述素养有机结合起来，在操作层面极其困难，特别是对于那些"受到网络生活的浸染"并通过各种网上虚拟生活的建构来"曲折投射出网络时代的生存体验与文学想象"的"80后""90后""网代"作家来说更是如此④。创作门槛的限制让更多的作者自动选择风险指数

---

① 林品：《中国科幻文艺的现状和前景》，《文艺理论与批评》，2016 年第 2 期。

② 赵红玉：《科幻文学·编者手记》，《名作欣赏》，2013 年第 2 期。

③ 鲍远福：《新世纪网络科幻小说的现实境遇与中国经验》，《中州学刊》，2018 年第 12 期。

④ 黎杨全：《虚拟体验与文学想象——中国网络文学新论》，《中国社会科学》，2018 年第 1 期。

较小的类型和题材，而对科幻小说敬而远之。从接受者来看，如果没有很好的科学素养，也很难理解科幻小说家所建构的怪异的想象性世界。科幻小说的创作不仅是一种人文情怀的折射，更是一项技术含量较高的话语实践。创作、传播和接受的断裂，让科幻小说文体在意义生产、传播和接受过程中脱节，科幻小说的价值和意义被忽略，正是这种无奈现实的必然结果。

第三，网络科幻小说在内容、题材、叙事和情节的小众化、严肃性与精细化特征使其无法像其他类型网络小说那样，具有"碎片化""爽文式"和"治愈系"的消费接受需求。"科幻小说既不是简单的'科技奇观'，也不像科普作品那样严格地遵循科学技术逻辑，而是融合了虚构要素的'非虚构创作'。"① 这种创作方式需要作者和受众横跨迥异的时空和认知关系，在文本的肆意狂想中制造某种"跨媒介""超越性"的审美经验。在中外科幻文学史上，能够真正对科学技术有切身体会，并能将这种体验书写出来的作者，绝大多数都出身于技术专业。科幻作家对前沿、尖端科技的重视，则对科幻读者做出了更细致的筛选。"20世纪90年代以来的科幻文学不能被简单地解释成对当下现实的想象性重构，在关于'科技'和'未来'的叙事中，聚集着众多当代的认同焦虑。"② 在追求高效率的消费语境中，网络科幻小说这种在"小众圈子"中顾影自怜的品格当然不讨喜，其价值意义被忽视也不难理解。

---

① 鲍远福：《新世纪网络科幻小说的现实境遇与中国经验》，《中州学刊》，2018年第12期。
② 陈舒劼：《想象的折叠与界限——20世纪90年代以来的中国科幻小说》，《文艺研究》，2016年第4期。

青春言情小说

青春，是每一个人深藏于心的记忆，它有关成长与梦想，有关友情与暗恋，有关遗憾与疼痛，有关一切或疯狂、或感动的年轻故事。在这些故事中，有"70 后""80 后""90 后"甚至是"00 后"的影子，是所有曾青春和正青春的人们共同的记忆。在如今人们普遍感慨时间飞速流逝的时代，他们常常缅怀过去的岁月，祭奠逝去的青春，试图在对过去的追忆中找寻到些许安慰，以此弥补现实生活中的遗憾。

第一节　溯源

青春言情作为网络言情小说中独具特色的类型之一，它是对传统言情小说和当代青春文学的继承与新变。

一、传统言情小说

爱情自古便是文人们热衷书写的主题，中国早期文学《诗经》首篇《关雎》描写的"窈窕淑女，君子好逑"式的美好爱情，以及《静女》中"爱而不见，搔首踟蹰"的焦急等待，《蒹葭》中"所谓伊人，在水一方"的心之向往等都表现出人们对于浪漫爱情的追求和渴望。在《古诗十九首·迢迢牵牛星》《孔雀东南飞》以及大量的唐诗宋词中，缠绵悱恻、唯美浪漫的爱情成为书写的主要对象。至今流传的民间故事《牛郎织女》《梁山伯与祝英台》《白蛇传》等则是跨越种族、跨越生死的具有传奇色彩的爱情故事。在古典文学中，从唐传奇、"三言二拍"，到《聊斋志异》乃至《红楼梦》，爱情也一直是被歌颂的主题。到了民国时期，以周瘦鹃、张恨水、徐枕亚等人为代表的"鸳鸯蝴蝶派"专注于编织"才子佳人、旷男怨女"的爱情故事。而于 20 世纪 60 年代在中国港台地区掀起的言情小说风潮，更是对之后网络言情小说的发展产生了深刻的影响①。所以在网络青春言情小说中，我们仍然可以看见在琼瑶、席绢、亦舒等人的言情小说作品中体现出来的爱情理想化、人物完美化、语言典雅化的创作模式。尤其是曾经在中国言情小说史上留下浓墨重彩的琼瑶，她推崇爱情神圣至上的言情小说为读者们筑造了一个浪漫理想的爱情王国。但在新时期，多种文化的交融以及多种社会现象的冲击，使得中国港台传统言情中编织的完满纯美的爱情童话已不再满足当下人们的心理需求，网络写手们转而创作更能体现现代男女爱情状态与爱情追求的言情小说②。在这样的背景下，以青春言情为主题的校园言情和都市言情小说应运而生，并受到众多年轻读者的追捧。

二、当代青春文学

我国改革开放之后，社会主义市场经济的发展带动了一批作家尤其是通俗文学作家们进行商业化创作的追求，青春叙事成为一个非常重要的卖点，从而诞生了"青春文学"。1989 年中国青年出版社出版的作品集《朦胧的碰撞》一般被看作中国当代青春文学的首部作品，但当时政治风波的因素使刚刚流行起来的青春文学又陷入了一段沉寂期。直到 1996 年高中生郁秀的处女作《花季雨季》的出版才使青春文学作品逐渐崭露头角并走上成功的道路③。20 世纪末，一批"80 后"青年通过"新概念作文大赛"逐渐崭露头角，如韩寒、郭敬明、七堇年及张悦然等人，他们专注于通过狂放不羁、个性张扬、明媚忧伤等风格的笔触记录他们一代人的青春，作品的"创作题材集中于青春校园的情感故事，创作观念具有先锋和反叛的天然气质，创作语言新颖多变且形式感极强，创作群体与接受群体具有一定的身份耦合，以青少年为主体并不断呈现低龄化的趋势"④。这种创作风格已然成为青春言情小说及其他网络文学的重要特征。

---

① 周文萍：《从琼瑶小说到网络言情小说》，《中国文艺评论》，2018 年第 1 期。

② 张萱：《网络女性言情小说初探》，河北师范大学硕士学位论文，2012 年，第 13 页。

③ 张幸：《消费社会语境下当代青春文学商业化现象研究》，西安外国语大学硕士学位论文，2018 年，第 10 页。

④ 谭苗：《当代青春文学的时代特征、叙事主题及视角研究》，《中国文学研究》，2017 年第 1 期。

第二节　发展

　　随着我国互联网技术的发展，网络与数字媒体的光芒逐渐掩盖传统笔墨纸砚的色彩，年轻的作家们纷纷转身进军网络写作平台。在众多网络文学作品中，青春言情小说以一种回想青春、追忆流年的特殊叙事风格成功吸引了众多年轻读者尤其是女性读者的眼球，尤以小说中感伤的情怀触及人们那柔软的内心，使读者感念过去，珍惜眼前，期许未来。这是青春言情小说能够带给读者们最为简单、质朴的感受，也是它作为一种文学样式存在的价值。我们现阶段对于青春言情小说尚未有一个明确的定义。欧阳友权先生认为，青春言情是指内容时尚，一般以青春少年为主角的爱情作品[①]；还有人认为青春言情小说是以校园恋情、青梅竹马、理想之爱为写作内容的小说类型[②]；在众多文学网站中，言情小说类型又常包括青春或校园言情这一子类型，如红袖添香中言情小说包括青春校园类型、言情小说吧中包括青春·校园类型以及忽然花开文学网设置的青春校园一级栏目等。所以，从众多学者观点或文学网站的类型划分来看，我们大致可以认为青春言情小说是以纯真校园爱情为主、又不可避免地会涉及"后校园"时期的写作内容的小说类型。

　　1998 年蔡智恒发表的《第一次的亲密接触》被看作一部具有代表性也最具影响的中文网络小说。这部小说讲述了网名为"痞子蔡"的水利系男生和网名为"轻舞飞扬"的外文系女生的网恋故事。轻舞飞扬被痞子蔡在网络上写的一个打油诗性质的"plan"吸引，并主动发电子邮件给痞子蔡表达对他的赞赏。而自称"纯情少男"的痞子蔡对轻舞飞扬的这一行为感到意外而又惊喜，他同样对电脑屏幕后面的人感到好奇。因此，轻舞飞扬和痞子蔡开始了他们的网络邂逅。在网络世界一段时间的心灵倾诉和精神慰藉之后，他们走向了现实生活，开始见面、约会。但唯美浪漫的恋情刚刚开始，轻舞飞扬就突然消失了，从她留下的电子邮件中，痞子蔡才得知她患上了名为"蝴蝶病"的绝症。所谓的"亲密接触"，小说中共提及三次：第一次是他们首次见面喝咖啡干杯的时候痞子蔡接触到了轻舞飞扬的手指，第二次是他们首次正式约会那天痞子蔡拉着轻舞飞扬的手去避雨，在同一天晚上轻舞飞扬帮痞子蔡擦香水是他们第三次的亲密接触。纵观他们仅有

---

　　① 　欧阳友权：《网络文学普查（2009—2013）》，北京：中央编译出版社，2014 年，第 39 页。
　　② 　张萱：《网络女性言情小说初探》，河北师范大学硕士学位论文，2012 年，第 11 页。

的三次亲密接触，读者似乎看不见任何"过瘾之处"，其实都非常纯净，故事内容也显得过于俗套，不过，20 年后的今天，人们再次回味这部小说的时候仍心有悸动，为什么？究其原因，主要有以下三个方面：

一是幽默、搞笑、夸张的语言风格。《第一次的亲密接触》极具风趣的语言特色给读者们留下了深刻的印象，如痞子蔡在打油诗性质的"plan"中所说：

> 如果我有一千万，我就能买一栋房子。我有一千万吗？没有。所以我仍然没有房子。
>
> 如果我有翅膀，我就能飞。我有翅膀吗？没有。所以我也没办法飞。
>
> 如果把整个太平洋的水倒出，也浇不熄我对你的爱情的火焰。整个太平洋的水能全部倒得出吗？不行。所以我不爱你。①

他用理工科学生惯用的逻辑思维来表达简单的事情，达到幽默风趣的效果。

二是注重于细节处刻画人物形象。互联网是痞子蔡和轻舞飞扬交流的主要平台，所以作者在小说中对他们网络聊天的内容描写得极为细致。无论是探讨"网络邂逅"的话题，还是准时在深夜三点一刻开始的聊天，都表现出痞子蔡的搞笑风趣和轻舞飞扬的美丽智慧。同时，小说还通过痞子蔡和室友阿泰的聊天内容展现了他们两个对待爱情完全不同的态度，在对比中突显痞子蔡纯情、专一的形象。

三是唯美清新的浪漫情节。"痞子蔡的情爱故事有着纯真的童话般美丽的情怀……在创作中既显示了工科男生的机智，又有着校园文化的清新，与地摊式的情爱描写有本质的区别。"② 小说的故事背景发生在大学校园，充满着青春的气息，尤其是痞子蔡跟轻舞飞扬之间简单纯粹的网恋，像是迎面吹来的清爽春风，令人耳目一新。总体而言，《第一次的亲密接触》能够在较长一段时间内引起轰动，必然有其特殊性，其中最重要的一点便是它作为首部网络小说的开创意义。对于《第一次的亲密接触》的时代意义，有学者就提出，这部作品的渗入和走红使大陆的"文学"和"网络"突破

---

① 蔡智恒：《第一次的亲密接触》，沈阳：万卷出版公司，2008 年，第 1 章。
② 朱安玉：《网络时代的爱情童话——解读〈第一次亲密接触〉》，《当代文坛》，2001 年第 6 期。

了之前"相互观望寒暄的界限",并开始了"第一次的亲密接触"①。

也正是《第一次的亲密接触》中痞子蔡和轻舞飞扬两人的校园网恋带给人们的新鲜体验,影响了一批年轻网络写手们的校园题材作品的创作。

2002年江南在网上连载的小说《此间的少年》凭借其对青春热血的校园生活的描写,在青少年读者中掀起了一阵热议;同年何员外发表青春校园题材小说《毕业那天我们一起失恋》,讲述了何乐和桃子在大学校园纯美纯真的恋情;2003年,孙睿的《草样年华:北X大的故事》以邱飞和周舟的爱情为主线,描写了大学生活众生相,这部被媒体评为"中国十大青春小说之一"的作品曾创下新浪300万点击的辉煌②;上官潇潇的《青春泪流满面》、郭敬明的《梦里花落知多少》、钟昊沁的《北大校花》等青春小说于同年在网上广为流传。在之后的几年时间里,网络青春文学的发展势头仍然迅猛,甚至在影视改编的影响下,一些网络热销的作品更是成为青春言情小说的经典之作。如九夜茴的《匆匆那年》、辛夷坞的《致我们终将腐朽的青春》、顾漫的《何以笙箫默》等作品,它们在经过极具直观艺术感受的影视改编之后,其自身的商业价值和审美价值往往能够得到提升。这些青春文学作品大多受到传统言情小说叙事的影响,描写男女之间的爱情故事,同时也注重通过爱情叙事展现出当代年轻人们独特的生活状态。就目前来说,这类校园青春题材在网络文学中普遍体现出来的低俗化内容和颓靡情绪受到质疑和指责,在现阶段仍被看作一种"比较初级的文学形态"③,其中的文学价值还有待探究。然而,从大众尤其是年轻人对这类题材的网络小说的热烈反响来看,它所代表的时代意义是不容忽视的。在网络校园青春小说中,读者们能找寻到内心强烈的渴望与快感,而这种渴望和快感于很多人而言在现实中又是可望而不可即的。关于爱情,这类网络青春小说毫不忌讳地突出爱情描写,唯美浪漫的初恋,轰轰烈烈的恋爱,又或是蠢蠢欲动的"爱之初体验"。对于校园中青春萌动的年轻男女来说,这些无疑是有着巨大诱惑力的,他们甚至能够从中获得现实生活中所缺失的爱情体验,以此获得快感。关于友情,校园中的人与人之间没有那么多的钩心斗角、尔虞我诈,更多的是朋友之间的肝胆相照、两肋插刀。在不羁的青春岁月中,他们渴望能像小说中的人物一样一起逃课、打架、打游戏、追

---

① 欧阳友权:《网络文学发展史——汉语网络文学调查纪实》,北京:中国广播电视出版社,2008年,第355页。

② 《草样年华》,中文百科:http://m.zwbk.org/lemma/175867,2019年5月10日访问。

③ 洪玲:《为青春作传——评"大学校园青春小说"创作》,《东莞理工学院学报》,2004年第4期。

女生……一起做着所谓轰轰烈烈的大事。关于人生，这类小说极力表现学生对于未来的迷惘，在现实的压力下，他们显得躁动不安，常用激愤的情绪表达对社会的不满。对于人生的迷茫是每个年轻人的常态，读者们能在小说中看见自己的影子，以此获得精神寄托。这类校园题材小说被看作"成人童话"，"很多人在阅读之后都会禁不住感叹曾经的年少轻狂，感慨那些早已丢失而不能再弥补的东西，因此通过这类小说也是个心理补偿和安慰……在阅读这样的'成人童话'时，可以让人再一次走进单纯的校园往事中，走进迷茫又有点胡闹的青春中"①。

　　青春言情小说的出现与一批"80后"作家群有着密切的关系，当时正处于青春年华的他们态度鲜明、个性张扬、气势蓬勃，用清新洒脱的笔风、天马行空的思想展现属于他们年代的青春记忆和成长体验。其中尤以女性作家的创作最为突出，如顾漫、辛夷坞、明晓溪、八月长安、缪娟、九夜茴等。从他们的创作而言，大致可分为以下几种：

一、青春疼痛系列

　　这一系列的小说以青春期的少男少女为主人公，充实着哀伤寂寞，以哀怨的氛围和悲剧见长。懵懂的感情没有甜蜜的结果是青春疼痛系列小说最为突出的特点②。代表作家有饶雪漫、郭敬明等。在那样一个躁动的年纪，除了安安分分在学校读书的"好学生"之外，还有一群泡网吧、打群架、早恋的"问题少年"。青春对于一些人来说，总是带着些隐隐的伤痛，之间没有爱的童话，只有眼泪、伤害和忧伤。饶雪漫在《左耳》中，通过李珥和黎吧啦两个人将那些青春成长中叛逆、义无反顾的"坏女孩"形象展现出来。清纯乖巧却想要变成坏孩子的"小耳朵"李珥义无反顾地喜欢上了优等生许弋，却仍然逃脱不了许弋与他人偷情带来的打击；敢爱敢恨却渴望安稳的辍学歌女黎吧啦为了深爱着的小混混张漾，却在一次意外中丧生。籽月创作的"夏木"系列小说讲述了夏木、舒雅望、唐小天、曲蔚然等人的青春成长历程，他们有爱，也有着更多无言的伤痛。第一部《夏有乔木，雅望天堂》通过夏、舒、唐、曲四人的情感纠葛演绎了一场残酷、虐心的成长经历，曲蔚然一人的出现，直接导致了四个人的命运发生翻天

---

① 洪玲：《为青春作传——评"大学校园青春小说"创作》，《东莞理工学院学报》，2004年第4期。

② "青春疼痛文学"，百度知道，https：//m. baidu. com/sf_ zd/question/1239055860503849619. html？entrytime＝1549679346728&word＝% E7％96％ BC% E7％97％9B% E9％9D％92％ E6％98％ A5% E6％96％87% E5％ AD% A6&ms ＝1&rid ＝12878015494126416050，2019年5月12日访问。

覆地的变化。玖月晞的《你的少年，如此美丽》讲述了小混混北野和口吃女孩陈念之间残酷、疼痛的青春故事，对校园霸凌事件的描写使这部小说整体上充斥着压抑的气息，令人感到些许欣慰的也就只剩下北野和陈念之间那坚不可摧的爱与信任。这些看似荒唐的青春故事，氤氲着哀伤的气息，无不彰显了小说"疼痛青春"的主题。有学者认为，"其中的爱情和成长过于疼痛，已经不具备覆盖大部分人青春记忆的特征"，这种爱情故事和复仇故事脱节于社会现实，远超过了青春校园的故事范畴，无法引起人们共同的青春记忆，反而会对年轻人产生不良的影响[1]。过分渲染青春的残酷确实在一定程度上夸大了事实，但并未脱离现实，我们不可否认的是，在真实的生活里的确有着那么一群"野蛮生长"的少男少女们，他们有着夸张怪异的行为和不为大人们所理解的内心。饶雪漫等"残酷青春文学"作家们的作品看起来像是黑色童话，缺少阳光和色彩，但"再多的疼痛，不过要展示给我们一个最简单的字——爱"[2]。

二、暖萌青春系列

主要是指文笔轻快明丽、故事简单小白的青春言情小说，它旨在制造一个梦幻的爱情童话，圆满是爱情唯一的答案。代表人物有顾漫、顾西爵等人。顾漫"以言情'轻叙事'营造爱情幻想，实现了向纯粹爱情理想的回归，并以对温暖爱情故事的讲述开启了网络言情小说暖萌一派"[3]，她创作的青春言情小说《何以笙箫默》《微微一笑很倾城》和《杉杉来吃》系列小说给我们呈现了理想爱情的模样，并给处于现实压力下的我们以宽慰。暖萌治愈系列言情小说总体特征可以从以下方面来看：一是清新可爱的语言文字。这一类型的言情小说在语言上较为通俗简单，给人以轻松愉快之感。如《微微一笑很倾城》中网游高手兼美女学霸贝微微常常使用"^ - ^" " == " "&gt；o&lt；" "〉o〈" 等一些网络用语，直白亦不失可爱。二是完美理想的人物形象。小说主人公几乎都是作者主观臆想的理想化人物，大神肖奈无论是在网游世界还是现实生活中都是一个男神级别的人物，而贝微微作为网游世界排行榜前十的唯一女性在现实生活中还是计算机系系花，他们这对校园CP无疑是"才子佳人"的组合模式。三是温情圆满的爱情故事。相比"残酷青春"中疼痛且不完满的爱情，"暖萌青春"的爱情则显得

---

① 李湘：《电影〈左耳〉：关于残酷青春的误读》，《电影文学》，2017 年第 9 期。

② 周鸿群：《饶雪漫与她的"青春疼痛"》，《时代文学（下半月）》，2015 年第 11 期。

③ 孙敏：《轻逸的"暖萌"网络言情小说》，周志雄，吴长青主编《中国网络文艺作品评论选》，北京：中国社会科学出版社，2017 年。

单纯浪漫得多。比如，金钱、家庭、第三者等现实的因素在贝微微与肖奈两人的爱情中早已被淡化，小说试图以此给人们传达一种纯粹爱情的理念。当然，此系列言情小说由于融入作者太多主观幻想的因素，常被指责"情节过于简单""故事太过直白"等，容易导致大众审美情趣的降低。但2019年暑期档热播剧《亲爱的，热爱的》掀起的热潮，却反映出甜宠模式在当下仍有众多忠实的追捧者，原著小说墨宝非宝的《蜜汁炖鱿鱼》在荧屏之下也越来越受关注。作品中少年班学霸佟年和电竞天才韩商言甜蜜又软萌的恋爱，吸引了大批读者的喜爱。正是这些幻想出来的纯粹完美的爱情，才使得读者从中获得更多的满足感和幸福感，以弥足现实生活中爱而不得的遗憾。

三、暖伤青春系列

"暖伤"系列是指既温暖又带着点感伤，希望与忧伤相交织的青春言情小说①。相比"疼痛青春"的悲伤结局和"暖萌青春"的唯美浪漫，"暖伤青春"是青春在经历伤痛之后仍能看见希望的曙光，透出丝丝暖意。当然，这几个系列分类并不是截然对立的，它们都或多或少存在一些交叉的部分，但在总体上而言，它们都有一个比较明显的风格类型倾向。辛夷坞在晋江文学城连载《原来你还在这里》《致我们终将腐朽的青春》《山月不知心底事》《我在回忆里等你》等多部青春言情小说，开创了"暖伤青春"风格的言情小说。她的小说男女主人公之间的爱情虽然磕磕碰碰，但作品几乎都会呈现爱情带给各自的温暖和成长。她所展现的"并不是青春残酷物语背后所承载的深刻的大道理，而是在这种残酷中开出另一朵并不完美的花，尽管'有伤'，但是依然有希望的花朵"②。辛夷坞首部小说《原来你还在这里》讲述了相识于高中的苏韵锦与程铮彼此相爱，但因为家庭背景的差异两人不得不分开。四年后，两人再次相遇，苏锦韵才知道，原来程铮一直在原地等她、爱她。随着他们之间的重重误会慢慢地被解开，两位有情人也终成眷属。正如小说末尾所说："年轻的时候我们也曾走失，还好，兜

---

① 辛夷坞的作品被称为"暖伤文学"，在一次采访中辛夷坞提出她对这一定义的理解："我理解的'暖伤'简而言之就是在感伤之余仍让人看到类似于希望的东西存在。悲伤可以使一个故事更婉转悠长、更令人记忆深刻，但是我始终认为好的情感类作品不应该是彻底令人感到冰冷绝望的，而是在触动人心的同时给心灵以抚慰。"来源于360百科，https: //m. baike. so. com/doc/5351207 - 7007723. html，2019年5月12日访问。

② 欧冬春：《辛夷坞小说及其文学效应研究》，广西民族大学硕士学位论文，2015年，第25页。

兜转转，原来你还在这里。"① 辛夷坞想要传达的正是"百转千回之后原来你还在这里"的温情与希望。除了辛夷坞外，"90后"新生代写手余音的暖伤风格也比较突出，其作品《昨日以前的星光》《时光满春深》带着淡淡的哀伤，却仍给予人爱的力量。关就、紫鱼儿、月上无风编著的《暖伤青春三部曲》（包括《花满枝桠》《逆夏》《终点之前》）再现经典暖伤青春，那些年少青春的哀伤与别离，都化作雨后彩虹，带来成长之后的重逢与感动。

第三节　代表作品分析：辛夷坞的《致我们终将逝去的青春》

2013年4月赵薇导演的青春怀旧题材电影《致我们终将逝去的青春》一经上映，就产生了巨大的影响，辛夷坞的网络小说《致我们终将腐朽的青春》（出版时改为《致我们终将逝去的青春》，简称《致青春》）也随之再次受到关注。作为网络言情小说的代表之作，《致青春》于2007年4月首次在晋江文学城连载，凭借3815万的积分在同时期作品中占据着重要地位，随后纸质图书也多次出版，近7年时间总印数就已达300万册。在电影上映同一年时间，纸质图书冲入2013年亚马逊年度图书榜小说榜第2名。网络小说《致青春》在电影、纸质图书等多种形式的推动下爆发出其积蓄已久的影响力，开启了电影界的青春怀旧浪潮，并成为青春言情小说一部现象级的作品②。

小说主要讲述了郑微从大学校园到社会职场的青春成长经历。郑微满怀期待来到与青梅竹马的林静同座城市的G大，却发现他早已不告而别，选择了出国留学。在大二的时候她与同校同学陈孝正"不打不相识"，并慢慢发现自己喜欢上了这个敏感、自卑的男生。就在郑微与陈孝正陷入爱河之际，陈孝正选择了出国深造，仿佛四年前的离别场景再次上演。步入职场后三年，因为工作上的关系，郑微、林静、陈孝正三人又意外地联系在一起，面对归国的两位故人，此时沉静从容的郑微做出了她自己的选择。在诸多情感变故和职场经历中，郑微从一个青春洋溢的女大学生蜕变为一名沉稳平静的职业女性，她的个人成长是显而易见的。

《致青春》是一本献给每一个经历过青春或正在经历青春之人的珍藏版相册，一经翻阅，就很难不使人翻涌起内心那份或明或暗的情绪。在众多

---

① 辛夷坞：《原来你还在这里》，南昌：百花洲文艺出版社，2016年第43章。
② 邵燕君：《网络文学经典解读》，北京：北京大学出版社，2016年，第228页。

网络小说争奇斗艳的情况下，《致青春》之所以能够获得众多年轻读者尤其是女性读者的青睐，主要在于它很好地把握住了人们的青春怀旧心理，将一幅幅贴近现实的故事画面重新展现在人们面前，从而勾起人们对青春岁月的缅怀情绪。

一、为爱痴狂的青春

为爱痴狂，不枉青春一场。作为青春言情小说的代表作品，《致青春》也自然而然地将爱情作为主要描写的对象，记录着盛大青春里肆无忌惮的恋爱。郑微的初恋，是以从小爱慕比她大五岁的邻家哥哥林静开始的，她一直追随着林静的脚步，高考也如愿考上与他同一城市的学校。当她下定决心向林静表白的时候，才发现他早已不告而别。林静就像是她努力追逐的一个梦想，还未追赶上，突然有一天梦想就消失了，这对于曾经高调宣告要嫁给林静的"小飞龙"来说无疑是一个沉痛的打击。但相比起对林静甜蜜的爱恋，郑微对陈孝正的爱更为炽热，"那感情强烈而汹涌，刹那间就席卷了她，让她完全没有思考的余地就昏了头"①。这种炽热、冲昏头脑的爱远不同于她对林静的爱。因而，郑微带着她青春的狂热实施了一系列"虏获陈孝正终极行动攻略"：打听有关他的详细信息、制造舆论高调宣扬追求陈孝正、软磨硬泡死缠烂打、苦肉计等。在这个追求爱的过程中，郑微也着实受了不少委屈，对方的冷嘲热讽、别人异样的眼光、漫长的等待和满腿的蚊子叮咬……这些爱情道路上的羁绊虽给她打击，但只要年轻，就还会有勇敢去爱的资本，"因为她不知道若干年之后的自己是否还能像现在一样清纯可人，是否还有现在这样不顾一切的勇气，那为什么不就趁现在，趁她该拥有的都还拥有的时候，竭尽所能地去爱？"②

同样为爱不顾一切的还有阮莞，她甚至是为爱付出了生命的代价。阮莞虽然比郑微稳重温和，但在爱情方面，她也会变得不太理智。在这场爱情里，阮莞显然是爱得多的那个人，甚至可以说爱到了卑微，就像她自己所说："我不介意他偶尔的谎言……我只是害怕我们变得陌生。"③因为害怕失去，她愿意为对方的错误买单，独自承受心理上的创伤。而长期以来，都是阮莞主动联系得多，她会独自一人乘坐火车前往赵世永所在的遥远的城市；即使两人处在距离不远的城市，也是阮莞用省吃俭用下来的零花钱，

---

① 辛夷坞：《致我们终将逝去的青春》，南昌：百花洲文艺出版社，2016年，第5章。
② 辛夷坞：《致我们终将逝去的青春》，南昌：百花洲文艺出版社，2016年，第9章。
③ 辛夷坞：《致我们终将逝去的青春》，南昌：百花洲文艺出版社，2016年，第10章。

每两个周末坐上四个多小时的车去 S 市看望赵世永，风雨不改，为了争取更多相聚的时间，她甚至会翘课提前出发。正如郑微她们调侃的那样，"原来之前阮阮做了三年的好学生，并非她真的就那么听话，不过是当时不具备犯罪条件罢了，现在好了，一旦条件具备了，她比谁都疯狂"①。阮莞在爱情中的确是疯狂的，直至看到赵世永因害怕承担责任而惊慌失措的那一刻，她的爱情才彻底地死了。她才意识到原来多年缝缝补补的感情，始终都没有变成她想象中的样子，但她也始终未后悔过这段感情的付出，当她在赴赵世永之约的路上不幸身亡的时候，她仍是无悔的、幸福的。

二、勾勒现实生活图景

与众多打着"青春"口号叫卖华丽辞藻和波澜叙事的网络小说相比，辛夷坞更善于用平实、质朴的语言来叙述青春故事，用真实、细腻的细节描写展现现实生活画面。《致青春》娓娓叙述了从青葱校园到职场社会的故事，它通过郑微等人的成长和蜕变，来呈现作者这一代人的价值观和人生观。

1. 逼真的校园场景

小说第一章就详细描述了大学开学报到的场景，呈现清新阳光的校园画面，这容易引发读者对校园图景的憧憬和回忆，并吸引读者的阅读兴趣。郑微初入大学校园，就有几个殷勤的男生询问她的学院、专业，并很热情主动地帮忙搬运行李、办入学相关手续等。当然，在这个工科学校，"青春美少女"郑微自然是男生们竞相讨好的对象。紧接着，小说又对大学社团招新的场面进行了较为详细的描写：学校主干道两边摆满了社团摊位，文学社、围棋社、摄影社、吉他社……师兄们热情地招揽着新生，场面甚是热闹壮观，一展大学校园的青春风采。对于普遍的大学生而言，他们有足够的勇气去放纵自己，"有太多的时间可以没心没肺地纵情挥霍"，所以不少人会像郑微一样找各种理由逃课或捏造假条；会像散漫的卓美一样窝在宿舍追剧，叫室友打包饭菜；会像老张一样把宿舍堆得像垃圾桶……这一幅幅贴近真实大学生活的画面，不禁使人暖心一笑，却也不得不让人感叹青春的易逝。

《致青春》呈现的是郑微、阮莞等人的青春校园记忆，同时也是"80后"一代人共同的青春记忆。作者凭借其内心的真实感悟刻画了这一代年轻人的独特气质，使得一批"80后"联想到他们怀念的青春，并共同致敬

---

① 辛夷坞：《致我们终将逝去的青春》，南昌：百花洲文艺出版社，2016 年，第 11 章。

他们往昔的青春岁月。

2. 现实的职场境遇

小说从第13章开始讲述郑微进入职场后的经历。从她来到梦想的老槐树下把《安徒生童话》和木头小飞龙埋葬了之后，她的泪流满面的青春也从此埋葬了，往后面临的是尔虞我诈、不再单纯的社会。职场生活不同于舒适的大学校园，它往往充满着更多的竞争和挑战。对郑微职场经历的描写是从一个工作场面开始的：

> 一滴汗水落在她的睫毛上，她用手随意地抹了一把，汗水沾染到手中的泥沙，变成了混浊的灰色，安全帽贴住发际的地方，黏，而且痒。赤裸裸地曝晒了一个多月，她晚上洗澡的时候照镜子，发现自己那张原本白生生的脸蛋早已变得如包拯再世一般。黑也就罢了，偏偏安全帽的系带之下的肌肤依旧如往昔一般雪白，摘了帽子之后，远远看去，犹如被人在脸颊两侧各刷上了一道白色油彩，滑稽得很，为此她没少被工地上的那帮大老粗嘲笑。①

在这里我们可以看见，郑微已不是一个洋溢着青春活力的美少女了，而是个埋头于工地劳作的实习生，仿佛现实的残酷就在不经意间出现在她的生活里。在人心复杂的职场中，由不得人洁身自好，凉薄的人多了，碰的壁多了，棱角也就磨平了。所以现实中的职场人员大多如郑微一般，"为人精明谨慎，讲话做事滴水不漏"。通过职场的人情世故，郑微已然成长为一个端庄成熟的职业女性，从她身上，很多读者都能看见自己的影子，有着成长共鸣。

而陈孝正从一开始就是一个世俗功利的人，他的人生是一栋只能建造一次的大楼，不允许有一厘米的误差，所以在郑微与前途之间，他选择了后者，离开郑微前往美国深造。他在留学归来后，更是增添了一份世故与圆滑，面对自己讨厌的东西，他不再像以前那样冲动，而是变得隐忍。曾经棱角分明的陈孝正也学会了戴上面具，继续构建着自己的人生大厦，甚至通过与老板的女儿欧阳婧的三年约定来为自己的事业铺平道路。

郑微和陈孝正看似是两个对立的个体，但实际上他们都在现实的境遇中做出了改变，这是20世纪90年代飞速发展的时代带给他们的心理压力的反映，也是"80后"一代人对时代变化做出的集体反映。人们一方面拥有

---

① 辛夷坞：《致我们终将逝去的青春》，南昌：百花洲文艺出版社，2016年，第13章。

如陈孝正一般的勃勃野心，希望构筑起人生的大厦，一方面又如郑微一样茫然不知人生的方向，所以他们在进入职场后，常在"尽情尽兴地享受青春"与"从此刻开始武装到牙齿"之间焦虑、徘徊①。

3. 妥协的婚恋状况

《致青春》在讲述青春的纯美爱恋之外，也讲述了有关青春的遗憾和感伤，这是辛夷坞"暖伤"风格的重要表现之一。就郑微而言，她的青春出现了女孩们向往的几乎所有类型的男孩，有青梅竹马的林静，有玩世不恭的许开阳，还有清高孤傲的陈孝正。但在林静不告而别前往美国之后，郑微也果断拒绝了许开阳，转而疯狂追求自己喜欢的陈孝正。在她的猛烈攻势下，陈孝正坚硬冰冷的心终于被融化，两人也一同牵手走过了四年的大学时光。然而，即使是美好的恋爱，也会随着一方的离开而消逝。在多年后，面对同时归来的林静和陈孝正，郑微选择了林静并步入了婚姻生活。虽然她曾说过，宁可像阮阮一样嫁给一个只见过六次面的陌生人，也不会选择林静，但能够给她一个平静温暖的家的人也只有他。尽管令她最刻骨铭心的那个人不是林静，但成长后的郑微，丢失了年少时候追求爱的轻狂和勇气，最终也不得不向现实妥协。

阮莞更是在与吴江见面六次之后就决定与之结婚，婚后的生活证明，他们的婚姻并不幸福。吴江因为工作的关系很少时间在家，阮莞几乎是一个人在家操持家务，就连洗澡摔倒了也是在浴室躺了近10个小时之后才被赶来的郑微送往医院。他们两个人之间，"没有爱，没有恨，也没有任何要求和期待"，更多的是想要彼此找个伴儿。所以，阮莞和吴江的婚姻是没有爱情基础的，他们的结合是对现实妥协的结果。同样，黎维娟与大学结识的男朋友庄澄虽然真心相爱，但因为钱的关系两人撕破了脸。之后她嫁给了年近半百的唱片公司老板，但这段婚姻很快就结束了。当发现离婚可以获得一笔丰富财产之后，她又接连结了好几次婚，都是以离婚收获金钱而告终。婚姻对她来说就像是一场无关爱情的游戏，在畅玩游戏中寻求快感。

当然，《致青春》并不是刻意将婚姻塑造成没有爱情的空壳，而是在20世纪末的时代语境下，启蒙理想坍塌，带有爱情的婚姻信仰也因此崩盘，人们"丧失了任何协商的幻想，举起双手走向婚姻，服从秩序安然的生活"②。小说展现了最为真挚的爱情终将无果的结局，表达了青春总是带着遗憾和悲伤的感叹，一场场妥协的婚姻，又何尝不是一代人对爱情、对婚

---

① 邵燕君：《网络文学经典解读》，北京：北京大学出版社，2016 年，第 232 – 233 页。

② 邵燕君：《网络文学经典解读》，北京：北京大学出版社，2016 年，第 232 页。

姻的焦虑情绪的表现？

第四节　叙事规律

纵观众多的青春言情作品，它们之间大多存在共同的叙事模式，总体呈现出一定的规律，主要体现在以下几个方面。

一、青春怀旧的叙事主题

青春言情小说以青春的名义，用回忆性的视角讲述过去那段茏葱的青春岁月。在这一类型的作品中，作者大多采用插叙或者是倒叙的手法回顾过去，以一种淡淡的感伤和怀旧情绪带领读者追忆自己的青春往事。当一批作者以青春怀旧为主题进行创作的时候，他们描写的就是一代人的故事，表达的就是一代人的意志与情感了。这些作家尤其是"80后"女性作家将自己的青春感悟投入到创作中，一方面是彰显他们一代人的青春个性，一方面也是迎合一群"80后"甚至是"90后"读者的怀旧心理。正如九夜茴在《匆匆那年》中所言："我只是在记叙我感受到的我们年轻时的样子，似乎对世界给我们贴的标签很不服气，有点迫不及待地想要告诉他人，看看，你们都不知道，这才是真正的我们。"① 在她的笔下，我们能清楚地看到她想要展现的不拘格套、率性而行的青春。《匆匆那年》通过张楠"我"第一人称的视角讲述陈寻和方茴的青春故事，这一"限知视角回忆模式"是小说独特的叙事模式，更能展现作者回忆、怀旧的情感倾向。此外小说书名《匆匆那年》以及每章节标题"不忘""过往""且行""长大"等都是以一种回忆的叙事讲述过去的事情。陈寻和方茴是九夜茴心中的执念所化，她试图通过他们那些美好而又遗憾的青春故事来缅怀自己以及很多人匆匆那年的记忆。而《致我们终将逝去的青春》《最好的我们》《何以笙箫默》等小说则是采用"全知视角叙事"回忆逝去的青春，展现"80后"女性作者对特定时代的怀旧情绪。如《最好的我们》用一种怀旧的笔触讲述耿耿与余淮同桌三年的故事，重新放映他们以及我们成长经历中的点点滴滴。而如今的"90后"，也在逐渐与自己的青春挥手作别，所以在"90后"作家们的作品中，青春怀旧仍是一个突出的主题。叶非夜的《国民老公带回家》通过女主乔安好的梦境的方式，回忆她从年少起暗恋男主陆瑾年的青春时光。

---

① 九夜茴:《匆匆那年》，南京：江苏凤凰文艺出版社，2014 年。

二、模式化的人物形象

青春言情小说在人物形象的塑造上进行了模式化的处理，即该类型小说的人物形象都有着共同的特征，男主集外貌、才华、金钱于一身，女主普通却单纯善良、活泼勇敢。另外，在次要人物的塑造上也有相似的特点。

1. 男主形象

首先，青春言情小说的男主在外貌上基本归于高颜值行列，他们大多被塑造成长相清俊、身材完美的形象。如《何以笙箫默》中的何以琛有着"英气逼人的外表""目光清明""眼神深邃"，校园中的他是个清俊明朗的少年，而职场上的他外貌迷人，气质出众。《微微一笑很倾城》中肖奈不仅在游戏世界中"白衣纤尘不染，携着一把古琴，衣袂飘飘，很有几分潇洒出尘的味道"，就是在现实世界中也是一名"青竹般秀逸潇洒的男子"，"肖奈站在何处，何处便霎时成为风景，非关外貌，气质使然耳"。① 此外，《最好的我们》中的余淮、《暗恋·橘生淮南》中的盛淮南、《夏有乔木，雅望天堂》中的夏木和唐小天等小说男主都有着迷人的外表。

其次，从身份上来说，男主大多是行业的精英，凭借家族或是自身才华与能力获得金钱和地位，显示出超于常人的非凡之处。如何以琛在大学期间是法律系的高才生，毕业之后也成为法律界的精英，有着很高的知名度；肖奈在大学校园的时候就是计算机系叱咤风云的人物，还自主创业成为致一公司的总经理，开发出不少受人追捧的游戏；缪娟《翻译官》中的程家阳在全国第一的外语学院鼎鼎大名，父母亲也都是本校毕业的高级翻译，无论是自身条件还是家庭背景，他无疑都散发着耀眼的光芒。

再次，青春言情小说的男主性格大多冷淡、不易亲近，即使有众多优秀的女孩围绕在身边，他们仍然采取不理不睬、事不关己的冷淡态度。直到女主的出现，他们内心的激情与温柔才渐渐被唤醒。《何以笙箫默》中的何以琛因家庭变故，很少主动与他人接触，赵默笙一开始的主动追求也使他感到厌恶，步入职场的他仍然冷峻而理智，对赵默笙更是采取"冷暴力"的态度，但同时其内心又充满无比温柔。《蜜汁炖鱿鱼》的男主韩商言身边一只雌性动物都没有，"连楼下公寓男保安养的狗都是公的"，但"万年铁树不开花"的他却对女主佟年极尽宠爱。

总体而言，青春言情小说倾向于把男主塑造成一个完美的理想人物，当然，这些形象是作者幻想的产物，也是广大女性读者幻想的人物。现代

---

① 顾漫：《微微一笑很倾城》，南京：江苏文艺出版社，2009 年，第 21 章。

女性的择偶标准越来越高，当这种标准在现实境况下遭受挫折的时候，她们就通过幻想集外貌、金钱、地位于一身的男性形象来满足自身的心理需求。而小说也正是抓住当前女性的这种需求，塑造出一个个极具魅力的男性，在满足女性幻想的同时也为作品带来一定的商业效益。

2. 女主形象

首先，相比男主人公外表上的突出表现，女主在长相上虽然也美丽可爱，但在美女如云的群体中并不显得惊艳。如《匆匆那年》中的方茴就是一个相貌平平的人，当周围人知道她是陈寻初恋的时候甚至都会用一种奇怪的口气质疑她。《致我们单纯的小美好》中的陈小希也是个普通的女孩，常被江辰吐槽"腿粗""矮小"。此外，《何以笙箫默》中的赵默笙、《原来你还在这里》的苏韵锦等，在长相上都比较普通，算不上是大美女，这在一定程度上给予女性读者信心，使她们觉得自己也能像女主一样，尽管长相不出众，仍能遇见幻想中的"白马王子"。

其次，在身份上，女主一般相对普通，既没有很好的家庭背景，也没有凸显的才华或能力。相反，她们家境一般，工作一般，能力一般，简言之，女主大多是"灰姑娘"形象，而且是一个没有了水晶鞋的灰姑娘。她们可能是落难千金赵默笙，可能是家境贫寒的学生苏韵锦，可能是公司小职员郑微，也可能是父母残疾的乔菲……她们就像是现实生活中涵盖大多数的普通女性，所以容易将读者带入到小说世界中，完成一场青春之旅。

然而，尽管女主形象较为平凡普通，但她们都无一例外地拥有优秀的品质，善良、单纯、可爱、活泼、坚强等特征是她们身上的闪光之处，而性格上闪耀出的光芒，往往覆盖了她们在其他方面的不足之处。我们不难发现，女主的内在美是俘获男主的重要法宝。如活泼可爱的赵默笙犹如一束阳光，暖化了何以琛冰冷的内心；单纯善良的陈小希是江辰从小到大生命中不可或缺的一抹色彩，给予他陪伴和欢乐……

青春言情小说中女主普通化、大众化的形象设置，很容易让读者从中找到自身的投射。但小说对男主这样一种形象的推崇，反映出的是女性作家和读者的不自信心理与对男性的依赖心理。人们期待在塑造了完美男主形象的小说中寻求安慰，折射出的是以男性为中心的社会秩序的认同，"不难看出，在涉及网络言情小说极为重要的构成要素的男女主角的设置方面，反映了网络言情小说虽在传播载体和传播方式上极具现代性，小说中人物也看似时髦，但其内在思想观念仍旧难以摆脱传统男权文化的窠臼，而这无疑也是其作为大众消费文化迎合主流意识形态的内在规定性决定的"①。

3. 配角形象

青春言情小说在男女主人公的形象设置上都相对扁平化，容易导致读者审美上的疲劳，为增加读者的阅读快感，小说通常都会设置一些较为复杂的配角形象，或是主角爱情的推动者，又或是阻碍者，但无论是哪一类型的配角，他们在丰富故事情节、突出人物形象等方面都起着至关重要的作用。

首先，最突出的是情敌形象，他们一般在长相、身份等方面都很优秀，不比男女主差。一般情况下，这些情敌是男女主爱情的阻挠者，尤其是女主的情敌，她们相比男主的情敌会采取更多的手段或心机去争取自己的爱情。如《夏至未至》中的李嫣然和程七七都是女主立夏的情敌，她们曾高傲地在立夏面前宣告自己对男主傅小司的爱，程七七甚至谎称自己有傅小司的孩子，结果导致男女主的离散……而男主的情敌追求女主的时候显得更加光明磊落，他们更像是女主的守护者，只要女主幸福，他们甘愿只做一名骑士，而不是为了争取女主不择手段。如《夏至未至》中的陆之昂、《致我们单纯的小美好》中的吴柏松、《匆匆那年》中的乔燃等，他们都执着地喜欢着女主，陪伴在女主身边，守护着她。这种守护型的男主情敌虽然会使男主吃小小的醋，但一般都不会与男主产生正面冲突，反而更加突出男主的自信、大度及对女主深沉的爱。同时，这类男主情敌也符合女性读者的阅读期待，满足她们渴望被人守护、被人关心的现实幻想。总体上而言，青春言情小说作为一种充满浪漫幻想的类型小说，它试图淡化情敌在男女主爱情上的阻碍作用，尽管是那些具有小心机的情敌，也只是在行使他们追求爱情的权利，当他们求而不得的时候就会主动退出，而这也反衬出男女主爱情的坚不可摧。所以，情敌在成为男女主爱情的绊脚石的同时，也成为其垫脚石。

还有其他比较重要的人物如男女主的朋友、同事、家人等，他们在有形或无形中推动着故事的发展。如《翻译官》中，程家阳就是帮朋友旭东在学校寻人的时候与乔菲相识的，而乔菲的朋友吴嘉怡与旭东的关系也增加了男女主人公之间的联系；《致我们终将逝去的青春》中郑微的大学好友阮莞、《最好的我们》中的蒋年年、《微微一笑很倾城》中肖奈的父母都是男女主爱情的推动者和见证者。当然，男女主身边的人也可能是他们爱情的阻挠者，尤其是男主的父母，如《致青春》中陈孝正母亲用他死去的父亲来逼他离开郑微，林静也因为父母亲的原因躲避与郑微的关

---

① 蒋祎：《网络言情小说中的爱情叙事》，江西师范大学硕士学位论文，2015年，第25页。

系；《翻译官》中程家阳的母亲也极力反对他和乔菲在一起……他们大多因为家境差异或是为孩子前途考虑而试图阻挠男女主在一起。

小说中的配角形象无疑为小说增添了更多的色彩，无论是衬托男女主形象还是推动故事情节的发展，他们都是不可或缺的角色。重要的是，读者也可以通过他们获得多个不同方面的阅读快感。

三、温馨直白的语言风格

青春言情小说由于内容的时尚性和现代性，在语言上多运用新鲜时髦的词汇和网络流行语句，加之这一类型小说多讲述青春校园的爱情故事，其语言又呈现出浪漫而温暖的特征。

首先，小说多使用网络词汇和口语化的语言，能直接表现出特定语境中人物的表情和内在心理。网络言情小说开山鼻祖《第一次的亲密接触》为文学中网络用语的使用开拓了道路，小说运用了大量时尚的语言词汇，如时不时在语言中夹带英文词汇"plan""mail""message"等；还运用网络符号来表示想要表达的意思，如"呵:)""※&@ ☆"等；《微微一笑很倾城》中同样大量使用网络符号，如"&gt""o&lt""ing""T_ T""％＆￥#@"等。很难说这些符号具有什么特定的意思，只是由于网络创作具有较大的随意性，或是因为创作的内容本身与网络的关系（如网恋、网游），作者便自然而然地将这些符号运用到创作当中。这种语言现象是网络时代的产物，也是网络作者个性化的展现。重要的是，这种清新时尚的语言风格也符合当代年轻人青春活泼的性格特征，符合实际生活中的语言使用习惯，所以在年轻读者中较容易被接受，也能给读者带来较为轻松的阅读感受。然而，青春言情小说中这种字母化、符号化的词汇和语法现象被看成是"对我们固有文化语言的强势解构"，"它极大地淡化了文本的表意功能，使文本呈现出叙述方式游戏性的后现代表征，由此造成读者淡忘寻找文本深层的隐喻与本质，而将重心放置于获得阅读快感之上……从而隐匿文本理应承载的教育意义"。[①]

其次是语言呈现温馨活泼的特点。青春言情小说创作的主要对象是处于青春校园或后校园时期的年轻男女们，所以小说尽可能地通过灵动的字符来展现人物形象和故事情节。在《第一次的亲密接触》中，轻舞飞扬说话总是会带有语气词，如"痞子，你再吹呀""痞子，你在乱掰哦""痞子，这些都很浪漫呀"等，亲和的语气表现出轻舞飞扬的温柔可爱，

---

① 张萱：《网络女性言情小说初探》，河北师范大学硕士学位论文，2012年，第17页。

同时体现了她和痞子在聊天时候的温馨场景。《致我们单纯的小美好》中的江辰说话都比较直白简洁，他和陈小希第一次接吻的时候只说了句"给我亲一下"，虽然显得有点霸道，但无不体现出他初吻时的腼腆和不知所措，也呈现出恋爱的甜蜜画面。青春言情小说基本上不会出现晦涩难懂的词句，它力图通过最为朴实直白的语言，达到温暖人心的效果。

四、简单浅显的情节模式

青春言情小说在情节上也有其固定的模式，其中最为突出的是"归来模式"①。归来模式与传统言情中的破镜重圆模式有相似之处，即男女主分开之后又重新在一起，实现"有情人终成眷属"的愿望。这一模式过程一般可描述为：归来→重逢→回忆→误会解除→在一起。《何以笙箫默》是归来模式的典型代表，小说开篇即讲述七年后赵默笙从国外归来，偶然机遇与何以琛相遇，在一番误会接触之后，他们幸福地生活在一起。《原来你还在这里》也是以男女主分开多年之后在共同好友的婚宴上重逢为开篇的，同样运用了归来模式的还有《致我们单纯的小美好》《致我们终将逝去的青春》《一路繁花相送》等。归来模式是建立在男女主都还相爱的前提下的，且一般会设置巧合因素将归来的男女主联系在一起，如捡到钱包、酒席相遇等，这种巧合增加了情节的超真实性。

除了归来模式外，类似《微微一笑很倾城》的"甜宠模式"也备受作者和读者的喜爱，即相识→一见钟情→相爱→见家长→结婚→生子，这一模式在情节上没有太大的起伏，甚至基本淡化阻挠爱情的现实因素，可以说它打造的完全是一个理想的爱情童话。但是近些年的网络青春言情小说，呈现出热衷于暴力、虐恋的创作倾向，即刻意突出男女主之间由误会产生的偏见和怨恨，在这种完全不同于"甜宠模式"的情节中，男女主之间充满了爱恨纠葛，两者的关系也并非建立在平等和尊重基础上的。由于重重误会，男主往往由爱生恨，对女主施以暴力，甚至把女主当成自己的私人物品，尽情玩弄，而对男主爱得死心塌地的女主在这种折磨中却还心存念想和期待。此类情节的结局往往是男女主人公解开误会，放下怨恨，重归于好，然而，这种故事情节因与当代价值观有着一定的出入而容易饱受诟病。总体而言，青春言情小说在情节设置上都是有明显的规律可循的。

---

① "归来模式"是指小说的男主角或女主角时隔多年之后归来相遇，重新展开情缘的故事。"甜宠模式"是指以大团圆为结局的一生一世一双人的完美恋情。见蒋祎：《网络言情小说中的爱情叙事》，江西师范大学硕士学位论文，2015年，第30页。

第七章

言情穿越小说

穿越小说，是穿越时空小说的简称。其基本要点是，主人公由于某种原因从其原本生活的年代离开，穿越时空到了另一个时代，在这个时空展开了一系列的活动，情爱多为主线。穿越小说集成了玄幻、历史和言情三大小说类别的要素，自成一派①。言情穿越小说，则主要侧重于言情，是对古代文学"穿越"意念与"穿越"元素的回应，也是现当代文学中传统言情小说的新变，同时正在成为当下网络穿越小说的热门创作方向。

第一节　渊源

"穿越"即通常所说的"穿越时空"，可以理解为"摆脱时间的一维性、单向度的存在形式，实现时间的可逆性和跨越式的展现形式，同时在改变时间运行方式的基础上，空间位置发生更改"②。关于穿越时空的幻想，实际上是一个既古老又年轻的话题。在中国古代，相关文献记载了有关"穿越"意念的萌发、体现"穿越"元素的故事，而在文学创作中也出现了"穿越"小说的雏形。

一、"穿越"意念的萌发

从宏观视角而言，我们一觉醒来，"坐地日行八万里，凭君何以问从来"，更不用说人人天天都要睡觉做梦，即便醒着，也不免"神与物游"，或"身处江湖，心存魏阙"，或"思接千载，视通万里"，或"寄意寒星"

---

① "穿越小说"，网络文学研究，http://mooc.chaoxing.com/course/141869.html，2019 年 3 月 18 日访问。

② 王綮：《论大众文化中的"时空穿越"现象》，山东师范大学硕士学位论文，2011 年，第 4 页。

"血荐轩辕"，凡此种种，但人们的想象有如"灵魂出窍"抵达"幻想的飞地"，其实也可以说是一种精神的"穿越"，这种离开当下处境不再受时空辖制的"浮想联翩"，实际上与"穿越"没有本质区别①。

关于早期"穿越"意念的萌发，可以追溯到战国时期的"庄生晓梦"。庄周梦蝶，典出《庄子·齐物论》，它是战国时期道家学派主要代表人物庄子所提出的一个哲学命题。在其中，庄子运用浪漫的想象力和美妙的文笔，通过对梦中变化为蝴蝶和梦醒后蝴蝶复化为己的事件的描述与探讨，提出了人不可能确切地区分真实与虚幻和生死物化的观点②。而这种人蝶异界的交互穿越，也正是早期"穿越"意识萌发的表现。

二、"穿越"元素的体现

王质烂柯是古代穿越故事的典范之作，根据南朝梁任昉《述异记》记载③，王质烂柯，即指"人事的沧桑巨变所带给人的恍如隔世的感觉"，但细细分析，王质在伐木时遇见仙人对弈，一盘棋未下完"斧柯尽烂"，当他归去时却发现"无复时人"。王质经历了"穿越时空"，又再度"穿越"回现实。

南朝宋刘义庆《幽明录》也有类似的记述，如刘阮遇仙的故事，它讲述了汉明帝永平五年刘晨、阮肇入山遇仙结为夫妇，后回到家乡，"亲旧零落，邑屋改异，无复相识"，问讯才得知已经到了七世孙的年代了④。该穿越元素的故事对陶渊明的《桃花源记》有影响：武陵渔夫，在一片桃林中迷失了道路，在落英缤纷中寻见一山，"山有小口，仿佛若有光"，便"穿"而"越"之，来到了一个"不知有汉无论魏晋"的世外桃源，客寓数日后，回到"现实世界"，便向官方报告了自己惊人的"地理大发现"，引起了官府和民间的高度关切，虽闻之欣然，却屡寻无果，渔人的一场"白日梦"，给时人留下了多少悬念和遐想⑤。

所谓"洞中方七日，世上已千年"，除了以上列举的部分，这一类型的穿越奇闻在《太平广记》《聊斋志异》等作品中可谓比比皆是。虽然在古代并没有将其定义为"穿越"，而是以鬼神之说来解释，但从现代穿越小说的

---

① 陈定家：《作为类型化的穿越小说》，《社会科学战线》，2017 年第 8 期。
② "庄周梦蝶"，360 百科，https：//baike. so. com/doc/5333661 – 5569097. html，2019 年 3 月 18 日访问。
③ "王质烂柯"，国学大师，http：//www. guoxuedashi. com/chengyu/53345w. html，2019 年 3 月 18 日访问。
④ "刘阮遇仙"，360 百科，https：//baike. so. com/doc/223374 – 236290. html，2019 年 3 月 18 日访问。
⑤ 陈定家：《作为类型化的穿越小说》，《社会科学战线》，2017 年第 8 期。

视角出发，它们都是"穿越"元素的体现。

三、"穿越"小说的雏形

"穿越"小说雏形的出现，最早可溯至清末民初，其中有两部小说不得不提：一本为吴趼人的《新石头记》①；另一本是陈冷（笔名冷血）的《新西游记》②。

《新石头记》单行本发行于光绪三十四年（1908）十月，由上海改良小说社出版，共四十回。作者吴趼人，署名"老少年撰"，而在书中引领宝玉入境的也正是"老少年"，因此当时人就指出"书中之老少年，即先生之化身也"。在当时，给小说分类并作为广告语标于封面之上的做法是时尚，《新石头记》最初标为"社会小说"，后又改标为"理想小说"。它是《红楼梦》的续作，同时又有所创新，与社会上"托言林黛玉复生，写不尽的儿女私情"的作品迥然不同。《新石头记》承继了《石头记》的迷幻时空框架，在小说中，贾宝玉在1901年复活，到上海、南京、北京、武汉等地游历，目睹了大量火车、轮船、电灯等电气化的新事物，甚至乘坐潜水艇由太平洋到大西洋，由南极到北极绕地球一周，为高度发达的西方科技文明所震撼，并自信将来有一天中国也能制造这些东西③。

《新西游记》总计五回，是一部续西游记式的荒诞讽刺小说，作者陈景韩（笔名冷血），其构思是"《新西游记》借《西游记》中人名事物，以反演之，故曰《新西游记》"④。故事主要讲述了唐僧师徒四人修得正果后一千三百年，奉如来法旨从东胜神洲到西牛贺洲考察新教，穿越到了二十世纪初的上海，在那里，由于新旧时代和思维方式的不同，四人犯了很多可笑的错误，比如：行者随地方便给人抓住后罚款，吃饭时错将《时报》馆当作饭馆，把报纸当作菜单，上了街又把洋车当粪箕，把汽车、脚踏车视作哪吒的风火轮……同时他们也见识了许多新奇事物：电灯、电扇、电话、"拆梢党"、烟馆、鸦片、巡捕房等⑤。在这个花花世界中，师徒四人"在

---

① 《新石头记》是由晚清吴趼人创作的长篇科幻小说，讲述了古代人贾宝玉穿越时空出国，领略现代西洋文明的故事。

② 《新西游记》是由清末民初陈景韩（笔名冷血）所写的《西游记》续书，"虽借《西游记》中人名事物以反演，然《西游记》皆虚构，而《新西游记》皆实事，以实事解释虚构，作者实寓祛人迷信之意。"

③ 《新石头记》，360百科，https://baike.so.com/doc/6429137 - 6642811.html，2019年3月18日访问。

④ 〔清〕吴趼人：《新石头记》序言，上海：上海改良小说社，1908年，第2页。

⑤ 刘东方：《〈新西游记〉与穿越小说》，《文艺争鸣》，2014年第2期。

上海的物质文明的面前显得那样的愚笨"①，并且各自发生了变化。

以《新石头记》和《新西游记》为代表的翻新小说，是在 20 世纪初盛行的小说"新"风影响下的产物。1902 年 11 月，梁启超创办了《新小说》，并提出了"今日欲改良群治，必自小说界革命始；欲新民，必自新小说始"② 的口号。小说家们受到鼓舞，"表现出以往任何小说家都不曾有过的博大胸襟和远见卓识"③。在这些新小说中，有一类袭用古典名著的书名，且冠以一个"新"字，便是翻新小说。它们往往通过主人公（们）在陌生的"新世界"所感受到的强烈反差，来反映日新月异的新时代或讽刺世风日下的社会现状。为了将这种新与旧的反差表现得更为强烈，"古今穿越"就成了这类小说的最佳选择。由此可见，这类在"古今穿越"背景下反映社会现状的翻新小说正是当下流行的穿越小说的最早形态，它们是当下穿越小说的源头，我们甚至可以认为具有典型"古今穿越"特征的翻新小说是中国近现代文学史中最早的"穿越小说"④。

第二节　发展

关于"穿越小说"这个概念，作家出版社总编室主任刘方做了如下分析："穿越小说的称谓不是以类别划分，而是按内容定义。其情节通常是一个当代青年遭逢变故，在机缘巧合下，进入古代，以在场的方式参与见证了种种众所周知又知之不详的历史事件。当代中国文学里面，黄易的《寻秦记》算是影响最大的穿越文学作品，也可以被视为当代华语文学穿越类型的滥觞之作。而网络上近一两年兴起的'穿越学'其特点又有所不同，基本上都是青年女性回到古代谈了一场风花雪月的恋爱，同时经历种种宫闱秘事及权力斗争。这类小说主要受到女学生和女白领的追捧，可以视为言情小说的一种变种。"⑤

一、形成：20 世纪 80 年代穿越小说
20 世纪 80 年代出现的穿越小说有李碧华的《秦俑》、黄易的《寻秦

---

① 汤哲声：《中国现代通俗小说流变史》，重庆：重庆出版社，1999 年，第 177 – 178 页。
② 梁启超：《论小说与群治之关系》，《新小说》第 1 号，1902 年。
③ 于润琦：《珍本清末民初小说集成·翻新小说卷》前言，北京：华夏出版社，2008 年，第 6 页。
④ 刘东方：《〈新西游记〉与穿越小说》，《文艺争鸣》，2014 年第 2 期。
⑤ 新浪网读书频道报道：《瞄准暑期市场　作家出版社百万豪赌穿越类小说》，http：∥book. sina. com. cn，2019 年 3 月 22 日访问。

记》、席绢的《交错时光的爱恋》等，由于传播媒介的限制，虽然这些作品受到广大读者喜爱并被改编为影视作品，言情穿越小说这一类型小说却未能引起"热潮"。但是它们基本奠定了穿越小说发展方向，有着里程碑式的意义。

《秦俑》是中国香港女作家李碧华以秦始皇兵马俑为素材创作的穿越小说，讲述了郎中令蒙天放与求药童女冬儿的三世情缘："三千年前，秦始皇的郎中令蒙天放与求药童女冬儿相爱。后私情泄露，冬儿被血祭俑窑，蒙天放被泥封为俑像，深埋地下。"① 《秦俑》里的故事，时空都宏大，互相承接叠加。蒙天放不仅活在秦始皇时代，还活到现代，他的生命贯通历史，不消弭于时间面前，但他活着的全部意义就是矢志不渝地爱着冬儿，或者说长得如冬儿那样的女人，而这正是时间的静止表现，万千事物都已经"物非"，但依然"人是"。时空概念不仅是属于物理的，也是属于哲学的，更是属于人生的，时间和空间的局限性使人生永远不可能达到真正的自由无忌状态，但在突破了时空的限制里，爱情可以做任何的联想，可以架上翅膀，往它向往的天地飞翔，正是在这样的大空间中，爱情才能设想任何真实的可能。"世界上没有任何东西能超越它的尺度———而这些尺度就是空间和时间的限制。时间和空间不再是纯粹的、空洞的形式，而是一种统治万物的神秘力量。"② 李碧华在《秦俑》中通过蒙天放的长生不老来跨越时空的限制，又以历史故事作为衔接的桥梁，来架构起她小说的骨干，从而将言情小说的魅力推向极致③。

《寻秦记》为中国香港著名武侠宗师黄易的代表作之一，也被认为是历史穿越小说的鼻祖。全书为第三人称叙事，共二十五卷。这本小说叙事结构宏大，人物塑造丰满而深具魅力，并且剧情跌宕起伏、一波三折，堪称是新武侠小说中的佳作。《寻秦记》的横空出世及其"时光隧道磁场输送器"④ 对之后的穿越小说的发展产生了深远影响⑤。《寻秦记》的整个故事基础建立在超现实的虚构之上——香港特警项少龙坐时光机器回到了两千多年前的战国时代，这意味着历史将在一个现代人的参与下演进。一方面，

① "《秦俑》——李碧华"，360 百科，https：//baike. so. com/doc/6554304 - 10449359. html，2019 年 3 月 22 日访问。

② 恩斯特·卡西尔：《人论》，上海：上海译文出版社，1985 年，第 156 页。

③ 张丽华：《试论〈秦俑〉的叙事技巧》，《文学教育》，2016 年第 4 期，第 66 - 68 页。

④ 《寻秦记》，武侠小说网，http：//wx. tybooks. net/book/hy06/，2019 年 3 月 22 日访问。

⑤ 《寻秦记》，360 百科，https：//baike. so. com/doc/2215774 - 2344613. html，2019 年 3 月 22 日访问。

历史就是历史，是既定的事实，这是谁也无法改变的，另一方面，那段历史又必须以项少龙为核心人物并在他的直接参与下向前发展。在经历了短暂的对古代社会风貌的耳闻目染之后，项少龙很快被卷进一桩"墨者行会"传人被暗算的事件中，然后又被卷进"和氏璧"争夺之战。随着项少龙在古代六国的行走与活动，更多的历史人物出现在观众的眼前：信陵君、龙阳君、吕不韦、嫪毐、李斯、赵高……一方面项少龙和这些古代人物发生关联、产生故事，一方面又遵循一些基本的历史事实，按照历史事实来描写这个人物的事迹①。

《交错时光的爱恋》是中国台湾纯情派言情小说作家席绢的穿越题材言情小说，主要讲述了杨意柳穿越时空成为石无忌的新娘苏幻儿的故事。该书是中国首本成名的穿越题材言情小说，与席绢隔年（1994 年 4 月）所出的另一本作品《戏点鸳鸯》是上下篇，两本都可以单独成书。《交错时光的爱恋》主要内容是，杨意柳为救一位过马路的老太太而遭车祸身亡，她的母亲朱丽蓉是一位通灵者，借助法力让她在宋代前世苏幻儿的身上借尸还魂，并在回到宋代后如约嫁给石无忌为妻，为的是按照父亲的计划偷得石无忌家里的账本。但是在同石无忌一起回北方的途中，她的聪明、勇敢，使得石无忌深深地爱上了她，经历了一系列的误会和谅解之后，他们终于幸福地生活在一起②。这一文本具有言情小说最典型的结构模式：完美超群的男女主人公，悬念和阴谋层出不穷的曲折情节，大众共同渴望的极端爱情体验以及最终得以完满实现的喜剧性结局……这种经典式的"言情"模式，保证了小说在文本类型及阅读期待上的确定性。但这部小说更大的成功并不在于此，而是在其具有"创新"意义的"穿越时空"的特殊叙事形式，因为这种创新不仅让席绢成为新一代港台言情小说的当家花旦，也开创了一个目前已经相当流行的创作模式③。

虽然 80 年代的这些穿越小说受到了广大读者喜爱，并被改编为经典影视作品，但是由于传播媒介的限制，这一类型小说却未能引起创作的"热潮"。不可否认的是，它们基本奠定了穿越小说发展的两种倾向——历史穿越小说与言情穿越小说。历史穿越小说为历史小说注入了新活力，以家国、征战、铁血为主题，为男性读者构建了一个庞大的虚拟帝国；言情穿越小

---

① 秦凤华：《香港奇幻剧："穿越时空"叙事效果——以〈寻秦记〉为例》，《当代电影》，2008 年第 1 期。

② 席绢：《交错时光的爱恋》，南京：江苏文艺出版社，2009 年，第 17 页。

③ 张文东，王东：《港台言情小说"穿越时空"的创新叙事——以席绢的〈交错时光的爱恋〉为例》，《当代文坛》，2008 年第 2 期。

说则延续了传统言情小说的风格，以情爱为主线，讲述女性穿越后在古代经历的爱恋、宫闱秘事与权力斗争。

二、发展：21 世纪网络言情穿越小说

进入 21 世纪以后，随着网络文学的发展，在穿越小说的两种发展倾向中，言情穿越小说逐渐占据主流，其中"清穿"小说大有独立于穿越与言情两种小说类型自成一派的趋势。这些言情穿越小说，想象丰富、情感细腻，以女性视角对历史人物和历史事件进行想象，小说女主人公以亲历者的身份与历史人物交往并参与到历史事件当中①，以爱情为主线，讲述青年女性与古人谈恋爱的故事，使读者产生"爽快"之感。

2003 年，玄月汐的《北风》出现在晋江文学城，它在男女情爱之外加入了女主人公"穿越时空"的幻想元素，尽管篇幅不长，但突破了彼时网络言情小说的传统，开创了新时代"玄幻＋言情"的模式，与 20 世纪 80 年代出现的穿越小说里程碑性的作品遥相呼应。

2004 年，金子的《梦回大清》开始连载，收获了大批粉丝，并被各文学网站竞相转载，并被网民评为"时空穿越文巅峰之作""网络十年最恢宏曲折、越看越好看的爱情故事"。2006 年年初，《梦回大清》出版上市不到 2 个月，已经跻身各大图书畅销榜。面对如此强烈的阅读需求，作者再度开笔创作了《梦回大清终结篇》以回报意犹未尽的热心读者们。如果说《梦回大清》赢得无数读者的赞誉是源于庞大的历史架构，那么其终结篇则是延续这个架构之后的浓墨重彩的一笔②。

同一时期，晋江文学城又先后出现了两部与《梦回大清》设定相类似的女主人公"穿越时空"的小说——《步步惊心》③ 与《瑶华》④。因为这三部小说完成度高，人物丰满，情节紧凑，得到了众多粉丝的追捧，影响力极大。粉丝们为了表达对这三部作品的喜爱和强调其在同类作品中难以超越的崇高地位，称之为"清穿三大山"⑤。至此，言情穿越小说已成潮流，浩浩荡荡地席卷了网络文学文坛。

① 秦圣男：《网络穿越言情小说研究》，《上海文化》，2017 年第 10 期。
② 陈定家：《作为类型化的穿越小说》，《社会科学战线》，2017 年第 8 期。
③ 《步步惊心》是当代作家桐华创作的长篇小说，该小说讲述了繁华都市的白领张小文，因一脚踏空而穿越了时空的隧道，化身为十六岁的清朝少女马尔泰·若曦，进入风云诡变的宫廷之中，熟知清史的她卷入九子夺嫡的暗战之中无法自拔，个人情感夹杂在宫斗的惨烈中备受煎熬。
④ 《瑶华》是网络写手晚晴风景创作的穿越小说，讲述了女主人公穿越成郭络罗氏瑶华，经历九子夺嫡，最终与八阿哥隐于尘世，相爱相守。
⑤ 邵燕君：《网络文学经典解读》，北京：北京大学出版社，2016 年，第 185 页。

2007 年更是被称为"穿越年",言情穿越小说的发展迎来了历史高峰,不仅线上形势大好,线下也得到出版社的青睐。这一年,腾讯网联合晋江原创网、红袖添香文学网等文学网站以及作家出版社、龙门书局等五大出版社,面对 100 万读者发起投票活动,并通过点击率、收藏数、留言数等综合指标评选出了"2007 年四大穿越奇书"(《木槿花西月锦绣》《鸾》《迷途》《末世朱颜》)。其中,以出版传统经典为主的作家出版社,以 12% 的版税签下了这四部书,并以开印 10 万册的高规格许给作者稿酬。

此后的言情穿越小说进入了新的阶段,不再局限于女主人公穿越后跌宕起伏的爱恨纠葛,而是呈现出了平淡化、日常化的叙事特征。如果说"清穿三大山"是在权力之巅沉浮,那么此时便是向往"柴米油盐"与"小桥流水"。以《知否?知否?应是绿肥红瘦》①《穿越为清朝庶女》② 为代表的作品在承袭前期抒情文风的基础上,结合庶女文、种田文、重生文等文学样式,故事情节以古代日常生活为主,整体而言给人以平淡舒缓、轻松幽默之感。

言情穿越小说继续发展,开始转向宫廷斗争和家族斗争,也就是"宫斗文"和"宅斗文"。它们不再以爱情作为叙述内核,而是描写如何在后宫或家宅中生存,如何与其他女性钩心斗角、争宠夺权③。TVB 热播剧《金枝欲孽》④ 是"宫斗文""宅斗文"的模仿对象,《后宫·甄嬛传》⑤ 则是"宫斗类"网络小说最终成熟的重要标志性作品。这一时期的言情穿越小说涌现了桐华、金子、晚晴风景、关心则乱、天衣有风、李歆、樱桃糕、莞尔 wr 等作家。

第三节　代表作品分析：桐华的《步步惊心》

正如月有阴晴圆缺,人亦有悲欢离合,世间之"情",并非都能以"大团圆"的美满结局收尾。那么,以生活为映射的文学,在表现美好的同时

---

① 《知否?知否?应是绿肥红瘦》是关心则乱所著小说,小说讲述了一名现代小书记员穿越到古代变成庶女盛明兰后的传奇人生。

② 《穿越为清朝庶女》是苑小苑所著小说,讲述北大历史系高才生穿越为清朝四品典仪官凌柱的不受宠庶女——钮祜禄氏锦寰,成就了一段为人津津乐道、羡慕不已的帝后传说。

③ 秦圣男:《网络穿越言情小说研究》,《上海文化》,2017 年第 10 期。

④ 《金枝欲孽》是由香港电视广播有限公司出品的古装宫斗剧,该剧以清嘉庆十五年的后宫为背景,讲述了如玥、玉莹、尔淳等妃嫔为争宠而钩心斗角的故事。

⑤ 《后宫·甄嬛传》是当代网络作家流潋紫创作的长篇小说,主要讲述了在"大周"这个虚构的朝代中,小说主人公甄嬛在后宫中的经历和成长。

也会反映缺憾。随着言情穿越小说的日渐成熟，"虐恋"主题正悄然兴起并迅速发展壮大①。其代表作便是被誉为"清穿扛鼎之作"和"清穿三座大山"之一的《步步惊心》。

《步步惊心》是当代作家桐华创作的长篇小说，2005年起在晋江原创网连载，2006年首次出版，2009年出版修订本。该小说讲述了繁华都市的白领张小文，因一脚踏空而穿越了时空的隧道，化身为十六岁的清朝少女马尔泰·若曦，进入风云诡变的宫廷之中，熟知清史的她卷入九子夺嫡的暗战之中无法自拔，个人情感夹杂在宫斗的惨烈中备受煎熬②。

《梦回大清》中的茗薇与十三阿哥虽然面对外界的重重压力，经历了分别和生死，但是两人始终深爱着对方，没有内在感情上的矛盾。即使有第三者四阿哥的存在，也只是为了让他们更加懂得对方的重要性。因此，从某种意义上来说，这是一部很"甜"的穿越言情文。而《步步惊心》并没有延续这种"甜"，而是开辟了"虐"的新径。小说将马尔泰·若曦与八阿哥、四阿哥的情感纠葛描写得入木三分，令读者沉浸其中、难以自拔。这与之前的作品相比，有很大的突破与创新，是言情穿越小说的又一进步。

一、"虐恋"模式

"虐恋"一词，最初来源于英文Sadomasochism，简称SM。李银河博士将"虐恋"定义为一种将快感与痛感联系在一起的性活动，而所谓的痛感包括身体和精神两方面。近年来该词多次被运用于言情小说、穿越小说中，但是值得注意是，作品中所使用的"虐恋"，大多摈弃了原本的世俗化内涵，而保留了纯洁的情感化倾向。这里的"虐恋"特指两人所建立的相互深爱却又相互折磨的一种恋爱关系，这种折磨更多的是指心理层面，即"虐心"。无论是爱而不得，或是爱却失去，无论是迫于外界压力，或是由于两人情变，言情小说中的"虐恋"都让作家和读者随着男女主人公的情感纠葛而揪心，同时承受着快乐与痛苦。在"虐恋"主题的传统模式中，男女双方一方是施虐者，另一方是受虐者。从表面上看，男主在社会关系和两性权力关系中都居于统治地位，他们身份显赫，是邪魅总裁、冷酷王爷、黑帮老大、豪门阔少等，都英俊多金，作风专断独裁，感情强势专

---

① 李静：《网络言情小说的"虐恋"模式与消费主义文化的悖谬》，《名作欣赏》，2013年第5期。

② 《步步惊心》，搜狗百科，https://baike.sogou.com/v60858641.htm? ch = ch. bk. amb&fromTitle = % E6% AD% A5% E6% AD% A5% E6% 83% 8A% E5% BF% 83，2019年3月25日访问。

一①。女主相对处于弱势地位，或是"灰姑娘"或是"傻白甜"或是"玛丽苏"，性格单纯善良又古灵精怪，同时又秉承了现代女性独立自尊的意识。而在女主的身边常常还会出现一位"天使爱人"——友达之上，恋人未满，温柔善良，善解人意，从始至终无怨无悔地守护着女主。

《步步惊心》对于传统的"虐恋"模式有所继承，但也有所创新。男主四阿哥胤禛，身处雍容华贵的紫禁城，纵享世间荣华富贵。从出身显赫的皇子到受封为雍亲王，再到最后走向权力之巅成为一代帝王，这些都符合传统"虐恋"模式中的男主身份设定。一如他最钟爱的"水泽木兰"，他的性格清冷孤僻，不易接近，但对所爱之人赤诚真心，一旦认定就誓死守护。然而桐华也毫不避讳地展示出他在皇位争夺上的冷酷残忍与用尽心机，这与传统"虐恋"模式中一味强调男主的外冷内热是有所不同的。而女主马尔泰·若曦身份也先后发生几次改变，最初是马尔泰将军之女、八阿哥侧福晋之妹，进入宫中成为康熙御前奉茶女史，胤禛登基又以"若曦姑姑"的身份相伴左右。若曦身上的确有"灰姑娘"女主的特征，一位平凡的女子竟然能够得到多位阿哥的欣赏和青睐。但是她并非倾城姿色一顾一盼都能引人垂怜，也不是率真本性随心而行还能得到庇护。嗔痴恨念二十载，寸寸相思都成伤。春夏秋冬三百年，步步惊心皆是殇。若曦的每一步都是小心翼翼、如履薄冰，每一个选择都是难以割舍、两相为难，然而她依然很努力地不被卷入时代的漩涡，勇敢地用理性去思考、去抉择。至于女主身边的那位"天使爱人"，桐华将"他"细化为友情之爱、知己之爱、君子之爱：

友情之爱——最先闯入若曦世界的十阿哥，因为天资不够聪颖而遭到嘲笑与厌弃，而若曦却能一眼看到他"傻"气外表之下真诚的心。十阿哥把他和若曦之间的友情误以为是爱情，但其实若曦只是得不到的"冰糖葫芦"，而明玉格格才是他最珍贵的"芙蓉糕"。

知己之爱——十三阿哥是"拼命十三郎"，若曦便是"拼命十三妹"。他们都崇尚魏晋风流，不拘封建礼教，可以一同策马奔腾，也可以一起畅饮大醉。人生得知己若此，可谓不余遗憾。

君子之爱——若曦与敏敏赛马豁出性命只为给十四阿哥解围，十四阿哥铭感于心。西北一役大胜而归，他向皇上求的只有一道赐婚圣旨，但是他从未勉强过若曦。当她和八爷陷入爱河，他欢欣且祝福；当她选择了四爷，他不解却尊重。等到若曦伤痕累累，他就带她离开充满伤心的紫禁城，谈天论地却没有丝毫越矩。若曦生命的最后一程，也是他陪她走过。

---

① 徐晓利，张婵：《网络言情小说中的虐恋模式》，《文学教育》，2014 年第 1 期。

二、爱情选择

《步步惊心》主要围绕若曦与四阿哥、八阿哥之间的情感纠葛展开，也由此衍生了"四爷党"和"八爷党"，这对于之后的言情穿越小说写作起到了至关重要的作用。八阿哥胤禩素有"八贤王"的美誉，曾经是夺嫡声望最高的皇子，除四阿哥雍亲王爷外，他是最受写手和读者追捧的男主人公之一，如《谋嫡诱色》《梦回廉亲王府》《瑶华》《清空万里》《清风吹散往事如烟灭》《hello 我的福晋》《裸曾相识》《蝶舞清梦》《天与多情》《云卷云舒》《清殇月痕》《浮生劫》《清思缭断》《烟花释梦》等，都是以八阿哥为男主人公的穿越小说。《步步惊心》将爱情选择的选项置于四阿哥和八阿哥之间，无疑会使"虐"加倍剧增。

若曦的最初心动之人是八阿哥，但是同时又被"姐夫"的伦理纲常所束缚，因此从一开始她就陷入了矛盾。而要"江山"还是要"美人"的抉择，使她和八阿哥彻底分道扬镳。

> 我在黑暗中大睁着双眼，再不敢闭上眼睛。凄厉绝望的笑容，无线哀凄的目光，拼命地想驱散这幅画面，却越发清晰，我在被中缩成一团。思绪翻腾，在姐姐屋中初次相见时，他谈笑款款；秋叶飘舞中他逼我答应时的冷酷声音；漫天白雪中一身墨色斗篷，陪我慢行时沉默的他；捂着我的手时，让我答应他戴着镯子，盛满哀伤希冀的眸子；桂花树下温暖如春阳的笑容；散发着百合清香的签纸……

情不知所起，一往而深。初见之时的谈笑款款，漫天白雪的一路同行，桂花树下暖如春阳的笑容，赠送手镯的哀伤眼眸……都在记忆中鲜活。与八阿哥分手后，若曦是难过的、痛苦的，但这也是她必须要经历的。

> 两人本就有限的感情也许就消耗在这些鸡毛蒜皮的事情中了。如果我不顾生死地嫁给他，求的只是两人之间不长的快乐，可是我却看不到嫁给他之后的快乐，我看到的只是在现实生活中逐渐消失苍白褪色的感情！
>
> 如果他明日就断头，我会毫无犹豫地扑上去的，刹那燃烧就是永恒。可是几千个日子在前面，怕只怕最后两人心中火星俱灭，全是灰烬！

若曦对八阿哥是真心爱过的，但无奈结局早已注定，不怕陪他共赴刑场，却怕在平凡琐事里磨灭爱意。八阿哥待若曦也是真情实意，他与若曦的最后一别更是让"八爷党"被虐到不能自己。

> 他凝视着我，伸手轻拍了下我头道："去吧！"我直直盯着他，一动不动，心中明白这是我们此生最后一面了。当年那个身穿月白长袍，面若冠玉的男子从屋外翩翩而进时，我怎么都没想到我们以后的故事。前尘往事在心头翻滚，强忍着泪向他行了个礼，转身而去，走了几步，又猛然回身快跑到他身前，抱住他，眼泪终究滚滚而落。

这个场景很有影视流行色彩。老八就像是现代被迫失恋的绅士"僵了一下，缓缓伸手环着我，默默拥了会我"，并且还轻拍着若曦安慰着，要若曦忘了一切，但行动上却是推起若曦，抽下若曦身上的绢子替若曦擦眼泪。等若曦跳上马车蜷缩着身子抱着头静坐了半晌，突然身子一抖惊觉过来，赶忙挑起窗帘探看，只见一人一马立在空茫茫的路旁。这么个痴情的男人不得不令若曦感受到一种悲凉、孤寂和疼痛的搅扰着，压得人心口痛。

八阿哥能给予若曦的，仅仅是一个男子对自己心爱女子的情意，正如他赠予若曦的"凤血镯"流露出的是深情，更是"我用天下讨你欢"的雄心。一直以来，八阿哥给人的感觉是温润如玉，但是他也有他的权谋和阴暗，为了若曦而放弃皇位和权力，他实在无法做到。这也就注定了他和若曦有缘无分，只能分道扬镳。

对于四阿哥，若曦从一开始只是出于"不求有功但求无过"的心理对待，处处留心，并且专门打探他的喜好。但这些行为落在各位阿哥眼里，便是别有用心。若曦与四爷在御花园相遇，四爷正面回答她的问题，算是四爷默许了若曦的示好。在草原上四爷教若曦骑马，虽然不似若曦和八阿哥那样情意绵绵，但是也算是拉近了两人的距离。当若曦接受四爷送来的木兰手链，等于宣告是正式站在了四爷的阵营里。而真正打动若曦的是四爷毫不避讳地告诉若曦，想要皇位。在这之前四阿哥一直韬光养晦，从来没有向任何人表露出自己的心迹，这让若曦感受到他的坦诚。

若曦与四阿哥是有过欢乐的时光的，在畅春园共同泛舟湖上，在康熙面前在四阿哥茶中加入佐料，珍藏四爷为她挡箭的箭头……但是这些甜蜜都无法改变帝王的冷酷。又或者说，正是因为四阿哥和若曦的种种美好，他在即位后对伤害若曦的人以及和若曦有暧昧的人更加严厉责罚。这样的冷酷残忍是善良的若曦所不愿意看见的，两人由此渐行渐远。若曦视为亲姐妹的玉檀被活活蒸死、八福晋被休回府自焚、若曦流产，这一系列的事件将两人情感中最后一点美好磨灭，若曦身心俱疲地选择出宫。若曦嫁入十四府中，四爷明明割舍不下并派探子时刻打探若曦的消息，却又始终没有开口说出自己的想念，甚至没能见上若曦的最后一面，留下了永远的遗憾。直到若曦离世，四爷翻出若曦写给他的最后一封信：

> 四爷：人生一梦，白云苍狗，错错对对，恩恩怨怨，不过日月无声，水过无痕，所难弃者一点痴念而已。当一个人轻描淡写地说出想要二字时，他已握住了开我心门的钥匙；当他扔掉伞，陪我在雨中挨着、受着、痛着时，我已彻底向他打开了门；当他护住我，用自己的背朝向箭时，我已此生不可能再忘。之后是是非非，不过是越陷越深而已。话至此处，你还要问起八爷吗？由爱生嗔，由爱生恨，由爱生痴，由爱生念，从别后，嗔、恨、痴、念，皆化为寸寸相思。不知你此时可还怨我、恨我、恼我、怒我。紫藤架下，月冷风清处，笔墨纸砚间，若曦心中没有皇帝，只有拿去我魂魄的四爷一人。相思相望不相亲，薄情转是多情累，曲曲柔肠碎，红笺向壁字模糊，曲阑深处重相见，日日盼君至。

一句"日日盼君至"，寥寥数语，写尽了若曦强撑病躯只盼再见四爷一面的心酸，但是却终未如愿。由痛到快乐的过程，是一种补偿。痛苦程度越深，反差越大，到真相大白、真情爆发的瞬间所补偿的快感就越强烈。当四爷铭感若曦心意之时，却再也无法与她相见，等待他的只有一坛骨灰和若曦临摹的无数字帖、珍而藏之的箭头，这样的悔恨和绝望是两人这段"虐恋"的高潮。

> 胤禛立在景山顶端，身子沐浴在轻柔的暖光中，俯瞰着横在他脚下的整个紫禁城，眼睛深处却空无一物，宛如荒漠上的天空：辽远、寂寞。爱与恨都已离去，只剩他了。

在小说的最后，以四爷独立于景山俯瞰皇城的画面结尾。无论是心中挚爱，还是政治宿敌，都一一离去，只剩下偌大却空旷的紫禁城，只有至高无上的皇权和永恒的"孤家寡人"的宿命。

三、时代基础

从宏观上来说，人物的情感、命运、选择都是建立在一定的时代基础上的。"虐恋"的产生不是偶然的，而是相距百年的两个时代所造成的差异。

《步步惊心》以历史为主线，在重大历史事件上充分尊重史实，并在历史人物性格的设置上以史实为鉴，通过讲述繁华都市的普通白领张小文，因为意外，灵魂穿越了时空隧道，化身为康熙年间的满族少女马尔泰·若曦，带着对清朝历史的洞悉进入风云诡谲的宫廷，见证了九子夺嫡的历史，将历史性与故事性相结合，生动地再现了那个钩心斗角、结党营私、斗智斗勇的历史时期，在趣味性的阅读过程中充分满足了读者对于此段历史的好奇心。

《步步惊心》在情节的设置上不流于荒诞，而是以历史为主线，浓缩了史上闻名的九子夺嫡，与读者期待视野中的意识沉淀、先在经验达成了融合。作者精妙安排的"重大事件"多与史实暗合，诸如一废太子、帐殿夜窥、毙鹰事件、皇四子与皇十四子之争、雍正继位后采取各种方式排除异己等。与此同时，作者亦在细节上极力接近史实，比如康熙怒斥八阿哥系辛者库贱妇所生，十八阿哥夭折后太子无悲伤的表现仍骑马作乐，耶稣会士教授康熙数学等。小说中对历史人物性格的描摹亦与史料记载不相背离，比如所描述的八阿哥温文尔雅、八面玲珑，四阿哥冷静内敛、深藏不露，有着帝王的冷酷与现实等①。

而若曦是以一个现代人的身份穿越回清朝的，她的思想是不同于那个时代的人的。同时也意味着若曦知道所有人的结局，唯独不知道自己的命运。当需要做出选择时，她会不自觉地受到自己所事先知道的结局影响。但是情感的走向往往不受人控制，即使她选择的是最后赢家四阿哥，但是也没能得到一个美满的结局。作者为了使"虐恋"的产生和发展更加顺理成章，也为人物塑造了与情节相符的性格。若曦具有现代女性意识，她坚信命运是掌握在自己手中的。她不想像十阿哥那样被指派一门自己不喜欢的婚事，她也抗拒古代视为传统的"一夫多妻"；她也重情重义，当她从八福晋口中得知，是因为她提醒八阿哥多加小心四阿哥，才会使八阿哥突然对四阿哥发难，并直接导致十三阿哥遭受十年幽禁，她将责任全部归咎于自己身上，忧思成疾而含恨而终。

---

① 《步步惊心》，搜狗百科，https：//baike.sogou.com/v60858641.htm？ch＝ch.bk.amb&fromTitle ＝%E6%AD%A5%E6%AD%A5%E6%83%8A%E5%BF%83，2019 年 4 月 2 日访问。

四、女性意识

以《步步惊心》为代表的"虐恋"言情穿越小说展现出了满足幻想的心理体验和独立、依附并存的女性意识。这一类小说能够获得广大女性读者的青睐，很重要的一个原因是，它能够在小说中为读者营造一个似真似幻的梦境，满足在日常生活中所无法实现的幻想心理体验。在《步步惊心》中，四阿哥是历史上赫赫有名的雍正皇帝，梦回大清与帝王相恋，这无疑是一种美好的幻想。

影视剧改编过程中也是紧紧围绕这样的幻想，从而实现与文本自身的对话。正如其设置的结局，若曦在古代离世便回到了现代，她的身份在历史中无从考察，但是自身却是真真切切地经历过。当在博物馆展览中看见与诸位阿哥相处的场景图，此时身边出现一个与四阿哥极为相似的人，读者就不自觉地去思考是否与四阿哥有关联，两人在现实生活中是否能够再续前缘。这就成了一个开放式的结局，给人留下了无际的想象空间。一场轰轰烈烈的爱恋是每一个过着平凡生活的女性所幻想的，"虐恋"小说就使这样的愿望得到了实现。

另一个方面，"虐恋"主题小说所崇尚的是"唯情主义"，女主的情感选择往往只与自己的心意有关，而不是因为男主的权力、地位、外貌等外在的因素，但是根据男主的人物设定来说，女主在选择他的同时不经意间就已经拥有了这一切看似不屑一顾的事物。桐华在这一点上有所超越，若曦在做出选择的时候是事先考虑了这一点的，她从最初接近四阿哥的目的就并不单纯，但是在相处的过程中，她还是爱上了他，同样也是感情和物质双丰收的一个设定。小说以显、隐两种方式将女性的唯情主义和依附世俗的物质崇拜巧妙地缝合在一起，既实现了对现代女性的情感抚慰，同时又满足了她们对于物质的渴望①。

第四节 叙事规律

言情穿越小说的叙事特点非常明显，主要如下：

一、女性视角

著名批评家王绯注意到，"性别区划"在穿越小说中具有特别意义。穿越小说最初是分化成为历史穿越小说和言情穿越小说两类，但是近年来在

---

① 徐晓利，张婵：《网络言情小说中的虐恋模式》，《文学教育》，2014年第1期。

穿越小说市场上，明显可以看到，言情穿越小说发展的势头更加旺盛，"女穿文""清穿文"正逐渐成为穿越小说的代名词。对此，沈浩波认为，男性穿越小说不容易被市场接受，因为男性的消费通常比较理性；而女性相对要感性许多，所以穿越小说在玄幻上没红，在言情上却红了。女性作者和女性读者对"穿越"的喜爱，在很大程度上直接影响了穿越小说的审美趣味、文体风格和价值取向。其最鲜明的特征就是女性视角和色彩。

特别是在最初的"清穿"小说中，女性主体地位的至高可见一斑。在现代社会生活中，小说的女主人公相貌、爱情或者事业，都不起眼甚至不如意。但通过穿越的方式，在古代成为一个家庭背景优越、相貌才情出众、被众多优秀男性爱慕的女子，常常凭借现代知识和熟知历史化解遇到的障碍和难题，以现代人的姿态和历史上的著名人物展开一段轰轰烈烈的恋爱。它不仅简单地为女性提供了"爽"的娱乐，而是在书写中浸透女性自我探索的可能性，这种探索可能性的过程由读者和作者在书写中一起完成[1]。

二、叙述内核

言情穿越小说之所以区别于其他类型的穿越小说，主要在于言情是其重要的叙述内核。虽然小说女主人公在异时空的形象设定的确能够激起读者心中的某些情感，或是羡慕或是同情或是共鸣，但是总体来说，这类小说对于女性读者而言，其实最大的吸引力还是在于轰轰烈烈的爱情故事，能够充分地满足女性情感需求和心理补偿。随着现代社会发展和生活节奏加快，女性的工作和生活、爱情的压力丝毫不亚于男性，所以需要一个出口来疏解和放松。而极其私人化的小说阅读则刚好能够满足这种需求，凭借言情穿越小说中想象式的经历来获得成功体验，并以此来缓解她们在现实生活中原有的压抑或痛苦。

言情穿越小说对爱情的书写没有从现实生活中展开，而是以"穿越"构建了一个虚拟的历史空间，来表现现代女性的爱情感知和生活状况，从而拥有了和言情小说中其他类别小说迥然不同的面貌。首先，穿越的动因和感情缺憾相关，例如遭遇爱情的背叛、前世今生的因缘，因此，由感情冲突带来的种种事故往往会成为女主人公穿越的重要方式。其次，故事情节的展开也是始终围绕着爱情这一中心话题，不管是一生一世一双人，还是说不清道不明的爱恨纠葛，所有言情小说能够出现的情节都能够运用到

---

[1] 李雅楠：《新时期女性网络穿越小说研究》，南京师范大学硕士学位论文，2017年，第70页。

言情穿越小说上来。女性读者可以跟随着小说的思维，将自我代入言情穿越小说女主人公的位置，在精神上与这些出色且痴情的异时空男性经历轰轰烈烈的爱情。

三、读者心理

言情穿越小说作为网络小说的一部分，其最重要的特色便是和读者趣味之间的紧密联系，很多情况下，言情穿越小说基本都有圆满结尾。在穿越小说发展后期，穿越小说学习了古典世情小说的写法，因此大团圆结局也被许多小说沿用。但是在穿越小说的发展前期，或者一部分虐恋类的穿越小说当中，女主人公未能获得爱情的情况仍然存在。

《梦回大清》中女主人公茗薇虽然嫁了十三爷，但是因为四爷不能忘情，康熙认为皇帝的多情不利于江山统治，所以下旨赐死了茗薇。十三爷和茗薇结婚不久便遭遇了茗薇被软禁，其后被处死，最终天各一方的悲剧。而作者最后让女主人公茗薇魂回现代，她发现自己只是在故宫迷路而晕倒，之前大清的情爱纠缠已经恍然如梦一般。《步步惊心》中若曦最初喜爱的是八阿哥，但是八阿哥不愿意为若曦放弃江山斗争。若曦深爱四阿哥，但又被八福晋刺激得流产，从而和四阿哥产生了隔阂。最终若曦嫁给了十四阿哥，郁郁难平，含恨而死。虽然续集让若曦重回现代，但是《步步惊心》中这一结尾的设置，使这部小说较之其他清穿文来说，更有了悲情的内蕴。

四、发展趋势

近年来，言情穿越小说呈现出了新的特征。

其一，不再局限于女性为主角。"鉴绿茶专家顾文景安安生生地活完一辈子后，被早就盯上他的'男主擦亮眼系统'绑定了灵魂，于是他就只能穿越到各个世界去做一个不被心机绿茶迷住的三观正常的男主"[1]，以萧小歌《鉴绿茶专家男主快穿》为代表的作品，一反大众所认知的言情穿越小说等同于"女穿文"的常规，将男性作为小说的主人公，在异时空中开展爱情故事。这是对传统言情穿越小说的一大创新并且也迅速受到了读者的欢迎，稳居晋江文学城言情小说之古代穿越频道金榜第一（2019 年 9 月数据）。

其二，穿越时空更多转向架空历史。前期言情穿越小说扎堆于清朝，

---

① 《鉴绿茶专家男主快穿》，晋江文学城，http：//www. jjwxc. net/onebook. php？ novelid = 4116656，2019 年 4 月 2 日访问。

而在清穿小说中，戏份最重的则非九龙夺嫡莫属。在数以千计的清朝小说中，参与九子夺嫡的每个阿哥都被"穿越"过 N 次，尤其是太子、八阿哥、九阿哥、十三阿哥、十四阿哥这些命途多舛的阿哥，几乎各个都被"穿成了筛子"①。当下言情穿越小说更多地倾向于架空历史，或者半架空，例如樱桃糕《长安小饭馆》作者文案中指出"仍然大致以唐为背景，半架空，勿考据"，这样的处理方式可以拥有更多的发挥空间，既不受历史的局限，也不会造成读者对历史的误读。

其三，重生文占据绝大部分空间。传统意义上的言情穿越小说是现代人穿越到古代并与古代人展开爱恋，在最新的穿越文中这一类型已经比较少见，更多的是以重生的形式呈现。例如时镜《坤宁》，女主人公姜雪宁"在前世是个标准的玛丽苏，为了皇后宝座，到处勾搭，瞎他喵搞。反正不管谁当皇帝，她就要当皇后……后来宫变了。她死了。上天给了她一个重来的机会。她发誓痛改前非。万万没想到，偏偏重生回'已经'开始瞎搞的时候，根本来不及再改……"② 此外还有云芨《乘鸾》、飞翼《重生后成了皇叔的掌心宠》、沈青鲤《重生后太子扒了我的小马甲》等大热作品都是穿越重生文。

---

① 陈定家：《作为类型化的穿越小说》，《社会科学战线》，2017 年第 8 期。

② 时镜：《坤宁》（小说），MAIGOO 网，https：//www. maigoo. com/citiao/226655. html，2019 年 4 月 8 日访问。

盗墓悬疑小说

第八章

　　盗墓小说作为一个类型在网络文学中流行，主要得力于《鬼吹灯》《盗墓笔记》的巨大影响力。《鬼吹灯》《盗墓笔记》以盗墓为主线，涉及考古、冒险、风水、阴阳、武侠、黑帮、历史等元素，在审美和心理效果上除了惊悚、好奇，还有悬疑、奇观等因素。《鬼吹灯》《盗墓笔记》作为该类型的代表，独树一帜，几乎前无古人，后无来者，有的多是它们的同人作品、仿作或者延续变通之作，再难超越。因此，盗墓小说在文学网站上常常会被归入悬疑小说，否则难以有体量来支撑。

　　所谓悬疑小说，主要指的是"在网络上流行的、深受神秘文化影响、依靠紧凑神秘的情节和绵密的心理分析来渲染紧张刺激的气氛，并以此来吸引读者的幻想类小说"，可以分为"悬疑推理小说""悬疑恐怖小说""灵异悬疑小说"等类型[1]。但悬疑小说的这个定义似乎无法将盗墓小说容纳进去，其实应该有个盗墓悬疑。我们在梳理盗墓小说发展渊源时，放在悬疑恐怖、灵异小说框架下叙述，会更明晰。

第一节　渊源

　　盗墓与死亡有关，也与鬼怪、亡灵、灵异文化联系紧密，这种文化古老而又神秘，所以，从渊源上来说，网络盗墓悬疑类型作品无法离开中外神灵鬼怪文化。"中国的恐怖小说作者一般偏爱鬼神灵异、神秘文化，如捉鬼、通灵、盗墓等，风靡一时的《鬼吹灯》《盗墓笔记》就都是以盗墓为题材，通过故事铺叙，很好地展现中国文明中关于墓葬及盗墓的文化内容。至于灵异类型的小说，则多半取材于民间传说，如阴阳眼、捉鬼术等。整

---

① 唐小娟：《网络写作新文类研究》，北京：中国社会科学出版社，2018年，第157页。

体上讲，中国的恐怖小说主要有两大源头：一是取材于《聊斋志异》的鬼故事，即'用鬼来吓人'；另外一个就是向西方学习的悬疑加恐怖的创作技巧，即'装神弄鬼来吓人'。"① 所以，盗墓悬疑至少有中国本土和西方两类文化渊源。

一、中国鬼神文化

我国特别看重死亡归宿的安置，对于棺椁、墓地、葬仪等都有各种讲究，帝王将相更是对于自己的墓地有着相当长的准备，无论陪葬物品、墓地的选址、墓穴的结构、防盗机关等都考虑得较为周全，因此，盗墓与反盗墓的博弈始终存在于帝王将相贵族的考量之中。《鬼吹灯之牧野诡事》中也说："自古以来，从有厚葬之风开始，世间便无不发之冢，但'事死如事生'的观念在古人心中根深蒂固，很少有贵族愿意纸衣瓦棺。既然不能薄葬，便只有想尽办法反盗墓，除了机关疑冢之外，诅咒震慑也是一个常用的办法。"② 我国文学艺术对于丧葬、墓地的灵异鬼神都有各种记载和传说。鲁迅在《中国小说史略》中指出："中国本信巫，秦汉以来，神仙之说盛行，汉末又大畅巫风，而鬼道愈炽；会小乘佛教亦入中土，渐见流传。凡此，皆张皇鬼神，称道灵异，故自晋迄隋，特多鬼神志怪之书。其书有出于文人者，有出于教徒者。文人之作，虽非如释道二家，意在自神其教，然亦非有意为小说，盖当时以为幽明虽殊途，而人鬼乃皆实有，故其叙述异事，与记载人间常事，自视固无诚妄之别矣。"③

屈原《楚辞》中的《远游》《招魂》等篇章中就有一些鬼魂恐怖氛围的描述。魏晋志怪笔记小说则是中国流传下来最早的鬼神叙述文本，干宝《搜神记》保存和记载了一些神仙、仙术和灵异的故事，其中的民间传说为后来的鬼神文学提供了创作素材。唐人焦璐辑录《穷神秘苑》就有《李娥复生》故事的描写。原文是："武陵妇人李娥，年六十岁，病卒，埋于城外，已半月。娥邻舍有蔡仲，闻娥富，乃发冢求金。以斧剖棺，娥忽棺中呼，曰：蔡仲护我头……"该条笔记是一种奇闻轶事，涉及的是诈死现象。《太平广记》卷三八九和卷三九〇"冢墓"条下笔记有《严安之》等涉及战乱年代的盗掘活动（魏晋时期盗墓活动猖獗）的记载。

唐代段成式的《酉阳杂俎》保存了大量唐朝的民风遗俗、逸闻趣事，

① 无意归：《恐怖小说：网络文学中的一支"异军"》，《网络文学评论》（第一辑），广州：花城出版社，2011年，第181页。
② 天下霸唱：《鬼吹灯之牧野诡事》，北京：金城出版社，2010年，第6页。
③ 鲁迅：《中国小说史略》，南京：译林出版社，2015年，第174页。

有很多志怪故事，涉及仙、鬼、佛、怪、妖、道、梦、盗墓、凶兆、预言、超自然现象等奇异现象，开启了宋元明清志怪小说的源流。蒲松龄的《聊斋志异》是集大成者，据说他专门在路边设休憩地供茶点以搜罗怪力乱神的传说。鲁迅说《聊斋志异》"用传奇法，而以志怪"①，其实蒲松龄是利用鬼神妖魔的奇异形式来针砭时事、探讨人性。《镜花缘》受到刘璋《斩鬼传》的影响，写了海外荒诞故事。我国鬼神墓穴文学发展有一个基本谱系，其观念基本上是相信鬼神的存在，认为鬼神在我们的日常生活中，与春节、清明节、中元节的祭祀仪礼等民俗传说构成一个文化体系。这种观念对于我国的悬疑文艺创作有着根深蒂固的影响。"在中国传统文化的挖掘上，中国悬疑小说作家显然更喜欢在原始文化和民间传说中寻找灵感，地狱惩罚、生死轮回、阴阳交错、灵魂附体、神怪显灵、蛊术巫术等成为中国悬疑小说作家情节设置时常用手段。"② 比如幻术，《盗墓笔记》的第一部就有幻术的运用。所谓幻术，是指一种精神攻击的法术，活人或者尸身等事物通过精神意念或动作、声音、图片、气味等辅助手段使对方陷入意识错乱恍惚的状态，形成幻觉。幻术在我国有着悠久的历史传统，《列子》《后汉书》《搜神记》《西京杂记》《太平御览》《魏书》《晋书》《阅微草堂笔记》等文献都有奇人幻术的相关记载。

二、西方鬼神文艺影响

自近代以来，欧美、日本等发达国家的文艺随着枪炮一起进入国门，对我们的近现代文化影响非常大。改革开放 40 年来，我们主动敞开胸怀接受西方文化，同样也深刻影响到了我国的文艺创作。

19 世纪的爱伦·坡被称为"恐怖小说之父"，对我国有较大影响。20世纪 90 年代以来，我国又一次掀起译介爱伦·坡作品的热潮，正好与我国兴起的恐怖小说和艺术创作呼应，如蔡骏、周德东、李西闽、余以键、谷小妮等，《萌芽》杂志社也与接力出版社联手推出"蔡骏心理悬疑小说"系列，传媒巨人贝塔斯曼集团甚至还将 2005 年定为中国的"恐怖小说元年"，"新浪网选出的十位最受读者欢迎的恐怖小说家在接受媒体采访时，大都谈到自己阅读过英国的哥特式小说和美国的恐怖小说作品，尤其对爱伦·坡

---

① 鲁迅：《中国小说史略》，南京：译林出版社，2015 年，第 28 页。
② 朱全定，汤哲声：《当代中国悬疑小说论——以蔡骏、那多的悬疑小说为中心》，《文艺争鸣》，2014 年第 8 期。

等人的恐怖小说感兴趣；也表现在对爱伦·坡创作理念的承袭上"。①

同样，被誉为"恐怖小说之王"的美国作家斯蒂芬·金影响更大，他是世界上读者最多、声誉最高、名声最大的小说家，几乎他的每一部作品都成为好莱坞制片商的抢手目标。"20世纪80年代美国最畅销的25本书中，他一人便独占7本；作品不断被拍摄成电影，是目前在世的作品被改编成电影数目最多的作家；作品获奖更是无数。"②

2003年，丹·布朗出版的《达·芬奇密码》对中国恐怖悬疑小说的影响更为切近，引进中国后掀起了阅读《达·芬奇密码》的热潮。小说融有推理、侦探、惊悚等元素，叙述了一个教授通过密码解密破获一起谋杀案的故事，涉及宗教、历史、密码学、秘密社团等多方面的知识，是一部博学而充满悬念的小说，同名电影的播放将这种影响推向了大众深处，对于中国网络盗墓悬疑小说的影响非常明显。"大量中国网络悬疑小说采用的重新阐释历史、寻找线索、破解密码的手法，很多是出于《达·芬奇密码》的影响。"③

电子游戏和电影《古墓丽影》系列（最早推出为1996年）、电影《盗墓迷城》（即《木乃伊》系列，最早一部是1999年）、电影《夺宝奇兵》系列（最早推出于1981年）等都对盗墓悬疑文艺创作有直接影响。

除此之外，日本的悬疑推理、恐怖惊悚文艺对我国影响也很大，比如铃木光司的《午夜凶铃》，日本直木奖获得者东野圭吾的《白夜行》等。在综合形势下，周德东、蔡骏、李西闽等中国悬疑恐怖名家作品诞生，受到了市场的欢迎，屡屡登上图书销售排行榜。天涯社区还专门有"莲蓬鬼话"栏目，其中的单部恐怖小说点击量超过千万的比比皆是。

第二节　发展

鬼神文化源远流长，20世纪我国民间和风俗中始终保持着鬼神信仰。即使在"文化大革命"政治高压和文学萧条的环境中，地下民间仍然流传着悬疑恐怖小说的手抄本，如《梅花党》《一只绣花鞋》《绿色尸体》《一幅梅花图》《火葬场的秘密》《武汉长江大桥的孕妇》《金三角之谜》《13号

---

① 胡克俭：《爱伦·坡与世纪之交的中国当代恐怖小说》，《西北师范大学学报（哲学社会科学版）》，2008年第1期。

② 无意归：《恐怖小说：网络文学中的一支"异军"》，《网络文学评论》（第一辑），广州：花城出版社，2011年，第180页。

③ 唐小娟：《网络写作新文类研究》，北京：中国社会科学出版社，2018年，第158页。

凶宅》《太平间的滴答声》《粉红色的脚》等都以口传或手抄本形式流传在民间。

一、恐怖悬疑热

在21世纪初，悬疑恐怖文艺热潮兴起的时候，"文革"期间的一些手抄本被重新整理出版，有的还被拍成影视作品。比如2000年，大众文艺出版社推出张宝瑞创作整理的《一只绣花鞋》，引起了很大反响。出版界盛行"绣花鞋"的话题，文学批评理论界也对它的思想性和艺术性展开了争论。2003年下半年，由《一只绣花鞋》改编的电视连续剧《梅花档案》在全国热播，其收视率一度达到40个点。在一定程度上，"文革"前乃至"文革"期间对于悬疑恐怖、鬼神妖怪题材作品的抑制所集聚的需求在21世纪初的宽松环境中释放了，再加上互联网的自由互动便利，便形成了恐怖悬疑类文艺的兴盛。

2004年底，新浪读书频道的"玄异怪谭"连载了鬼古女的《碎脸》，到18章时点击率就超过1000万，位于新浪、搜狐、网易等各大门户网站原创小说排行榜的前列，并被国内外一百多家网站转载。

蔡骏从2001年开始就在网络上发表长篇心理悬疑小说，陆续有《病毒》《诅咒》《猫眼》《荒村公寓》等作品出版。2005年初，接力出版社出版了他的《地狱的第19层》。该作以手机短信为恐怖惊悚的载体，继承了《荒村公寓》借助网络和手机制造恐怖气氛、展开情节的创意，这应该受到了经典恐怖电影《午夜凶铃》的影响，手机铃声与电话铃声一样，只要在午夜响起，就预示着死亡和恐怖。之后，周德东的《门》《三岔口》，周浩晖的"刑警罗飞"系列小说，宁航一的《幽冥怪谈》系列小说，那多的《灵异手记》系列十四本，雷米的《心理罪》系列小说等作品，构筑了网络悬疑小说的坚实基础，同时向实体出版和影视改编等方面开发文艺衍生产品，影响很大。这波悬疑恐怖文艺热潮，也得到了影视改编的热捧。如2004年，改编自《诅咒》的电视连续剧《魂断楼兰》上映；2007年6月，改编自《地狱的第19层》的电影《第19层空间》上映；2008年8月，改编自《幽灵客栈》的《荒村客栈》上映；2009年3月，改编自《荒村公寓》的同名电影开始拍摄，2010年8月上映。影视青睐于悬疑小说，除了因为观众读者喜欢，另外一个原因就是制作成本低，市场风险小，所以商家的利润相当可观。2007年，趁着悬疑恐怖热潮，一些悬疑刊物拔地而起，周德东担任主笔的《胆小鬼》、李西闽主编的《悬疑小说》、蔡骏主编的《悬疑世界》等，在纸质出版普遍低迷的当下倔强生长，其中专门刊登悬疑小说的杂志《最悬疑》吸引了大量中学生阅读人群，销量很好。"受图书的影响，悬疑杂志也热销起来。而且，图书要受出版周期的限制，杂志因为出版周期短，如今反而更受欢迎。"①

2010年，有"中国恐怖小说第一人"之称的周德东，顺势推出国内第一档午夜电视节目《午夜惊魂·周德东讲故事》，市场反响很好，节目开播三天，收视率突破20点，是电视节目发展史上的一个奇迹。

2014年被称为"网剧元年"，很多改编的悬疑网络电视剧接连播出，如《灵魂摆渡》三季总播放量累计达到44亿，可见其受欢迎程度。2015年5月，爱奇艺播出根据雷米《心理罪》改编的同名网络剧，口碑非常好，第二季播放2天点击率破亿，同名电影则在2017年上映。

2014年5月28日，蔡骏在微博上陆续开始发表恐怖悬疑小说《最漫长的一夜》，每夜故事独立成文，悬疑小说家的"我"和警察表哥叶萧贯穿全部故事中，注重悬疑和转折叙事手段的运用。2015年、2016年先后出版第1季与第2季，这一系列仍在保持不定时的更新②。

2009年入驻晋江文学城的尾鱼先是写现代言情的作者，后来将言情移入恐怖悬疑和市井江湖中，形成了有着旅行经验的奇情悬疑特色，有《怨气撞铃》（2011年）、《半妖司藤》（2014年）、《七根凶简》（2015年）等重要作品，受到欢迎，都已出版，影视游戏也非常喜欢这种IP。其中2016年12月至2017年5月连载的《西出玉门》成为常驻晋江VIP金榜前十的作品，讲述了从罕见沙暴中唯一幸存下来的罗布泊山茶团队的向导昌东，与丧失部分记忆的女人叶流西一同前往玉门关去探险白龙堆，寻找女人照片及在沙暴中消失的前女友，结识了古董投机商肥唐、黑帮头目干女儿丁柳及其打手高深，无意触及隔绝两千年的"玉门关内"的神秘世界。故事在探险悬疑中融有妖鬼恐怖、异域民俗风情和言情等元素③。

二、一枝独秀的盗墓题材

2005年，《鬼吹灯》开始在天涯论坛连载，作者为天下霸唱。该作品首开国内盗墓网络小说的先河，以盗墓为线索框架填纳了很多奇闻异事、历史传说、地理风物、民间风俗，塑造了摸金校尉、发丘中郎将、搬山道人、卸领力士等盗墓者形象，非常适合网络连载的商业化运作机制。该作品影

---

① 黄莺：《〈胆小鬼〉〈悬疑小说〉后又一本杂志〈悬疑志〉上市 悬疑书流行带动悬疑杂志热销》，《杭州日报》，2007年6月16日第15版。

② 邵燕君，等：《2017中国年度网络文学·男频卷》，桂林：漓江出版社，2018年，第132页。

③ 邵燕君，等：《2017中国年度网络文学·女频卷》，桂林：漓江出版社，2018年，第28-65页。

响很大，产生了很多仿作和同人作品，如独孤一叶的《鬼吹灯同人之雌雄盗墓王》（2007 年由珠海出版社出版），糖衣古典的《鬼吹灯外传》系列（2012 年由贵州人民出版社出版）等。其中，2006 年 6 月 26 日，南派三叔在"鬼吹灯吧"起步的《盗墓笔记》逐渐引起关注，被起点中文网发现，然后转到起点中文等文学网站连载。经过起点中文、新浪读书等平台的力推，《盗墓笔记》开始广为传播，小说更新迅速。在 2006 年这一年内，其前 4 部即《精绝古城》《龙岭迷窟》《云南虫谷》《昆仑神宫》就被安徽文艺出版社出版，作品也登上新浪读书风云榜。

《盗墓笔记》的火热进一步巩固了《鬼吹灯》所奠定的盗墓类型小说的地位，各种仿作、同人作品、同类型题材的作品纷纷出台。如飞天的《盗墓之王》系列还融汇了武侠和科幻、玄幻元素于盗墓之中，2007 年由中国友谊出版社出版。各种盗墓的作品在网络和实体出版中都非常热门。2011年，畅销书王的《盗墓传奇》、迦南行者的《盗墓迷城》、李成事的《盗墓家族》由中国华侨出版社出版。2013 年，文丑丑的《盗墓密咒》、方言的《盗墓生涯》由中国华侨出版社出版。

《盗墓笔记》的盛行也引起了互联网上粉丝的掐架和打仗，《鬼吹灯》的粉丝"灯丝"以天涯论坛为大本营，《盗墓笔记》的粉丝"稻米"则集结于百度贴吧。两书的粉丝之间长时间攀比攻讦，成为网络一大风景。两部作品各有侧重，几年内霸占畅销网络小说书榜，即使不爱悬疑惊悚、不关心网络小说的人也难免通过各种媒体①而对它们有所听闻。

2011 年，南派三叔在磨铁中文网首发《大漠苍狼》。与《怒江之战》一样，《大漠苍狼》也是以军事斗争和地质勘探为故事背景，其悬念设置和丰富的想象力依旧吸引人。2012 年，《盗墓笔记》续篇《藏海花》在《超好看》上连载，《沙海》则在《漫绘 SHOCK》上连载。

其他与陵墓有关的有连载于郑州大学西亚斯国际学院论坛的《我在新郑当守陵人》，口碑不错。作者阴阳眼（刘伟鹏）打小就喜欢稗史传奇，奇闻轶事，大学毕业后又正好在黄帝故里文化研究会工作，对新郑等地有实地考察的经验。该作品行文干脆、语言优美、结构严谨，水平不亚于《鬼吹灯》和《盗墓笔记》，只是宣传不够，所以点击量不大。

---

① 2015 年 6 月 12 日，《盗墓笔记》播出电视剧第一季《七星鲁王宫》在爱奇艺上首播，由李易峰、鹿晗和唐嫣主演，吸引了大批粉丝。陆川导演的电影《鬼吹灯·精绝古城》、乌尔善导演的电影《鬼吹灯·寻龙诀》都上映了。电影《盗墓笔记》也开始启动，同年 8 月上映。2016 年 12 月19 日，网络季播剧《鬼吹灯之精绝古城》在腾讯视频和东方卫视播出，由靳东、陈乔恩主演，好评如潮，2017 年 7 月 21 日，第二季《鬼吹灯之黄皮子坟》在腾讯视频播出，热度不减。

此外，还有异域奇观的作品，如 2008 年 1 月，何马在新浪小说连载的长篇小说《藏地密码》，小说的特色是西藏和藏文化，涉及很多世界文化遗迹、宗教传说，还融有野外探险、特种作战，对于所描写的人、事、物都赋予了某种奇观性，引人入胜。10 部实体书出版后，对年轻人的"朝藏热"添了一把火。2014 年，飞天在 17K 小说网推出融入玄幻味道的《伏藏师》，讲述了画师关文斩除罗刹魔女的故事，而罗刹魔女在唐代被伏藏师封印了。

第三节　代表作品分析：南派三叔的《盗墓笔记》

我们以《盗墓笔记》为代表做一个分析。之所以选择《盗墓笔记》，主要是它更受青年读者喜爱，"《鬼吹灯》颇有民国武侠神韵，人物出身平平而草莽气、匪气十足，倡导个人英雄主义，比较符合传统正面人物塑造的方式。而《盗墓笔记》带有现代精英气质和都市黑帮色彩，故事结构也更加多元，更受青年读者欢迎"①。

南派三叔原名徐磊，"80 后"网络作家，出生于浙江嘉善，定居杭州，由此人们把小说主人公吴邪与作者对应起来。浙江树人大学电子商务专业毕业后，在广告、软件编程、国际贸易等行业工作。2007 年 1 月，代表作《盗墓笔记》系列第一本出版，9 部总销量超过 1200 万册。2010 年，《大漠苍狼》《怒江之战》陆续出版。2011 年 9 月 7 日，南派三叔成立"漫工厂"工作室，与沧月、颜开、姚非拉等进行深度合作，推出多部精品原创故事漫画。同年 11 月 7 日，首刊《漫绘 SHOCK》上市。2012 年 11 月 29 日，《盗墓笔记》系列小说获第七届中国作家富豪榜最佳冒险小说奖，并以 850 万元版税荣登"2012 第七届中国作家富豪榜"第 9 位。2013 年 3 月 22 日，南派三叔在新浪微博宣布封笔，但保留"南派三叔"的笔名。2014 年初，南派三叔成立南派影视投资管理公司。2014 年 6 月，南派投资联合欢瑞世纪和光线传媒正式启动《盗墓笔记》影视开发计划。2016 年 1 月 22 日，南派三叔位列 2015 "当当年度影响力作家"类型小说家榜前五名。2017 年 7 月 12 日，其作品《盗墓笔记》获得 2017 年猫片·胡润原创文学 IP 价值榜第 2 名。

《盗墓笔记》主要讲了出身于土夫子世家的古董店小老板吴邪，其爷爷就是长沙一带的盗墓者，本人受到呵护一直平淡地生活。一个"偶然"的机会，吴邪由一张神秘战国帛图，卷入了盗墓活动，结识了潘家园、北京

---

① 邵燕君主编：《网络文学经典解读》，北京：北京大学出版社，2016 年，第 125 页。

古玩市场文玩贩子王胖子、闷油瓶张起灵等生死朋友，在几次盗墓探险经历中，善于思考观察的吴邪发现了从古到今多个政权对于"长生"的探索，并逐渐窥见自己、家人和朋友是谋求"长生"的棋子，都受困于强大的"楚门世界"当中，三人在探险活动中所结成的生死友情和默契配合令人唏嘘。小说发展到第 2 辑《藏海花》和第 3 辑《沙海》中，盗墓行为不再是故事内容，而逐渐变成了背景。

小说产生了巨大影响，从文艺和产业上来说是好事，但从社会层面来看，也有可能让一些低龄的痴迷读者混淆现实与虚构世界的界限，从而引发社会问题。比如，2013 年初，山东几个"90 后"少年受到《盗墓笔记》的影响，盗掘战国文物。该事件一度让《盗墓笔记》作者面临"误导读者"的舆论谴责，南派三叔不得不出面"表明立场"①。2015 年的电视剧版《盗墓笔记》也因类似原因不得不用"考古"代替有关"盗墓"的情节。同时，根据《鬼吹灯》改编的电影《九层妖塔》也将盗墓改为主角们为国家探险。这件事情给文学带来了一个艺术伦理问题的反思：文学必须描写没有瑕疵的正确和没有阴影的阳光吗？文学是否可以，能按照某种标准，在何种程度下越轨去涉及瑕疵和阴影②？其实，这个在虚构世界与现实世界难以顺利转换的问题，中外古今都有，多是沉浸或痴迷过甚产生情智紊乱，比如歌德的《少年维特之烦恼》引发青年人自杀，《红楼梦》引发葬花、出家做和尚或尼姑，歌剧《白毛女》引发战士擦枪走火等等，我们是否因此就批评这些作品不应该这么写呢？如果从阴暗揭示来说，很多现实主义和先锋派文学更为厉害，但很少有人在这点上拷问它们。为什么会有这样的差异？传统文学或先锋文学不在于没有"越轨"（很多作品都是程度更大），而在于接受和受到影响的人有限，或者不存在低龄化受众的问题。也许，这是通俗文艺因为面向大众而必然招致的不平等待遇吧。

在导向上，国家和政府对于此类恐怖惊悚题材是有着管制的，全国"扫黄打非"办曾经严打过非法盗版的恐怖小说《死亡笔记》。很多专家也说，恐怖小说会对青少年心理造成不良影响③。但为什么青少年还是喜欢看呢？这样的市场，使得一些杂志还是在摸索和坚持，他们一方面在立场上

---

① 在少年盗墓事件曝光之后四天，南派三叔的微博发表声明称：自己的小说轻猎奇重悬疑，想要传播的也是一种坚强的、与命运抗争的正能量。而盗墓只是小说的背景，自己也没有美化这个行当。由于他 2013 年 8 月前的微博已全部删除，无法获得原文。

② 邵燕君主编：《网络文学经典解读》，北京：北京大学出版社，2016 年，第 121 页。

③ 黄莺：《〈胆小鬼〉〈悬疑小说〉后又一本杂志〈悬疑志〉上市 悬疑书流行带动悬疑杂志热销》，《杭州日报》，2007 年 6 月 16 日，第 15 版。

坚定地与恐怖撇开关系，"说杂志绝对不走恐怖路线"，比如"《胆小鬼》杂志的负责人说，与那种通俗的恐怖小说不同，自己的杂志是本高级别原创心理探索读物"。《悬疑志》主笔蔡骏也在博客里特别为悬疑小说正名："杂志连载中的《天机》是我最新的一部以地理知识、风物景观、民俗遗风、传说、风水等内容串起来的小说。"这也是《鬼吹灯》的特点，可以说，这样一个结构应该是该类型的共性规律。

一、惊悚悬疑、引人入胜的开头

盗墓悬疑的主线是几个固定的人物或主角，为了探险和发掘某地的墓穴而展开各种奇迹探险历程。从这条主线来看，小说第一部的开头就显得非常引人侧目。《悬疑志》杂志主笔蔡骏为悬疑小说正名：杂志连载中的《天机》是我最新的一部长篇小说，我可以非常明确地说，《天机》的适合阅读人群——从 8 岁到 80 岁的任何懂中文的人。[1] 但这类小说还是无法与恐怖完全撇开关系。

小说为什么受欢迎，被粉丝追捧？其原因应该是多方面的。但从美学来说，我们认为，《盗墓笔记》的最大魅力是因为有着一个主线明确而又环环相扣的叙事结构，在这条线上看《盗墓笔记》没有《鬼吹灯》的引子，而是直接入题。《盗墓笔记》的第一部《七星鲁王宫》的第一章"血尸"，实际就是引子，交代的是主人公吴邪的爷爷（三伢子）和太爷爷盗墓奇遇以及生死去向问题。这个开头的功能主要有两个：第一个是吴邪出场提供一个世家背景，也为故事的纵深度和历史感加分；第二个就是按照恐怖惊悚悬疑的套路展开的，以吸引读者热捧自己。

小说先是故作轻松地交代时间地点，"50 年前，长沙镖子岭"。然后就是叙述盗墓者四人——老烟头、大胡子和他的两个儿子二伢子、三伢子——正"直勾勾地盯着地上那把洛阳铲"，因为"铲子头上带着刚从地下带出的旧土……正不停地向外渗着鲜红的液体，就像刚刚在血液里蘸过一样"。三伢子在地面上负责拉，其他三人下到墓穴里面。接着就写不知何故的坏事出现。老三拉不动，对峙一会儿后，洞下面有了盒子炮响，接着就是老三父亲的叫喊声："三伢子，快跑！"与此同时，三伢子身上的绳子也一松，弹回来土耗子，三伢子接过就狂跑了二里开外，停下来看到土耗子上钩着他二哥的一只断手，再向后一看，有一个血红的东西，剥了

---

① 黄莺：《〈胆小鬼〉〈悬疑小说〉后又一本杂志〈悬疑志〉上市 悬疑书流行带动悬疑杂志热销》，《杭州日报》，2007 年 6 月 16 日，第 15 版。

皮的真人在盯着他看。这场面很惊悚。再接下来，小说继续呈现这种恐怖惊悚。三伢子用匣子枪打穿了怪物，也没能弄死它。三伢子趁怪物后退几步的当口又拼命跑，结果"脚下一绊，他一个狗吃屎，整张脸磕在一树墩上，顿时鼻子嘴巴里全是血"。他感受到那个血尸的脚板踩着他后背过去了，接着是被踩处的奇痒，是尸毒。眼睛开始朦胧，三伢子仍然向前爬，将二哥断手中的"古帛片"塞进了自己的袖子里。耳朵开始蜂鸣，意识开始模糊，但还是听到了原先在洞口的"咯咯"怪声就在身边，条件反射地抬起头一看，"只见一张巨大的怪脸正俯下身子看着他，两只没有瞳孔的眼睛里空荡荡地毫无生气"①。这个特写镜头式的描写足以使人深感恐怖。

小说这种开头设置了足够多的疑问：血尸究竟怎么回事？三伢子的命运如何？其他三人又如何？接下来的第二章，时间一下子就到了"五十年后"。这意味着，悬念得慢慢解开。

《鬼吹灯》开头虽然也设置悬念，但没有《盗墓笔记》那么用力。《鬼吹灯》开头的精彩之处主要以知识背景展开，讲述了盗墓的破坏技术及其与造墓构成的"道高一尺魔高一丈"的博弈关系。也交代了盗墓的历史行业变化，认为比起"千方百计地破解这些机关，进入墓中探宝"的盗墓贼的古老课题而言，现代盗墓的课题难点在于寻找古墓。"在现代，比起如何挖开古墓更困难的是寻找古墓，地面上有封土堆和石碑之类明显建筑的大墓早就被人发掘得差不多了"，因此，很多发明和技术都用在寻找古墓上了，比如"铁钎、洛阳铲、竹钉、钻地龙、探阴爪、黑折子等工具"。在寻找古墓上，有的人则"通过寻找古代文献中的线索寻找古墓，还有极少数的一些人掌握秘术，可以通过解读山川河流的脉象，用看风水的本领找墓穴"。而该书的叙述者就属于看风水，读解山川河流脉象的探索派，由此引出故事的源头，"在我的盗墓生涯中踏遍了各地，其间经历了很多诡异离奇的事迹，若是一件件地表白出来，足以让观者惊心，闻者咋舌，毕竟那些龙形虎藏、揭天拔地、倒海翻江的举动，都非比寻常"（《精诚古绝·引子》），令人生奇，想入非非，他经历了怎样的离奇事情呢？该知识的引介并不全在于卖弄，而在于通过简明扼要的介绍，引起读者的期待。这并不像一些通俗小说那样，故弄玄虚，也不像《盗墓笔记》那样直接就呈现惊悚骇人的故事场景了。

---

① 以上参见南派三叔：《盗墓笔记·七星鲁王宫》，北京：中国友谊出版公司，2007年，第2－5页。

《盗墓笔记》与《鬼吹灯》的开头在策略上虽然有差异，但是在设置悬念，引起读者好奇和期待这一点上是相同的。相对而言，《盗墓笔记》的这种开头模式更为流行，基本是惊悚悬疑类型小说的套路。

二、环环相扣的叙事结构

引人入胜是小说都想努力达到的美学效果，尤其是作为通俗类型的网络小说，更是以吸引读者入迷为圭臬。不过，对于盗墓悬疑，其吸引人的地方，除了悬念和具有吸引力的开头之外，还要通过叙述盗墓探宝中遇到的怪异惊悚现象来抵制读者的逃跑。这些现象不仅要有节奏，此起彼伏，而且还得接连不断，让读者目不暇接。惊险、神秘、恐惧随着各种机关、血尸、尸鳖、尸体、紫金匣子等接踵而来，这构成了小说令人欲罢不能的叙事结构。这种结构就像是悬疑和惊悚作为主线，将知识、解谜、地理景观、朋友之情和男女情愫等元素串在一起，形成一个趣味盎然的文本。

（一）首尾设疑的叙事结构

最明显的叙事特征，就是在每一章的结尾化用了古代章回小说吸引读者的"欲知后事如何，请听下回分解"的策略，即在章节末尾点出奇异恐怖问题，引起读者好奇，让读者读下去，下一章的内容，基本上会揭开这个谜团，甚至以标题形式出现在下一章，有的也会出现新的奇观现象。

从结构上说，为吸引人，作者大多会在每章末尾设计一个最为紧张的、往往带有恐惧性的场景，如第六章"我看在水中的倒影里，一只不知道是什么的东西正趴在我的背上，我正想大叫出来……"；或者发现了新物件，给人以疑惑好奇，如第八章，"老头子看着一边的树丛，声音都发抖了：'那……是……什么东西？'我们转过去一看，只见那草丛里一闪一闪的，竟然是一只手机"；或者是点题，总结本章，如第七章，"前年山体塌方的时候，那地方挖出了100多个人头！"章节末尾的悬疑大多会在接下来的章节中给予解答，如第七章开始就解答第六章末尾的惊悚场景；"那东西叫作傀，其实就是那白衣女粽子的魂魄，她不过是借了你的阳气，出那个尸洞而已"。这种首尾相扣的结构贯穿全文，是吸引读者阅读入迷的关键。

这种结构在第一部《七星鲁王宫》里比较典型，有很用力的痕迹。但在第二卷的《怒海潜沙》、第二季的《阴山古楼》等①里，则没有这么用力了。不过，其引人入胜的环环相扣的技法仍然保留。即在最关键的时刻，戛然而止，令人想继续下去。比如《阴山古楼》，第一章的结尾是"我……立即感觉有点不对，忙顺着他的视线一看，顿时一愣。我看到一边高脚楼上方的山坡上，站着几个村民，不知道什么时候出现的，正满脸阴霾地看着我们"。第二章就是我们进入村子，在结尾地方，"我看向那个方向，那是闷油瓶高脚楼所在的地方，顿时觉得不妙"。第三章就得知了这个"不妙"是发生了火灾。那么，这个火灾是怎么发生的呢？是人为的还是自然的？又引人思考和追踪。

可见，在惊悚奇异的悬疑点上，小说是构筑了设疑、解疑的循环结构的。当然，小说设置了许多奇观怪异现象，有的是小说给予了解释的，有些则没有。这可能是网络连载顾此失彼的原因，也可能是因难以自圆其说而未加理会。

这种环环相扣的叙事结构在《鬼吹灯》中也得到了遵循。比如《精绝古城》叙述精绝女王墓室棺椁的怪异之事。先是发现棺椁是昆仑神树做的，而且棺椁上还长有尸香魔芋这样的植物！然后引入尸香魔芋的传说，"传说尸香魔芋中有恶鬼，它一旦长成之后，活人就不可以再接近了"。在该章"神木"的结尾就是"我"点出尸香魔芋的诡异，我便对陈教授说："这可奇了，在这扎格拉玛山的山腹中，也没有光合作用，还能生长植物，这些神秘的东西同那女王的身份果真十分吻合，都是些不符合自然界法则的怪物。"然后接下来一章，35章的名称就是"尸香魔芋"，该章叙述了萨帝鹏砸死自己的好同学楚建，并砸死自己，倒在精绝女王的棺木旁边，已经没有脉搏了，这个尸体，还"忽然像触电一样突然坐了起来，两眼瞪得通红，指着精绝女王的棺椁说：'她……她活……了……'"这让"我"、Shirley 杨和胖子都吓了一跳。再接下来一章标题为"死亡"，接续了前一章萨帝鹏的真死亡。这一章又发生了奇事，发现"女王竟然长的同 Shirley 杨一样，简

---

① 盗墓笔记1（盗墓笔记壹）包括《盗墓笔记第一卷 七星鲁王宫》和《盗墓笔记第二卷 怒海潜沙》；盗墓笔记2（盗墓笔记贰）包括《盗墓笔记第三卷 秦岭神树》和《盗墓笔记第四卷 云顶天宫（上）》；盗墓笔记3（盗墓笔记叁）包括《盗墓笔记第五卷 云顶天宫（下）》和《盗墓笔记第六卷 蛇沼鬼城（上）》的部分内容；盗墓笔记4（盗墓笔记肆）包括《盗墓笔记第六卷 蛇沼鬼城（上）》的部分内容和《盗墓笔记第七卷 蛇沼鬼城（中）》；盗墓笔记5（盗墓笔记伍）包括《盗墓笔记第八卷 蛇沼鬼城（下）》《盗墓笔记第九卷 谜海归巢》和《盗墓笔记第二季》的部分内容；盗墓笔记6（盗墓笔记陆）包括《盗墓笔记第二季 阴山古楼》和《盗墓笔记第二季 邛笼石影》的部分内容；盗墓笔记7（盗墓笔记柒）包括《盗墓笔记第二季 邛笼石影》的剩余部分内容；盗墓笔记8（盗墓笔记捌）包括《盗墓笔记（捌）大结局》上下两册。

直就是一个模子里抠出来的"，而且，"我"发现尸香魔芋靠制造幻觉引人自杀，这就间接解释了萨帝鹏和楚建的死亡。这样的环环相扣的结构又暗含着设疑、借疑的循环结构手段。

（二）层层设疑、不断解疑的循环结构

悬疑惊悚既是故事内容和给人阅读的审美感受，同时也是组织小说结构的内容和线索。以《盗墓笔记》第一卷《七星鲁王宫》来说，其引子"血尸"就留下了疑问：难道真有鬼怪？这个问题没有立马给予解答，但在随后的章节中得到了回应。

在第二章中，小说交代了三伢子——"我"爷爷后来进了扫盲班，把他的一些经历记录在那本老旧的笔记本上，"我"奶奶是大家闺秀，被他的这些故事吸引，招"我"爷爷入赘到杭州。但没有交代"我爷爷后来怎么活下来的，我的二伯伯和太公和太太公最后怎么样了"，因为"我爷爷始终不肯告诉我"。

关于血尸和"我"太爷爷的下落，在第九章古墓中做了解答："我"与三叔、潘子、大奎到山东瓜子庙去倒斗淘沙，由一张偶得的字画图引导进入墓葬区域，通过铲子带出的血土就确定了墓葬的基本方位和轮廓，然后挖洞下到古墓里，遇到第一道机关就是有矾酸的墓墙，被酸浇到身上，"马上烧得连皮都没有"，似乎就解释了开头的血尸是三伢子的爷爷老烟头[①]。但是这种解释不置可否，因为后面又出现了血尸。既有第五章倒挂的船工的假血尸——一张血淋淋的脸，发现他只剩下上半身，洞顶上一只黑色的大虫子正在啃咬他的肠子；也有神奇的不可解释的血尸，如闷油瓶跟血尸死斗，过程虽然省略了，但在第十四章做了暗示，"这里的石道设计有些古怪，它短时间应该追不过来"。第二十五章做了解释，即闷油瓶割了血尸的头来到了我们所在的主墓室，他揭开了玉俑是血尸产生的源头，并且还揭示主人已经换人了。"这具血尸就是这玉俑的上一个主人，鲁殇王倒斗的时候发现他，把玉俑脱了下来，他才变成现在这个样子。进这个玉俑，每五百年脱一次皮，脱皮的时候才能够将玉俑脱下，不然，就会变成血尸。现在你们面前这具活尸已经三千多年了，你刚才只要一拉线头，里面的马上起尸，我们全部要死在这里。"[②] 也就是说血尸头是鲁殇王倒斗时发现的那个主人，而在这玉俑里的应是鲁殇王。但在第二十七章中，闷油瓶又根据战国帛书，推理铁面先生已经置换了鲁殇王，鲁殇王入俑的时间短，应该

---

① 南派三叔：《盗墓笔记·七星鲁王宫》，北京：中国友谊出版公司，2007 年，第 38 – 39 页。
② 南派三叔：《盗墓笔记·七星鲁王宫》，北京：中国友谊出版公司，2007 年，第 91 页。

没有成为血尸①。

这种设疑答疑的模式有多种展现形式。设疑在末尾比较多见，如第六章，"正趴在我的背上的一只不知道是什么的东西"（在第七章开头就做了解释：那东西叫作傀）；有的疑问在章节中间，如老头子和船工消失。答疑可以是接下来的章节篇幅中出现，也可以间隔几章出现，如船工和老头子突然消失，船工立马就做了交代（死亡），而老头子则到了第八章才出现。

有些疑问设置是长线，比如对于七口棺材，小说借助胖子之口说："恐怕都是假的，鲁殇王墓都可能是假的（第十六章）。"这个说法在后面得到了证明，但鲁殇王墓在这里，只不过在另一个主墓室，不过在那个真正主墓室的玉俑里，也不是鲁殇王，而是其军师铁面先生（第二十六章），故事真相曲折回环。

有些疑问、悬疑是故事自身发展产生的，比如第二十二章，"我"拿到钥匙打开紫金匣子，里面是什么呢？读者一般会认为是传说中的鬼玺（前面有诸多铺垫），结果是八重宝函。好像是作者与读者故意捉迷藏一样。这其实是作者与读者、文本之间的一种特殊互动。这种互动被邵燕君称为设谜、解谜和考据，认为是《盗墓笔记》开源的模式②。

这就是说，以盗墓为框架，小说可以很方便地为网友读者设谜、解谜，以及与网友读者产生情感共鸣。这其实切中了《盗墓笔记》小说的互动性和游戏性，不啻过去上元节看灯猜灯谜的热闹有趣。

第四节 叙事规律

前面所述的环环相扣、设疑解疑的循环结构，其实是盗墓类型小说的一个典型叙事规则，具有普遍性。与《盗墓笔记》一样，《鬼吹灯》除了首尾呼应、上下衔接相扣的叙事结构，也有设疑解疑的循环结构手段，比如《鬼吹灯》第一部《精绝古城》的引子说"昔日的繁荣已被黄沙掩埋，风平浪静的沙漠下又隐藏着什么秘密？"就引发了悬疑，之后，考古队走进位居世界第二的流动性沙漠，发现西夜古城的"精绝女王"墓穴，从而为解谜铺开了道路。首次，提及女王神秘的眼睛，它既是连接冥界的通道，又会凭此让看她一眼的敌人凭空消失，无影无踪，而且永远回不来。到第二十八章，我们又看到了"虚数空间"——地下一层摆放着地狱中的恶鬼，第

---

① 南派三叔：《盗墓笔记·七星鲁王宫》，北京：中国友谊出版公司，2007 年，第 7 页。
② 邵燕君主编：《网络文学经典解读》，北京：北京大学出版社，2016 年，第 121 页。

一层是牲畜，第二层是普通人，第三层是巨瞳的人像，第四层模样像扎格拉玛山中的怪蛇（经推测，怪蛇似乎是王国的守护神，头上有个眼睛形状的黑球，鬼洞人真的相信眼睛是一切力量的来源），而第五层空无一物。提出问题：为什么地位最高的一层是空的？虚数空间又是什么？小说通过塔顶上还有一个眼睛形状的图腾，引导我们相信鬼洞民族的眼睛图腾崇拜，女王的力量来自于她的眼睛。似乎非唯物性地解释了眼睛魔力的来源。这种设疑解疑的悬念叙事法是辛苦的、烧脑的。作者天下霸唱也感慨地说自己虽然喜欢"故事悬念强，情节惊险刺激"，但也存在很大瓶颈，因为"一群人，深入一个与世隔绝的地方，遇到一些神秘的现象，随后揭开谜底，幸存者逃出生天"的模式化套路，不仅会让看多了或写多了的人厌倦，而且关键会遇到解释的卡壳，不能总是用超自然的外星人或鬼怪作祟来糊弄过去，"就连长生不死和时空穿越之说，都显得幼稚，没有真实感"。由此，作者思考"如何能在狭窄的瓶颈之中，写出不落俗套的内容，将出人意料的天大悬念，解释得合情合理"，就成为"我给自己定下的目标"[①]。

接下来，我们着重探讨小说的奇观化叙事。

一、奇观的概念和类型

所谓奇观，其实是各种奇异、超出自然和现实逻辑的奇特现象，是盗墓小说故事内容的本性需求，也是超越日常生活和平淡事物的产物。它就像新闻，往往是稀少特异的事情。不过，在不同类型的小说中，奇观的范畴、现象也是不同的。比如对于魔幻、神魔、玄幻等类型小说而言，题材本身的默认设定就属于一种奇观，比如变身、魔力、魔法，都是应该有的，其新奇之处在于各种奇异事件的细化和创新，即在情节、人物、技法、世界等设定上需要在该类型的常规上再出新花样。而对于官场等现实主义题材来说，一些奇观现象虽然不是魔幻之类的，但其超越人之想象也会让人咋舌，往往是颠覆我们三观和一些道德约束的。

奇观（spectacle）在商业文化环境中被放大了，迎合了后现代消费社会"图像化"的趋势，满足了大众对具有直接视觉冲击力的图像展现的需求。居伊·德波说："在现代生产条件蔓延的社会中，其整个的生活都表现为一

---

① 天下霸唱：《鬼吹灯之牧野诡事》，北京：金城出版社，2008 年，第 282 页。

种巨大的奇观积聚。曾经直接地存在着的所有一切，现在都变成了纯粹的表征。"① 此处的"表征"在鲍德里亚看来就是"虚拟幻象"。

对于盗墓悬疑惊悚而言，奇观设计就是要有很多脑洞大开的怪异现象。这些现象大体分为两类：

第一类：有着科学面目的奇异现象。比如《七星鲁王宫》，"我"和大奎在耳室，三叔与潘子在七星棺椁墓室的突然消失，使人徒增疑惑，而解释一直拖到二十三章。再比如十六章末尾、十七章出现的抓人的绿色小手，到十八章被证明是树藤，有一定科学的合理性。因为具有活动性的植物也是有的，因此，十八章对此做了很多地理景观的描述。再比如第十一章的七星棺中，闷油瓶追胖子去了，潘子去了左耳室，"我"去了右边耳室，发现了摸金人的草图、电池等工具，然而在大厅里的三叔与大奎、潘子却不见了，只有矿灯。这种情况在二十三章，三叔做了解释，是大奎乱动，碰着机关，下坠至下一层的西周墓室②。

第二类：违反唯物主义、科学规律的现象。这个有很多。比如某些风水、鬼怪灵魂，闷油瓶的血可以驱除尸蟞和"粽子"。小说不一定会给予解释，即使有解释，也不一定获得科学面目的认可。比如十八章"我"正好被藤蔓倒挂着，头正对着年轻女尸，旁边就是青铜面具尸体，"透过青铜面具的眼洞看，里面的尸体的眼睛竟然是睁开的，那两只青色的眼珠子正冷冷地盯着我"。这么多年不腐败的尸体，眼神还能看得那么清楚，而且是在月夜③。十九章，藤蔓还一松，让"我"更贴近女尸的脸，几乎是嘴对嘴。等拔出尸体旁边的匕首，斩断藤蔓时，"我已经整个人趴在那具女尸身上了"④。接着更加恐惧，"突然一阵香风，那女尸的两条胳臂突然搭到了我的肩膀上，我一愣，整个人都吓得僵硬了。这个时候边上的那具尸体也发出了咯噔一声"，"就这样僵持十几秒，看她没进一步的动作，我不由想偷偷地从她胳臂下面把头钻出去。可是刚一动弹，她的手也跟着我的脖子移动，我往前她也往前，我往后她也往后，我心一横，猛一抬脖子，心说，我干脆就挣脱你，然后一个打滚开溜，结果没想到她的手拉得这么紧，我一个抬头，竟然把她拉得坐了起来。而且一震动，那女尸的嘴张了开来，露出

① [法] 雅克·拉康，让·鲍德里亚，等：《视觉文化的奇观——视觉文化总论》，吴琼编，北京：中国人民大学出版社，2005年，第58页。
② 南派三叔：《盗墓笔记·七星鲁王宫》，北京：中国友谊出版公司，2007年，第83页。
③ 南派三叔：《盗墓笔记·七星鲁王宫》，北京：中国友谊出版公司，2007年，第69-70页。
④ 南派三叔：《盗墓笔记·七星鲁王宫》，北京：中国友谊出版公司，2007年，第72页。

了她含在嘴里的一个东西"①，这东西是镶着珠子的铜制钥匙。到二十章、二十一章，"我"取出铜制钥匙，了却女尸的心愿，然后自己得以摆脱女尸的纠缠，女尸也迅速腐化。小说对于宝石防腐，是一种不置可否的态度②。但是玉石台下的三叔制止"我"用手去女尸嘴里取钥匙（胖子教的方法），改用三叔的方法取出钥匙，"将那女尸的头低下，用大拇指顶住她的喉咙，然后拍她的后脑一下。记住，一定要顶住她的喉咙，不然那钥匙会被她吞进去！"③ 三叔发现胖子有问题，结果胖子拿着那佩刀追杀"我"。两人几乎是殊死搏斗。小说对这做了不置可否的解释，"难怪刚才胖子叫我不要看，这青眼狐尸的眼睛竟然这么邪门"。用紫金匣子敲晕胖子后，"这个时候，我突然看到那青眼狐尸的眼睛好像突然间睁大了一样，一股奇怪的力量引得我不由去看他，突然脑子又开始混沌起来，情急之下，也顾不了胖子，一把就把他推到那尸体上，那胖子非常魁梧，正好把尸体压了个结实。这一压，那种奇怪的感觉就马上消失了"④，这用幻觉来解释，难以服众。而且"我"吃了男尸腰带上的甲片，具有克服幻觉和迷惑的能力。

到二十七、二十八章，死后大奎还缠着"我"，"我抓住树枝的手突然一阵剧痛，我转过头一看，只见一张血脸突然从树干后面探了出来，两只几乎要爆出来的眼珠子直直地盯着我"⑤，最后还是"我"用枪给打出去的，摔进尸鳖堆里。

二十四章，我们到了主墓室，鲁殇王的棺椁竟然有活尸，"我走近一看，不禁一呆，只见那尸体的胸口竟然还在不停地起伏，好像还有呼吸一样。那呼吸声现在听来非常明显，我几乎能看到有湿气从他鼻子里喷出来"。小说的解释是玉俑，并顺便带出了玉俑传说，说玉俑五百年脱皮——一种鳞片状的东西。传说可以敷衍搪塞，但肯定不是科学逻辑的解释。

一些设定难以判断真假。比如天心岩石灰是九头蛇柏的克星⑥。看多了，或者时间一长，读者有可能就分辨不出真实与幻觉的界限了。

① 南派三叔：《盗墓笔记·七星鲁王宫》，北京：中国友谊出版公司，2007年，第72页。
② 南派三叔：《盗墓笔记·七星鲁王宫》，北京：中国友谊出版公司，2007年，第81页。
③ 南派三叔：《盗墓笔记·七星鲁王宫》，北京：中国友谊出版公司，2007年，第76页。
④ 南派三叔：《盗墓笔记·七星鲁王宫》，北京：中国友谊出版公司，2007年，第79页。
⑤ 南派三叔：《盗墓笔记·七星鲁王宫》，北京：中国友谊出版公司，2007年，第100页。
⑥ 南派三叔：《盗墓笔记·七星鲁王宫》，北京：中国友谊出版公司，2007年，第84页。

二、奇观化叙事

在盗墓探险的线性叙事历程中，引入传说、鬼怪、灵异、地理、丧葬、神秘阴阳和风水堪舆等各种元素设置奇观异象，让故事充满悬念和张力。主要表现在几个方面：

1. 新奇的地理异域场景

小说涉及的地理是东西南北、雪域高原、沙漠高山，地上地下，跨越的空间非常大。比如《盗墓笔记》中在沂蒙山谷里的战国古墓七星鲁王宫，在西沙海底的沉船古墓，在秦岭大山深处的青铜神树，在长白山上的云顶天宫，在柴达木盆地的魔鬼城、沼泽雨林，在广西的石灰岩溶洞，地理地质气象万千。同样，《鬼吹灯》中也有各种神奇的地域，有"塔克拉玛干沙漠里的精绝古城、秦岭的余脉龙岭迷窟、云南遮龙山林海深处的虫谷、西藏昆仑山的冰川森林、南海海底沉船、湘西瓶山猛洞河、巫峡棺山……都是各具地理特色、充满吸引力的地方"①。从《鬼吹灯》系列小说整体看来，地理空间跨度很大，呈现出明显的跳跃性，从沙漠中的精绝古国到陕西龙岭石窟，从云南虫谷到昆仑山，从内蒙古大草原到南海等，空间位置大跨度跳跃成为该类型小说的主要特点。与此相应而来的便是对沙漠、草原、山脉、丘陵等不同地貌景观的描写。这对都市城市人来说，具有很大的吸引力。

在地下空间场域，小说又利用黑暗的墓穴神秘文化，展开想象，曲折有致、张弛有度地叙述灵异恐怖故事。帝王贵族的墓穴往往是体量巨大、结构复杂的迷宫世界，但基本制式格局是差不多的，"地宫都是回字形的，灵殿在最中间……回字地宫周边是殉葬坑、陪葬坑、排水系统和错综复杂的甬道和墓道"②。另外，就是墓室内部各种防止盗墓者侵入的陷阱机关，小说对此做了各种想象和加工，成为吸引读者的一个点。

2. 奇异的物品宝贝

盗墓人去冒险，就是冲着地下奇珍异宝而来的。比如《盗墓笔记》里的战国帛书、蛇眉铜鱼、青铜鼎、鬼玺、玉俑、六角铜铃、张起灵背着的黑金古刀。《鬼吹灯之精绝古城》的关东军地下要塞里有蛾身螭纹双璧（回来卖给了明叔的情妇）、两个陪葬的水银童子俑（出来怕作祟就地给埋了）；《鬼吹灯之龙岭迷窟》黑腄蚕洞有摸金符（原本是金算盘的，后来王司令直接据为己有了）、闻香玉一大块（大金牙拿去倒手了）；献王墓人皮地图

---

① 唐小娟：《网络写作新文类研究》，北京：中国社会科学出版社，2018年，第176页。
② 南派三叔：《盗墓笔记》，北京：中国友谊出版公司，2010年，第31章。

（陈瞎子从云南李家山滇王墓里取出的，赠予老胡）；《鬼吹灯之云南虫谷》的遮龙山玉棺有黄金面具、龙虎短杖（水洞里开青铜箱子用了）；葫芦洞里有黄金残片（霍氏不死虫头上戴的黄金面具，被老胡他们开枪打碎，胖子收集了起来）、玉胎（青铜箱里的东西，把包裹的液体弄掉之后失去了神采）、三足蟾蜍（青铜箱里的东西，后来在三人逃出生天的过程中被老胡一枪打碎了）；云顶天宫里有玉函（在后面逃命的过程中随着胖子的背包被雕鸮弄破遗失）、闪婆的舌头（被 Shirley 杨给烧了）；献王地宫里有法家青铜镜（一样在后面随着背包遗失了）、氉尘珠（被献王吞了，和脑袋同化，被老胡砍了带了出去）；黑色玉环（献王手上戴的，最后被带了出来）；木茬（大部分给 Shirley 杨拔尸毒用了）①。这些文物当中，有些是历史上真实存在的，比如战国帛书、青铜鼎、六角铜铃，有些是依据真实文物加工而来的物象，还被赋予一些超自然能力，如鬼玺、玉俑、蛇眉铜鱼、秦岭神树等。这些古董文物，被小说穿插用在故事情节的编织中，既推动了故事情节的发展，也为故事增添了历史厚重感和神秘感②。从读者接受来说，除了各种传说、神话等文献记载的宝物文化，还有近来影视节目所进行的宝物鉴别③影响。影视鉴宝节目的火热与小说寻宝的畅销应该是相辅相成的。

3. 神奇的动植物

异域不仅有风情，而且还有一些奇特的动植物。

这里出现的动物都凶猛丑恶，比如《盗墓笔记》系列在墓道里出现的尸鳖（尸鳖），前爪锋利有力、行动迅猛、水陆两栖，以腐尸和水中的小型生物为食，袭击人时以钻入腹部、啃食内脏为主，大的尸鳖甚至可以直接咬掉人的四肢。《七星鲁王宫》中就有巨大的尸鳖将心怀不轨的船工向导咬死的场景。其他像《鬼吹灯》里的火瓢虫、沙漠行军蚁等都是生性凶猛、团队作战的变异昆虫，让读者不寒而栗。《鬼吹灯》里的霸王蝾螈、黑眼怪蛇、猪脸大蝙蝠、鲛姥等也大多如此。《盗墓笔记之秦岭神树》还有对哲罗鲑的描述"这鱼起码有两米半长，脑袋很大，长着一张脸盆一样大的嘴巴，里面全是细小有倒钩的牙齿"。小说描述的凶猛动物攻击人类，咬碎吞下人

---

① 以上见网友的问答帖子，360 百科，https：//wenda. so. com/q/1459660276721311，2018 年 8 月 20 日访问。

② 唐小娟：《网络写作新文类研究》，北京：中国社会科学出版社，2018 年，第 178 页。

③ 有很多电视节目，如 2003 年，中央电视台推出了《鉴宝》节目；2004 年，河南卫视推出鉴宝类栏目《华豫之门》；2008 年，中央电视台推出《寻宝》栏目，深入全国各地、品鉴"民间国宝"，同时推广当地的历史文化和风土人情；2010 年，广西卫视同收藏家马未都联手推出《收藏马未都》；2012 年，北京卫视推出《天下收藏》；2015 年，山西卫视推出《天下寻宝》，陕西卫视推出《华山论"鉴"》等。

尸是一种文学加工。哲罗鲑虽然是淡水鱼中最凶猛的品种，但一般以其他鱼类、蛇、蛙为食，并没有主动攻击人类的记载。有些生物是传说中或者作者虚构出来的，比如《蛇沼鬼城》里的鸡冠蛇，小说里它体形硕大，头顶有鲜红的鸡冠状凸起，攻击时叫声像母鸡，行动迅猛，有剧毒，是蛇中之王，其他蟒蛇看到它都吓得逃走①。

另外，小说还有形形色色的植物描写。如《盗墓笔记之七星鲁王宫》中守护鲁王墓的九头蛇柏藤蔓，是一种肢体庞大的食人之树；《鬼吹灯》里的尸香魔芋，即一种长在棺椁上的色彩艳丽、香气袭人的植物，能使人产生幻觉而自相残杀。小说或描述或夸张这些生物的凶残本性，为的是带来血腥和恐怖色彩，刺激读者的感觉。小说为此不惜笔墨细致描摹，逼真再现，以达到真假莫辨、虚实无界的迷乱感觉，令读者不知道哪些是实有的生物，哪些是虚构的生灵，感觉上酷似野外探险的极限神秘遭遇。

4. 怪异的僵尸鬼怪

受到“僵尸片”的影响，小说对盗墓者称之为“粽子”的尸体也做了艺术加工和想象。比如《鬼吹灯之精绝古城》对红猊做了一种僵尸化的改造：“只见那红猊就连脸上也生出了红毛，更是辨不清面目，火乏杂杂的如同一只红色大猿猴，两臂一振，从棺椁中跳了出来，一跳就是两米多远，无声无息的，来势如风，只三两下就跳到我们面前，伸出十根钢刺似的利爪猛扑过来。”小说对于跳跃前进、手生利爪、动作迅猛的描述是按照僵尸的固定属性来想象的，加上满身红毛的瘆人外表，更增添了恐怖和紧张。再比如《盗墓笔记》中描述了能附身让人心智大变的青眼狐尸，能动弹的千年古尸，还有用黑发杀人的禁婆（为冤死女子的怨气所生出来的鬼怪，用长长的黑发绞杀人，至今海南一带还有关于禁婆的传说），在石头中生活的密洛陀（古代瑶民在山体中孕育饲养“密洛陀”，“密洛陀”用自己的分泌物形成石壁猎食动物，平时在石壁中生长，到一定时候可以破壁而出）等怪物形象。这些形象多源于《山海经》《聊斋志异》，有的源于民间传说和少数民族的神话。

以上各种奇观场景和物象都是点缀在墓穴探险过程中的，由几个人完成探秘冒险的主线来贯穿始终。如果说盗墓探险是一条金线的话，那么附着在这一根线上的各种奇观场景和物象则构成丰富绮丽的美学虚构世界。

那么，这些奇观想象及其产生的恐怖效果怎么来的呢？主要有两类：

第一类是各种知识的综合运用，地质、地理、考古、历史、风水、物

---

① 唐小娟：《网络写作新文类研究》，北京：中国社会科学出版社，2018 年，第 179 页。

理、化学学科领域的知识，加上民俗、传说、神话等内容元素，打造出了具有张力的惊险神秘故事，这使得小说不仅具有美学感觉和感官刺激的效果，而且还在开拓读者视野的同时促进了读者的解读欲望，既增加了小说的信息密度和阅读质感，更增强了作者与读者之间的设谜解谜的互动交流机制。

第二类是叙事所形成的奇异和恐怖。这类小说在叙述视角上是以第一人称的有限认知视角为主的，这样有利于给故事叙事人带来奇观震惊和冲击，让读者产生代入感，好像与叙事者一同在进行探险，作者以此可以便于调动材料和各种元素，写作和阅读时产生的情绪和思维往往会受到叙事者的牵制。这是一种叙事的"奇观化"。比如在《盗墓笔记之云顶天宫》中，吴邪一行顺着火山岩壁上的狭窄通道攀爬，试图找到云顶天宫的入口，当走到路尽头的时候，吴邪他们点起了一颗照明弹，于是我们顺着照明弹看到了被黑暗所掩藏的壮观景象："白色光线的照耀下，一个无比巨大，直径最起码有 3 公里的火山口，出现在了我们的面前，巨型的灰色玄武岩形成的巨大盆地犹如一个巨型的石碗，而我们立在一边的碗壁上，犹如几只小蚂蚁，无比的渺小。"（二十九章）细心的读者会发现非文学化的图像展现，即在路尽头的视角，我们可以看到巨型石碗的火山口，但看不到我们是立在一边的碗壁上的小蚂蚁，因为该场景是全景俯视的角度，这可以看到影视图像思维对于这类小说的巨大影响，读者也乐于接受这种暗中转换的非现实文学的叙事方式。小说为强化这个奇观，还会直接评介，"如果说九头蛇柏和青铜古树只是给我一种奇迹的感觉的话，那这个埋藏在地下的火山口盆地，简直就是神的痕迹了"（二十九章）。

另外，小说有些恐怖感完全是叙事手法的设计结果。比如《七星鲁王宫》十八章，"我"和潘子、胖子来到了悬崖边的洞口，胖子不听从潘子的劝谏，就想倒挂着爬到那个裂缝口，结果刚到旁边两米开外的洞口，里面伸出一只手，一把抓住了他的脚，好吓人。就像我们小时候黑夜里捉迷藏一样，遇到一个猝不及防的黑手。不过，动作之后传来的是三叔口音，"别动，你再走一步就死定了"①。这种场景也就是人吓人，自己吓自己，生活中经常有。但在小说里，则属于一种叙事手段。

奇观运用，尽管产生一些强力刺激，但过多使用或长期惯用，也就令人厌倦了。"在众多的盗墓悬疑类小说中，大量作品表现出对奇观化写作的过分依赖，而忽略了小说创作的根本，故事情节单薄空洞，只能依靠制造

---

① 南派三叔：《盗墓笔记·七星鲁王宫》，北京：中国友谊出版公司，2007 年，第 68 页。

耸人听闻的奇观来投合读者的猎奇心理，失去了文学本质的追求。长此以往，整个文类必将陷入炫技、猎奇、追求感官刺激的低质循环，直至被读者厌倦而淘汰。"①

最后在奇观恐怖的制造中，有一种节奏安排，即在紧张放松之间隙，穿插人物之间的插科打诨的搞笑幽默，可以调节气氛，缓解下紧张恐惧，目的是迎来即将到来的更为紧张的事件发生。比如《七星鲁王宫》十五章的"屁"，文章照实录下：

> 过了足足有五六分钟，一声极其阴森但是清晰的咯咯声突然出现在我们身边，那么的真切，我的老天，几乎就在我的耳朵边上！我顿时头皮发炸，死命按住自己的嘴不让自己叫出来，冷汗几乎把我的衣服都湿透了。
>
> 这几分钟真是极度的煎熬啊，我脑子里一片空白，不知道最后等待我的是死还是活，过了又大概三十秒，那声音终于开始向远处移动了，我心里一叹，我的姥姥，终于有一线生机了。突然，"扑"一声，不知道哪个王八蛋竟然在这个时候放了个屁。

就是在极度紧张的关口，来一个"屁"声，读者可能笑岔了，但故事中的人物却是埋怨、嫉恨和仓皇躲藏。"我真是懊恼，'我说，你他妈的真是个灾星！'这个时候，突然就听到前面的胖子大叫：'啊……'"

---

① 唐小娟：《网络写作新文类研究》，北京：中国社会科学出版社，2018 年，第 187 页。

官场世情小说

官场世情，呈现的是官场中的权力纠葛、利益关联，以及由此产生的沉浮悲欢。这种小说，与玄幻、修真等想象虚构不同，一般需要现实生活基础，具有很强的写实性。网络官场世情小说，作为类型小说，有自己的渊源、滥觞和发展轨迹，与当代严肃文学的社会政治主题和反腐题材、通俗小说的官场题材都有关系。

第一节 渊源

新媒体时代的官场世情小说与晚清谴责小说、清初黑幕小说有渊源关系。"晚清至民国早期，白话小说写作开始兴盛，狭邪小说、谴责小说、言情小说曾盛极一时，《会芳录》《海上尘天影》《海上繁华梦》《海上花列传》《九尾龟》《九尾狐》《官场现形记》《二十年目睹之怪现状》《老残游记》以及鸳鸯蝴蝶派的众多作品，在当时都拥有众多读者。这种情形与当今网络小说颇多神似。"①

一、晚清谴责小说

从历史渊源来说，官场小说渊源于清末的谴责小说②——李伯元《官场

---

① 《网络化背景下的小说观念》，中国文联理论研究室，中国文艺评论家协会编：《网络化背景下的文学艺术》，北京：中国文联出版社，2015 年，第 120 页。

② 谴责小说与古代的谤书有渊源，谤书通过影射、比附，将生活中的一点事实，点染成篇，敷衍出离奇故事，事件叙述，人情描摹，事态刻画逐渐成为重心，遂有小说虚构气息。比如初唐的《补江总白猿传》，据说是为了攻击欧阳询的。到明清时期，谤书慢慢走向社会，偏向现实，遂成为《金瓶梅》之类的"世情书"；同时，谤书逐渐在揭露和批评某种典型社会现象的基础上，发展出了《儒林外史》这样的"讽刺小说"。这些都为谴责小说的发展提供了基础。见郝庆军：《民国初年"黑幕小说"的渊源流变与想象空间》，《山东师范大学学报（哲社版）》，2013 年第 5 期。

现形记》、吴沃尧《二十年目睹之怪现状》、刘鹗《老残游记》和曾朴《孽海花》。尤其以李伯元《官场现形记》为甚，因为它是中国近代第一部在报刊上即《世界繁华报》连载并取得社会轰动效应的长篇章回小说，"由30多个相对独立的官场故事连缀起来，涉及清政府中上自皇帝、下至佐杂小吏等，开创了近代小说批判现实的风气"①。鲁迅在《中国小说史略》中称这类小说的特点是"揭发伏藏，显其弊恶，而于时政，严加纠弹，或更扩充，并及风俗"。网络时代的官场小说则与此很不相同，重在满足读者的梦想，是一种白日梦式的爽文②。谴责小说则倾向于揭露和展示以吸引读者。比如《官场现形记》第一回，虽然并不直接写官场斗争，但却写出民间的"官本位情结"，即赵家请了一个先生教育孙子，结果赵家孙子考取秀才和举人，引起了乡里很大反响，羡慕和巴结的有之，不服而暗中较劲的有之，以致孙家等也请先生来教育自己的子弟。这虽未直接写官场斗争，但却揭示了"官"和"权"在民间的影响力和吸引力，为后来的官场人事样态的表现提供了一个广阔的舞台和现实基础。

谴责小说具有较强的社会批判意识，刘鹗在《老残游记》中不仅呈现了众多贪官的可恶，也认为清官有时比贪官更可恨："赃官可恨，人人知之；清官尤可恨，人多不知。盖赃官自知有病，不敢公然为非；清官则自以为不要钱，何所不可？刚愎自用，小则杀人，大则误国。吾人亲眼所见，不知凡几矣。"③ 这个论断鞭辟入里，有着前人所未发现之深刻性。

从艺术上，谴责小说如《老残游记》，既继承了笔记小说、章回小说的见闻实录特点，也借鉴西方"一人一事贯穿到底的布局技巧"。这一第三人称限制叙事方法，力图把整个故事纳入贯串始终的主人公视野之内④。这突破了"全知全能"叙事视角，是对中国传统小说叙事视角的突进，对网络官场小说的叙事有一定影响。《二十年目睹之怪现状》则采用了第一人称叙事，是"白话文学中第一部采用第一人称叙事方式的小说"⑤。

---

① "官场现形记"，360 百科，https：//baike. so. com/doc/5551988 - 5767097. html，2019 年 3 月 10 日访问。

② 小说的结构不够严密，多属连缀短篇成长篇的性质，缺乏贯串始终的中心人物。如《二十年目睹之怪现状》里的九死一生，《老残游记》里的老残，《孽海花》里的金雯青、傅彩云，虽是贯串全书的人物，但更多起着连缀故事的作用，缺少完整的典型塑造。在表现手法上，"辞气浮露，笔无藏锋"，缺乏含蓄，描写夸大失实，一些内容成为"话柄"。"谴责小说"，360 百科，https：//baike. so. com/doc/5551988 - 5767097. html，2019 年 3 月 10 日访问。

③ 〔清〕刘鹗：《老残游记》第 16 回，北京：人民文学出版社，1975 年。

④ 陈平原：《中国小说叙事模式的转变》，上海：上海人民出版社，1988 年，第 80 页。

⑤ 陈平原：《中国小说叙事模式的转变》，北京：北京大学出版社，2003 年，第 71 - 76 页。

这些小说已经具备了一些现代性质素，引领中国小说开始走上现代性道路，为"五四"文学的现代开端奠定了基础。

二、黑幕小说

谴责小说之后，社会小说和黑幕小说兴起，承接了晚清谴责小说的余绪，适应了民国初年市民社会的要求，虽然与哀情的言情小说①有所差异，但都为鸳鸯蝴蝶派的分支②。

范烟桥，作为"鸳蝴"老人，认为民国初年出现的"社会小说"比以往的谴责小说、讽刺小说的视野更宽，涉及大都市的各个行业领域③。

黑幕小说是社会小说的进一步发展，呈现的是社会黑暗面和丑陋的群像。比如平江不肖生（向恺然）写的《留东外史》，主要写一群混吃混喝、流连日本花丛的中国留学生，呈现的是一些丑态和黑幕。它虽然开辟了留学生题材，但因为描述的都是不正经读书的留学生在异国的众多艳遇，带来的社会影响并不好。该书能在民国初年文坛引起相当大的轰动，无非是因为题材和美食女人艳遇之类的内容满足了读者好奇心。这种小说只要换成官场人物，就是一部黑幕撰述。该书虽以"史"名之，但实以"外"字为重，虚构多于写实。同样，专门描写妓家恶俗生活的《九尾龟》（作者署名"漱六山房"，原名张春帆），也是虚构、夸张、造作为多，其目的是愈奇愈恶，迎合的是市民大众恶好。"向前走一步，便是娼家'黑幕小说'的泛滥。"④

所谓黑幕小说，其实就是以上海作家为主的描写北京政界官场的世情百态，多是记述北京政府官员的趣闻和丑闻。比如1922年由正群社集纂印行的《北京官僚罪恶史》（沃邱仲子编撰），根据该书目，全书涉及北京的内务部、外交部、交通部、财政部、农商部、陆海军部、司法部、教育部、国务院、参谋本部的官僚罪恶史有十种。现在可见的仅有详述内务部官僚罪恶史的一篇，从内务部的沿革到人物介绍，讨论腐败原因，又按内务部总务厅与各司的设置来分别痛陈腐败现象⑤。该书记述详尽，内容具体，并

---

① 哀情为主的言情小说到了1914年前后也渐渐式微，代之而起的是"社会小说"。

② 郝庆军：《民国初年"黑幕小说"的渊源流变与想象空间》，《山东师范大学学报（哲社版）》，2013年第5期。

③ 范烟桥：《民国旧派小说史略》，魏绍昌编《鸳鸯蝴蝶派研究资料》，上海：上海文艺出版社，1962年，第181页。

④ 郝庆军：《民国初年"黑幕小说"的渊源流变与想象空间》，《山东师范大学学报（哲社版）》，2013年第5期。

⑤ 正群社辑纂：《北京官僚罪恶史》，北京：中华书局，2007年。

有统计数字，从中可以感受到作者是"业内人士"，对其中的内情了如指掌。

黑幕小说的产生有着特定的社会背景，也就是与民国初年的政治局势有关。一方面，清王朝覆灭，谴责小说所针对的腐朽王朝这一对象消失了，自然不复生存下去。另一方面，民国初年的政治格局有着明显的南北分峙，中华民国临时大总统袁世凯控制了北方各省的北洋系统，而南方诸省实为孙中山的革命派力量所在。比如上海的许多言论机关都与革命党有千丝万缕的联系，所以袁世凯很难介入上海的新闻舆论。如1915年，《亚细亚报》在上海报馆林立的望平街上设置分支机构，当年就遭到了两次投弹攻击，编辑主任刘竺佛差点被炸死，自然该机构也就消失了①。由此，黑幕小说不是一些个人凭空杜撰，或是一些通俗机构可以制造的，而是有着特定的社会现实基础。一方面北京政界官场确实黑暗，涉及大清余孽、北洋旧货。另一方面，以上海为代表的南方并不是不关注政局，只是出于政治斗争的失意，意志消沉，无意官场，遂弃政从文。比如叶楚伧等南社中的人，比如曾参加过武昌起义的何海鸣，就在上海变成了"求幸福斋主人"了。再如十六岁在北京做官，后到杭州做过一阵子小官的毕倚虹，也来到上海操持笔墨生意。所以，上海小说家喜好写北京官场黑幕，不是凭空捏造，而是与袁世凯1915年搞君主立宪、发起筹安会、策划全民劝进书等封建复辟闹剧有关，更与北京政府政治黑暗有密切联系。

这种直接暴露书写方式，很像是早期轶事、奇闻见录、笔记小品，有着某种现实渊源，颇似小说的远祖，也像是现在的流行段子。很多这样的小品文是刊登于报纸副刊，或者载于小说杂志的页末，有补白性质，也有调节长篇阅读的功能。这类笔记后来很多被收入了《民国笔记大观》《京华梦录》《都门杂录》等丛书中。

对于揭露黑幕的小说，评论不高。尽管有些黑幕小说，出版时拉了一些名人作序或题字，但多有人情之故。如蔡元培为《中国黑幕大观》题词的短信只是在礼法上附和说黑幕书籍的"救世苦心，深所钦佩"。鲁迅在《中国小说史略》中认为这类作品"丑诋私敌，等于谤书；又或有谩骂之志而无抒写之才，则遂堕落而为'黑幕小说'"。周作人（化名"仲密"）在《再论黑幕》中说："黑幕不是小说，在新文学上并无位置，无可改良，也

---

① 郑逸梅：《〈亚细亚报〉两次被炸》，《书报话旧》，上海：学林出版社，1983年，第242－243页。

不必改良。"① 也即是不说黑幕与文学启蒙和革命的比较，而是就其文学性而言，黑幕重在诽谤谩骂和揭露阴私，不在于教育和文学审美情性。

第二节　前身：当代主流文学中的官场小说

虽然说反映官场的小说在二十世纪三四十年代，乃至到改革开放后的新时期都有延续②，但是，官场小说的正式称呼，却是 1998 年王跃文的《国画》出版以后再逐渐流行的。"官场小说"虽然是民间的通俗说法，但却获得了读者和市场的青睐，因为其"尖锐地揭露了官场的腐败和斗争"，描写了"相互倾轧的权力斗争"，甚至能让人学习"从政经验"和职场生存经验。官场小说以现实主义为创作手法，能在一定程度上反映当代社会现实，是"作家以独特角度观察以中国政治官员为核心的大众生活、执政能力和社会现实，以及中国政治文化和政治文明的现状与进程"③。自《国画》之后，官场小说流行，在此前后诞生了一批写官场世情的作家作品。如阎真的《沧浪之水》；周梅森的《至高利益》《绝对权力》《人间正道》《中国制造》《国家公诉》《人民的名义》；王跃文的《梅次故事》《国画》《苍黄》；李佩甫的《羊的门》；陆天明的《省委书记》《苍天在上》《大雪无痕》；张平的《抉择》《十面埋伏》《法撼汾西》《天网》等。21 世纪，这方面的作品更多，如王晓方的《驻京办主任》系列；毕四海的《东方商人》；洪放的《秘书长》系列；田东照的《跑官》系列；肖仁福的《仕途》系列；汪宛夫的《机关滋味》《天使的堕落》《尴尬》《骗官》《"双规"行动》；唐达天的《一把手》《官太太》系列等，如果加上网络原创发表传播

① 仲密：《再论"黑幕"》，《新青年》，1919 年第 6 卷第 2 号。

② 抗战爆发到 1949 年之间，诞生了张天翼、沙汀、老舍和张恨水等作家，产生了《华威先生》《代理县长》《在其香居茶馆》《残雾》《五子登科》等政治讽刺小说，对国民党的腐化堕落、营私舞弊、腐败暴行做了无情揭露，有着谴责小说的余音。新时期改革开放后，又诞生了刘绍棠的《田野落霞》、李国文的《改选》等反映少数党员干部意志退化、官僚习气增长的作品。上海文艺出版社将这些作品结集为《重放的鲜花》，在 1979 年出版。同时，"改革小说"如蒋子龙的《乔厂长上任记》《燕赵悲歌》，李国文的《花园街五号》，柯云路的《新星》，张洁的《沉重的翅膀》，水运宪的《祸起萧墙》等也反映了官场体制问题、工作作风、权力斗争。尤其是柯云路的《新星》，在海外出版时，被称为"当代官场现形记"，在国内也曾被称为"县委书记从政指南"。刘震云 80 年代末的新写实小说，如"官人"系列，90 年代的"现实主义冲击波"作品如刘醒龙的《分享艰难》《挑担茶叶上北京》，关仁山的《大雪无乡》《九月还乡》，谈歌的《大厂》《车间》，何申的《信访办主任》，李佩甫的《学习微笑》等小说都涉及官场争斗和风气的描述。

③ "官场小说"，360 百科，https://baike.so.com/doc/3672618 - 3860079.html，2019 年 3 月 25 日访问。

的官场通俗小说，则构成了一大汪洋。一般认为，"新时期"以来的当代文学对官场创作有以下两条主要脉络①。

一、主旋律官场小说

主旋律官场小说是一种严肃文学，该类型以张平、陆天明、周梅森、"三驾马车"为代表，体现了"主旋律"意识形态倾向：社会政治和官场虽然有许多黑暗腐败，甚至危机重重，但正义作为主流，终究会迎来光明，如陆天明的《省委书记》、周梅森的《人间正道》等，它们通常会承诺政治的清明未来，而对政治危机及改革发展呈现的问题加以回避，从而将危机归之于"一小撮"贪官身上，与民国的黑幕小说有一定的相似性，被人称为反腐小说，主要在反黑、党政机关和经济等领域展开。

反黑方面有张成功的《黑冰》《黑洞》《黑雾》，刘平的《廉署档案》《走私档案》《内部档案》，老那的《生死海关》，张平揭露监狱大墙内外反腐斗争的《十面埋伏》等；政治内部斗争的作品有张平的《国家干部》，周梅森的《绝对权力》《中国制造》《至高利益》等；经济领域的反腐作品有张平的《抉择》，陆天明的《省委书记》等。当然这些分类是相对的，实际上，腐败一般离不开经济活动、权力交易，甚至涉及黑恶势力。这些小说坚持新与旧、正义与黑暗、善与恶、清官与贪官的对立。有人认为这些"主旋律"的"反腐小说"是"根植于作家的社会责任感，意图通过作品积极干预生活，实现文学的社会功能"②。反腐一方面反映了改革开放后社会经济文化发展后的各种矛盾和弊病，另一方面也是遵从政策和官方意识形态的要求，满足的是百姓和民间的需求。所以，它们既要揭露一些腐败和丑恶现象，同时也要坚持政治正确性，诸如人民、党和政府的决心，一些英雄和正义人士的斗争乃至牺牲，这些都伴有强烈的"崇高感"，原因就在于背后有着永恒正义：

> 过去老百姓常常讲这么一句话：王子犯法，与庶民同罪；我们现在也常常讲这么一句话：法律面前人人平等！之所以说这样的话，那是因为有一个前提，就是老百姓还相信法律！相信法律

---

① 对20世纪90年代近十年的官场小说分为反腐主题、官场生态主题，前者如周梅森、陆天明、张平等作家的作品，后者如王跃文、阎真、李佩甫等人的作品（参见王萌：《新时期以来官场小说研究》，山东大学博士学位论文，2013年，第34页）。这一说法有一定合理性，但除此之外，还有通俗类的官场小说，小说的目的在于令读者"爽"，是一种世俗娱乐，并没有针砭时政的自觉。

② 王萌：《新时期以来官场小说研究》，山东大学博士学位论文，2013年，第70页。

是公正的，如果到了哪一天，老百姓连法律也不相信了，那还会相信什么！法律是我们这个社会的根，如果这个根出了问题，甚至烂掉了，那我们的国家和政府将会变成什么样的一个局面！司法腐败，是最严重的腐败！这不仅是中央领导的一再告诫，也是全社会的共识①！

这是《十面埋伏》中省委书记肖振邦在追捕王国炎等涉黑团伙进入关键时期在常委扩大会议上的讲话，表达了一种反腐反黑恶的崇高决心。有学者对这类小说做了一般概括和描述："小说在刻画熟悉而陌生的官场众生时，并不像晚清时期的官场小说那样一味批判，也加入了时代悲剧、人物命运、人性异化的思考，揭露之中充满悲悯，讽刺之中满是悲凉。愤怒、焦虑、失望、憎恨、担忧、期盼，小说把书中事实代入了读者的生活现实，导致民间将小说官场与现实官场等同，尤其是'官场教科书'的封号，更让这个时候的官场小说作家们冰火两重天，一面是小说带来的巨大成功，一面是体制的无形有形约束。不管怎样，这一时期的官场小说除了继承以往官场小说对当代社会写实与批判的传统，还表现出了一种文明进步、拨乱扶正的希望，小说的叙事立场体现出作家对国家体制的贴近。"②

二、"文人化"官场小说

该类型以王跃文、李佩甫、阎真等为主要代表。这些作家有着批判现实的文人立场，呈现了一种反思和现实主义精神。如王跃文的《国画》，主人公是从乌县副县长调到荆都市委办公厅任副处长的朱怀镜，因为从老家投奔他谋点事做的内表弟被骗，还被龙兴大酒店的保安给打得鼻青脸肿，自己都没有办法解决。所有这一切，就在于本分守矩，既没有满足自己的欲望，也没有调动其他人的需求造成的。由处理表弟事情为契机，朱怀镜结识了北区虹桥派出所所长宋达清、龙兴酒店总经理雷佛尘、美女经理梅玉琴等，开始盘活了副市长皮德求、乌县县委书记张天奇等关系，结果如鱼得水，左右逢源。不久收纳梅玉琴为情人，而且自己官位也升至正处、副厅。后来，梅玉琴被雷佛尘（皮德求授意）要求龙兴大酒店收买皮杰（皮德求儿子）的天马娱乐城，酿成国有资产 1000 万元的损失，被检察院带走。朱怀镜也面临危险，虽然心痛梅玉琴，但还是自保没有揭发皮市长。

---

① 张平：《十面埋伏》，北京：作家出版社，2017 年，第 607 页。
② 杨蕾：《中国网络官场小说研究》，吉林大学博士学位论文，2017 年，第 21 页。

最后在张天奇等的帮助下，朱怀镜官运又来了。

李佩甫《羊的门》则叙述了权力的起源，呈现了人道主义情怀。这类小说政治正确不是重点（如朱怀镜虽然是好人，但确实违背了共产党员干部的纪律作风，最后还能升职，何尝不是一种讽刺和批判呢），而是突出权钱交易、权色交易等黑幕隐私的过程。揭示、展现里面夹杂的人事复杂关系和思想斗争，也呈现官场人际关系和处事说话的图景，具有很强的官场世情风俗画面感。这兴许是被称为官场小说的缘由吧。

王跃文的小说《苍黄》也是这样一个典型作品。所谓"苍黄"，即是指青色和黄色，语出《墨子·所染》："染于苍则苍，染于黄则黄；所入者变，其色亦变。"比喻事情变化反复无常，这也正是小说所要揭示的乌柚县上下官场的状态。小说在扉页上引出这句话，说明了小说的主题正是指出了官场的变化反复更是无常。小说写了漓州市乌柚县县委书记刘星明（被人称为刘半间）、市委副书记田家永、县长明阳、人大常委会主任李非凡、政协主席吴德满、县委办主任李济运、宣传部长朱芝、乌金乡书记朱达云、物价局局长舒泽光、黄土坳乡党委书记刘星明（被人称为刘差配）、公安局长周应龙、《中国法制时报》驻省记者站站长成鄂渝（成副省长、代省长的侄儿，后成为市委常委、宣传部长）、财政局长李济发（李济运的堂兄）、交通厅田副厅长、市物价局长熊雄（后任县委书记）、民营企业家贺飞龙掌握了赌场、乌竹坳煤矿等人物的利益往来与斗争。

这类小说，与前述"主旋律"相比，并不刻意让人物来发表某种官方意识形态的东西，或者代为宣泄百姓的怨气，而是较为细致地呈现官场人物和各个相关阶层人物的关系，展示的是一幅清明上河图式的风俗画卷，中间的人情往来、心理微妙发展都非常细腻。人物没有绝对的善恶区分。比如刘星明虽然贪腐、独断、口是心非，但是在处置事情时还是雷厉风行的；李济运似乎是一个被小说赞美的男主人公，呈现了他在众多力量交织的网中的左右为难，但是细看他的周围，也不能说他就是干净的。他的堂兄弟开赌场、承包煤矿等事，实际上与他有密切关系，以至于他要到交通厅挂职，遭到家人亲戚们的一致反对。这可以窥见社会现实。这也在很大程度上表达了作家的反思情怀。《苍黄》一书的引子和封底有一模一样的文字，该段文字是说"我"的客厅挂了一幅类似凡·高《向日葵》的画，说是出自某高僧之手，在画框底部不起眼的地方写着小小的字"怕"（图4）。

图4　《苍黄》一书的引子和封底的"怕"

这何尝不是反思党员干部、乃至做人的一个准则：应该心存敬畏，"举头三尺有神明"。如果刘星明有个"怕"字，不至于这么口是心非，言行相悖，腐化堕落了还要强拉贞节牌；如果贺飞龙有个"怕"字，也应该有所节制。小说比较深刻的地方在于，李济运是明显有"怕"的，他比较廉洁，以致到省城买不起房子，只能住办公室和租房子住，但是放大一点看他的亲戚，他未尝不是另一种"败坏"。小说有意地让该画介入了故事。当李济运为幼儿园中毒事件而要妻子舒瑾辞掉园长但得不到理解时，"李济运独自坐在客厅。脑袋都快炸开了，他想安静一下"，此时"墙上的《怕》，安详地望着他。那个花瓶，真像佛的眼睛。凡人造孽或是受苦，佛只能慈悲地望着。自己不救赎，便是苦海无边"。在某种意义上，这里的李济运其实就是作者，该画好像是一个明智的大旁观者："李济运这么胡乱想着，突然发现自己只是个看热闹的人。他身处这个位置，说起来是个常委，却事事都是做不得主的。"① 这在某种意义上，不正是作者这样的旁观者清却无济于事的位置象征吗？

三、通俗官场小说

其实，除了上述两类之外，还有第三类，即更为通俗些的官场小说，如王晓方的《驻京办主任》系列，丁邦文的《中国式秘书》系列，吴问银的《权力——执行局长》《裸官》《举报》，于卓的《首长秘书》《红色关系》《首长秘书》《挂职干部》，王鼎三（张口笑）的《谁主沉浮》五卷，大木（樊素科）的《大木解读官场》（5册），洪放的《秘书长》（2册）、《挂职》，高和的《接待处处长》《官方车祸》《局长》，唐达天的《官太太》

---

① 王跃文：《苍黄》，南京：江苏人民出版社，2009年，第146页。

《二把手》《残局》等。这些小说的欲望叙事是主导，走的是通俗文学之路。虽然《国画》等小说也有一些通俗的因素，比如描述朱怀镜与梅玉琴的情爱场面和心理，都给予了细致展现和揭示。这虽然能体现出作家的创作功底，但也有投读者所好之嫌。

唐达天的《官太太》不仅书名通俗，富有荷尔蒙味道，而且还讲述了一个官员与妻子、情人之间爱恨交加、理智温情的传奇故事①，在某种意义上满足了男人的权与欲的融合，妻子与情人的合作共融理想。可以说，这些小说"显露出欲望的无止境、价值观混乱（现实主义创作中的荒诞手法、权力拜服中的权力至上、社会批判中的相对主义、作家宣扬的匡扶风气中的唯利是图等等）的端倪，不自觉地呈现一种玩世不恭、扭曲的叙事态度且耽溺于这样的欲望和价值的叙事倾向"②。小说同样呈现了男女情爱和出轨的细腻描写，因为对主人公的叙述含有某种体验和同情之感，描写中并不带有批判性，只是正面展现。

再比如孙雄的《公务员升职记》的姊妹篇《公务员升迁记》，它延续的仍是才子佳人叙事，满足的是大众读者的某种浪漫欲望。男主角黄河得到王省长的关爱，空降到广海市任常务副市长，主持工作，市委书记李成就与他不对付。黄河刚接过聘书，就被李成就派去处置农民工群访市政府大院的事件。此时，读者通过李书记的眼光，让我们看到了离婚市长黄河的帅气："抬眼间，只见黄河留着一头粗硬的板寸短发，眉长过眼，直线上扬。双眼深邃，锋芒藏而不露。而且鼻梁还比自己高挺，加上耳朵高提，气色清朗，英气逼人。"③虽然这有着传统说书的技法，但却能让读者印下

---

① 故事讲述文广局长许少峰的夫人林茹发现丈夫有外遇，通过表妹胡小阳寻找小三。此时，夜总会发生火灾，许少峰担心林茹介绍的表妹夫阿灿做的工程质量被曝光，同时也应对副手张明华的攻击和举报，省委重新派调查组调查，调查组组长马中新是健身教练陈思思同学马多多的哥哥。出于爱和维护，陈思思通过马多多的关系给摆平了。小三事件，虽然有办公室主任王正才打掩护，但最终还是被林茹查到，原来就在身边。林茹没有公开和大闹，一方面对许少峰有维护，另一方面也认为男人偷腥是正常的，乃至自己也与同学陈志刚发生了婚外性关系。林茹自己与陈思思当面交手，陈思思表示她是真爱许少峰，不欢而散。同时，张明华的夫人冯海兰也通过亲戚知道了许少峰包二奶，将匿名信和照片等材料寄给了市委常委们。为了共同的男人，林茹与陈思思共同应对，表演双簧，以姐妹相称躲过纪委调查，最终还是因为许少峰得罪了常务副市长钟学文而被调整到政协文体委任主任，张明华继任局长，王正才为副局长。因为许少峰没有明确同意市长介绍的人来承办市图书馆工程，这个1亿多元造价的"肥肉"，马多多、林茹的同学陈志刚等想来承接。陈思思因为怀孕和子宫肌瘤晕倒，被胡小阳送到医院，紧急中林茹用自己的血救治了陈思思，又通过胡小阳煲汤给陈思思调理，知晓真相的陈思思痛定思痛，果断离开许少峰到外地创业，只留下唏嘘不已的许少峰在惆怅。参见唐达天：《官太太》，南京：江苏人民出版社，2009年。

② 王萌：《新时期以来官场小说研究》，山东大学博士学位论文，2013年，第141-142页。

③ 孙雄：《公务员升迁记》，北京：现代出版社，2010年，第3页。

英俊市长的印象。接下来，女主角也出场了，应急办美女科长王晶晶向黄河传达书记的要求，叙述者此时对美女的美和性感做了细致叙述。王晶晶不仅美，而且还很有智慧，给黄河出谋划策，要市长答应民工兄弟们放人、赔钱、道歉的要求，才得以劝退民工群体。李成就却认为黄河答应的赔偿不合理，要黄河负责民工管理工作。于是，黄河请王晶晶晚上吃饭，请教怎么赔钱，怎么解决民工住房问题。在单独的轻松空间里，黄河不忘作为男人对美女的欣赏："只见她五官清秀端庄，皮肤白皙细腻，虽然带有几分忧郁的眼神，但笑起来很开朗，看起来温柔而不失干练。"① 这与前述描写相呼应。王晶晶建议黄河，由民政局下的慈善总会给予 1000 元抚慰被拘留过十几个小时的王才。两人一起去了公园开阔地考察建设鹊桥花园的用地，为解决资金问题，王晶晶还建议从抓嫖罚款中筹集。没有通过招标程序，黄河用了李成就介绍的一家施工企业，于是与红顶商人、中央某首长的干女儿周圆圆接洽。只见"她头上扎着马尾辫儿，简单的白色 T 恤配短裤，把玲珑有致的身材勾勒得曼妙多姿……周圆圆长着一对勾魂摄魄的狐眼，眼头比较低，有点钩圆，眼尾往上翘起，特别妖媚。嘴角上还有个酒窝，里面盛满了笑意"。李成就希望黄河能与周圆圆成秦晋之好，周圆圆也是美人有意。但黄河喜欢的是单纯的王晶晶。小说为让黄河顺利地得到王晶晶，赋予了他跆拳道高手的技能，打败了撞人车还要讹人的顾己——规划局顾局长的小弟，打跑了刀疤等一群乌合之众，为未来丈母娘刘玉凤的生意扫除了障碍，赢得美人芳心。

这种叙事就像是过去的说书，故事虽然貌似有着一定的现实基础和可能性，但听起来更像传奇。这说明了该类小说与网络、市场的关系更密切，满足的只是一般读者的爽心理，使欲望化、通俗化叙事成为主导标志。这或许是学者将 2007 年《驻京办主任》系列之后的纸媒和新媒体官场小说称为新谴责小说的原因吧②。一些诸如《我给领导开小车》（李雄飞）③ 的小说，一看名称，就是一种"俗"气十足的作品。这种通俗的官场在网络小说中更为常见，或者说，网络为官场小说的通俗化提供了更得力的舞台。

---

① 孙雄：《公务员升迁记》，北京：现代出版社，2010 年，第 21 页。
② 王萌：《新时期以来官场小说研究》，山东大学博士学位论文，2013 年，第 34 页。
③ 故事以司机老余的视角叙述了"老头子"市长退居二线时，将自己转给了新来的常务副市长"吴同学"，是老头子的同学。吴同学在老头子与市委壹号对立之间保持了一种中立和不明态度。"我"在这样一个漂亮的女领导下开车谋差事不容易。参见李雄飞：《我给领导开小车》，郑州：河南文艺出版社，2009 年。

第三节　正史：网络官场小说

自 2000 年以来，网络小说不断发展，题材也不断分化，官场题材也就在新时期官场小说的基础上得到了突破和发展。由此，在网络上原创发表和传播的官场小说就成为官场小说的一个子类，具有写手的匿名性及作品数量巨大等一般特点①。

2004 年，天上人间开始在起点中文网连载更新《官场风流》，到 2008 年 10 月完结。

2008 年元旦，小桥老树（张兵）开始在起点中文网连载发表长篇小说《官路风流》，由于有较强的生活基础故事和幽默轻松的特点，情节起伏跌宕、环环相扣，引起了读者巨大反响，"机关干部业余时间写作""官场教科书"等标签不胫而走。从此，网络官场小说作为标签开始引起关注。2010 年，凤凰出版社出版了实体书，书名改为《侯卫东官场笔记》（8 卷本），大获成功，销量达到 500 多万册。至此，网络官场小说兴盛，连标题都有某种亲缘性，如《官仙》（陈风笑）、《重生之官路商途》（更俗）等。

网络媒体给官场小说的发展提供了很好的平台：一方面，作家或写手可以通过匿名等相对宽松的环境来呈现官场斗争和一些负面性的东西，引发好奇心和围观；另一方面，一些文学网站还提供了稳定的版税收入机制。由此，小说内容和形式都要奔着人气而去，即人人都希望自己的小说"吸睛率"高、话题性强，再由此得到正规出版商的认同，可赚取另一笔版税钱。这样的作品不少，何常在的《问鼎》（1 - 3），黄晓阳的《阳谋高手》，普扬（姜宗福）的《我的官样年华》（又名《官路》），寂寞读南华（熊星）的《官策》，烟斗老哥的《官道之权色撩人》《步步高升》，莫将的《官场巅峰》，乡下小道的《正气》系列——第一部《天平上的洗礼》、第二部《官场潜规则》、第三部《慧眼识天下》，尽欢岁月的《官路》，别有洞天的《官狐》，山顶的草的《官运亨通》，夜店探花的《重生之官路风云》，更俗的《官场之风流人生》，竹林墨客（苗卜元）的《80 后处长》，梦入洪荒的《权力巅峰》，鸿蒙树的《红色仕途》《官气》，姜远方的《市委书记》（又名《官术》）和《对手》，寂寞鸦片的《上位》，北岸的《官场桃花运》，宝石猫的《重生之我的书记人生》，夏言冰的《首长》，钟表的《仕途巅峰》，

---

① 郑国友：《论世纪之交官场小说的审美形态》，《中国矿业大学学报（社会科学版）》，2012 年第 4 期。

九天云的《花香满园》，斯力的《县委组织部长》，银河九天（谢荣鹏）的《首席御医》（又名《首席医官》），罗晓的《纪委书记》，博飞的《强权博弈：市委书记》，湘人李陵的《魅极：另类官场》，吴问银的《"潜伏"市长的权色江湖：裸官》等，均属于这一类型。一些较有影响力的网络官场小说，如斯力的《县委组织部长》、姜远方的《官术》《对手》、普扬的《官路》、黄晓阳的《二号首长》等陆续得到了出版①。

从类型上，这些网络官场小说，可以分为现实型与另类型，也叫"写实类"与"虚拟类"。前者以小桥老树《侯卫东官场笔记》为典型，代表了对官场和现实社会生活的展现；后者则会将穿越、重生结合起来，赋予主人公以先知先觉等外挂来呈现自己的超人能力和官场智慧，如《重生之官路商途》，重生到1994年的主人公张恪凭借还保有的后世记忆，在官商两道混得顺风顺水，一路爽下来。

作品畅行，粉丝无数，批评和研究也随之而来。当前，网络官场小说的研究主要有综合研究和作家作品批评。

第一，综合研究。全面叙述了网络官场小说的渊源、滥觞，以及发展脉络、盛行的原因、人物主题分析、语言、叙事，以及面临的困境等。这些研究多是博士或硕士学位论文，鲜有专著。比如杨蕾2017年12月的博士论文《中国网络官场小说研究》，即是对网络官场小说的较为全面综合的研究。

第二，作家作品批评。包括类型小说的一些具体问题研究，以及单独作品的评论分析。一些主题或问题的讨论，如《极端的艺术与欲望的政治——网络官场小说的写作伦理》（周志强）②、《浅谈网络官场小说繁盛的缘因》（杨蕾）③、《网络官场小说中的舆情反映》（王连峰）④ 等，多以单篇文章出现，也有以图书形式出现的文章，如《网络官场小说："去政治化"的现实书写》（邵燕君）⑤、《官场网络小说的现实情怀——以〈二号首长：当官是一门技术活〉为例》（明子奇）⑥。当然，还有学位论文的讨论，如广东技术师范学院邓世文2018年6月的硕士论文《〈侯卫东官场笔记〉

① 杨蕾：《中国网络官场小说研究》，吉林大学博士学位论文，2017年，第22页。
② 周志强：《极端的艺术与欲望的政治——网络官场小说的写作伦理》，《河南社会科学》，2016年第9期。
③ 杨蕾：《浅谈网络官场小说繁盛的缘因》，《华夏文化论坛》，2017年6月30日。
④ 王连峰：《网络官场小说中的舆情反映》，《吉林党校报》，2014年3月1日。
⑤ 邵燕君：《网络文学经典解读》，北京：北京大学出版社，2016年，第161－183页。
⑥ 周志雄：《网络文学研究》第二辑，济南：山东人民出版社，2016年，第311－321页。

系列小说创作论析》，其实是一篇较长的单篇批评文章。

第三，一些研究网络小说或官场小说的成果有一部分涉及网络官场小说的讨论，为附带研究内容，学位论文和单篇论文均有呈现。如山东大学王萌 2013 年 12 月的博士论文《新时期以来官场小说研究》将网络官场小说作为通俗一类纳入了官场小说的系统研究。吉林大学胡哲 2015 年 6 月博士论文《"政治伦理"与当代官场小说》、武汉大学田甜 2011 年 6 月博士论文《近二十年中国官场小说研究》、哈尔滨师范大学金鑫 2013 年 5 月的硕士论文《官场类型文学的文本模式与文化潜逻辑》、北京印刷学院龙雷 2014 年 1 月的硕士论文《中国网络小说内容变迁的影响因素研究》都属此类。这类相关研究成果较多。

第四节　代表作品分析：小桥老树的《官路风流》

之所以选择小桥老树及其《官路风流》（出版时命名为《侯卫东官场笔记》）来代表新媒体时代的网络官场小说，不仅是因为它较早，更主要的还在于它的广泛影响，网络总点击率超过 1300 万，实体图书发行也超过 500 万册，也引起了广泛的评论。比如百度贴吧的"官路风流吧""侯卫东官场笔记吧""侯卫东吧"等，发帖数量多达 40 万，多数是索要小说电子版和八卦，有关小说的评论贴较少。豆瓣网对《侯卫东官场笔记》的评论虽然只有几百条，数量不多，但质量较高[1]。在官场小说总体量都不多的情况下，已经发表出来的有关《官路风流》的评论就显得尤为珍贵。另外，还有一些是硕士、博士论文的讨论，这可以想见《官路风流》的社会影响之大。2012 年 3 月，《侯卫东官场笔记》挺进"第三届中国图书势力榜"文学类年度好书；2013 年 3 月，《侯卫东官场笔记》获"西湖·类型文学双年奖"铜奖[2]。

小说主要讲述侯卫东在西南岭西省（实为重庆，作者即是重庆人）的官路升迁轨迹，从应届毕业生，到刚考取公务员的愣头青，再到"下放"青林山做普通干部，然后推动修路成功，赢得各村乡民爱戴。在乡镇人大选举中，侯卫东在组织安排之外被推选上了"跳票"副镇长。同时自己也以母亲名义开办采石场获取了大量资本。在权力、资本的作用下，侯卫东

---

① 邵燕君：《网络文学经典解读》，北京：北京大学出版社，2016 年，第 175 – 176 页。

② 百度百科，"小桥老树"，https：//baike. sogou. com/v67619073. htm？fromTitle = % E5% B0% 8F% E6% A1% 85% E8% 80% 81% E6% A0% 91，2019 年 3 月 2 日访问。

一路茁壮成长，从副镇长、县委书记秘书、市委书记秘书、县委书记、农机水电局局长、副市长，再到年纪轻轻就成了省委副秘书长、茂云市委书记的过程。其中的权力斗争、资源和资本争夺，以及在小佳、段英、李晶、郭兰等女性中的情爱纠缠，就成了小说的主要内容，令读者爽心悦目。

该小说究竟是什么东西让众多读者爱不释手、欲罢不能呢？

一般来说，进入到商业化资本运作的阶段，网络文学即是一套生产、传播、推送与消费的一套流程活动，其文本也就有了一些固有的特征或通行的要求。其中要让读者开心，令读者爽，即是一个普遍原则。因为读者的点击率、流量就是效益。那么，对于网络官场小说而言，尤其是对于现实型的官场小说，《侯卫东官场笔记》能够提供哪些爽点呢？我们概括出来，就是"权力""金钱"和"美女"。

一、权力或升职的满足

小说一般会赋予主人公"主角光环"，总体上都是在官场、事业上蒸蒸日上。在小说中，侯卫东从十几年前从青林镇下派到青林山工作组开始，历经副镇长、县委书记秘书、益杨开发区主任、市委书记秘书、成津县县委书记、市农机局局长、副市长、省委副秘书长、茂云市委书记，这一官场起伏变化之路，基本是平顺之路。即便是开始或中间遭遇到一些打击和挫折，都不过是一种有惊无险的过程。小说对于侯卫东的仕途发展是采取先抑后扬的策略，侯卫东开始时默默奋发、稳打稳扎，然后步步高升。就像游戏中打怪闯关升级一样。

侯卫东在300多名应届毕业生参与的沙洲市益杨县党政干部考试中获得了第二名，是很有实力的，但在面临工作和人事分配时却感到一种失落，而考了第160名的同舍同学刘坤因为老爸刘军是益杨县委常委、宣传部长，反而有了难得的优越感。侯卫东在县政府跑工作分配面临各种怠慢和官僚时，更有了一种强烈的虚妄感。

然而，身处困境的侯卫东并没有气馁，为了实现他与小佳的三年之约，一直在奋发，没有放弃。他与干警一起上山抓持刀劫匪，为铁柄生校长的女儿补习英语，在配合抓计划生育工作中勇夺郭蛮子的刀，在征收提留统筹费中制服抗交的何红富，终于赢得了秦飞跃镇长的赏识，秦飞跃答应将他调到计生办，但被赵永胜压下未果，只给了工作组副组长的虚衔。侯卫东并不怨天尤人，继续努力，发动群众、求人求物修公路，不惜个人贷款5000元支付刘维的图纸设计费用，其破釜沉舟的执着精神得到了众多人的支持，县镇两级政府也都出资出力进行建设。侯卫东经过组织协调，化解了青苗费、征地费、出工等问题，解决了青林林场土地纠纷、迁坟等各种困难，最终修成了道路。侯卫东赢得了百姓拥戴，有了"侯疯子""侯大学"的美名，为他在选举中"意外"当选副镇长打下了坚实基础。当副镇长正式任命出来以后，侯卫东独自一人沿着小道上山吹着大风，听着林海的呼啸声，他终于可以离开这个下放锻炼之地了。第二部第八章侯卫东又被调到县委组织部，虽然没有写侯卫东的兴奋心理，但是从镇里党委、政府的集体饯行，以及私下的很多饯行就明白，这是一种"爽"。

之后，侯卫东从县委书记秘书、县委办公室主任、益杨新管会主任、沙洲市委书记秘书，一路升至茂云市委书记。"升官之路"完全成了满足读者"臆想"的路径，而官场生存本身的艰难生态特点则无关紧要。

这种升官之爽，是官场小说的共性。如《官途》中大学毕业步入官场的刘飞，《官路迢迢》中从待业人员步入电信行业，然后入主官场的薛华鼎，都是"逆袭"取得权位的主人公。作者和读者都可以在这些主人公身上获取某种满足。权力场和职场上的一路扶摇而上，几乎是普罗大众或众生所要完成的梦想。

二、财务的自由

有富足的资金，可以较为自由地支配，解决自己的各种需要，是每个人的梦想。

侯卫东，作为一个普通城镇市民家庭的非独生子女，缺钱。修路是侯卫东奠定其群众基础和政治进步的基石，也是其获取金钱的路径。一方面，侯卫东凭着一股干劲，解决施工图纸问题，协调农民利益等，显示出了很强的工作能力。另一方面通过修路建石场，侯卫东挣了大钱，构筑了其仕途活动的经济资本。1994年是益杨县交通建设年，也是赵永胜书记与秦飞跃镇长斗争激烈的一年，侯卫东被赵永胜误伤，撤掉了其工作组副组长的所谓职务。曾宪刚趁机利用青林富有石矿资源的优势，拉侯卫东一起合办了一个芬刚石场，为修路提供石料。侯卫东办了正规手续，结果结算拿到了12万元的纯利润。然后侯卫东又以此单独成立了有合法手续的、按照现代石场标准建的狗背弯石场（法定代表人也是他妈刘光芬的名字），同时，请何红富按照采石程序专人规范管理，没有发生伤亡事故。这样，在其他石场出伤亡事故被整顿的关键时刻，侯卫东的石场还照常运转。为了保护上青林碎石的价格，限制恶性竞争，侯卫东还领头成立了碎石协会。侯卫东切切实实成了百万级的富翁。也着实让读者过了一把"大老板"或"财主"的瘾。"作者在'官路畅通'之外，还实现了很多读者更在意的'经济自由'，让侯卫东'进则为官自尊，退则家财万贯'，落实到他的处事方式和小说的故事构成上，就变成'处变不惊，颇有底气的侯卫东'和'一脉醋畅的侯卫东升职记'。"①这多是网友欲望的变相投射。

三、美女情缘

同样，侯卫东被赋予了相当好的自然条件，不仅长得英俊，还学习好、社会实践好。除此之外，小说还给了侯卫东很好的机缘，以致有了张小佳、郭兰、李晶、段英等女性情缘，她们各个不同，"一个校园爱情修成正果的原配（张小佳），一个激情遗憾充满情愫的'越轨'朋友（段英），一个能满足男性所有想象且无所欲求的'情人'（李晶），一个净如幽兰、心意相通的知己（郭兰）"成就了男人在升官发财之外的美女梦。侯卫东就像皇帝一样，享受着三宫六院的服侍，投合着一个男人和官员的各种需要，"'张小佳'是爱人，从始至终陪伴身侧，开启了他青年时代的'爱情想象'，并给予了他满意的婚姻和伦理的'正途'；'段英'是朋友，在他事业遇挫时出现，满足了其男性的保护欲望，昂扬了其被'踩落'的自尊，给予了他激情的体验和心灵的安慰；'李晶'是情人更是'伙伴'，在他努力上升的阶段出现，不仅情、欲合一无私倾注，而且善解人意能替他排忧解难，给予了他一段堪称'完美'的出轨经历，大大提升他的自我认知和人生定位；'郭兰'是知己，伴随他的爱情梦想而生，在他事业巅峰时融入，既满足了他男性情感占有的完全和纯粹，又增添了其权力得到的情感温度。这4位女性宛如争奇斗艳的四季园景，春、夏、秋、冬，百色更替，温暖了男性以自我为中心的所有臆想，出现在了男人的各个人生节点上"。更重要的是，这4位"女性"都很知趣无私，能够交替而互不干扰，没有产生让男人烦扰的宫斗戏②。这是理想主义，实际上与广告语或推送语所说的现实主义、自传体不符。小桥老树自己说的"普通公务员的成长历史""大家真实的工作生活状态"③ 等真实性也大打折扣。至多，作者的这种说法只适用于小说的前两部，也就是侯卫东成为县委书记秘书之前在乡镇工作的经历更真实，

---

① 林淑玉：《"九部千章"背后的单薄与空洞——论〈侯卫东官场笔记〉的单一思维》，见周志雄、吴长青主编《中国网络文艺作品评论选》，北京：中国社会科学出版社，2017年，第312页。

② 林淑玉：《"九部千章"背后的单薄与空洞——论〈侯卫东官场笔记〉的单一思维》，见周志雄，吴长青主编《中国网络文艺作品评论选》，北京：中国社会科学出版社，2017年，第312–314页。

③ 宋芳科：《记者专访"小桥老树"：副局长为娃奶粉钱写书成名后年入百万》，中国甘肃网，http：//gansu. gscn. com. cn/system/2016/09/28/011489689. shtml。

有血有肉①。此后，小说打动读者，吸引人的更多的是意淫模式，呈现了网络小说的"想象大于实际"本性。比如张小佳不仅是侯卫东的初恋情人和爱人，也是其仕途发展的重要后台，侯卫东调离青林镇，就是小佳通过市委组织部常务副部长解决的，暂时进入县委组织部综合干部科过渡，正好与副科长郭兰正面交集了②。这种特点在网络官场小说中常见，比如《公务员》中余非既有自己爱的女友叶仙儿，也有爱自己的王紫君，只不过前者为了艺术而出国发展，而后者爱余非爱得彻彻底底，以致不断原谅余非，包括余非有女友的事实，以及余非坦诚说出"喜欢（王紫君）不等于爱"的真实表述。王紫君满足了男人需要靠山的愿望，比如余非在乡党委书记岗位上工作不顺的时候，王紫君就请母亲帮忙过问，使得余非工作突然变顺。同时，王紫君还跟着过来青远乡实习，并将少女之身奉献给余非③。这些都满足了读者的某种意淫需求。

小说的情爱之爽，不仅有主人公与美女的正面交锋，让主人公大放光彩，而且还设计辅助人物来陪衬主人公。比如在沙洲学院舞厅遇见郭兰，正好是郭兰被国外男友抛弃的时候，绝望、空白，还来不及体会和意识到伤心，郭兰就来到舞厅想放纵，结果首先碰到一个长得不错的色狼。"谁知刚下舞池，那人试着把脸贴了过来"，很让郭兰反感，"虽然心里想放纵，可是真到了放纵之时，她又惊恐万分，忙用手紧紧抵住"。随后的舞曲，郭兰一直拒绝接受邀请，但却在准备离开时，神差鬼使地接受了一位相貌英俊的年轻人邀请，而且还没有想到两人跳舞竟然很是默契。柔情十分钟之时，听着熟悉的歌声，"午夜的收音机轻轻传来一首歌，那是你我都已熟悉的旋律……所有的爱情只能有一个结果，我深深知道那绝对不是我"，突然令郭兰情不能自禁，竟然能放心地"伏在这个年轻人怀里痛痛快快地大哭了一场"。那个年轻人就是侯卫东。侯卫东不仅跳舞跳得好，而且对女士很绅士，没有对郭兰有非分之想。这赢得了郭兰的好感。郭兰离开后对侯卫东印象深刻，念念不忘。这种拉来垫背抬高侯卫东的映衬手法，自然容易

---

① 作者一直认为小说的成功是真实，当与小说前一部分的真实有关，毕竟有着深厚的农村和乡土基础，也符合作者的成长经历，进入城市后的故事虽然有历史大背景，但那种体验和隔膜则日益明显。作者也给予了承认。"成功的原因是真实。'写真情实感和真实生活'是我的创作原则，读者们喜欢读我的作品也是基于此。当然，作品的真实只能是从作者角度来说，作者在写作时就算将真实当成原则，所写的真实也只是作者自认为的真实，距离真实生活还是有不可接近的差距。我力争拉近这个距离，写出我们这个年代共同的真实感受和真实经历。"橙瓜专访：《小桥老树：写作12年，依然真实》，https：//wemedia.ifeng.com/72975679/wemedia.shtml，2018年8月9日访问。
② 小乔老树：《侯卫东官场笔记》第二部，南京：凤凰出版社，2010年，第22-23页。
③ 熊学义：《公务员》，南昌：百花洲文艺出版社，2009年，第144-145页。

获得美女的青睐和"馈赠",读者"爽"感也很足。

文学要满足读者的"爽"感,除了故事内容外,还需审美表述。网络官场小说中的男欢女爱、职位起伏、困境犹斗、喜怒哀乐不是关键,如何表达和如何叙述才是关键。比如《侯卫东官场笔记》第一部写侯卫东与女友张小佳的男欢女爱,就既体现了"爽",也透露着轻松诙谐幽默的美感,体现了作者的文艺素养和审美情怀。

小说开头就是写毕业前夕的不眠之夜,侯卫东与张小佳在草丛约会。先是写小佳的迟到让侯卫东心急,等小佳一到,侯卫东就"将她拦腰抱住,恶狠狠地亲了亲脸颊",并且说道:"时间这么宝贵,你怎么能迟到。"结果小佳用一句"女孩子有迟到的权利"给顶了回去,身体却迎合男人,不让男人恼怒,结果呈现的画面就是小佳"仰头迎接着侯卫东暴风骤雨般的亲吻"。话和身体行动的结合彻底征服了男人,堵住了男人的嘴。等侯卫东亲够了,小佳还得得体地解释迟到的原因:"段英一直在哭,我费了好大的劲才把她劝住。"小说顺势又介绍了主要人物段英情况。这些张弛有度的言行举止显出了张小佳的有理有据、有情有义,怎能让男人不爱?

接下来,小说由段英大哭切入到毕业即分手的问题——段英毕业分配到益杨县绢纺厂,而她的男友则分配到几千里之外的国有企业。侯卫东自然地庆幸地说道:"幸好益杨和沙洲只有三个小时车程,否则我们也要面临考验。"这是直男的思维。不料小佳在侯卫东胳膊上使劲地掐了一下,怒道:"如果超过三小时的路程,我们是不是也要分手。"这种反向的女性思维让侯卫东措手不及,急忙讨饶:"我不是这个意思,哎,轻点,我道歉,道歉还不行吗?"之后就是侯卫东的各种哄,小佳高兴起来,又依偎在侯卫东怀里。这是第二回合。

第三回合,则是男欢女爱的正题,是他们盼望已久又有点兴奋、不知所措的那种。就这一组回合,小说写得也是一波三折,富有张力和节奏感。小说先从女孩的上下套裙着装开始,"为了今天晚上的约会,小佳特意穿了一套橘色套裙。在夜色中,衣服什么颜色并不重要,最重要的是衣服款式。这种上下两件的套裙是约会的最佳服装,所谓最佳,必须满足两个条件,既方便情人抚摸,又能在遇到紧急情况时迅速复原"。张小佳是在紧张矛盾中期待,"心乱如麻"。

反应强烈的侯卫东则积极地组织活动,从女孩的角度看,这个有点太像"心机男"了,小佳浑身烫得厉害,嗔道:"你挖了一个坑,就等着我跳下来,我现在不愿意了。"这是撒娇。读者好像马上就可以迎接重大而又令人激动的场面了。

但接下来，小说采用了一个舒缓策略，吊着胃口，并不急于直奔主题。小佳仰望着繁星，担心地道："会不会怀上孩子。"这种空间姿态和心理状态很符合人物实际，小佳虽然不是那种患得患失的那种，但女孩的生理心理决定了其感觉和思考问题角度。

这一过程描写不仅跌宕起伏，而且还有趣。首先它满足了读者的"爽"。套裙、床单、避孕套等层层递进的道具也确实将读者的口味吊足了，就在读者以为会有好戏观看的时候，结果他俩相安无事让读者的接受期待落空，这样反而更搅动了读者的心理波澜。这种描写之所以具有审美价值，并不在于它有海淫海盗的嫌疑，而在于描写得张弛有度，富有节奏感，对读者心理有个"虐"的过程。它既呈现了社会时代感，也展示了男女主人公的个性与微妙心理。无论是"开辟一个新时代"的用词，还是侯卫东撕扯外包装的狼狈等场景展示，都给人以轻喜剧的效果。

第五节　叙事规律

网络官场世情小说虽然是新媒体时代的通俗小说，与传统官场小说等有着密切关系，在叙事上同中有异，异中有借鉴。

一、叙事方式的差异

传统官场小说的叙事是全景式的全知全能，而网络官场小说更偏向于以主人公经历和视野展现的叙事方式。

《十面埋伏》是典型的全知全能上帝视角，罗维民、何波、代英等主要人物都在这一视角之下，经常转换。《侯卫东官场笔记》则是用侯卫东来带领读者体会官场里面的复杂况味，好像读者所看到的都是侯卫东所经历的全方位的生活，是强烈的男主代入感设置①。这种叙事的视角是第三人称的，与全知全能叙述视角相似，但又是围绕侯卫东行为活动展开的，几乎从头至尾、每个章节都有侯卫东，这又有点像"我"的第一人称贯彻始终的特点，但绝对不是第一人称的内视角限制叙述。这或许就是网文的代入叙事特点，使得它区别于精英小说的不断变换人物视角的第三人称写法。

再如《公务员》也是如此，其网络推广语说："本书以一个大学毕业生的经历和视角，诠释官场和社会，同时也牵出同样以考试踏上仕途的一批年轻

---

① 这种叙事方式并不是网络小说初创，只是说，网络官场小说是这种叙事方式的典型，比如，早在1998年的《国画》就是以朱怀镜为视角的官场展示。

公务员们的命运，进而呈现一个波澜壮阔的时代画卷。它不同于任何一部'青春''官场''言情'小说，却将这三大流行元素有机融合，形式别具一格，文笔娴熟流畅，内容精彩纷呈，读来引人入胜，掩卷发人深思，是一部大中学生、涉世青年、职场白领、公务员和机关干部不得不读的长篇力作。"①；这都强调了主人公视角的贯穿。

新浪读书连载点击超过 7000 万人次的《二号首长》是 2011 年度最热门官场小说之一，它以记者唐小舟进入省委任省委书记秘书开始切入，展示了外来干部赵德良书记与本土干部陈运达省长的博弈与平衡，被称为"江南省官场的清明上河图""现代版《官场现形记》""官场版《一地鸡毛》"②，突出了小说的主角带入感的叙述视角特点。

二、悬念

传统小说与网络官场小说两者的叙事方式决定了两者的叙事技巧差异：传统官场小说看重悬念，悬念内容即是结构全篇的线索；网络官场小说则突出主人公的路线，一路"游历"，依照引人入胜的吸睛目标，层层推进，呈现官场职场上的人物关系。

首先，传统官场小说，开头一般都有很强的悬念设置。如《国画》开头，原先本分的朱怀镜副处长因为与好朋友画家李明溪观看的一场女子篮球赛，而改变了命运，处长刘仲夏因为要李明溪的画而对朱怀镜热情了起来，梅玉琴第一次见到朱怀镜就有暖昧动情之举，以致在第二次陪着朱怀镜、张天奇他们吃饭时，不仅暗中用水替换白酒，而且那晚上将处女之身给了朱怀镜。梅玉琴为什么对朱怀镜那么有情有义，有什么目的呢？朱怀镜怀疑，读者也好奇。

网络官场小说虽然不刻意设置这种悬念，但同样重视引人入胜的效果。比如黄晓阳连载于新浪读书的《官劫》（实体书改为《二号首长》）开头写《江南日报》才子唐小舟在岳衡市岳衡县雍康酒业公司董事长吴三友的办公室接到了总编赵世伦的痛骂电话，要他立马中断采访。按说这个地方可以下力气设置悬念。但事实上，小说只附带以省委宣传部下文和上下级关系做了解释。小说的卖点或吸睛点在于男人的猎艳和风流。唐小舟虽然在家中没有地位，身为公安厅副处长的妻子谷瑞丹颐指气使，但唐小舟有才气，

① 非池赋：《放逐官场的青春》，书书网更新时间：2011 – 02 – 27 15：06：27，http：//www.shushu8.com/fangzhuguanchangdeqingchun/，2019 年 3 月 3 日访问。

② 谢思鹏，张婷推荐：《二号首长》，广东省作家协会，广东网络文学院编《网络文学评论》（第二辑），广州：花城出版社，2012 年，第 205 – 207 页。

在单位有传媒才子之称，并且还带了刚进报社的大美女徒弟徐雅宫。小说在回溯唐小舟的才子成就、徐雅宫的漂亮性感，以及唐小舟试探徐雅宫的身体接触中，使得读者也随着唐小舟进入宾馆房间（只开了一间房）充满期待。然而小说使用了欲擒故纵、先抑后扬的手段，先让唐小舟在徐雅宫面前受挫，为后面的两人的关系进展先作铺垫，乃至纵情声色，从而满足读者男欢女爱的意淫欲望。这是网文的基本手段。如前所述，《侯卫东官场笔记》也是以描写男欢女爱的开头来吸引读者的，也没有特别设置悬念，而是跌宕起伏、双方你来我往，一会儿激情一会儿担心、一会儿期待一会儿焦虑，层层推进、徐徐展开人物关系和事件发展。

传统小说因为叙事手段丰富，人物活动视角随着上帝全景式需要而不断变换，均围绕着悬念来展开故事，各个视角、各个方位都在呈现悬念内容，整个故事基本就是解决开头所设置的悬念。比如《十面埋伏》就是挖掘王国炎身上身后所隐藏的秘密，当真相大白、人物各安其所，小说也就了结了。《苍天在上》《大雪无痕》也是如此。黄江北由董秀娟、于也丰死亡案件带来的困境而入主家乡章台市市长，也因真相大白而结束。同样，《大雪无痕》也随着来凤山庄的枪杀案告破，副市长周密被判死刑而结束。这是大悬念。这种由悬念设置并得到解决的叙事方式，就像是边沁、福柯所揭示的圆形监狱模式①及其反向互动：悬念内容就像是在中央监视四周监舍犯人的塔楼；四周都可以看到塔楼，但塔楼的内部究竟有什么并不清楚，需要不断来回观察核实才有可能真相大白。

除此之外，传统小说还常有局部层面的悬念设置。比如《十面埋伏》，当调查到王国炎有雄厚背景时，我们自然会问："王国炎怎么会同市委书记周涛的一个外甥和省人大主任仇一干的一个侄子拉扯在一起？王国炎何以会有这么大的能量？他用的是什么手段？靠的又是什么？"②这既是代英等公安干警的悬疑，也是读者想问的问题。"如果这上上下下的人名真的跟这个王国炎有关系，那这个王国炎可就太让人可怕太令人恐怖了。简直是魔鬼中的魔鬼，怪物中的怪物，强贼中的强贼！"③这是代英的感受和认知，

---

① 圆形监狱由一个中央塔楼和四周环形的囚室组成，环形监狱的中心是一个瞭望塔，所有囚室对着中央监视塔，每一个囚室有一前一后两扇窗户，一扇朝着中央塔楼，一扇背对着中央塔楼，作为通光之用。这样的设计使得处在中央塔楼的监视者可以便利地观察到囚室里的罪犯的一举一动，对犯人了如指掌。同时监视塔有百叶窗，囚徒不知是否被监视以及何时被监视，因此囚徒不敢轻举妄动，从心理上感觉到自己始终处在被监视的状态，时时刻刻迫使自己循规蹈矩。百度百科，"圆形监狱"，"百度百科" https：//baike. so. com/doc/1144251 - 1210478. html，2019 年 3 月 3 日访问。

② 张平：《十面埋伏》，北京：作家出版社，2017 年，第 202 页。

③ 张平：《十面埋伏》，北京：作家出版社，2017 年，第 203 页。

也是一种评论。解决的办法，只有找领导，"看来他必须去找领导，也只能去找领导，因为这绝不是一个人就办得了的事情。尤其是在中国，有些时候如果不依靠领导几乎办不成任何事情"①。小说顺带揭示了大家都当作常识的社会规则或官场规则。

体例形式上，网络小说仍然带有传统章回小说的痕迹，尤其是章节标题，如《侯卫东官场笔记》都是有具体故事内容和主题的，《官太太》等网络通俗小说，虽然不一定模仿章回小说的章节模式，但也会有题目，而不会像《苍黄》《十面埋伏》《苍天在上》《大雪无痕》等精英作家作品都是以数字来分章节的。像《镇委书记》等通俗小说不仅有更工整的传统章回目录：

　　第一回　上峰授锦囊一朝获红顶　　下属晋香火数日灌黄汤
　　第二回　小车内走马忆旧时情结　　大院中上任望前程酬志……

而且还在每章结尾有传统章回小说的表述形式：

　　正是：有帽自来香，未雨先布云。
　　毕竟不知后事如何，且看下回分解。

这种表述即是一种悬念式的诱导。虽然这种"极端"的形式是 2004 年左右创作的反映官场基层的通俗小说所呈现的，但说明了网络通俗小说与传统章回小说的天然联系，章回以标题标示主导内容的写法既有利于通俗创作，也有利于读者轻松接受。

网络小说与传统两种不同的叙事方式及其叙事手段，也带来了不同的意识形态和"三观"问题。

三、传奇与奇观：官场小说的文学虚构

文学源于生活，又高于生活，官场小说虽然属于现实主义类型的创作，但它们作为小说，肯定离不开虚构，即按照事理、生活逻辑和立意理想去设计。不过，为了吸引人，小说不免会有奇观现象和事件呈现出来。它们虽然有着生活的原型和基础，但确实又是我们普通读者所未尝听过和见过的，或者社会新闻虽有所报道，但却没有小说这么细致逼真，这是艺术真

---

① 张平：《十面埋伏》，北京：作家出版社，2017 年，第 204 – 205 页。

实的魅力。

《十面埋伏》给人以吸引力的就是一个奇观开头：一个死缓犯，何以能够在监狱里这么疯狂，能从死缓一下子减刑为 15 年！在减刑会上，居然还能招摇大笑！居然能够暴力袭击同监室犯人！能够看《犯罪心理学》、能够写日记！在监狱询问中还能如实汇报没有被掌握的一些抢劫杀人案件，而且这些居然都被记录在笔录上！监管人员竟然熟视无睹，把他当作精神病人看待，还为此给办理监外就医手续！罗维民发现疑点向各级领导和同事反映情况，竟然响应者寥寥，不是挨训，就是被质问证据。罗维民和读者有一个强烈的感觉：王国炎身上藏了许多惊天秘密，为何一个死缓犯即便涉及黑社会性质团伙，却在监狱里还能够有着无穷的能量?！这种奇观其实也是悬念设置的一种手段。

《大雪无痕》设计在戒备森严，大军区、省市重要领导在场的来凤山庄发生枪杀案，而凶手并不具有军队背景或刑侦背景，只是一个出身农村从大学教师出来的副市长！

这种奇观设计都产生了悬念的美学效果，更能迎合读者。

这种虚构在通俗的官场小说中更多，比如《公务员升迁记》为了突出常务副市长黄河与美女王晶晶的缘分，提升黄河的魅力值，除了给副市长光环之外，还给了一个男人英俊高大的外貌，更给了特殊技能——一个跆拳道高手，结果在关键时刻打掉了一群由释放犯人为首的烂仔，并且还智慧地设计了一个局，说自己是省公安厅的，王晶晶此时利用对讲机，假装有公安埋伏抓捕他们，吓跑了这群乌合之众。黄河趁热打铁，利用政府资源和自己的经验，给了王晶晶母亲一个善后的措施：向公安部门申请设立一个自费的治安岗亭①。

网络小说同样遵循奇观和传奇的路子。比如《公务员》，为了让余非能够联系上市长这棵大树，就设计王晓慧有个 17 岁的私生女王紫君死心塌地地爱上了余非；为了不让余非与王紫君终成眷属，就设计了余非的初恋女友叶仙儿出国遇人不淑，华裔老公原来是骗子和虐待狂，在余非与王紫君结婚的当口来到了梁木县，导致婚礼取消，并且还曝出她与余非有一个私生女在老家连云港。当余非准备好好过日子时，国际刑警上门，才知道叶仙儿杀夫；王紫君遭遇沙运海的英雄救美的设计，成为后者的夫人，这段为了仕途阴谋的婚姻给王紫君带来了无尽的烦恼，王晓慧一生病面临死亡，沙运海的各种面目都暴露了。王紫君的生父并不是提携王晓慧的原教委主

---

① 孙雄：《公务员升迁记》，北京：现代出版社，2010 年，第 104－113 页。

任，而是从监狱里逃出来的离婚丈夫邬梦林，并且还能以吴再世的名字看望病重的王晓慧①。这些痕迹很重的奇观、巧合，虽然有现实材料的原型，但要这么精粹集中则是一种艺术的虚构。网络官场小说之所以这么设计，目的是为了读者的"爽"。它们往往为了迎合读者的心理需求，而不惜跳离现实，创造出很多"荒诞"的情节。

总之，阅读和欣赏网络官场小说，读者应该注意以下两点：

1. 不能将官场小说中的人和事与现实画等号。

2. 在感受爽的同时，也应该警惕"爽"背后的叙事陷阱，即是说，这是文学虚构，不可将它作为为人处世、职场人生的宝典，甚至就自然吸收其中某些人物的片面价值观念，读者应尽可能地持一种批判态度来接受作品。小说虚构不等于生活现实。

对于作者来说，一方面，应该有意识地呈现正态价值导向，比如《公务员》中，余非是一个正当的人，一个有干劲的好干部，虽然有王晓慧的帮忙，但自身却是干实事的，为一方百姓着想的。侯卫东虽然有过打擦边球的从商经历，但并不妨碍他作官的正确立场。另一方面，作者不能一味为了爽，而遗忘了生活的本质规律，不能不断地抛出奇观和段子；要坚持理想性，就如陆天明塑造的黄江北那样，这个过程也体现了作者的批判性和思考；另外，作家还应注重审美性，处理好真实与虚构的关系，对于网络计酬方式有适可的控制。比如有些文学网站要求作家少描写环境和景物，并不等于否定含有韵致的景语描述，因为将感情思想融于景物的描写中，更有味道，等于发扬了"一切景语皆情语"的传统。

---

① 熊学义：《公务员》，南昌：百花洲文艺出版社，2009年，第49、53、63、87、94章。

第十章

历史小说

　　网络历史小说主要是指以历史时空为故事内容或故事背景的小说，其亚类有历史穿越小说、军事历史小说、历史传奇小说，甚至还有无名有实的架空历史小说等。从元素来看，历史小说可以与言情、宫斗等结合起来，成为古代言情小说，或是宫斗文。这里讲的历史类小说，多是如月关《回到明朝当王爷》那样往往具有男性向的作品①，少数的则倾向于历史刚性内容，如当年明月的《明朝那些事儿》的白话历史手法的作品。网络历史小说显示出对历史的两种基本观念：第一，网络历史小说仍根基于"客观的历史"——存在于人的记忆和史书文献记载之中的事件和人物②；第二，网络历史小说又突破"客观的历史"观念。其中，最典型的就是历史（包括抽象的架空历史）往往成为一个容纳言情、斗争，满足读者意淫心理的框架或故事背景，目的不是要真的写出另一种历史面貌出来，而是意淫欲望的呈现。另外，也有以历史文本为基本依据的知识考古型历史穿越小说。

　　网络历史小说研究的文章主要有四类：第一类是某一亚类，如军事历史、架空历史、穿越历史等小说及其作品的批评分析，这是最多的；第二类是网络历史小说的影视改编，数量次之；第三类是探讨网络历史小说与晚清小说、通俗小说、传统历史小说、新历史小说的关系，有比较，有渊源追溯等；第四类是研究网络历史小说本身的文本形式、类型特点和叙事规则等。我们主要在追溯网络历史小说的文化渊源，勾勒其历史轨迹基础上，重点分析其美学独特性及其代表作品。

---

　　① 鲁迅文学院王祥研究员在一次私下聊天中对月关有妙语点评，说月关是一个"能把男性欲望满足得特别妥帖的作家"，转引自邵燕君主编：《网络文学经典解读》，北京：北京大学出版社，2016 年，第 146 页。

　　② 欧阳健：《〈三国演义〉版本研究的观念、思路和方法》，罗宗强，陈洪主编《明代文学研究国际学术研讨会论文集》，天津：南开大学出版社，2006 年。

第一节　渊源

常言文史哲一家，从我国的历史文献书写来说，这是一个朴素的真理。在《左传》《史记》等历史文献中，就蕴含着文学与哲学的因素，历史小说的萌芽就开始了，中间经过通俗文学的浸润和文人艺术家的继承发展，为新媒体时代的网络历史小说提供了文化渊源。

一、史传文学传统

历史与文学的差异只在一线之中，两者主要是纪实与虚构的差异。历史小说因为以历史文本书写的人和事为基础，所以其虚构是有着一些历史常识的限制的。这种较为正统的历史小说观念与《史记》开创的历史书写不无关系，即《史记》开创了史传文学、传记文学①。鲁迅评价它为"史家之绝唱，无韵之离骚"，肯定了《史记》在历史真实与文学叙事的审美吸引力上有着成功的结合。《史记》中刻画的历史人物，个性鲜明，"比如项羽的叱咤风云，刘邦的豁达大度，吕后的刚毅嫉妒，樊哙的勇猛粗犷，叔孙通的阿谀逢迎，公孙弘的诈伪饰智，周勃的木讷厚重，陆贾的风流倜傥，石奋的恭敬醇谨，韩安国的圆滑世故，张良的策谋，陈平的奇计，李广的善射，张汤的奇酷，以及古代人物，如信陵君的谦恭，蔺相如的智勇，廉颇的忠诚，苏秦、张仪、范雎、蔡泽等策士的智辩，屈原的志洁，荆轲的悲壮等，各色人物都有极成功的刻画"。②"司马迁笔下的人物各具风采，他写谁像谁。司马迁的笔力如此非凡，能在实录之中带有文学创作成分，这是不容否定的。"③ 有实录，也有虚构和想象，比如鸿门宴的场景，霸王别姬的诀别，赵高与李斯的密谋，淮阴侯韩信教唆陈豨谋反，这些隐私、个人化的东西，司马迁如何知晓？凭借窃听记录、史料记载，还是民间传闻？可见，这里的虚构和想象是在历史大义前提下在发挥着美学的吸引效用④。

《史记》对于历史小说的影响有以下几个方面：

---

① 张大可：《司马迁对中国文学的贡献》，《史记研究》，北京：商务印书馆，2011 年，第466 页。

② 张大可：《司马迁对中国文学的贡献》，《史记研究》，北京：商务印书馆，2011 年，第470 – 471 页。

③ 张大可：《司马迁对中国文学的贡献》，《史记研究》，北京：商务印书馆，2011 年，第471 页。

④ 张大可：《司马迁的写人艺术》，《史记研究》，北京：商务印书馆，2011 年，第638 – 640 页。

第一，《史记》语言优美，为后世创作历史文学奠定了高峰。"《史记》中的短句仅有一个字，长句有四五十字，当代汉语中的各种复杂句型，《史记》全有。《史记》语言生动、流畅，而又雄健峻洁，婉曲细微，形成独特的风格。"①

第二，强调史传的社会功能，继承了是可以"兴观群怨"的孔子文学观，也是"风，风（讽）也，教也，风以动之，教以化之"的诗序精神的承传。司马迁提出了"发愤著书"说，肯定了文学感人、化人的移风易俗作用。如在《屈原传》中称赞《离骚》说："上称帝喾，下道齐桓，中述汤武，以刺世事。明道德之广崇，治乱之条贯，靡不毕见。"《史记》对后世有很大影响，李白倡言："正声何微芒，哀怨起骚人。"韩愈在《送孟东野序》中就提出："大凡物不得其平则鸣。人之于言也亦然。"《史记》对于一些借史抒情、讽喻现实的历史写作有着直接的影响。

第三，情节结构的故事化、传奇化成为书写历史的文学叙事之楷模。传奇、事迹的奇观性择取就成为讲故事的一个重要方法，如《李将军列传》写李广将军，记述了李广追杀匈奴射雕者、佯死脱险、斩霸陵尉、右北平射虎没镞、破左贤王之围、不对簿自刎六个故事，展现他一生恢宏传奇性的故事，又内含着怀才不遇的悲剧感。该方法继承了《春秋》写史的"春秋笔法"，其中一个重要的"常事不书"原则就是史官对西周末年礼崩乐坏的一种批评态度，即对于不合四时常规祭祀的非礼、非仪作记载以"讥讽"。司马迁《太史公自序》说："《春秋》之中，弒君三十六，亡国五十二，诸侯奔走不得保其社稷者不可胜数。"这是史官对崩乱社会的一种立场和态度。《春秋》具体到用词的曲笔、用词表述，就有一种言外之喻，如孔子用"入枋"表示鲁国得到了枋地，用"璧假许田"来委婉批评郑国用玉璧为抵押获得许田的事②。司马迁史传的文学叙事的"尚奇"是一个典型特点。西汉扬雄首先说司马迁"爱奇"（《法言·君子篇》），唐朝司马贞说司马迁"好奇"（《史记索引后序》），清朝章学诚说司马迁是"贤才好奇"（《文史通义·史德》），当代李长之说"司马迁一生最大的特点是好奇"，并认为司马迁的好奇是"一种浪漫精神之最露骨的表现"③。张大可认为尚

---

① 张大可：《司马迁对中国文学的贡献》，《史记研究》，北京：商务印书馆，2011 年，第 471 页。

② 刘宁：《史记叙事学研究》，北京：中国社会科学出版社，2008 年，第 51 - 53 页。

③ 李长之：《司马迁之人格与风格》，天津：天津人民出版社，2007 年，第 92 页。

奇是司马迁美学观的中心内容①。

第四，从叙事视角来看，《史记》的叙事综合了"一种中立式全知、选择性全知以及戏剧性外视角的某些特性"，是一种"史家式全知叙述"。这种叙述方式具有三方面特征："一是总体上的全知叙述；二是一定程度的限知，通过限知视角的流动实现全知；三是客观戏剧式全知。"② 比如《魏公子列传》中写信陵君宴请侯嬴一节。写"公子置酒大会宾客"，然后亲自去接侯生，侯生却要枉道去看朱亥，接着从侯生的角度叙述，"俾睨，故久立与其客语，微察公子。公子颜色愈和"；从魏国将相宗室等宾客的角度写"待公子举酒"；从市人角度"皆观公子执辔"；从"从骑"角度"窃骂侯生"；再又回到侯生角度，"视公子色终不变，乃谢客就车"；最后是公子角度，"引侯生坐上座，遍赞宾客，宾客皆惊"。人物视角不断流动，具有戏剧影视外视角特点，不过都在全知视角范围。《史记》这种叙述方式对网络小说的叙述方式有一定影响。

《史记》及其史传传统对《三国演义》等白话小说的创作理念有直接影响。清代许时庚认为《三国志演义》虽是"演义之作……然悉本陈志裴注，绝不架空杜撰，意主忠义而旨归劝诫，阅者参观正史，始知语皆有本，而与一切稗官野史凭空架构者不同"③。

二、稗官野史

稗官在古代是一种小官，其任务是专给帝王搜集街谈巷语，道听途说，以供省览，后来几乎就成为小说或小说家的别称，语出《汉书·艺文志》："小说家者流，盖出于稗官，街谈巷语，道听途说者之所造也。"所以野史就是指旧时的小说和私人编撰的史书。在某种意义上，稗官野史其实就是一种历史元素加上虚构想象、道听途说材料的小说。所以历史上浩如烟海的稗官野史文献和故事传说成为一些历史小说的材料来源和灵感触发点。

稗官野史传统所蕴含的互文正史有着颠覆和质疑、想象与补充的作用。20世纪90年代的电视剧《戏说乾隆》乃至后来的《铁齿铜牙纪晓岚》等都有着野史情趣，对于网络小说创作在材料和观念上均有影响。中国社会科学院研究员王学泰认为，中国人灵魂中的游民意识，与稗官野史、通俗

---

① 张大可：《司马迁的文学观和美学观》，《史记研究》，北京：商务印书馆，2011年，第588页。

② 刘宁：《史记叙事学研究》，北京：中国社会科学出版社，2008年，第89页。

③ 许时庚：《三国志演义补例》，《绘图增像第一才子书》卷首，广百宋斋校印本清光绪十六年（1890）。

小说、戏曲、评书等等民间艺术的传播和影响有着很密切的关系，"游民对自己的未来不相信，对原则不相信，只相信得到手的利益。追求短浅的目标一旦成为习惯，就会将一切工具化，只要能实现自己的短浅目标，游民就去做。游民长期处在贫困生活中，这使得他认定，一个好东西，可以通过简单方法去得到，极端主义就是一个便捷的道路"。"游民意识具有强烈的反社会性，破坏性，拉帮结派，做事不择手段，狠，残忍，有奶便是娘等，中国人灵魂中都有游民意识。"① 上到汉代开国者刘邦、明代开国者朱元璋，下到梁山好汉或是义和团，乃至文学世界中的阿Q和韦小宝等都是游民，功名富贵、娇妻美妾、放纵恣肆的生活成为最高理想②。

20世纪90年代开始流行的戏说历史风，如《戏说乾隆》《铁齿铜牙纪晓岚》等继承了稗官野史的美学理念，突出了历史作为当下性表现的材料性，虚构和想象占据相当大的成分。

三、通俗文学的渊源

网络的兴起，带动了包括网络历史小说在内的网络小说蓬勃发展，继承的是娱乐心志、消遣生活的通俗文艺机制。这种机制是媒介发展与文艺娱乐消遣的结合物。就如晚清时期印刷业的革新，造就的报业杂志的流行和小说的发展一样，大众娱乐成为体量更大的一种需求，以致当初鼓吹小说与群治关系，推崇小说界革命的梁启超先生都在1915年对小说通俗娱乐化的变化深感痛心："观今之所谓小说文学者何如？呜呼！吾安忍言！吾安忍言！其什九则海盗与海淫而已，或则尖酸轻薄毫无取义之游戏文也……近十年内，社会风习，一落千丈，何一非所谓新小说者阶之厉？循此横流，更阅数年，中国殆不陆沉焉不止也。"③ 这种一致性就在于大众化，面向的人越来越多。晚清报纸刊物媒体的发展比唐宋元明时代私家著述、传抄、刻板的传播体制要迅捷、面大，"是一种话语权的扩散与平面化"④。新媒体

---

① 《稗官野史和通俗小说，怎样影响了中国人的游民意识？》，https：//www.360kuai.com/pc/9196034386ce8f7b5？cota=3&kuai_so=1&sign=360_57c3bbd1&refer_scene=so_1，2019年7月5日访问。

② 《稗官野史和通俗小说，怎样影响了中国人的游民意识？》，https：//www.360kuai.com/pc/9196034386ce8f7b5？cota=3&kuai_so=1&sign=360_57c3bbd1&refer_scene=so_1，2019年7月5日访问。

③ 梁启超：《告小说家》，《中华小说界》，1915年第2卷第1期，见陈平原，夏晓虹《二十世纪中国小说理论资料》（第一卷，1897—1916），北京：北京大学出版社，1989年，第484页。

④ 杨早：《改写历史与文学重建——晚清小说与当下网络小说异同辨》，《当代作家评论》，2015年第6期。

的网络更使创作主体全民化，话语权更趋民主化。

"往古代追溯，网络小说实际上是上承变文、志怪、传奇、话本、明清小说、鸳鸯蝴蝶派和'金梁古温'、琼瑶为代表的中国港台通俗文学的轨迹，而它又比前辈眼光更为阔大，还嫁接了日本动漫、英美奇幻电影、欧日侦探小说等多种国外元素，就渊源之深广复杂而论并不在纯文学之下。"①网络文学与通俗文学在城市化、市场经济的文化需求上是相通的，网络文学作者和读者与冯梦龙们、鸳鸯蝴蝶派有着相通的文化需求。黄发有就认为，"鸳鸯蝴蝶派的小说传统在网络空间中被重新激活，一些题材和故事也被重新讲述，就单篇作品而言，还珠楼主（李寿民）的《蜀山剑侠传》的影响不容忽视，它毕竟成了众多网络写手竞相模仿的范本"②。

通俗文学在内容和形式上对网络历史小说都有影响：

第一，喜闻乐见、通俗有趣的美学理念对网络历史小说创作有影响。比如《明朝那些事儿》就是一个典型的例子，历史不一定就是那种严肃雅正的形式，还可以俏皮活泼，甚至有点流里流气。冯梦龙在《喻世明言》的"叙"中，就挑明应该为市井民众服务，所谓"宋人通俗，谐于里耳"，肯定小说家的民间"说话人"态度，即要将小说话语穿透读者肺腑，产生实际影响力，"试今说话人当场描写，可喜可愕，可悲可涕，可歌可舞……怯者勇，淫者贞，薄者敦，顽钝者汗下。虽小诵《孝经》《论语》，其感人未必如是之捷且深也。噫，不通俗而能之乎？"（《喻世明言·叙》）

第二，通俗文学中的讲史、戏曲、评书等涉及历史事件、人物的艺术形式都给予了历史小说创作以材料和启示。比如朱元璋早年要饭逃荒、翡翠白玉羹的故事，清朝多尔衮与孝庄文皇后的感情等。当代二月河的《康熙大帝》《雍正王朝》《乾隆皇帝》等帝王系列及其影视改编对网络小说影像很大、很直接。"晚清和现代，随着中国社会的现代化进程，通俗文学有过很大的繁荣，晚清的通俗小说类型已经很丰富，后来有了鸳鸯蝴蝶派、张恨水、还珠楼主等等，在当时有很大影响。"③ 可以说，"网络类型小说品种在所谓鸳蝴派的作品中都有他们的代表作，至少已形成了雏形，只是那时的名称与现在的不同，或类型没有现在分得那么细化、那么复杂而已。

---

① 范伯群，刘小源：《通俗文学的传统与网络类型小说的历史参照系》，《中国现代文学研究丛刊》，2015 年第 8 期。

② 中国作家协会创作研究室选编：《网络文学评价体系虚实谈》，北京：作家出版社，2014 年，第 252 页。

③ 中国作家协会创作研究室选编：《网络文学评价体系虚实谈》，北京：作家出版社，2014 年，第 12–13 页。

例如《官场现形记》《二十年目睹之怪现状》和当年的商战小说（与现在的商战、职场小说同类）被纳入社会小说之中，还珠楼主的玄幻仙魔小说、会党小说（有若干会党是反清的秘密组织，孙中山革命时还与它们有联系与合作，不能完全与现在的黑社会混为一谈）被归入了武侠小说，言情小说中也有像《品花宝鉴》那样描写同性恋的'耽美小说'，而当年的宫闱小说与现在的宫斗小说为同类，在通俗小说中也不乏科幻小说，那时的'集锦小说'就是现在的'接力小说'或'接龙小说'，那时的'悬赏小说'，就是现在的'多结局小说'，如此等等"①。比如猫腻经常链接金庸、《红楼梦》等经典元素，体现了网络文学的通俗性、网络性、当下性和取悦读者的策略，如《将夜》中宁缺和一个挑战他的僧人之间有一段对话：

> 宁缺接着问道："那你为什么非要这么折腾我？"
> 中年僧人看着他的眼睛说道："在荒原上，十三先生辱过姑姑。"
> 宁缺微微皱眉，说道："你又不是杨过。"（《将夜》第1卷第165章"馒头"）

从中我们能够看出金庸小说对猫腻乃至绝大多数玄幻小说创作者的影响。除了从内容上汲取通俗经典，而且在价值观、人物形象、描述方式等方面都有诸多模仿和化用，比如猫腻创造了很多类似于忠信正直如萧峰、侠义为民如郭靖、智勇双全如楚留香、爱憎分明如傅红雪的春秋人格形象，如知恩必报的陈萍萍，范闲甚至还有鲁迅《故事新编》人物的风骨和复杂性、多面性②。

四、文人历史创作的影响

文人的历史创作有正统性的文学叙事和文化批判主义等情怀，多有精英反思立场。

第一，正统历史的文学叙事。典型的当是黄仁宇的《万历十五年》，带有学术学识性，黄仁宇本人也是研究明代漕运、明代财政和税收的专家。其从具体事件、小而微的细节中显示大历史观的历史写作产生了很大影响

---

① 范伯群，刘小源：《通俗文学的传统与网络类型小说的历史参照系》，《中国现代文学研究丛刊》，2015年第8期。
② 邵燕君主编：《网络文学经典解读》，北京：北京大学出版社2016年，第309页。

力。"明朝从万历十五年开始，出现了政治、思想、军事、经济、文化的全面衰退，之后的事情基本都起源于这一年一些事情的影响，这些影响有些是直接可见的，有些则是影响之外的影响。所以，剥丝抽茧的把所有历史事件脉络梳理清楚，同时把所有事件进一步整合杂糅在一起，让读者能够清楚地看到这一年的事情之后有哪些直接或间接的影响，从而对明朝灭亡起到了什么样的推波助澜的作用。"[1] 这种结构在《明朝那些事儿》中有某种痕迹。

第二，传统历史小说。姚雪垠的《李自成》、凌力的《少年天子》、二月河的帝王系列、唐浩明的《曾国藩》《杨度》《张之洞》等都是在正统历史框架下叙述故事的，有以史鉴今的正统目的。

第三，新历史小说。二十世纪八九十年代兴起的新历史小说，如苏童的《妻妾成群》、叶兆言的《一九三七年的爱情》等作品将历史作为当代性批判的对象和媒介，有一种历史反思和文化批判的精神，它们反映了"一切历史都是当代史"的观念：正统历史成为一种哲学批判和个人反思的对象，突显的是历史虚无和非理性的一面，虚构和想象是主导。网络历史小说的消遣性、戏说性、消费性则在这些基础上显示出了差异性。

以去历史、去政治的"架空"方式来重述历史事件、人物，作为玄幻小说的常规套路，其实是与 20 世纪 90 年代以来由新历史主义所开启的历史虚无主义一脉相承的[2]。"历史是一种叙事的论述，其内容是想象、杜撰和发现的成分参半。"[3]

第四，鲁迅的《故事新编》。鲁迅自己说这是一部"神话、传说及史实的演义"的总集，其写法属于"只取一点因由，随意点染，铺成一篇"，而不同于"博考文献，言必有据"的正统型，所以"叙事有时也有一点旧书上的根据，有时却不过信口开河"，其目的是针对作者当下的现实而言的，有着明显的批评性和反思性。它不仅对李碧华、刘以鬯、西西等当代作家的故事新写有影响，而且对网络历史小说写作的虚构想象有着启示意义。

---

① 晓明：《读黄仁宇的〈万历十五年〉有感》，晓明的博客，http：//blog. sina. com. cn/s/blog _ 4fc86b400102xzg0. html，2017 年 8 月 28 日发布。

② 董丽敏：《角色分裂、代际经验与虚拟现实主义——从网络玄幻小说〈庆余年〉看当代中国青年文化症候》，《文艺争鸣》，2017 年第 10 期。

③ ［英］基斯·詹金斯著：《论历史是什么》，江政宽译，北京：商务印书馆，2007 年，第 159 页。

第二节　发展

网络历史小说发端于黄易的《寻秦记》，其得到了网络和青年朋友的追捧，其中的"穿越"几乎成为网络历史小说的典型标志，引发了网络历史小说的潮流。

（一）黄易的《寻秦记》

众多学者都将网络历史小说的滥觞源头追溯到黄易的《寻秦记》。1994—1996年，《寻秦记》在中国香港、中国台湾出版（港版25卷，修订珍藏版6卷，中国台湾时报版7卷）①，讲的是21世纪中国特种兵项少龙穿越到了战国时代，经历了一些神奇故事，如为"畜牧大王"乌氏家将陶方击退马贼，护送三公主赵倩嫁往魏国，成功完成为赵王盗取《鲁公秘录》的任务，从赵穆手中救出嬴政母亲朱姬，从朱姬口中知道赵穆宅中的嬴政为替身之真相，探查到嬴政已经死于战乱的情况，于是以赵倩表弟赵盘冒充嬴政，在乌氏的协助之下，成功避过赵穆耳目，举家与朱姬、嬴政（赵盘）母子逃出赵国，嬴政由此登上秦国王位。之后，项少龙周旋于七国，协助嬴政赢得天下一统。小说结局——项少龙带纪嫣然、琴清、乌廷芳、赵致、田贞、田凤、项宝儿归隐大漠，明显有金庸笔下韦小宝的传奇痕迹，也对月关《回到明朝当王爷》杨凌的十二金钗——韩幼娘、马怜儿、高文心、成绮韵、玉堂春、雪里梅、红娘子、永福公主、朱湘儿、张符宝、银琦、阿德妮——有某种影响。

《寻秦记》是历史穿越小说的滥觞，2001年，被改编成电视剧影响很大，推动了中国"历史穿越"题材小说和影视剧的兴起。2002年首部历史穿越剧《穿越时空的爱恋》在中国的热播，也对网络穿越小说的兴起形成了刺激。

（二）阿越的《新宋》

2004年5月，阿越在幻剑书盟连载《新宋》，获得很大反响，《新宋·十字》（上下卷）由四川科学技术出版社于2005年出版，《新宋·权柄》（共5卷）由花山文艺出版社于2008年出版，《新宋·燕云》（共4卷）由花山文艺出版社于2008—2010年出版。2014年2月，阿越在"多看阅读"客户端推出了完结版《新宋·燕云》（共5卷），由湖北今古传奇数字新媒体有限公司出版。小说叙述的是历史系学生石越穿越到北宋中期，利用现代知识的外挂大力进行改革的故事，其重心不是战争场面，而是凸显知识、

---

① 邵燕君主编：《网络文学经典解读》，北京：北京大学出版社，2016年，第370页。

策略，是一种历史军事小说的"文官路线"，显示了作者对历史的掌握多有所本，其情节与历史考据多有某种关联。邵燕君认为它开创了"知识考古型"历史穿越小说的先河①。之后有三戒大师的《官居一品》（2009年）、贼道三痴的《上品寒士》（2009年）、随风轻去的《奋斗在新明朝》（2011年）和《雅骚》（2012年）等优秀之作。其中，2009年12月，cuslaa在纵横中文网连载的《宰执天下》被称为"知识考古型"历史穿越小说的高峰之作②。该作写贺方在一场空难中死亡穿越重生到宋代，成为18岁的韩冈，该身体既有贺方的灵魂思想，也有韩冈的思想断片。所以贺方时常以第三者的视角来观察分析问题（第六章）。家里因为为韩冈治病而从小康落到贫困地步，韩冈发奋读书，逐步上进，成为上辅君王、下安黎庶，群臣避道、礼绝百僚的宰相。"知识考古型"历史穿越小说是一种反YY的历史小说，穿越只是小说主人公进入历史空间的路径，而并非大开金手指、满足名利财色及谈情说爱欲望的逻辑，其对历史文明的态度是严肃认真的，少用或禁用稗官野史、宫斗宅斗。

（三）锋锐的《复活之战斗在第三帝国》

2004年6月，锋锐的《复活之战斗在第三帝国》开始在起点中文网连载，小说写留学生徐峻接受馆长直接将70年前的ME109E型古董飞机开到敦刻尔克的任务，结果因为飞机在欧洲出事死而复活，重生穿越到二战中的欧洲战场，历经二战的枪林弹雨并艰难生存下来的故事，是第一次"穿越出国"的文本③。小说从2004年起，就时断时续更新，到2008年，书的内容因为包含了关于纳粹德国以及很多国家政权利益冲突、意识形态等敏感问题，有违现在的价值观和舆论导向，被停更。2015年8月8日，作者重更，到2018年7月又停更。

（四）随波逐流的《随波逐流之一代军师》

2005年5月，随波逐流的《随波逐流之一代军师》在起点中文网连载，到2006年4月结束，共146万字，是最早的有影响力的"架空历史小说"之一④。小说写寒门出身的翰林江哲无意卷入大雍国的储君之争，为保自己和身边的人，只能随波逐流，投身朝堂险恶世界争斗。

———————————

①　邵燕君主编：《网络文学经典解读》，北京：北京大学出版社，2016年，第371页。

②　吉云飞：《〈宰执天下〉："知识考古型"历史穿越小说的高峰之作》，媒后台，https：//mp. weixin. qq. com/s?＿＿biz＝MjM5NTY2MjgzOQ%3D%3D&idx＝1&mid＝500564711&scene＝21&sn＝c2bbb897ca4b6de2347b90901259281e，2019年7月8日访问。

③　邵燕君主编：《网络文学经典解读》，北京：北京大学出版社，2016年，第372页。

④　邵燕君主编：《网络文学经典解读》，北京：北京大学出版社，2016年，第372页。

（五）当年明月的《明朝的那些事儿》

2006 年 3 月，天涯社区"煮酒论史"版块的帖子《明朝的那些事儿——历史应该可以写得好看》引起轰动，作者是石悦，网名是"就是这样吗"，后改为"当年明月"。之后在新浪博客上连载，3 年后完结，共 147 万字。该作品是借助网络媒介"草根说史"的代表作品①。小说其实就是用大白话讲述大明朝的故事，将历史叙事得非常有趣。比如第四部写 15 岁的朱厚熜从湖北安陆进京任职皇帝，接堂兄朱厚照的班，进门却被逼着以皇太子身份走东安门入宫。愤怒的未来嘉靖皇帝与一群官员进行斗争，普法教育和屠刀威胁都不管用时，他最后撂挑子回安陆相搏，赢得官员的妥协，小说适时抛出"必须亮出自己的獠牙，才能有效地控制住所有的人，即使是皇帝也不例外"的道理，通俗而又在理。《明朝那些事儿》写得风轻云淡，层层深入，曲折回环，晓畅无比，在历史的古老沉重与搞笑消解之间找到了一个平衡点，似有黄仁宇《万历十五年》的遗风。"《明朝那些事儿》是一本以自己的观点讲述历史，并借用历史事件折射现实问题的故事集成。它的主线完全忠实于《明史》，从核心人物到重要事件，都是有影有形的，和所谓的戏说、大话又不一样。作者以'把历史写得好看'为原则，用通俗诙谐的语言解读明史，叙述之中加入个人评论，获得了网民的追捧。其写作观念、方式与传统写作存在一定的不同之处，它充分利用了网络的共生性特质和民间亲和力，产生了新的历史叙事方式。"② 水蚀："我觉得（《明朝那些事儿》）写得不错，因为写历史，它有一种与别人不一样的写法，比较吸引人，文笔也比较好。"③

从结构上看，小说章节精炼巧妙，悬念设置频繁，让历史叙事变成了悬疑小说叙事。

（六）月关的《回到明朝当王爷》

2006 年 11 月至 2008 年 1 月，魏立军改笔名为"月关"（原为"梦游居士"），在起点中文网连载历史穿越小说《回到明朝当王爷》，有 370 万字④。《回到明朝当王爷》讲的是郑少鹏穿越回明朝正德年间，化身为秀才杨凌，利用现代优势"避免后世悲剧"的故事。语言优美轻快，爽点拿捏得恰到好处，获得 2007 年起点年度月票总冠军、最佳原创作品金奖，作者月关因此也获得最佳原创作者金奖，成为起点中文网白金作家。2007 年，

① 邵燕君主编：《网络文学经典解读》，北京：北京大学出版社，2016 年，第 372 页。
② 欧阳文风：《网络文学大事件 100》，北京：中央编译出版社，2011 年，第 73—74 页。
③ 周志雄，等：《大神的肖像——网络作家访谈录》，济南：山东人民出版社，2015 年，第 101 页。
④ 邵燕君主编：《网络文学经典解读》，北京：北京大学出版社，2016 年，第 373 页。

实体书由太白文艺出版社出版、高宝国际出版公司出版，非常畅销。

作为历史穿越小说的代表，《回到明朝当王爷》充分发挥了历史外挂与现代知识和经验的金手指手段，满足了男人建功立业和收获美女青睐的男性欲望。前者通过杨凌下江南扫除贪官，发展对外贸易，打击倭寇海盗，斗刘瑾、灭白衣军、平宁王叛乱、开发辽东等功绩不仅达到了个人事业巅峰，而且也满足了中国崛起的梦想，应和了当下态势；后者则通过杨凌身边的"十二金钗"——韩幼娘、马怜儿、高文心、成绮韵、玉堂春、雪里梅、红娘子、永福公主、朱湘儿、张符宝、银琦、阿德妮，满足了三妻四妾的男性向梦幻，"这些'女性'与其说是'形象'，不如说是'男性向'小说的一种'快感机制'——其本质是男性对于女性的欲望投射，其功能主要有两种：一是推动情节，二是满足'凝视/YY'的欲望"①。《回到明朝当王爷》的成功引发了诸多写明朝的小说，较好的有灰熊猫（大爆炸）的《窃明》（起点中文网，2007年）、特别白的《锦衣当国》（起点中文网，2010年）等。

（七）沐轶的《纳妾记》

2007年5月，沐轶的《纳妾记》开始在起点中文网连载，2008年2月完结。小说主要叙述现代法医杨秋池借尸还魂到了明朝，作为仵作破解各种刑事案件，并拼命挣钱做官纳妾的故事，颇有些情色场面描写。2015年7月，改编的同名网剧上线，连播两个月点击量突破6亿，被业内赞为"本年度以小博大的现象级网剧"②。

（八）酒徒的《家园》

2007年7月，酒徒的《家园》开始在17K小说网连载，与《开国功贼》《盛唐烟云》并称酒徒的"隋唐三部曲"。该作2009年1月完结。小说叙述了商人家庭出身的李旭在隋末乱世之中保卫家园的故事，属于没有穿越设定"历史土著"的历史类小说，李旭以虬髯客为原型而不断成长③。

（九）张小花的《史上第一混乱》

张小花的《史上第一混乱》是一部很有影响力的集体"反穿越"的历史小说，所以有人称之为都市小说，2008年1月开始在起点中文网连载，2009年5月完结。小说写的是现代人萧强在神仙刘老六的撺掇媒介下与荆轲等历史名人之间发生的搞笑故事，化解了他们各自的梗和心结，他还可以穿越时空去化解许多历史人物之间的"宿怨"。这本小说开创了一个较新

① 邵燕君主编：《网络文学经典解读》，北京：北京大学出版社，2016年，第147页。
② 邵燕君主编：《网络文学经典解读》，北京：北京大学出版社，2016年，第373页。
③ 邵燕君主编：《网络文学经典解读》，北京：北京大学出版社，2016年，第373－374页。

的构架创意①。

以后的作家作品在元素融入上突破较少，所以不再介绍。总体上，网络历史小说的发展主要立于"穿越"和满足 YY 的基础上的，外国的穿越、历史土著的非穿越、反穿越等都是针对通常的穿越类型而言的。对待历史，小说既有大量的以历史为背景而行幻想之实的典型做派说，也有严肃认真的知识考古型风格。

第三节　代表作品分析：猫腻的《庆余年》

选择猫腻及其《庆余年》作为历史小说的代表，是基于《庆余年》奠定了猫腻的"文青"② 风格和地位。猫腻的《庆余年》不同于月关的《回到明朝当王爷》等小白式历史爽文，也不同于当年明月的《明朝那些事儿》的大白话讲史，显示出超越网络爽文之上的人文理想情怀。③ "最文青网络作家猫腻的出现，在网络文学发展史上具有重要的意义。首先……他有效地承接了鲁迅、金庸、路遥等人的思想、文学、精神，将启蒙主义诉求和现实主义文学传统引渡到新时代的网络文学中去。其次，草根出身的猫腻以其独特的视角呈现了全新的'民间'景观，并颇具新意地对儒家文化进行了契合时代精神的再演绎。再次，'文青范儿'十足的猫腻，在博采众长的基础上推陈出新，吸纳了当下最有活力的表达方式，从而开创出一种有别于'小白文'的审美风格，丰富了网络文学的审美表达。"④

2007 年 5 月，猫腻的《庆余年》开始在起点中文网连载，到 2009 年 4 月完结，374 万字。该小说写现代重症肌无力患者范慎死亡后灵魂重生到一个架空历史世界，获得了一个男婴的身体，成为庆国司南伯爵的私生子范

---

① 邵燕君主编：《网络文学经典解读》，北京：北京大学出版社，2016 年，第 374 页。

② 文青与小白相对，指具有某种情怀和创新性诉求的作品，具有艺术性与思想性俱高的特点，代表作家有猫腻、烽火戏诸侯、骁骑校、徐公子胜治、烟雨江南、酒徒等。由此，"文青文"也主要是"文青"作家创作的作品，也包括非"文青"作家创作的"文青文"，代表作品有猫腻《间客》《将夜》、烽火戏诸侯《雪中悍刀行》、骁骑校《橙红年代》、徐公子胜治《惊门》、烟雨江南《尘缘》、酒徒《隋乱》等。从粉丝来说，"文青"作家的粉丝数量不及"小白"，但在文化层次和忠诚度上都高于"小白"。见邵燕君主编：《网络文学经典解读》，北京：北京大学出版社，2016年，第 343 - 344 页。

③ 猫腻，邵燕君：《以"爽文"写"情怀"专访著名网络文学作家猫腻》，《南方文坛》，2015 年第 5 期。

④ 邵燕君主编：《网络文学经典解读》，北京：北京大学出版社，2016 年，第 312 - 313 页。

闲（实为庆帝所生）①。范闲成长的过程是自己技能、内力长进的过程，也是他逐渐弄清了自己身世，了解母亲叶轻眉、司南伯爵、庆帝、母亲仆人五竹等人秘密的过程。在成长的过程中，范闲经历了很多事情：在澹州跟随五竹习武，跟费介学医学毒术，成年后入京师，因反杀刺客和吟诗作赋而名闻京师，庆帝赐婚长公主之女，封官太常寺协律郎。出使北齐，范闲与齐帝投缘，彻夜长谈，知道自己的非凡身世，回国后严格自律不结党，为庆帝所欢喜。庆历六年，范闲奉旨掌管全国财税，使得国库丰盈，获一等伯爵之位。在宗师叶流云倒戈相助下，范闲杀大都督燕小乙，驱逐谋反太子，救下庆帝，受封赏无数。因为知晓重生者母亲有着民主意识而为庆帝所杀的真相，范闲于是向庆帝报复，监察院院长陈萍萍刺杀失败被凌迟，范闲入宫行刺未果，然后入北齐。几个月之后，范闲跟随五竹回京行刺，如入无人之境，庆帝为五竹所杀。范闲隐退江南，与妻子林婉儿、姜思思，一儿一女过着神仙日子。小说在展开这两个重生者境遇的明暗两线的过程中，揭示了人生与政治等方面的问题，具有较高的思想性和艺术性。

一、小说的现实性与理想情怀

这部小说讲述的是范闲从被庆帝流放澹州到逐渐赢得父亲认可信任并登上巅峰位置的成长故事。在这个过程中，范闲从私生子逆袭，自身的身世之谜逐一被揭开，在知晓母亲的民主政治理想，以及母亲是死于庆帝阴谋之手的真相后，他又刺杀庆帝，表面是为了复仇，但更深挚的应该是更认同叶轻眉的民主启蒙天下为公的理想，"对'巾帼不让须眉'的母系精神气质乃至现代女权成果的认同，显示出范闲似乎还是更多流露出了挑战者/僭越者的气息。这一取舍，自然不只是为了建构'抑男扬女'的新的性别秩序，更为重要的，应该还是叶轻眉作为理想主义者激扬人生的一面较之于庆帝作为权力拥有者的无情无义，叶轻眉作为穿越者所挟带而来的'现代'价值观较之于庆帝出土文物般顽冥不化的前文明立场，显然更容易让

---

① 五竹是一个拥有了自主思维能力的高智能机器人或者是研究进化后的高智商人类，范闲原来的文明世界已经毁灭，人类世界几乎成为废墟，还有博物馆存在，范闲和叶轻眉究竟是如何穿越的呢？网上有考据帖做了大胆想象：叶轻眉和范闲其实都是上个时代的人，并且当时他们死亡的时候大脑保存很完整。过了很多年，上个文明消亡以后，博物馆因为找不到可以维护自身的人，所以没办法，克隆了一具身体，并且植入叶轻眉的大脑，然后叶轻眉不满意这种安排逃了出去，并且带走了五竹，之后叶轻眉闯出了一片天地，和庆帝生下了范闲，但是范闲貌似是天生的智障，所以他们又回去了一次将主人公的大脑移植到了范闲的体内。https：//wenda.so.com/q/1373153667064769，2019 年 7 月 8 日访问。

人产生亲近感和认同感"①。网友八圈认为"猫腻的小说具备一流文学作品的深刻内涵——至少猫腻试图将他所秉持的世界观，比如个人自由、对皇权的祛魅、对弱者的同情、对专制的反抗等具象化在一次次刻骨的隐忍，一幕幕铁血柔情，一曲曲挽歌之中"②。因此，帝王专制与民主政治理想的对立是你死我活，即便是有巅峰当事人之间的爱情或血缘也无法弥合这一对立，这似乎喻示任何中间的妥协道路都难以行通。

这种政治对立的揭示在小说中是朦胧的，或许这也是小说选定历史架空的原因。因为，从伯爵、男爵、北齐、东夷，以及以唐诗宋词等获得名声影响力来看，小说的历史当在魏晋及之前，甚至春秋时期，但是凌迟刑、枪等信息又显示了金元明清之后，尤其是说"庆国早在十年前便兴起了一场文学改良，以文书阁大人胡先生的一篇文学改良刍议为发端"（1 卷第 3 章），更是影射清末民初新文化运动。所以架空历史其实就是前现代历史的抽象聚合。这有利于制造爽感或者表达情怀而又不受具体历史事实的局限。

小说对于叶轻眉（从来没有正式出场过，都活在其他人的记忆当中，影响着活人）的平等、自由、个人主义的革命理想集中体现在为监督皇权而设的监察院的铭文中："我希望庆国的人民都能成为不羁之民。受到他人虐待时有不屈服之心，受到灾恶侵袭时有不受挫折之心，若有不正之事时，不恐惧修正之心，不向豺虎献媚。我希望庆国的国民，每一位都能成为王，都能成为统治被称为'自己'这块领土的独一无二的王。"（7 卷 94 章）这一宣言似乎是百年来中国人的梦想，既有对专制的革命，也有对外来侵略的抵抗，更有对所有不公不正之事的愤怒和反击，对独立、自由、自主的渴望，饱润着对生命和自由的眷恋，以及对民族困难历史的同情。"柔软，悲悯，充满了对生命的热爱与依恋，对美好事物的向往，对苦难的同情，还有改变这一切的自信。"（5 卷 75 章）这种对立在小说中以一种历史和未来的朦胧意识做了呈现，如果重生者叶轻眉的死象征了民主自由理想曾经的失败，那么，范闲的成功逆袭则一定程度上表征了对未来的向往。不过，小说对此并没有那么大的野心和抱负，最终主人公只是过着左妻右妾、子女绕膝的田园逍遥生活，实现的是"穷则独善其身，富则妻妾成群"（《庆余年·后记之春暖花开》）理想，在很大程度上，又回归到韦小宝和杨凌的轨道当中。这些似乎不能仅仅用小国寡民的理想来解释，至少在儒道互补

---

① 董丽敏：《角色分裂、代际经验与虚拟现实主义——从网络玄幻小说〈庆余年〉看当代中国青年文化症候》，《文艺争鸣》，2017 年第 10 期。

② 八圈：《其实我是来评间客的》，豆瓣网，http：//book. douban. com/review/2121005/，2009 年 7 月 6 日发布。

之外，还有更深的现实文化的影响。

对于这种理想情怀，网友则集中在讨论"庆帝之死"的内容上，而很少从美学上关注小说怎么讲庆帝之死。大部分都认同庆帝该死，有从反权力崇拜角度评判的，更多是从道德和良知上考量庆帝为无耻，还有从私德和爱情上评判的。也有站在个人利益维护和换位到庆帝视角的客观理解的角度认同庆帝清除异端分子叶轻眉的，这不免带来了价值虚无主义，并且认同了政治的冷酷无人性的事实。这些都似乎显示了 80 后及其之后更年轻一代在价值观上的多元分裂，呈现了与父辈的代际差异。范闲"贪生怕死，好逸恶劳，喜享受，有受教育之后形成的道德观，执行起来却很俗辣，莫衷一是，模棱两可，好虚荣，惯会装，好美色，却又放不下身段……他最值得欣赏的优点，大概便是勤奋，与努力生存，谋求更好生活的精神"（《庆余年·后记之春暖花开》），这是猫腻所总结的人物性格及其所具有的价值观，无疑是中国当下部分青年思想情感的投射。对于"范闲"，作者并不喜欢，很多都不喜欢，"他太小意，太虚伪，太……胸无大志。在我的脑海里，他就是一个微微佝偻着身子，露出个微羞笑容，有点小手段，但是总瞻前顾后，摇摆不定的黏人"①。

小说的现实性还体现在寓言化的代入感，比如范闲在封建社会从私生子逆袭成功的经历，象征了职场从小白晋升为大咖的励志传奇，以及京漂、沪漂等外乡青年人通过艰苦奋斗迁徙繁华都市的梦想。这是一种基于现实对照之上的"爽"机制，可以吸引相当的读者。

另外，小说的现实性也体现在一些历史细节的引入上，如上述所讲的文学改良刍议，以及随手附带的评论，如"缥缈之旅""风姿物语"（如 1卷 2 章），还有将金庸（如 1 卷 19 章将范闲与五竹爬山崖比作郭靖与马钰爬山学功力类比）、红楼（如简介里的巧姐判词，范闲在澹州府里与丫鬟的厮混）等引介进来的做法，能时时让读者感到某种亲切。

二、明暗线索总框架下的悬念设置与徐徐揭开的叙事技巧

第一，范闲为主的全知全能叙事视角。范闲从 2 个多月的婴儿到成人，乃至到位极人臣的巅峰，都是在明线叙述，小说采用的是以范闲为主角的全知全能叙事。这种叙述视角还会偶尔夹杂人物内聚焦，产生了更多的灵动性。就如《史记》一样，《庆余年》的叙事视角以全知全能叙事为主，间

---

① 《夫杀妻，子弑父。一个悲伤而残忍的故事》，据说转自豆瓣，笔者是在起点中文手机端"庆余年"末尾看到的。

有人物视角的流动性。在"楔子————块黑布"中，小说首先是范慎作为重症肌无力患者躺在病房里等死，父母早过世，还是处男之身就面临着死亡，这一段主要是全知全能的视角，但中间也有范慎视角所感觉到的东西，"范慎有些悲哀，伸出舌头舔了舔从眼角滑落到自己唇边的液体，却惊奇地发现自己的眼泪居然不仅咸，还带一点点腥味——难道因为在医院很少洗澡，所以连眼泪都开始发起臭气？"这是范慎自己所感觉到和心里所想的东西。这种跳跃比较隐蔽，是小说常见的手法。再比如接下来的范慎在发呆中看到隔着几根竹片外的场景，"十几个黑衣人正手持锋利的武器向自己劈了过来！他一时间根本来不及分辨这是梦境还是濒死前的奇怪体验，纯粹下意识里把脑袋一缩，把两只手捂在了自己的面前"。这个场景实际上是已经穿越到婴儿之身的范慎（范闲）看到的。这种自然的衔接，令读者和主人公无感穿越的分裂，就在于重症肌无力与刚出生2个月的婴儿的肢体控制力是差不多的。但是，就是这个下意识的动作却让前来营救范闲的跛脚中年人看到了"天脉者"的痕迹。这种叙事的转换，不同于一般爽文的主人公视角到底，也不再是那种"打怪升级"的简单模式。这既在一定程度上保证了人物代入感，也更宏观地保证了文化认知视野。

第二，铺垫和悬念的设置。悬念设置虽不像悬疑盗墓惊悚小说那样夸张，但却有一种沉着稳重的草蛇灰线法，比如楔子中出现的中年跛子，救下范闲和五竹少年之后不见了，然后在范闲5岁时再出现，中年跛子派下属费介来教范闲，再到26章，中年跛子才真正出场，原来他是监察院院长陈萍萍。比如关于叶轻眉，小说就在各处布下伏线，开头的楔子就在五竹、跛子口中以"小姐"的语词出现，第3章费介来到范府，引起范闲对于母亲的好奇，以及对于五竹身份的揭示。这种写法在网络写作中较为常见，网络作家高楼大厦称之为"画卷式写法"，"一幅画打开一点，又打开一点，到最后一个整体的世界展现在你面前，你在顺着画卷一点点看的过程中就很自然被带入进去"①。

第三，设谜解谜的叙事手段。另外，从叙事线索来说，整个故事相当于一个解谜的过程，读者跟主人公范闲一样，是充满诸多疑问的，范闲通过自己的先人一步的修炼和练功，在克服各种暗杀而生存下来的时候，也在逐渐揭露母亲叶轻眉、真假父亲的身份，以及父亲与母亲的恩怨情仇。明线与暗线汇聚，形成了高潮，促成主人公进一步的行动。这种写法在传

---

① 周志雄，等：《大神的肖像——网络作家访谈录》，济南：山东人民出版社，2015年，第30页。

统写作中也较为常见，比如张爱玲的《红玫瑰与白玫瑰》，明线是佟振保对于王娇蕊的一见倾心、试探，而后在王娇蕊坐在自己大衣下捡拾自己抽剩下的烟头来贪婪吮吸时，才明白王娇蕊也是一直喜欢佟振保的（暗线），于是两人干柴烈火般地巫山云雨。

三、宏大瑰丽和细节兼具的场景描写

猫腻的小说不同于一般爽文的地方，还在于他明显的富有文采生命力的场景描写。比如对于范闲的婴幼儿少年成长地澹州港，就有很详细的场景描写。再如范闲初入京师范府时的场景描写，很像林黛玉进贾府，既有景物描写，也有行动的移步换景和心理勾勒，细腻而又张弛有度，画面感很强，栩栩如生，就像我们真的被带到了那个范府庭院。

场景描写的真切除了整体宏观，动态流水，还在于细节的捕捉和描绘。比如范府门前瞪着双眼看着过往行人的石狮子就是一个特写镜头的描写，将大府贵院的威严与市井繁华给对比着联系了起来。

另外，场景描写还有一些具有生活气息的细节揭示，"在处理儿女情长、家长里短的日常化叙事方面，《红楼梦》可谓树立了一种典范"[1]，猫腻无疑受到了这种影响，比如第6卷第173章，写范闲回府探亲进家门，一直都在问候家里长辈，而没有去看望刚刚出生的女儿，这引起作为母亲的思思的疑问，怀疑范闲不喜欢女儿，林婉儿察觉到了思思的神情变化，提示范闲要去看看孩子，范闲由此做了观念表白，"不过你是知道我的，进屋不看孩子，倒不是不喜欢女儿，只是在我眼中，小孩子总是不及大人重要，你能平安才是最关键的"。这一点似乎是对现代青年父母为了孩子而遗忘大人的批评。网友评价说："猫腻的细节功力在网文界里无人可比，小说中间甚至花费大量笔墨写了一只蚊子的内心世界。比细节更动人的是猫腻写人物的功力，一个个明明应该是配角甚至龙套的角色，在他的笔下变得摇曳生姿，甚至连万年大龙套王启年都有了不同的风骨。酷到没朋友的五竹叔、惨死的陈萍萍，无不让人抓心挠肝。"[2]

四、接地气的语言风格和流行元素

除了场景描述、人物对话、心理刻画等方面的细腻呈现之外，小说也

---

① 邵燕君主编：《网络文学经典解读》，北京：北京大学出版社，2016年，第309页。

② 安迪斯晨风：《〈庆余年〉：我和你红尘做伴，活得潇潇洒洒》，转引自孟德才《猫腻小说〈庆余年〉：重生文的意义与谨慎的理想主义》，中国社会科学网，http：//www.cssn.cn/wx/xspd/201407/t20140714_1253034_2.shtml，2014年7月14日发布。

有其他元素和风格的杂糅，以多元性和趣味多样性俘获读者的喜好，算是一种调味品吧。比如1卷第2章，才4岁多的范闲不仅给大孩子们讲故事，而且还爬山上树，七八个下人制止不了范闲小少爷，只是在假山下干着急，看到人越聚越多，范闲"不由叹口气，老老实实地爬了下来：'只是运动运动，着什么急呢？'"意思是不要当真，只是玩玩而已，何必较真呢？很有大话风格。

邵燕君将这种情形归结为"数据库写作特性""泛娱乐开发""与ACG（ACG为英文Animation，Comic，Game的缩写，是动画、漫话、游戏的总称）文化、时下网络流行语的互通性"。前者是说，小说借助读者脑海里所积淀的一些经典桥段（退婚流、种田流、废材翻身等）、一些性格元素（呆萌、热血、冷酷等）等进行书写创作和融合拼贴。范闲抄诗的爽情节、范若若的"萌气质"（后被范闲通过书信调教，变得知书达礼）都能吸引住读者。而所谓泛娱乐开发，就是随时粘贴借用经典片段来吊起胃口，比如范闲初入范府，小说就用了林黛玉进贾府来对比说明范闲的沉稳。总体上，与网络流行语、ACG关系密切的语言风格更能体现其网络性和文化系统性，体现了猫腻对网络流行语或流行文化的挪用，展现出诙谐或夸张，甚至"冷笑话"的效果①。

第四节　叙事规律

网络历史小说在穿越、金手指、爽感机制等叙事性方面呈现了一些共性。

一、"穿越"及其建功立业的叙事

自从《寻秦记》打开了现代人知识在历史中超前运用的金手指叙事大门，网络小说几乎在介入历史中，都有穿越或重生的设计。或许是网络历史小说区别于传统历史小说的一个标志，这样的穿越几乎是历史小说的套路。天使奥斯卡的《1911新中华》（2006年2月在起点中文网连载）讲述了现代人雨辰穿越到1911年进行革命起义，并当选总统的故事；中华杨的《异时空——中华再起》（2002年9月开始在幻剑书盟连载）叙述了现代人杨沪生、史秉誉穿越到太平天国，建立武装根据地，复兴中华的故事；月兰之剑的《铁血帝国》（2003年4月开始在起点中文网连载）叙述了现代

---

① 邵燕君主编：《网络文学经典解读》，北京：北京大学出版社，2016年，第310－311页。

人"群穿"到慈禧时代，改变了中国的贫弱，在战争中打败了日本和俄国的故事。都有着一个建功立业，改变近代历史羸弱状况的一个民族复兴梗，即满足我们对于我国近代饱受欺凌历史的反转愿望，体现了中国崛起的集体无意识需求。也正是因为这样的建功立业、改变社会、更改国运的热血穿越之作多，而成为一种套路后，多一半则在《唐朝好男人》（2006 年 8 月开始在起点中文网连载）构筑了王子豪穿越到唐朝闲适居家的"生活流"历史小说。

二、金手指——历史开挂的爽感机制

穿越作为一种网络类型小说设计的手段，目的是让主人公拥有现代文明所带来的历史外挂，来达到人物（作者、读者和网友）的建功立业或情色意淫需求。比如《回到明朝当王爷》，杨凌不仅建立了打击贪官，整顿海外贸易秩序，打击倭寇海盗，智斗刘瑾，剿灭白衣军，平定宁王叛乱等丰功伟绩，而且收获了韩幼娘、马怜儿、高文心、成绮韵、玉堂春、雪里梅、红娘子、永福公主、朱湘儿、张符宝、银琦、阿德妮等美女的芳心，满足了现代男人的三妻四妾梦。小说在写各个女性的时候都很享受，小说描写得也很细腻，比如刚刚起死回生的杨凌，一个落魄而贫穷的秀才，就遭遇到自己的娇妻韩幼娘的崇拜，"韩幼娘发觉丈夫在看着她，不禁有些害羞地偏过了身子"，杨凌也仔细贪婪地打量她，"她脸蛋儿看来还显得稚嫩，可能是常年习武的原因，身材倒发育得有几分大姑娘的模样了，容貌俊俏，皮肤微微有些黑，但是浓浓的眉毛，挺俏的鼻子，丰润的嘴唇，乌溜溜的大眼睛，显得十分可爱"。之后就是描写幼娘大冬天摸黑出去向邻居借米下锅做饭，与杨凌一起吃饭，帮杨凌打水洗脚、晚上入睡时既害羞又很期待的心理刻画，贫穷困境之中的相互依靠互相取暖，都写得非常细腻，真切挠人。月关还借助杨凌对穿越历史小说调侃了一把："唉，当初看小说，那些人穿越时空真是想发财就有人赶着来送银子、想做官皇上马上就哭着求着请他做官、想见美女就算出个恭都能碰上两儿三的美女，我是不是太窝囊了点儿？"（《回到明朝当王爷》第七章 马上美人）俨然杨凌就是一个倒霉运的穿越者。

历史外挂在历史小说中一般表现为，穿越人知道历史大势。比如《步步惊心》的若曦知道四阿哥最终会成为雍正皇帝，因此敢于超前示好胤禛。再比如《回到明朝当王爷》的杨凌，知道明朝中后期有着资本主义萌芽的必然趋势，因此大力发展维新事业。

除此之外，历史外挂还表现为从后世文明带来的器物、知识、观念、

文化和技术等。比如《步步惊心》中若曦的千纸鹤、生日歌、男女平等意识、主奴平等意识等；比如《回到明朝当王爷》中杨凌在鸡鸣驿遭遇到马怜儿兄妹被乐器店老头昧珠玉的事，目睹马昂年轻气盛甩开王掌柜的过程，依据现代科学知识，杨凌"估计（老头）是有什么脑溢血心脏病一类的毛病，被马昂一打一骂，又气又急，情绪一激动，结果昧了粒珍珠，倒把命搭上了"（《回到明朝当王爷》第八章 惹上官司），结果杨凌在闵县令堂上如实做证人，并出策要王家寻找老板身体健康的证据。

爽感不仅表现为主人公通过金手指从贫困危难之境逆袭到富贵高位的终极理想，也表现在解决一个个难题的具体过程中，从而满足人的匡扶社会正气，赢得百姓爱戴，获得美女青睐的愿望。比如前面杨凌将保险理赔的"拖"字诀用在了王家冤枉马昂的案子上，很大程度上是为了马怜儿。这种爽感都比较小白。由此，相对而言，猫腻的《庆余年》《将夜》等作品则显示出沉淀过的"高"爽意义。比如《庆余年》融合呈现了国家主义与个人中心观念、精英与草根之间的观念冲突，展现了范闲的个人中心主义的小家气，庆帝国家意识形态的帝王之气，长公主的狠绝，叶轻眉的自由政治理想和陈萍萍的死忠等多元价值形象的承载；《将夜》思考的是大国崛起背景下人如何有尊严地、幸福地活着问题。猫腻一直在私叙述与大叙事之间寻找平衡点，询问的是自我与社会规则之间的关系①。它在一般的"爽"机制之上蒙上了哲学和反思的美学面纱。

---

① 庄庸：《猫腻作品：解读"中国我"》，《网络文学评论》（第二辑），广州：花城出版社，2012年，第127-133页。

主要参考文献

钱建军：《第 X 次浪潮——华文网络文学》，《华侨大学学报》，1999 年第 4 期。

欧阳友权：《网络文学论纲》，北京：人民文学出版社，2003 年。

欧阳友权编：《网络文学发展史：汉语网络文学调查纪实》，北京：中国广播电视出版社，2008 年。

欧阳友权主编：《网络文学五年普查：2009—2013》，北京：中央编译出版社，2014 年。

欧阳文风著：《短信文学论》，北京：中国社会科学出版社，2011 年。

欧阳文风：《网络文学大事件 100》，北京：中央编译出版社，2014 年。

黄鸣奋：《互联网艺术产业》，南京：学林出版社，2008 年。

邵燕君主编：《网络文学经典解读》，北京：北京大学出版社，2016 年。

邵燕君，等：《2017 中国年度网络文学》，桂林：漓江出版社，2018 年。

吴长青：《网络文学创作与研究概论》，南京：河海大学出版社，2017 年。

聂茂：《名作家博客 100》，北京：中央编译出版社，2014 年。

聂庆璞，等：《网络写手名家 100》，北京：中央编译出版社，2014 年。

曾繁亭，等：《网络文学名篇 100》，北京：中央编译出版社，2014 年。

禹建湘：《网络文学关键词 100》，北京：中央编译出版社，2014 年。

刘克敌主编：《网络文学新论》，南京：凤凰出版社，2011 年。

陈定家：《文之舞：网络文学与互文性研究》，北京：社会科学文献出版社，2014 年。

王文宏主编：《网络文化多棱镜：奇异的赛博空间》，北京：北京邮电大学出版社，2009 年。

张品良：《网络文化传播：一种后现代的状况》，南昌：江西人民出版社，2007 年。

项家祥，王正平主编：《网络文化的跨学科研究》，上海：上海三联书店，2007 年。

唐小娟：《网络写作新文类研究》，北京：中国社会科学出版社，

2018 年。

周志雄：《网络文学研究》（第一辑），济南：山东人民出版社，2015 年。

周志雄，等：《大神的肖像——网络作家访谈录》，济南：山东人民出版社，2015 年。

王光东，常方舟主编：《网络小说类型专题研究》，上海：东方出版中心，2019 年。

邓树强：《网络文学及其影视改编研究》，哈尔滨：黑龙江人民出版社，2017 年。

蒙星宇：《网络少君》，北京：九州出版社，2011 年。

后记	# 网络文学的趋势与未来

　　网络文学是中国一个具有特色的文化现象，其一直争议不断的命名方式，并没有影响到自身的商业化探索及其蓬勃发展。当前，网络文学实现了全面写作，形成了商业、官方、民间和小众等多元话语共存的态势。

　　商业机制以文学网站等机构为主导引领玄幻、奇幻、武侠、修真、仙侠、科幻、都市、言情、悬疑、历史、军事、现实、游戏、体育等类型小说的发展，可以说是几乎每天都在变化创新，并与出版、动漫、影视和游戏等 IP 衍生品创造形成了良好的文化生态链，它有着以年轻化、幻想型作品为主导的类型创作特点，以娱乐消遣为主。各种写作类型基本都有自身的套路，其中的经典作品多是这个题材模式的开创者和代表①。

　　在商业化运作机制之外，网络文学还有各政府机构引导打造的官方榜和官方作品流。它重在主流价值观的建设，偏重于现实主义潮流，比如中国作家网等体制内推崇的网络文学精品，有着现实价值引导和文学性的要求。在这个意义上，网络作家雪舞冰蓝就认为自己偏于现实主义的作品"不是网络文学，它还是很传统的东西"②。

　　另外，以倾述交流为目的的民间创作③等也是网络文学创作的有机部分。这种方式是早期网络文学的主要运行机制，虽然被商业化或官方化、学院化运行所遮蔽，但一直存在于网络文艺创作之中，比如博客文学、微博文学、微信文学等自媒体形式都是这种创作。这种创作虽然不排除商业

---

　　① 周志雄，等：《大神的肖像——网络作家访谈录》，济南：山东人民出版社，2015 年，第 60 页。

　　② 周志雄，等：《大神的肖像——网络作家访谈录》，济南：山东人民出版社，2015 年，第 236 页。

　　③ 作家"最后的卫道者"肯定了一些网络作家的写作初衷"和钱一毛钱关系没有，就想写"，而一些一开始就奔钱去的写手就"写得都很烂"。因为他们都是过分地为钱写作而忽略了创作的初衷。周志雄，等：《大神的肖像——网络作家访谈录》，济南：山东人民出版社，2015 年，第 71 页。

后记

243

的介入，但其初衷是分享交流，目的是思想情感、价值观和生存趣味的凝聚共享。甚至有些作品还触及一种边缘性的亚文化，不为主流社会所倡导，形成了一种地下存在状态。

未来网络文学，作为一种称呼将不复存在，因为所有的都是网络文学，所有文学都在网上阅读，纸质出版物越来越少①。网络文学的消失与意味着网络文学作为网络原创发表形态已经不足以区分所谓网络文学与传统文学了②，未来文学精品都是从现在所称呼的网络文学中诞生的，网络文学不再是与精英文学、高雅文学、严肃文学、纯文学等相对立的概念了。那时候，无论是创作主体，还是文学品质、文学类型、文体样式、题材思想等都不再能区分网络文学与纸质传统文学了。文学的分层分化，依然参照传统文学的格局进行，大致分为体制内的、市场的、民间的和地下的等场域类型。在这个前提下还有以下几个特点：

第一，媒介的综合化，即网络文学将与图像影像、声音等媒介有更密切的关系。试验性的超文本有着初步的融媒体思考，不过其碎片性特点与文学世界的沉浸感、完整性要求有悖，未来有没有可能在多媒介融合与沉浸感可以获得平衡的作品呢？我们想应该是可以的，即诞生一个不同于当前视频形态的文学性多媒介文本。

第二，文学的互动模式发展。当前，网络文学的互动写作模式成为一个主要区别于传统写作作者与读者关系的标志，从而也诞生了网络小说和网络文化的特有粉丝现象，出现了铁粉、死忠粉，甚至还有脑残粉——只要是该偶像的作品，不容得别人说不好，这与传统的理智粉、路人粉（网络文学也存有这样的大量粉丝）等有差异。现在的网络作品，往往是作者与核心读者和粉丝共同经营的产品，很多时候，作家的写法和人物的命运等都由不得作者去自主处理（读者市场逻辑），作品就像是人人都有点股份的企业，也似乎像是吃百家饭长大的孩子。网络文学的未来也就在这个基础上进一步分化，它不再是作为传播平台而呈现特质的作品，而是以服务的读者类型和生产目的来划分的各种品质的文学。网络文学在新媒体日益发展的未来，会在数据库、人工智能、移动网络更快速便捷的支持下，发展出更为成熟的互动类型，即作家依托强大的数据库和人工智能、虚拟现

---

① 欧阳友权：《网络文学的现状及走向——在山东师范大学的演讲》，周志雄《网络文学研究》（第一辑），济南：山东人民出版社，2015年，第26页。

② 穆丹枫：认真抠字眼说起来的话，网络文学和纯文学其实就是一个发表载体的差异，不能严格界定和区分。像现在许多纯文学也会发布在网络上，也可以将它们算作网络文学的一种。周志雄等：《大神的肖像——网络作家访谈录》，济南：山东人民出版社，2015年，第296页。

实技术在线写作和更新作品，能即时获得技术系统所分析的即时数据，知道哪些部分、哪些手段、哪些描写是大部分读者喜欢或关注的（虚拟现实技术设备可以通过检测读者的脑电图、心率等生理运动来获得），从而写出相应的符合大部分读者所需的作品，还可以让某些更受欢迎的读者评论或者同人写作或者接龙延续的写作部分作为小说的有机部分。

网络文学的研究，正呈现一种从精英居高临下的外在模式，转换到感同身受的内部契合型的趋势。一些早期签约网络作家即网络"土著"开始进入相关学术研究，并日益成为少隔阂感的研究重镇。"2012 年前后，一大批亲身参与网络文学创作与阅读的年轻学者进入研究领域。"① 尽管现在这个趋势有苗头但还未成为主体力量，但是能够深入网络现场、贴近具体问题的理论研究的呼声却很高，显示出未来研究的向心所在。碧水江汀等网友批评北京大学师生网络文学创作实践及其学院精英态度即是这种趋势的某种反映。"2015 年 3 月网络文学'土著'们发出的声音，并不仅仅是对北大师生们研究成果的一次回应，更是对所有传统文学批评家，对整个网络文学研究界发出的质问。"② 未来的文学研究者将主要是泡网络文学网站、社区与论坛的当事人和作者。

感谢为此付出辛勤劳动的同事和同学。感谢江苏大学出版社及吴春娥老师、任辉老师为本书出版给予的支持。

---

① 刘小源：《来自二次元的网络小说及其类型分析——以同人、耽美、网络游戏小说为例》，上海：东方出版中心，2019 年，第 5 页。
② 刘小源：《来自二次元的网络小说及其类型分析——以同人、耽美、网络游戏小说为例》，上海：东方出版中心，2019 年，第 6 – 13 页。